国家出版基金项目
NATIONAL PUBLICATION FOUNDATION

项目主编 潘其旭 韦如柱

项目副主编 张增业 侬 兵 许晓明

壮族麽经

顿造忙（创世经）影印译注

DUNZAOMANG(CHUANGSHI JING)YINGYIN YIZHU

广西壮族自治区少数民族古籍保护研究中心 主编

广西教育出版社
GEP
南宁

图书在版编目（CIP）数据

顿造忙（创世经）影印译注 / 广西壮族自治区少数民族古籍保护研究中心主编 . —南宁：广西教育出版社，2019.11

（壮族巫经）

ISBN 978-7-5435-8770-0

Ⅰ.①顿… Ⅱ.①广… Ⅲ.①壮族—史诗—中国 Ⅳ.① I222.7

中国版本图书馆 CIP 数据核字（2019）第 273441 号

总 策 划 // 石立民

策划编辑 // 吴春霞　韦胜辉

责任编辑 // 韦胜辉

美术编辑 // 鲍　翰

装帧设计 // 鲍　翰

责任校对 // 谢桂清

责任技编 // 蒋　媛

《顿造忙（创世经）影印译注》

出 版 人　石立民
出版发行　广西教育出版社
地　　址　广西南宁市鲤湾路 8 号　　邮政编码：530022
电　　话　0771-5865797
本社网址　http://www.gxeph.com
电子信箱　gxeph@vip.163.com
印　　刷　广西民族印刷包装集团有限公司
开　　本　889mm×1194mm　1/16
印　　张　31.5
字　　数　405 千字
版　　次　2019 年 11 月第 1 版
印　　次　2019 年 11 月第 1 次印刷
书　　号　ISBN 978-7-5435-8770-0
定　　价　108.00 元

《顿造忙（创世经）影印译注》编委会名单

编委会主任：韦如柱

编委会副主任：李燕玲

编委会成员：（按姓氏笔画顺序排列）

　　　　　韦如柱　方维荣　卢子斌　李珊珊

　　　　　李燕玲　陈　战　钟　奕

项目主编：潘其旭　韦如柱

项目副主编：张增业　侬　兵　许晓明

编辑成员：（按姓氏笔画顺序排列）

　　　　　方维荣　卢子斌　李珊珊　李燕玲

　　　　　陈　战　钟　奕

《顿造忙（创世经）影印译注》搜集整理人员名单

抄本搜集：许荣强　侬　兵

汉文直译：侬　兵　张增业

汉文意译：张增业　侬　兵　许晓明

壮文转写：张增业

国际音标：张增业

注　　释：张增业　侬　兵　许晓明

统　　纂：潘其旭　韦如柱

广西崇左市大新县下雷镇（下雷土司故地）是壮族巫经流传的中心区域

广西崇左市大新县下雷镇三湖村岸屯是《顿造忙（创世经）》的发现地

土司祖庙（广西崇左市大新县下雷镇三湖村坤球屯）

清乾隆颁"下雷州印"（印现藏中国社会科学院民族学与人类学研究所）

土司寺庙（广西崇左市大新县下雷镇东面弄
榔山）

土司寺庙供奉的下雷第十四世土司许文英夫妇
塑像

广西崇左市大新县下雷镇流传的其他壮族民间信仰经书抄本

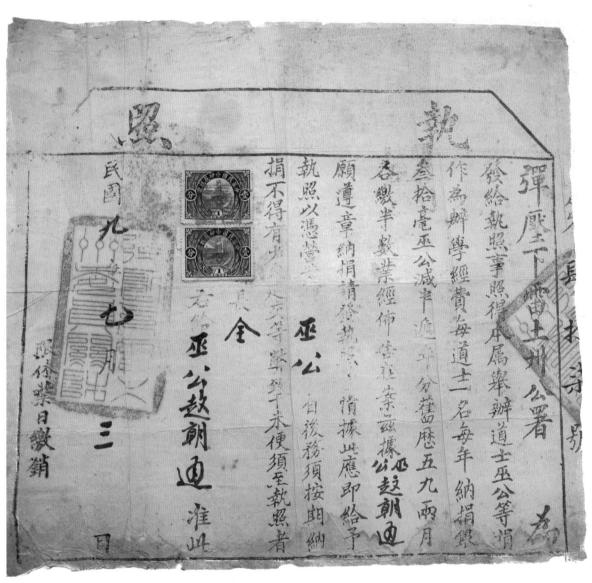

民国九年（1920）赵朝通巫公执照

壮族巫经文化传承人农继田

巫公法器：铜锣

巫公法器：法印

巫公法器：朝简

淘金洞（广西崇左市大新县下雷镇三湖村附近）

神农庙（广西崇左市大新县下雷镇三湖村附近）

南马庙（广西崇左市大新县下雷镇三湖村附近）

太阳庙（广西崇左市大新县下雷镇三湖村附近）

将军庙（广西崇左市大新县下雷镇仁惠村岜贺屯村口）

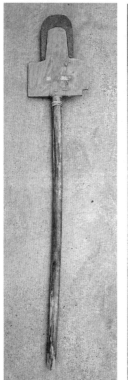

广西崇左市大新县下雷镇一带生产用具（左图：鋤 [ku³]，右图：楔 [kuːk⁷]）

本书影印译注底本书影

2016 年搜集经修复后的原抄本　　　　　　2006 年搜集的黑白复印本

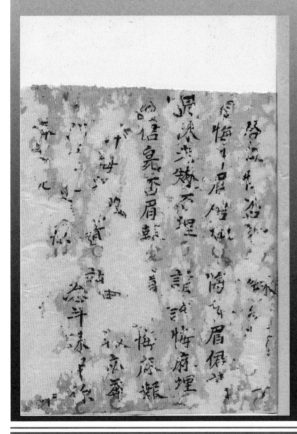

扫码看视频

目录

前　言

一、缘起与题解

壮族巫经《顿造忙（创世经）》是流传于广西崇左市大新县下雷镇一带的壮族民间信仰典籍。下雷镇明清时期属镇安府（治所在今德保县）下雷土州，当地壮话属壮语南部方言德（保）靖（西）土语。《顿造忙（创世经）》是巫、道合一超度亡灵仪式《大送科》的主体经卷，用古壮字（壮语叫 [səɯ¹ dip⁷]，史称"土俗字"）书写的抄本，署名许庆盟，为大新县下雷中学退休教师许荣强收藏的祖传6本巫经抄本之一。从许荣强所收藏的同批巫经《送祖上皇金大庙》标明的两处抄写年代来看，这套巫经以清乾隆四十七年（1782）的抄本为底本，于道光二十七年（1847）转抄而成。表明当地自古巫信俗盛行，巫师历代传承，巫经自成体系，且遗风至今犹存。但由于各种原因，以往对壮语南部方言古籍的搜集整理关注不够，学术界对壮族巫经知之甚少。现将壮族巫经《顿造忙（创世经）》影印译注出版，是继《壮族麽经布洛陀影印译注》（广西民族出版社，2004年版）面世之后的又一壮族经典文献整理成果，它既填补了壮语南部方言古籍翻译整理的空白，也是壮族巫经定位的新突破。

"巫经"即巫师祷祝诵词经典。"顿造忙" [tuːn¹ tsaːu⁶ myːŋ²] 是壮语音译。其词义分别为："顿 [tuːn¹]"即谈论、讲述，"造 [tsaːu⁶]"即开辟、创造，"忙 [myːŋ²]"意为辖区、领地、疆域、邦国、世界等。"顿造忙"即"讲述创造世界的故事"。《顿造忙（创世经）》原抄本开篇，在"举仪报丧"内容后，出现单行标有"又句'顿造忙'"字样，当为本巫经的主体内容和中心论题，故译注者采用"顿造忙"为书名。其内容主要反映壮族及其先民对开天辟地、人类繁衍、开垦拓疆、筑城建州、土官分封、领主制度、生息企求等的认知思维及生活理念，展现想象中的世界图式，折射壮族地区社会发展的历史印迹。

壮族巫祝文化源远流长。先秦时期长江以南为古百越族群所居，其中分布于今广西的西瓯、骆越部族，为壮侗语民族的先民。清代顾炎武《天下郡国利病书》说："壮则旧越人也。"据《史记·孝武帝本纪》载，壮族先民越人崇尚越巫，曾受到汉武帝推崇，"令越巫立越祝祠"，"越祠鸡卜始用焉"。《史记·西南夷列传》还说到西南夷众多部落有"靡莫之属"，当为上古壮族先民社会曾存在身兼巫祝的女君长，被尊称为"靡莫"[me^6 mot^8]（意即"虸后所统领的大部落联盟古国"）的重要史载。"靡莫"（又作"乜末""乜巫""娓媄"）遂作为"女巫"（亦叫"鬼婆"）的专称，其法事活动历代传承。如清光绪《镇安府志》（镇安府治所在今德保县）载，"镇郡仅有火居道士，粗习经咒……若女巫，则遍地皆有，亦可见习俗之难改也"，"凡有疾病，不事医药，专倩鬼婆祈禳，且鬼婆皆系年轻妇女，彻夜呕吁"，而"此风牢不可破"。民国时期的桂西一带，从事巫道已成为特殊行业，且巫师、道士领有执照，地方政府对民间巫师、道士课以捐税。《邕宁县志》载："道巫捐，民国七年开办。每年每道巫缴领照费银一元。以后道士凡作道场一坛，收挂号费银五角。巫则按月缴费。"在下雷还搜集到民国时期的道巫执照和巫捐收据原件，说明壮族民间巫祝文化蕴藏丰厚。

自20世纪80年代起，广西壮族自治区少数民族古籍整理出版规划领导小组办公室（今广西壮族自治区少数民族古籍保护研究中心）开始搜集整理壮族民间信仰经书，已出版了《布洛陀经诗译注》（广西人民出版社，1987年）、《壮族麽经布洛陀影印译注》（广西民族出版社，2004年）、《壮族鸡卜经影印译注》（广西民族出版社，2014年）、《壮族麽经布洛陀遗本影印译注》（广西人民出版社，2016年）等，而巫祝领域尚有各种古壮字抄本经书流传，有待及时抢救搜集相关资料，开展研究，整理出版。

二、镇安下雷巫经自成体系

考察研究表明，流传于镇安府一带的壮族巫经与土司制度文化有密切关系。以往都认为"麼莫"一类及巫祝仪式只有口承巫词咒语而无文字经典，直到2006年大新县下雷中学高级教师侬兵搜集到许氏家族世传的《顿造忙（创世经）》等6本巫经古壮字抄本，才引起了学界对这一领域古籍整理研究的关注。

在广西壮族自治区少数民族古籍保护研究中心的全力支持下，2017年2月，由潘其旭、侬兵、张增业、许晓明组成课题组，首选《顿造忙（创世经）》做解读译注，并到大新县下雷镇、硕龙镇和德保县燕峒乡、龙光乡等地进行考察。在历史上，从宋、元、明、清到民国初期的900多年间，下雷许氏土官世袭延续了24代，而这些颇具规模、字体工整、行文规范的古壮字巫经抄本，为成套的土官殡葬科仪经典。在土司统治时期以道为尊的历史条件下，巫祝角色的性别也就随之更迭，喃诵巫经均属男性"土道"，即本土巫公兼道公的法事职能，其表现形式、内容主旨、信仰观念、方言文字等独具风格，属土司官府司礼，为土司官族殡葬所专用。传统的"麼莫"（女巫）的巫祝文化发生了历史嬗变。

在古代的"西南夷君长"中，有众多身兼巫祝的女君长（尊称为"麼莫"或"媚媒"）所统领的大部落联盟古国，其信俗文化在壮族民间历代传承。随着历史的发展，自唐宋在西南少数民族地区建立羁縻州峒制度，到了元明之际全面推行由朝廷册封世袭土司制度，土官成为分封地域的领主，俗称"土皇帝"。在这样的历史背景下，由于依附中央王朝的土官崇尚道教，并设有专事祭祀职务的司礼人员，那些识汉字喃道经的本土道士对"土巫句"进行加工改造，并冠上道教科仪名称，于祭坛举行法事传诵。

下雷土州许氏家族世传巫经自成体系。从巫经抄本署名、纪年及其中有标明"留后世代子孙，外人师借不许失落"来看，这套巫经应是历代以本土道士巫祝为业的许氏家族所传承。历史上，下雷土州、上映土州（治所在今天等县上映乡上映街）的土官均姓许，当地土民多许姓，土民与土官家族关系如何，无从可考。但从等级森严的土司制度来分析，历来是不准土民读书和参加科举考试的，而只有那些读过诗书、熟悉汉字又通晓"土话"和"巫词"套路的土司官族文人，或身兼道巫的司礼人员几代传承，采用仿造汉字以表达壮语音义的土俗字，才有可能编就这套字体工整、颇具规模的五言韵文体巫经抄本，其中的主要科目经卷有1000多行，有的甚至多达4000行，可谓长篇巨著。由此推断，传承这套巫经的许氏家族，其先人当是下雷许氏土官的本宗望族，属专事土司官府祭仪的司礼人员，他们都领有相应的份田来耕种，如司礼田、庙田、求雨田、哭孝田、炮手田、鼓手田等，作为职务酬劳。鉴于特定的历史背景，司礼职业性和家族传承性的相对稳定，便促成了这套祭奠巫经自成一体并得以世代传承。镇安下雷巫经自成体系主要表现在以下两个方面：

第一，从传统的口承巫词整合成为规范的文本经典。原口承巫词往往是因人而异，缘事而别，具有一定的随意性和变异性。而在土司制度的社会条件下，各种祭仪都要按土官等级规格来操办，并以念诵相应的道教经书为正统。尤其是土官丧事按大夫的礼节安葬，十分隆重，要延请道公、僧公、麽公和巫师设祭坛、搭斋棚，举行超度仪式，往往长达四五十天，短则21天，有时停枢达一两年之久。入殓前，由道师引导孝子孝女举行汲水洗身仪式；出殡时，送葬队伍浩浩荡荡，鼓乐喧天，鸣地炮入葬。这种"行大夫之礼"的土官殡仪，势必要求所诵的巫经以道经为范本，需要领种"司礼田"并身兼道公巫师的司礼人员将原来的口承"巫词"加以整合，采用土俗字行文，达到互通共识，成为大致统一、趋于规范的经典，从而促使由口承"巫词"到书面"巫经"的转化，继而又从先前道巫混杂、汉语与壮语并用阶段，到出现成套纯土俗字抄本经籍阶段。同时，巫祝角色的性别也随之更迭，与传统"靡莫"（女巫）及"媄仪"（巫祝仪式）分道扬镳，喃诵文本巫经成为道士兼巫公的法事职能。这是壮族巫文化的历史嬗变。

第二，按土官司礼集成融巫、道、佛于一体的"送祖"殡葬科仪。从这套巫经的内容门类及篇幅规模来看，是高规格的土司官族祭奠仪式科目，既把巫祝超度理念道佛化，又将道佛超度仪礼本土化，相融互渗，成为独具特色的壮族殡葬文化。故民间称这些司礼人员为"土道"或"道僧"，有的经书还采用"伕"［pet⁸］字为其异名别称。而"伕"系"佛"的异体字。巫经所称的"伕"，实为汉语粤方言"佛"［fet⁸］一词的谐音假借而已。明清时期下雷土州边贸活跃，粤商往来频繁，有些粤商在下雷落籍。明代下雷建有观音亭供奉观音大士像，清乾隆年间（1736—1795）下雷建立羊城书院，下雷市井流行粤语，但"伕经"内容与佛事无关。如"伕"的主事者沿袭巫祝以"悔"［kʻoːi³］（即"奴"）为"我"的自称，祷请巫祖"妑"（或"妭"）［pa⁶］祈福禳解。巫祝的所谓"超度"，是子孙后代希望过世的先人脱离阴间地府苦海、早登极乐世界，而延请巫师为亡魂举行的送殡仪式。德靖土语通常把这种"超度"叫"抨"［pʻiːŋ³］，即"殡葬"，俗称"抨培"［pʻiːŋ³ pʻei¹］，含"给鬼魂送殡"之意。壮族传统殡葬有"三十六入祖"礼俗，认为凡享年达 36 岁以上的亡灵，便要送回祖籍与先人团聚，那里有田有地，有牛有马，衣食无忧，生活安乐。此外，亡灵被供奉于祖先神龛，享受子孙祭拜。"抨培"信俗源自古人 18 岁成年婚娶生育，到 36 岁便有孙子，可以升格享有"祖辈"礼仪，故在巫经中均将 36 岁以上的亡者尊之为"祖"［tso³］，即"祖先"的简称，遂称殡葬为"送祖"。自宋代道教和佛教传入壮族地区后，有关仙境与佛界神灵、地狱与天国的信俗观念广为传播，在"送祖"殡葬仪礼中参仿道佛超度科仪之名，吸纳所谓"七魂在天，三魂在地"的理念。如巫、道、佛参杂的《送祖上皇金大庙》开篇以"上咒皇天照耀，上咒传授安乐"为导语，引导亡者经 12 座仙桥，过 12 条重街，登 42 道佛门；意念亡者朝"佛帝"见 8 大金刚、500 罗汉，朝"玉帝"见"三清"（即玉清、上清、太清）等诸尊神；日享千担檀，夜享万炷香。然而"送祖"最终到达的"极乐世界"，则是从道教正一派超度经移植的"扬州大地"。这俨然是局限于壮族道士、巫师自身的见识视野、生活理念和幻想境界。如其中说道："扬州无耕牛，犁耙自耕地；不靠水插秧，收割只管吃。柚子变水牛，泥沙变稻米；象牙如柴堆，金银似瓦砾。白发变少年，老妇变少女；日夜做买卖，像龙州闹市。"最后以一首壮语七言体"上咒诗"做结语。上咒诗意译："巫我送祖到扬州，安乐地方好风流。巫我解煞便自返，银钱水米不乞求。送祖到扬州大地，阴阳双方不担忧。孝主齐来拜先祖，巫道诵经不曾休。送祖到王府殿堂，化解煞神巫便回。不见祖面巫不返，祖不见巫也不散。巫我请神来送祖，符箓驱魔不思归。"由此可见，这套以"巫祝送殡"为主旨的经典，体现了壮族殡葬文化的鲜明特色及历史风貌。

此外，如前所述，《顿造忙（创世经）》为镇安故地壮语南部方言德靖土语俗字抄本，由于这套巫经属土州府衙司礼，为土司官族殡葬所用，司礼职业和家族传承具有稳定性，故行文较为规范，用字也较统一，书写字体工整，亦是镇安下雷巫经自成体系的明显标志之一。

三、《顿造忙（创世经）》是土司制度文化的缩影

土司制度亦称土官制度，是元、明、清时期中央王朝在我国西南少数民族地区推行"以夷治夷"政策的体现。唐宋时期实行羁縻州峒制度，由中央王朝委任当地民族首领为府、州、县土官。土司制度属于封建领主性质。土官既是政治上的最高统治者，又是当地的大领主，掌握着军、政、财、文大权，对土民有"生杀予夺"之权。土司制度是少数民族地区历史发展的必然产物，是我国封建政治制度的一个组成部分，曾沿袭了近千年。广西土司制度形成了一套集职官制度、贡纳制度、征调制度为一体的统治体系，并且在左右江流域的太平州（治所在今崇左市大新县雷平镇太平街）、万承州（治所在今崇左市大新县龙门乡龙门街）、安平州（治所在今大新县雷平镇安平村）、下雷州等地，形成了"其府州正官皆以土人为之，而佐贰幕职参用流官"，实行特有的"土流共治"制度。这些在巫经《顿造忙（创世经）》中都有具体反映。

《顿造忙（创世经）》开篇，巫师以"悔"（即"奴"）为"我"的自称，这一自称就是森严的土司等级制度下，严格区别领主与农

奴身份地位的产物。《顿造忙（创世经）》开宗明义说道："独自我不做禳解，无事我不自登台。有求于我我才到，有人恭请我才来。老树倒下没人记，请我到此帮记载。家有丧事无人知，我替主家报丧来。写好文书请道士，让我来禀报天朝。"同时声称：其手握匕首，身佩环首刀；水路骑鳄当渡船，陆地骑虎当马跑；率领三十万兵马奔陆路，六十万兵马过水道；四十间商铺兴隆，五十面彩旗飘扬。显示其做法事的神圣威武。最后说道：其来到主家庭院，有人接风来迎候，把刀挂上篱笆墙，坐上衙师椅歇脚，端平杯子来敬茶，斟满杯子来敬酒。继而以教诲申明，并分几个段落反复陈述：他人未曾讲到世界来历的根底，让奴（我）来讲那古老的故事。

原抄本不分节次标题，现按内容故事情节整理，依次分别标以如下篇章及小节：第一篇《举仪报丧》，第二篇《纵论创世》，第三篇《治国兴邦》，第四篇《战天斗地》（第一节《射日屠龙抗干旱》，第二节《葫芦逃生再繁衍》），第五篇《大举南迁》，第六篇《建新家园》（第一节《落脚安平建州城》，第二节《造出水车灌农田》，第三节《驱赶鸟兽保作物》，第四节《划疆分封纳贡赋》），第七篇《话说人生》（第一节《十月怀胎育子女》，第二节《说梦伴随度人生》，第三节《青春年华谈婚嫁》，第四节《风烛残年备棺椁》），第八篇《择地安葬》。其内容丰富，结构完整，层次分明，章法有序，富有文采，独具特色。

我们将巫经《顿造忙（创世经）》与已出版的《壮族麽经布洛陀影印译注》（简称《布洛陀》）的创世内容做比较后发现，两者各具鲜明特点：《布洛陀》充满原始性幻想神话色彩，《顿造忙（创世经）》侧重于人文史观和社会生活写照。如有关创世治世，前者只提到为防恶人作乱，要有个王来管理，造个皇帝来统治；后者详述皇帝治国兴邦，向全国颁发典章，册封授印，划分政区管辖：十几峒为一州，十几州做一府，十几府合成广省（指广东、广西），各自设关隘，有军校把守；建商铺做买卖，人们互通往来。是为自唐宋设立羁縻州峒建置的具体反映。《顿造忙（创世经）》还特别申明："说到北方外族事，再来说广南西道。说说操练到京城，说说著名的知府。说到皇后的来历，回顾从前的邦国。说到广西这地方……"

侧重叙述从北京、南京大举南迁，经江西，沿广东珠江、广西西江、邕江、左江抵达太平府，最后驻足安平，开辟新的家园，筑城建州，册封分治，一度繁荣。其中最引人关注的是，《顿造忙（创世经）》所反映的许多事象，从多角度、多侧面折射出广西土司制度兴盛时期的历史风貌，不失为土司制度文化的历史缩影，甚至可与明清文献相互参照研究。《顿造忙（创世经）》体现的土司制度文化主要有以下几个方面：

1. 落脚安平垦殖

在第五篇《大举南迁》中，通过对沿途所经地方社会环境的评述，希冀选择理想之地来新建安居乐业家园。如说道："苏州富饶又繁华"，"这田适合客人耕。不是咱理想住地，不宜建邦来管辖"；"我们乘船到江西"，"地域宽广不宜居"；"广东地域大无边"，"肇庆田垌宽又平"，"此地非理想住地，管辖此域难安宁"；"乘船西行到南宁，南宁地势很平坦"，"不是咱理想住地，不宜在此管江山"。后来，经千万里奔波，抵达安平驻扎休整。"安平四处草木深。山上满是黄心木，锯木做臼也做盆。葛藤卡得水牛死，泥泞湿透八回身，日遭万次雨水淋。"于是决定就地开发安平：伐木砌墙建村寨，青砖琉璃造州城；建造水车灌良田，驱赶鸟兽保农作；划分疆土建邦国，朝贡马匹纳税赋……安平客商云集，边贸兴隆，呈现一派安居乐业景象。

2. 领主分封食邑

"郎忙"［ɹaːŋ⁶ muːŋ²］意为"封地领主"，即"土官"。"郎"［ɹaːŋ⁶］壮语本意为"牵制"。古代壮族村寨自然领袖有一种称谓叫"郎火"［ɹaːŋ⁶ huə¹］。如明代邝露《赤雅》中说："峒中推最有力者役属之，名曰郎火，余止曰火。""火"［huə¹］壮语原义为"头"，泛指"众人""大家"。"郎火"即牵头者，指头目、首领。唐宋时期在边疆少数民族实行羁縻制度。《史记·司马相如列传》云："盖闻天子之于夷狄也，其义羁縻勿绝而已。"史称"以夷治夷"制度，即羁縻州、县、峒的政治、经济及一切内部事务，由其民族首领自己管理，中央王朝不加干预，但必须表示臣属，并进贡方物。唐代开始在邕管设置羁縻州、县28个，至宋代，壮族聚居的左江、右江、红水河流域设置的羁縻州 44 个、县 5 个、峒 11 个，北宋中叶进一步发展，形成了土司制度。土官由朝廷册封世袭，按"忙"[my:ŋ²] 划分疆域治理。土官叫"郎忙"，即封地领主；分封叫"嗟忙"[kin¹ my:ŋ²]，即"吃封地"，因以封地为食禄而称之。而壮族巫经中的"忙"[my:ŋ²] 一词，意为辖境、区域、都邑、城邦、国家、世界等。"忙"一词原意为"水渠"，引申扩展为大片灌区地界及辖境范围。因壮族是古老的稻作民族，他们均称稻田为"那"[na²]（古壮字"䎬"），据"那"而作，依"那"而居，以"那"为本，凭"那"而乐，采用冠以"那×""纳×"音译字作为聚落区域地名。同时，由于上古就以水渠灌区为各部落族群活动范围和管理辖区的分界标志，后来在土司制度建立后，遂将"忙"[my:ŋ²] 作为分封疆界和领地辖区的专称。"郎忙"与"嗟忙"，类似中国古代分封制度的食邑，又称采邑、采地、封地，为诸侯封赐卿、大夫的田邑（包括土地上的劳动者在内），受封者成为享有至高统治权利的土皇帝。

在壮族巫经《顿造忙（创世经）》第六篇《建新家园》第四节《划疆分封纳贡赋》，就详细讲述了被视为"龙种""道家仔"的十二个儿郎，经流官分别上奏中央册封授印，被分封"吃"十二都邑、城邦的过程。十二郎各自占有领地，当中的"十二忙"在各州府均为实名，遍布左江的太平府（治所在今崇左市太平镇）、右江的镇安府和田州府（治所在今百色市田东县祥周村旧州屯）所设的各土府、土州、土县、土峒，全"忙"纳粮赋税，三年向王朝进贡马匹，不失为明代壮族地区土司制度全盛时期的写照。有意思的是，其中对十二个"郎忙"受册封"嗟忙"（食邑）的状况分别做了评述。如："二郎坐镇安平府，名气都比别人大。珠宝铃铛装满屋，双球毡鞍配宝马。更有龙头七个爪，同堂共坐与官家。"意为能与流官平起平坐。"四郎坐龙英（治所在今崇左市天等县龙茗镇龙英街）养利（治所在今崇左市大新县桃城镇），管辖领地很宽广。拥有居民三万户，他的田地千万垧，他的辖区宽又广。俸禄粮饷够丰足，铜钱无数手宽裕。"最后还特别提到"第十二郎"因分到的封地贫瘠，五谷歉收，人畜不旺，缺少贡赋而作乱。造弓弩互相残杀，攻打云南南诏土地，接管州府城池，骑大理马好威风，娶南诏女来做妻，享受荣华富贵。这反映了土官为争夺领地而互相残杀的社会状况。

3.流官奏帖册封

土司册封世袭，历经宋、元至明代形成了一套完备的承袭制度。《钦定大清会典事例》记载，凡土官承袭，"由部给牒，书其职衔、世系及承袭年月于上，曰号纸。其应袭职者，由督抚察实，先令视事，令司、府、州、县邻封土司具结，及本宗族图，原领号纸，咨部具题请袭……嫡庶不得越序。"同时规定，土官承袭必须亲自赴京纳米或谷。而土官呈报承袭则由流官奏朝廷册封授印。如《顿造忙（创世经）》中凡土官受封领地，则反复强调"獁郝（流官）往上送名帖，送上印鉴到北京"的程序制度。

所谓"獁郝"［ma¹ ha:k⁸］，原意即"外来狗"。明清时期，中央王朝为加强对土官监督控制，委派官员到广西各土司管理地区任地方官吏，因其有一定任期，非世袭，非土著，有流动性，故称"流官"，壮语俗称"司苗"［sai⁵ mi:u²］，意为"茬官"。由于其是外来实行监督土官的汉人官吏，壮族视之为"獁郝"（客狗），遂而"獁郝"成为"流官"的代名词。在各土司管辖地区设有流官同知、流官州判、流官吏目、流官典史等，统称为"流官杂佐"，所设办公机构称"汉堂"，以别于土官衙门"正堂"，其职责是"稽查弹压"土司管辖地方，"以流官吏目佐之"。明清时期，下雷土州衙门设有"汉堂"机构，今大新县下雷镇的"中汉街"，就是由原"汉堂"旧址与"中街"合并的街名。下雷州许氏土司于宋代授知州世袭，明初因失印降州为峒，隶镇安府，清嘉庆（1796—1820）寻得旧印，复为知州。下雷土司是清末广西尚存的43个土司之一，民国初年始改土归流。故《顿造忙（创世经）》中对土官承袭、册封授印、流官杂佐、土汉共治制度论述尤详，提供了丰富珍贵的历史参考资料。

4.集市边贸昌隆

人们在筑城建州的同时，拓展街区，建成排店铺，扩大圩场，招揽客商，出现了四方商贾云集的盛况。对此，《顿造忙（创世经）》有生动描写："邦国各自有城门，买卖日子也相殊。客商上来造街市，商贾沿街开店铺。店铺宽敞生意好，花楼吹箫又打鼓。"下雷有五个边境隘口，历来是粤、桂、滇与交趾（今越南）的交通要冲和商品集散地，贸易往来频繁。《顿造忙（创世经）》具体反映了当时的商品交易和纳税状况："下雷有五道隘口。隘上卖奴成圩场，隘上卖绫罗丝绸，笔墨纸张样样有。十匹马税额一匹，十担盐纳税一担，十斤苎麻税一斤，十两银子税一两。"可见商业兴旺，税赋规范，打破了自给自足的生产方式和经济产业格局。甚至，坐镇吉庆府的"六郎"，"讲经传教贩油纸，跨界贩马做生意。去贩水牛来役使，进得衙署当官吏"。可见当时经商已蔚然成风，而且成为官商仕途升迁的捷径。由于广西缺少食盐，而官盐赈济又杯水车薪，供给十分有限。粤商看准行情，广设盐铺，食盐成为边境贸易的热销货。同时，由于当地本土居民不吃牛肉，凡那些不能使役的老牛便上市交易，形成了巴荷牛圩和天等牛圩，这些老牛通过牛圩被贩运到各地销售。双向贸易，商人获利，百姓受益。为此，左右江走廊形成一条盐牛商路，各路商贾足迹遍布。

据宋代周去非《岭外代答》记载，桂西早就出现了著名的邕州僚市（在今南宁市石埠镇）和横山寨博易场（在今百色市田东县），主要是购买转运大理马以抵御北方战事，故称马市，沿途设有马纲。以左右江商路来说，粤商沿珠江、西江、郁江抵达邕江，行船可分别溯左江达太平、龙州；溯右江抵田州、百色。而所谓左江、右江命名的由来，就是按照粤商自身行船从东往西逆邕江而上，到古牛岭附近河段有分叉，左边的支流称左江，右边的支流称右江。按粤商商船西行方向确定方位并给河流命名，沿袭至今，可见粤商的行踪影响之深远。尤其是自清中叶以后，商家为便于联络业务而开设会馆，如百色有粤东会馆，镇安府有粤东会馆和江西会馆，龙州有粤东会馆，成为连通桂西边贸的集结点。同时，龙州又是我国南疆通往东南亚的边关重镇，光绪十一年（1885）六月中法战争结束后签订《中法新约》，于1887年开放为通商口岸，广西成为法国的势力范围。龙州开埠后，法国在这里设领事馆，设银行，进口税照海关税则降低十分之三，出口税降低十分之四。一时间四方客商纷至沓来，口岸贸易兴隆，龙州被誉为"小香港"。故在壮族巫经中常用"热闹似龙州"来形容繁华的景象。

5. 教书学堂兴起

随着商贾东来的物质、文化信息，以及商贸、教育和演艺娱乐活动的兴起，有力地推动着桂西社会的变革和发展。东来的儒商们在此建佛寺、设书院传播文化。据《徐霞客游记》记载，明崇祯十一年（1638）冬十月，下雷北隘门结一亭奉观音大士像，石壁上有南海张运题诗，莆田吴文光作记。始建于清乾隆年间（1736—1795）的羊城书院，为客居下雷的广州籍商人所建，遗存碑记上所刻捐资建院的粤商就有76名，可见当年下雷边贸之盛。羊城书院占有地利，清咸丰二年（1852）重修改建为粤东会馆，当街两旁是店铺，成为连通边贸网络的枢纽及传播儒家文化的基地。

社会的进步，时代的发展，土官辖区的文化教育也随之与时俱进。但土官对土民实行愚民政策，不给土民读书，不准土民参加科举考试；对土官本族则推行重教尚文，以保证其子弟承继官任，料理政务。如《顿造忙（创世经）》在讲述12个"郎忙"（领主）划疆食邑时说："七个吃本家田地，五个吃外家田产。他们有嘴只管吃，健全成长也不难。白日在家没闲着，切削苦竹当毛笔，割来牛角做砚台。天天围着书桌转，学文识字记得牢。客籍学子学得快，这些人都是龙仔，应该分吃十二疆。"

自明代以降，壮族土司统治的地方开始创建儒学，陆续建立了思恩土府学、思明土府学、田州土府学、归顺土府学、镇安府学、武靖土州学、太平土府学等。有的土官捐造义学、社学，有的土官延请知名文人为家塾老师，学习内容以四书五经、忠孝伦理为主。各土州土峒兴办学堂，土司家族中出了一些通文墨、识诗书的人才，有的还中举走上仕途。到清中叶，随着"改土归流"的加速推进，书院和州府学在桂西兴起，如著名的有明江分府明江书院（康熙年间建）、龙州暨南书院（乾隆年间建）、宁明宁江书院（乾隆年间建）、田州府化成书院（乾隆年间建）、镇安府秀阳书院（乾隆年间建）、归顺州道南书院（乾隆年间建）、小镇安厅镇阳书院（乾隆年间建）、宁明思诚书院（光绪年间建）、宁明迁隆书院（光绪年间建）、宁明上石书院（光绪年间建）等，相继培养了一批壮族文化人才。如自清嘉庆元年（1796）到清宣统元年（1909），归顺州（今靖西市）有举人、贡生 40 余名，当地重教兴文蔚然成风可见一斑。掌教于归顺州道南书院的曾汝璟，治学严谨，提倡互资研究，并罗集中外图书，创立益友书斋，为当时广西提督学政汪贻书赏识，被称为"边地先觉"。曾汝璟 1903 年留学日本明治大学，专攻政法，成为历史上第一个壮族留学生。

四、价值与意义

壮族巫经《顿造忙（创世经）》在形式上是以殡葬礼仪来谈论创世的故事，但在内容上有所侧重，如对盘古开天、创造万物、洪荒遗民等只做简略交代，大量篇章则是讲述民族历史，突出边疆创业、分封领地、重文兴商、共建家园，借此进行社会教育，传承民族文化，具有重要的历史价值，蕴含深层的文化意义。略述如下：

1. 开发创业精神

《布洛陀》无民族迁徙内容，《顿造忙（创世经）》有中原民族大举南迁专章，南迁路线明晰，地名具实。最后之所以选定安平驻足，是由于看到沿途各地虽然天宽地广、一派繁华，但都不是理想管辖之地，而边境安平一带山岭旷野仍然是覆盖着莽苍的原始森林。这也并非是夸张虚构之词，清乾隆年间（1736—1795）赵翼知镇安府，在巡边中就目睹了自下雷州至云南开化府崇山峻岭"万木丛排成树海，诸峰乱涌作山潮"（《边行》）的景象，为之惊叹不已，并写下了一首长篇《树海歌》，赞颂南疆"冥朦一气茫无边，森沉终古不见天"的奇观。由此可见，《顿造忙（创世经）》中用了 200 多行诗句的篇幅来讲述"大举南迁"而最终选定安平驻足的历程，旨在凸显拓荒开辟边疆的坚强意志，与本地民族共同创业，建立和谐家园的精神和业绩，借此演绎"造忙"（创世）寓意。

2. 国家认同意识

国家认同意识是一个国家的公民对自己归属哪个国家的认知，以及对这个国家的构成如政治、文化、族群等要素的评价和情感。壮侗语民族先民西瓯、骆越自古以来就是中华民族大家庭中的一员，与中原保持多方面的联系。秦始皇统一岭南，在西瓯、骆越聚居地区设立南海、桂林、象郡，受中央王朝的直接管辖。中央王朝自唐宋在广西设立羁縻州峒建制，元明清实行由朝廷册封世袭土司制度，到清中叶开始改土归流，广西的土司管辖区百姓对国家都保持着归属感和认同感。

《顿造忙（创世经）》反复叙述各地"郎忙"（领主）一律由流官奏报朝廷册封授印，朝廷向全国颁发文书典章，子民向朝廷纳赋岁贡，土兵固边应征等，从多个侧面反映了边疆壮族人民的向心力，对国家认同和文化认同的意识。《顿造忙（创世经）》声称下雷州为"祖宗地"，是祖先掌印的地方，即中央王朝册封的领地，要坚守下雷五个隘口保安宁，反映了当地官民固边守土的爱国情怀。在历史上土司统治时期，壮族人民为抗击外敌侵扰、维护国家统一，做出了重大贡献。明朝嘉靖三十三年（1554），倭寇侵扰我国江浙沿海地区，广西田州土官瓦氏夫人请缨出征，率领田州、归顺、那地、东兰、南丹的 6000 多土兵（史称"俍兵"），自筹粮草船辐，水陆兼程，奔赴抗倭前线，英勇杀敌，威震东南沿海，立下显赫战功，成为名留青史的巾帼英雄。凡此，表现了南疆壮族人民以保家卫国为己任的光荣传统和爱国主义精神。

3. 文化认同进取

文化认同是国家认同之根，民族认同之魂。秦始皇统一六国后，推行"车同轨，书同文，行同伦"的政策，即全国采取相同的车轨、统一文字、人的行为有同样的道德标准，这些措施有利于塑造共同的文化心理，巩固国家的统一，增强中华民族的凝聚力。尤其是"书同文"对壮族地区带来了深远的历史影响。在《顿造忙（创世经）》第三篇《治国兴邦》中开宗明义说道："先造出十姓九族，聚齐邦国成天下。""书籍从京城送来，朝廷书籍做教材。教导我们做良民，分派我们当百姓。"这与明朝永乐年间（1403—1424）编纂《永乐大典》采择七八千种类书，清代编纂《四库全书》收录图书三千多种，颁发全国书院并惠及广西土司地区施教有关。清光绪年间（1875—1908），清政府还在桂林开办土官学堂。

由于历史的原因，壮族原来没有自己的民族文字，故对学习汉文化有强烈的渴望和企求。自秦汉统一岭南后，壮族先民开始接受汉文化教育，唐宋年间有一批文人学士被派遣到广西主政，传播儒家文化，明清时期在各府州设立书院、府学、义学、县学、乡学，土官子弟学习汉文化日盛，出现了一批人才。如清代忻城莫氏土司家族中，考中举人6人，拔贡2人，恩贡4人，岁贡14人，附贡6人，禀生、附生共百余人。清代由于"改土归流"政策的推行，参加科举应试的壮族学子比以前稍多，亦出现了一批优秀人才。凡此，体现了壮族的文化认同理念，以及积极进取的民族精神。

更为可贵的是，自唐宋开始，一些识汉字的壮族文人就仿汉字的"六书"构字法，创造了表达壮语音义的"土俗字"（即"古壮字"），此后一直在民间流传。如宋代范成大《桂海虞衡志》载："边远俗陋，牒诉券约专用土俗书。"并列举了土俗字的字形、字义、字例。在民间"唱和成风"的生活习俗中，土俗字更是得到广泛应用。如清初浔州（治所在今桂平市）推官吴淇采录的《粤风续九》，记载有用土俗字编写在扇面、刻在扁担和织绣在头巾上的"俍歌""壮歌"共27首。清人屈大均的《广东新语》"刘三妹（姐）"条中说："凡作歌者……歌成，必先供一本祝者藏之……渐积遂至数箧。"产生于明代、流传于右江河谷的两万多行《欢嘹》（即"嘹歌"），就是以土俗字抄本传世的。在其他领域，尤其是壮族民间师公、麽公和巫师的各类成套经书抄本，更凸显土俗字在传承民族文化中的重要作用。这些古壮字典籍，既是"书同文"促成而勇于进取创造的结果，亦是文化认同理念升华的产物。再者，道教是中国的本土宗教，明王朝崇尚道教，土官以道教为尊。民间视受册封的"郎忙"（领主）为"龙种""道仔"；巫师尊道公为"祖师"，凡巫祝受戒出师，必延请老道公为其举行度戒"戴帽"仪式；等等。这些，都反映了壮族以道教为正宗至尊的文化认同的情感和理念。

4.商品经济兴起

商品经济是相对于自然经济而言，是直接以交换为目的的经济形式，强调的是交换。明清时期的桂西仍然是自然经济占主导地位，这在乾隆年间任镇安府知府赵翼的有关诗作和《檐曝杂记》均有记述。如诗作《华峒》（今靖西市化峒镇）所描绘："有山必有田，有田必有泉。亩岁收二钟，不识旱潦年。茅屋四五屯，枕麓临沧涟。

依依榆柳树，缘阴连陌阡。染衣刈蓝草，织布种木棉。拾樵可供爨，把钓时获鲜。五鸡二母彘，赛社留客便。所买只盐豉，余者不用钱。人各长子孙，朝耕暮归眠。其俗总淳朴，一概无愚贤。"在他看来，"此中民风，比江、浙诸省，直有三四千年之别"。这虽然过于夸张，但也道出了当地仍然处于自给自足的自然经济社会状态。而《顿造忙（创世经）》的"论创世"，就是由于内地迁来的族人具有商业意识和经营经验，开发安平从经济开放、商品交换着手，打破原有自我封闭的格局。于是依照前代"邦国各自有城门""商贾沿街开店铺"的治理经验，对安平全面规划："筑起州城与天齐，黄瓦楼台平天盖，建造大铺招客商。"六郎跨界经商："讲经传教贩油纸，跨界贩马做生意。"十一郎隘口收税："十匹马税额一匹，十担盐纳税一担。"在这当中，以商人为重要媒介，进行商品之间的交换，为当地注入了商品经济活力，促进市场繁荣，民生有所改善，从而改变了千百年来"所买只盐豉，余者不用钱"的社会生活轨迹。

5.民族融合共荣

我国是一个统一的多民族国家。《顿造忙（创世经）》中强调"治国兴邦"要国家统一施政、加强管理。在实行"土流共治"时期，壮族地区没有发生大规模的"客土之争"的矛盾，这是壮族具有开放进取、包容和睦、团结互助的胸怀所使然。如婚姻观念，壮族历来有"男可娶女，女亦可娶男"的习俗，盛行"招婿"之风，并且不计较是本土还是外来客籍，尤其是那些做买卖的、会工匠的和教书先生做上门女婿最受欢迎。如赵翼《镇安土风》所记："俪皮齐贽易，握算贾胡留。"其诗注曰："粤东贾此者，多娶妇立家。""客""土"双方结缔姻缘，促进了民族融合和社会发展。

诚然，历史上的迁徙、交流是双向的。如明嘉靖年间（1522—1566）广西田州土官瓦氏夫人率领数千俍兵奔赴江浙抗倭建功，大部分俍兵凯旋故里，亦有一些官兵留恋江浙繁华之地而滞留。就是说，从江浙至广西左右江历来就存在一条军事与商贾往来沟通的古道。如北宋广州进士出身的黄师宓曾赴广源州经商，皇祐四年（1052）佐侬智高在安德州（今靖西市安德镇）起兵时，黄师宓任军师，并曾率兵去攻打广州；《徐霞客游记》记载，下雷观音亭有南海（广东）张运及莆田（福建）吴文光诗文题刻，是为儒商活跃在古道上的足迹。清乾隆年间（1736—1795）捐资筹建下雷羊城书院的粤商76人共有18个姓氏，在下雷安家落户的有谢、谭、汤、叶几家。其中书院碑文的撰稿者谢会朝是大户，粤东会馆对面就是谢氏商铺。谢氏后人也继承了商而士的传统，闻名乡里，但清末大都弃商从农，与当地人通婚，逐渐本土化。谭氏、叶氏以诗书传家，有的以教书为业，相继落籍，与壮族同化。可见在历史上，汉族儒商及其后代是在与壮族"双向互化"中融合，并为当地的经济文化发展做出了贡献。

颇有深层意味的是，关于洪水灭世、葫芦兄妹遗民的神话故事，《布洛陀》说两兄妹躲进葫芦逃过一劫，祖神布洛陀让他们成婚重新繁衍人类。而《顿造忙（创世经）》则说两兄妹躲进葫芦逃生："漂浮到南京城下，流落到官家门前，流落到皇宫府衙。"被发现后问明姓氏、宗族、来历，道出了兄妹成婚、孕育遭遇的艰难过程，从此继续繁衍族人。"造出两三百个姓，造出四五百家族。""邦国四面造齐全，百姓生活喜洋洋。"这一神话寓意，是为南疆民族与内地人民的血肉关系做暗示，对后来举族长驱迁徙到广西安平一带重建家园做伏笔。而当中又犹似与明王朝覆灭背景、南明皇溃逃路线的踪迹有某种关联。南明永历帝朱由榔政权一度在广西残存五载，清顺治八年（1651）清兵攻陷南宁，君臣仓皇逃奔太平（今崇左市），经安平、下雷（今大新县）、归顺（今靖西市），最后到达贵州安隆（今安龙县）。《顿造忙（创世经）》所述迁徙一事，也可能是逃散滞留落籍当地的皇室随员后裔的轶事传闻，而实则是借助历史事件移花接木，避开明清改朝换代正史，旨在凸显宣扬大举南迁、长途跋涉、水陆兼程、不留恋繁华故地，实现重新开辟家园的创世壮举，寄托再现大好江山的美好愿景。这也正是《顿造忙（创世经）》所蕴含的国家认同、文化认同、同根共源的理念，从而体现民族融合共荣的价值意义所在。由此可见，在当今新的历史条件下，广西12个世居民族构成一个血肉相连的命运共同体，为民族团结进步事业而携手奋进，是有着其深远的历史渊源的。

6. 语文资料珍贵

关于壮族语言文字，清乾隆年间（1736—1795）曾采录有《庆远府属土州县司译语》《镇安府属土州县司译语》《太平府属土州县司译语》三篇，但各篇所辑录土俗文字仅10多个字，现收藏于故宫博物院。有专家认为，其中镇安府和太平府的土俗字构字较合理规整。20世纪30年代，语言学家李方桂曾采录有《天保土歌——附音系》（天保为今德保县），其中有属德靖土语的几首土俗字歌谣，对当地壮族语言文字的记述非常有限。

《顿造忙（创世经）》等巫经抄本保存了镇安府属壮语方言文字的整体面貌，包括基本词汇、构词方式、音韵格律、造字方法、行文特点等，可谓弥足珍贵。尤其是当中有不少土司时代的专用词语，为研究土司制度文化提供了重要线索和丰富资料。例如：

“郎忙”由自然首领演变为受册封的“领主”“土官”。“猍郝”（外来狗、客狗）为流官、客籍的代称，并拥有奏报朝廷册封土官的权力。“乞犿畱皇帝”（做皇帝田仔），是为宋周去非《岭外代答》中“田子甲”条的源出。“隊耳美㪚黙”（要漂亮姑娘插秧），是土司时代春插仪式典故。“召貫不䦨犿”（前世不把女儿嫁），表明盛行招婿上门，为母系社会婚俗的遗存。出现封建买卖婚姻之后，把女儿出嫁叫“䦨犿娋”（卖女儿），并延称至今。“隘䦨悔㲋麻”（隘上卖奴成圩场），表明边境隘口买卖奴隶来来往往，热闹成圩。这也为古代镇安府一带及周边国家奴隶制的存在提供了证据。

又如“麻乞獬他勤”（做好笼子等它钻）、“麻乞憐他葛”（绳索设套等它入）、“獬㲋當吽岜”（笼子装在山坳口）、“猍㲋闔打唅”（狗驱野兽出山谷）、“分乞㝈移索”（野肉分做许多束），生动地描绘了人们狩猎的情景。这些描述非常生动形象，读来如身临其境，有很高的文学欣赏价值。同时，从这些描述中也了解到当时的生产生活状况，看到了壮族先民淳朴的民俗民风。

此外，《顿造忙（创世经）》第七篇《话说人生》中，通过繁育后代、婚嫁立业、说梦人生、备棺归宿等的评述，表现了顺应自然、乐观豁达的人生观和社会观。第八篇《择地安葬》表现了超凡脱俗的悠然心态：“汀上泉水响叮咚，一对鸳鸯水上游，白鹤成群来觅食。

花蛇在汀上做穴，吹风蛇去做巢洞。母禽召唤仔团聚，猿啸猴啼呼幼仔。互相追逐抢着吃，青蛙觅食抢先来。子孙去到深水处，转眼一去到冥界。"视亡者入土犹如自然界动物生存状态，可谓平中见奇，文采飞扬，富有情趣而充满浪漫色彩。这些都是值得深入研究的壮族人生理念及语言文字遗产。

总之，《顿造忙（创世经）》用古壮字书写，保留了镇安土语的原始面貌及古壮字的造字和用字规律。其字里行间蕴含着丰富的内容，对社会学、历史学、民俗学、文学、语言学和文字学都有很高的研究价值和参考价值，资料实属弥足珍贵。

诚然，《顿造忙（创世经）》等成套殡葬巫经早已随着土司制度的消亡而失去效用，但它不失为壮族珍贵的非物质文化遗产，具有重要的历史价值、研究价值及借鉴意义。同时，其对增进中华民族文化多元一体构成的理解，促进各民族在新的历史时期团结进步事业发展，亦会产生一定的积极作用。

需要特别说明的是，壮族巫经《顿造忙（创世经）》的译注，从对抄本古壮字逐字逐句认字解读、直译意译注释、古壮字造字、拼音壮文转写与国际音标对应，到五行对照排版合成，是一项细致而复杂的系统工程，课题组成员三年多来为之付出了许多努力。依兵先生是下雷知名才子，关注本土民族文化，曾发表多篇研究巫祝文化论文。十多年来，他对《顿造忙（创世经）》做了初步探索且卓有成效，并提供了相关历史文化背景资料，为《顿造忙（创世经）》译注工作的顺利开展奠定了良好的基础。张增业教授是壮族语言文字专家，参加过《壮族麽经布洛陀影印译注》、《布洛陀史诗》（壮汉英对照）的翻译，对壮族古籍经典的译注颇有经验，其为《顿造忙（创世经）》抄本从古壮字造字到五行对照的整体录入及合成，付出了超常的心血。他们两位为壮族古籍的整理出版做出的积极贡献，值得钦佩。再就是许晓明博士，她虚心向长辈学习，为做好本书注释做出了努力，值得称赞。

壮族巫经《顿造忙（创世经）》的译注出版，首先要感谢广西壮族自治区少数民族古籍保护研究中心主任韦如柱的全力支持和热心指导。还要特别感谢广西教育出版社将《顿造忙（创世经）影印译注》申报 2019 年度国家出版基金项目，并成功入选，令课题组感到极大鼓舞。

　　此书的出版，恰逢新中国成立 70 周年喜庆的日子，我们欣喜之际，借此将它作为向祖国的献礼，更富有特殊的意义。

　　　　　　　　　　　　　　　　　　　潘其旭

　　　　　　　　　　　　　2019 年 7 月 28 日于南宁吟诗斋

凡例

一、关于底本

底本来源于广西壮族自治区崇左市大新县下雷镇，原为大新县下雷中学退休教师许荣强收藏的祖传6本巫经抄本之一，于2006年由大新县下雷中学退休教师侬兵搜集复印。2016年春，收藏人许荣强将原抄本交广西壮族自治区少数民族古籍保护研究中心收藏。

抄本未注明抄写年代。课题组据同批巫经抄本《送祖上皇金大庙》标明的两处抄写年代及通过田野调查，判断此批巫经以清乾隆四十七年（1782）的抄本为底本，于道光二十七年（1847）转抄。

抄本原无书名，《顿造忙（创世经）》为编译者根据抄本中有"✕又句顿造忙"及主旨内容所拟。

抄本有封面无封底。封面用桐油浸泡过，有"许庆盟"署名。内文为绵纸材质，受虫蛀严重。页面高29.5厘米，宽21.5厘米。经文以墨书誊录，大部分每半页7行14句，也有部分是每半页8行16句，每句末有朱色圆圈表示句读，合计62页。

2006年搜集复印时，抄本保存状况尚好。至2016年抄本交由广西壮族自治区少数民族古籍保护研究中心收藏时，已历经10年时间，原抄本受虫蛀严重，经文前部数页文字损佚，漫漶不清。本书在整理中，以原抄本修复后为影印底本，译注遇漫漶之字，均据2006年原抄本复印件补齐。为简便起见，所补之字不加"□"区别。

二、关于编排

原文无段落及小标题，编译者根据经文内容划分成若干章节，并拟小标题。

本书采取五行对照的形式编排。第一行古壮字原文，第二行拼音壮文，第三行国际音标注音，第四行逐字壮汉对译，第五行汉文意译。例如：

猨	角	卜	晒	喜
Vaiz	gok	bum	loengz	haeh
va:i²	ko:k⁷	pum¹	loŋ²	hai⁶
水牛	角	钝	下田	耕耘

耕牛下田拉犁耙，

队	丱	美	晒	黕
Doih	gemj	maeh	loengz	ndaemz
toi⁶	ke:m³	mai⁶	loŋ²	dam²
众	面颊	粉红	下田	栽种

姑娘下田插秧苗。

三、关于注释

本书的注释为页眉注，从双页页眉起排。注释号标注在需要注释的词语的右上角。如：

猨　角　卜①　晒　喜
队　丱　美②　晒　黕

一般来说，反映当地比较特殊的生产生活习俗、壮族民间信仰术语及艰涩词语，读者可能不好理解的字词都加以注释。

四、关于校勘

（一）经书中有误字，保留原字，并在其后加上正确的字，所加之字用"（　）"标明。如：昙賣買圖（否）同。

（二）经书中有衍文则加注释说明，该衍文不做翻译注音。

（三）经书中有字序颠倒情况，为便于翻译和理解，译注时写为正确字序，并加注说明原文情况。

（四）抄本中有些字由于是手写体，与规范字体有一定差异，译注时一律用规范字体。

五、关于古壮字

古壮字作为未成熟的文字，在抄本中既有大量是模仿汉字的形声字结构造的字，也有大量使用现行的汉字，分别举例说明如下。

（一）仿制的古壮字有几种情况：

1.左边表义，右边表音。鈖［lek^7］（铁），眺［t'a^1］（眼睛），餁/餃［kin^1］（吃），柳［k'au^3］（米、饭），鄹［na^1］（厚），夥［p'an^1］（梦），𰍟［kəɯ^4］（今），倱［kon^2］（人），麤［sy^1］/［suɯ^1］（虎），殊［la:i^1］（多），裼［da^2］（背带），搏［k'e:n^1］（手臂），趴［k'a^1］（腿），瓯［ŋva^4］（瓦），揞［məɯ^2］（手）等，都是左义右音。

2.左边表音，右边表义。框［pjau^5］（空的），魀［kjau^3］（发髻，北部方言指"头"），鵝/灘［ha:n^6］（鹅），移［la:i^1］（多），魄［p'e:k^7］（魄），滌［sa^1］（纸），鵯［pat^7］（鸭子）等，都是左音右义。

3.上边表义，下边表音。娑［dɔy^2］/［dau^2］（里面、内），婑［ny^4］/［nu^4］（肉），妻［ny^1］/［nɯ^1］（上面），筱［fa:k^8］（竹地板）等，都是上义下音。

4.上边表音，下边表义。毱［t'a:i^1］（死），壨［naŋ^6］（坐），坒［naŋ^2］（活着），畓［na^2］（水田），畾［na^3］（脸、面），恁［ni:n^1］（思念、记住），縈［ly^1］/［lu^1］（剩余），垦、垦［k'un^3］（上去），鞲、蜌、

嵥［loŋ²］（下去），尕［ʔei⁵］（小），蘁［lum²］（风）等，都是上音下义。因现代汉语无入声字，所以有些表音成分相差甚远。如桃［maːk⁷］（果），勓［dak⁷］（深），鼀［nak⁷］（重）等。

5. 对角表音义。有的左下表义，右上表音。如逓［tai⁶］（搬运），逜［paːn⁶］（散开、逃散），迌［noːt⁸］（叶芽），㮸［lom⁴］（倒下）等。有的左上表义，右下表音。如庶［k'jit⁷］／［k'jət⁷］（癞子），広［my²］／［muɯ²］（去），屌［kjoːk⁸］（姓氏；动物出生的一"胎"）等。

6. 象形和会意。有些字是会意的，也有些字带象形的成分。真正意义上的象形字在《顿造忙（创世经）》中没有出现，但也有象形兼会意的字。如丅［p'a⁶］（劈），丄［tam¹］（春），丄［tam⁵］（低矮）等。有些是从汉字的字义会意出来的。如衺［sy³］／［suɯ³］（衣），尕［ʔi⁵］（指人是"幼小"，指物是"细小"）等。

7. 由汉字增减笔画而成。如乞［hat⁷］（做，"乞"的省形），斤［p'a³］／［p'eːn⁶］（片、块，"片"的添笔），初［tsu²］／［ɕu²］（邀约，取"初始"义，读［dou³］），卞［noːt⁸］（芽）、［doːk⁸］（花），盉［ve⁶］（画），乃［tum¹］（地面、土）、［tum³］（炖、煮）、［tum⁵］（垮塌、拆除、使之垮塌）、［t'um³］（帽、戴帽），孑［deːu²］（一），夭［jeːu⁴］（绕），灰［vei¹］（梳）等。

由于古壮字没有经过统一规范，使用无定例，异形、异音字较多。

同一个字在不同的地方读音不同、意义不同，要通过上下文关系和语境才能确定其意义。如前面所举例的"乃"字，读［t'um³］（帽、戴帽），读［tum⁵］（垮塌、拆除、使之垮塌），读［tum³］（炖、煮），读［tum¹］（地面、土）。"乃"的读音不同，意义不同，但它的韵母都是［um］。

另一方面，古壮字异形字也比较多，同一个音义，在不同的地方用不同的字。如：读［luːŋ¹］、词义是"大"的字就有"隆""陵""陇""㟒"等字。"隆"最通用，本书出现几十处。又如表示"上去、向上"的［k'ɯn³］，用"垦""垦""垦""墾""棍"等字。表示"旱地"的［ɹai⁶］有"畲""鼛""黎"等字。

个别字造得并不合理。如"伊"字，读［sei¹］，应是"尸"的古音。

但右边的声旁却写成"户"。

（二）借用现行汉字，有多种情况：

1. 借汉字读音，表壮语意义。如他［t'a³］（等候、等待），浪［la:ŋ⁶］（底楼，干栏式建筑的地面层），劳［la:u¹］（害怕），但［ta:n⁶］（别人、他人），麻［ma²］（来），眉［mei²］（有），民［min²］（第二人称），埋［ma:i¹］（书写、记录），悔［k'o:i³］（奴、我），卑［pei¹］（年、岁），你［ni¹］（这、今），孙［so:n¹］（教），英［ʔjaŋ²］（应答、吭声），隆［lu:ŋ¹］（大）。

借汉字的"音"不一定是西南官话读音，有些是借粤语音。如得［tak⁷］（断折、"盛"饭、"斟"酒、"上"茶），忒［t'ak⁷］（佩戴），密［mat⁸］（颗、粒）等。

2. 借用汉字意义，读壮语音。如歇［hi:t⁸］（歇息），卖［ka:i¹］（卖），买［sɯ⁴］/［søy⁴］（买），酒［lau³］（酒），老［ke⁵］（老），出［ʔo:k⁸］（出），夫［kva:n¹］（丈夫），边［be:ŋ³］（半边、一方），蛋［k'jai⁶］（蛋）等。

3. 借音也借义，完全把汉字的音义拿过来用。如一［it⁷］/［at⁷］（一），三［sa:m¹］（三），十［sip⁷］/［çap⁸］（十），百［pa:k⁷］（百），千［çi:n¹］（千），亿［jik⁷］（亿），衔［ɳa²］（衔），平［p'i:ŋ¹］/［piŋ²］（平），了［le:u⁴］（了），茶［kja²］（茶），旧［kau⁵］（旧），钱［tsen²］（钱），纳［nap⁸］（缴纳），父［po⁶］（父亲）等。

4. 用法上常用同音假借的办法。如"黎"，读［dai²］，既表示"好"义，又表示"梯子、台阶"，那是因为在镇安土语中这两个是同音词。又如本经书中用"大"表示排次序的"第"字，也因为粤语的"大"与"第"同音，都读［tɐi⁶］，壮语再借过来就把"大"字代替"第"字了。在本经书中，这种同音假借的用法较多。

5. 借用汉字，只是一个符号而已，其音义与原汉字关系不大。如本经书中出现频率极高的"打"字，表示的意义就很多。读音跟"打dǎ"不同，意义只有读［tuuk⁷］才有"打"的意思，其他读音都跟"打"义毫不沾边。如：读［tɐi⁶］/［ti⁶］，表示"地点、处所、地方"；读［te⁶］，有"将、将要、即将"的意思，有"要、打算"的意思，有"则、又"表示轻微转折的意思，也用作女性或年轻女子的量词；读 $[tɔy^3]$ / $[tau^3]$，是"下面、下方"的意思；读 $[teːn^6]$，是"垫"的意思；读 $[tuuk^7]$，是"打、射"的意思等。

六、关于壮文转写

抄本流传于大新县下雷、硕龙，靖西市湖润，德保县燕峒、龙光及天等县福新、上映等乡镇，该区域壮语属南部方言镇安土语。根据古壮字转写成现行拼音壮文时，遵循《壮文方案》的规范要求。虽然镇安土语有送气音和圆唇音，但本书不采取突破《壮文方案》增加声韵母符号的转写方法。镇安土语的特殊语音，就在第三行国际音标注音中体现。如：

古壮字	壮文	国际音标	汉义
鮍	bya	pja^1	鱼
岜		$p'ja^1$	石山
得	daek	tak^7	断折
恧		$t'ak^7$	佩戴
鴉	ga	ka^1	乌鸦
趴		$k'a^1$	腿
何	yaz	$ʔja^2$	医药
荷		ja^2	茅草
梁	liengz	$liːŋ^2$	梁、凉
忙	miengz	$myːŋ^2$	领地、疆域、世界
須	sawh	$səɯ^6$	老实
赖、而	rawh	$ɹɔy^6$	块（田）

此外，本书中壮文跟古壮字一一对应编排，除句首字母大写外，壮文词组不连写，词组首字母也一律用小写。

七、镇安土语的语音特点

抄本流传的区域，古属镇安府辖地，与壮语标准语比较，镇安土语有如下语音特点：

1. 有一套送气音声母。如：

[p']：[p'a³] 云、（大）片；[p'aːi³] 棉；[p'ak⁷]（豆）荚、鞘；[p'ja¹] 石山；[p'jaːi³] 走；[p'jak⁷] 菜；[p'jom²] 头发；[p'jaŋ³] 蜜蜂；[p'jaːk⁸] 额。

[t']：[t'eːk⁸] 裂；[t'aːk⁸] 晒；[t'a¹] 眼；[t'in¹] 石头；[t'aːŋ¹] 尾巴；[t'əŋ¹] 到达。

[k']：[k'a¹] 腿；[k'ai¹] 开；[k'aːi¹] 卖；[k'ei³] 粪便；[k'an¹] 啼鸣，撬动；[k'au³] 米、饭，进入；[k'jak⁷] 勤快；[k'ja¹] 寻找；[k'jaŋ²] 关押；[k'jən²] 筛子；[k'juŋ⁶]（禽）笼；[k'va⁶] 裤子；[k'vei⁶] 骑；[k'vaːŋ¹] / [k'vai⁶] 纵横，经纬。

2. 有带先喉塞音的擦音 [ʔj] 和唇音 [ʔv]。例如：[ʔja²] 药、医；[ʔjaŋ²] 应答、应声；[ʔjaːk⁸] 饿；[ʔjou⁶] 住、在；[ʔjam⁶] 慰问、抚慰，照料；[ʔjaːŋ⁶] 大刀；[ʔve⁶] 偏移，让（路)；[ʔva³] 愚笨、傻；[ʔvaːŋ³] 汪子；[ʔviːn⁶] 怨。

带不带先喉塞音是能区别意义的。如上面这些例词去掉先喉塞音 [ʔ]，就变成：[ja²] 茅草；[jaŋ²] 估计；[jaːk⁸] 学；[jou⁶] 釉，油光发亮；[jam⁶] 晚上；[jaːŋ⁶] 蝗虫；[ve⁶] 绘画；[va³] 哈喇味；[vaːŋ⁶] 枝，分支；[viːn⁶] 县。

3. [s] 音位有三种读音 [s][ɬ][θ]。如"三"可读 [saːm¹] / [ɬaːm¹] / [θaːm¹]。它们不是一个语音点的自由变体，而是出现在不同的村落或人群中的不同读音，甚至一家人里读音也不同。比如爷爷读 [s]，大儿媳读 [ɬ]，小儿媳读 [θ]。谁错了？都没有错。这是语言交流融合产生的语言地理音位变体，本书一律记作 [s]，壮文写作"s"。

4. 有圆唇元音 [y]。[y] 与镇安土语其他地方的 [ɯ] 相对应。如 [ly²] / [lɯ²]（船）、[my²] / [mɯ²]（去）、[ny¹] / [nɯ¹]（方位词：

上、北）、[ly¹] / [luɯ¹]（剩余）、[ly:ŋ³] / [luɯ:ŋ³]（伞）等。《壮文方案》不设置"weng"韵母，并入"ieng"韵。

[y] 和 [i] 是不同的音位。如 [ny¹] 上面、北、[ni¹] 这；[my²] 去，[mi²] 妻子。现在有去圆唇化的趋势。

5. [uɯ] 和 [əɯ] 是两个不同的韵母，能区别意义。如 [sauɯ¹] 清冽，[səɯ¹] 书、文字；[pauɯ⁴] 媳妇，[pəɯ⁴] 大片的；[t'auɯ²] 胜子，[t'əɯ²] 拿、捉拿；[mauɯ²] 你，[məɯ²] 手。壮文都是"aw"韵母。

6. 送气音声母和带喉塞音声母的音节，第 1 调可读第 2 调，第 5 调可读第 6 调。交流过程中有不同的人用不同的调的情况，有时同一个人说话也会变换不同的调。如[k'a:u^{1/2}]白、[t'a^{1/2}]眼、[p'a^{1/2}]盖子、[ʔdam^{1/2}]黑、[ʔdaŋ^{5/6}]碱水、[ʔda:ŋ^{5/6}]斑驳、[ʔba:ŋ^{1/2}]薄（因 [ʔd/d]、[ʔb/b] 不区别意义，故可以省 [ʔ] 不写）。

镇安土语有八个调类，基本声调如下：

调类	调类	调值	词例	调类	调类	调值	词例
舒声韵	第 1 调	54	[ma¹] 狗；[sa:n¹] 编织	塞声韵	第7调 长音	44	[pa:k⁷]百、嘴、口
	第 2 调	31	[na²] 田；[man²] 薯			35	[tse:p⁷] 疼痛
	第 3 调	35	[ha³] 五；[t'au³] 暖		第7调 短音	54	[pak⁷]北、插、煲
	第 4 调	214	[nam⁴] 水；[le:ŋ⁴] 旱		第8调 长音	23	[ta:k⁸] 蚂蟥、测量
	第 5 调	44	[kai⁵] 鸡；[tam⁵] 矮		第8调 短音	31	[tak⁸] 雄性 [tap⁸] 叠
	第 6 调	23	[tau⁶] 火灰；[ma:n⁶] 辣				

八、镇安土语语序与汉语不同的几种情况

我们经常听到人们议论，说壮语"老是颠倒的"。其实并不是壮语颠倒了，而是壮语和汉语表达的方式不同，语序不一样罢了。为了让读者更好地理解经文，在此介绍几种常见的壮语和汉语语序相反的情况：

1. 偏正式复合词的结构，即中心＋修饰（正＋偏）。如：

皁	你	唒	隘	都	城	鲌	鲵
pei^1	ni^1	pa:k^7	a:i^6	tou^1	sin^2	pja^1	nai^2
年	今	口	隘	门	城	鱼	鲤
今年		隘口		城门		鲤鱼	

由此可见，偏正关系的复合词，壮语与汉语的语序正好相反。汉语是修饰语在前，中心语在后。壮语是修饰语在后，中心语在前。

2. 名词做定语置于中心语之后，即中心语（简称"中"）＋定语（简称"定"）。例如：

都	城	三	百	馬		忙	怕	五	都	隘
tou^1	sin^2	sa:m^1	pa:k^7	ma^4		my:ŋ^2	fa^4	ha^3	tou^1	ʔa:i^6
门	城	三	百	马		疆域	下雷	五	门	隘

城门（外有）三百（匹）马　　下雷（这）地方（有）五（道）隘门

又如：

楝	罾	楝	拐	拐	楝
ɹu:n^2	na^3	ɹu:n^2	laŋ^1	laŋ^1	ɹu:n^2
家	前面（屋前那家）	家	后面（屋后那家）	后	屋（屋后）

墁	毕	墁	妻	閊	墁
ba:n^3	təy^3	ba:n^3	ny^1	kja:ŋ^1	ba:n^3
村屯	下面（下村）	村屯	上面（上屯）	中间	村屯（村里）

　　［ha³］（五）、［sa:m¹ pa:k⁷］（三百）在中心语之前，与汉语相同。［siŋ²］（城）、［ʔa:i⁶］（隘）分别修饰［tou¹］（门），都置于［tou¹］（门）之后。方位名词做定语，也都置于中心语之后，做中心语则在修饰语之前。

　　3. 表示"一"的［de:u²］/［to:k⁸］做定语时，置于中心语之后。如：

劳	打	眉	孖	犊		劳	打	屋	孖	尞
Lau	deh	meiz	lug	dog		lau	deh	og	lug	ndeuz
la:u¹	te⁶	mei²	luk⁸	to:k⁸		la:u¹	te⁶	ʔo:k⁸	luk⁸	de:u²
怕	就	有	儿	独（独子）		怕	就	出	儿	一（一子）

```
        中    定                      中    定
```

　　4. 形容词做定语，置于中心语之后。如：

岜	嵩		汏	隆		驴	来
p'ja¹	suŋ¹		ta⁶	lu:ŋ¹		ly²	la:i²
石山	高（高山）		河流	大（大河）		船	花斑（花船）

　　形容词［suŋ¹］（高）、［lu:ŋ¹］（大）、［la:i²］（花斑），都置于被修饰的对象之后。即使是多重定语也如此。

　　如：

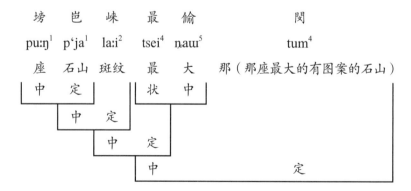

塝	岜	崃	最	偷		闭
pu:ŋ¹	p'ja¹	la:i²	tsei⁴	n̥au⁵		tum⁴
座	石山	斑纹	最	大	那（那座最大的有图案的石山）

　　从这个例子可知，无论修饰语多长都置于中心语之后（数量短语做定语除外）。

　　5. 指示代词做定语，始终置于短语的最后位置。如：

恩　　　壔　　　　你　　　　　　双　都　猕　　　閏
an¹　ba:n³　　ni¹　　　　　　soŋ¹　tu¹　ma¹　　tuɯn⁴
个　村子　这（这个村子）　　二　只　狗　　这（这两条狗）

双　　　卑　　　减　　　掛　　　毑　　　　忲
so:ŋ¹　pei¹　ŋa:m⁵　kva⁵　pai¹　　　　　tum⁴
二　　年　　刚　　过　　去　　那（刚过去的那两年）

指示代词〔ni¹〕（这）、〔tuɯn⁴〕（这）、〔tum⁴〕（那）都置于短语的末尾。

6.形容词受其他词类修饰时，修饰词往往置于形容词之后。如：

弱　　　殊　　　黎　　　移　　　嵩　　　个　　　招
jo:k⁸　la:i¹　dai²　la:i¹　　sun¹　　ka⁶　ɹa:i⁴
虚弱　多（太虚弱）　好　多（更好）　高　确实（真高）
　中　　　状　　　　中　　　状　　　　中　　　　状

审　　　椀　　　　方　　　　矮　　　　票
som³　ma:k⁷　　fy:ŋ²　　ɹuŋ⁶　　p'jai³
酸　　果　杨桃（杨桃的酸味）　光亮　耀眼（耀眼的光芒）
　中　　　状　　　　　　　中　　　　状

在壮语中，形容词的限定成分（状语）本来在形容词之后。但受汉语的影响，现在也有修饰成分置于形容词前面的，而且有逐渐普及的趋势。如"t'a:i³ dai² lo."（太好了）；甚至还可以说"t'a:i³ dai² la:i¹."（真的太好了）；"tsan¹ va:n¹ ka⁶ ɹa:i⁴."（真甜哪）。本来，〔va:n¹〕〔ka⁶ ɹa:i⁴〕已经是"真甜哪"的意思，现在又在前面加个〔tsan¹〕（真）字，变成了前后双重限定了。壮语与汉语同义并用的情况，也是一种特点。

第一篇 举仪报丧

扫码听音频

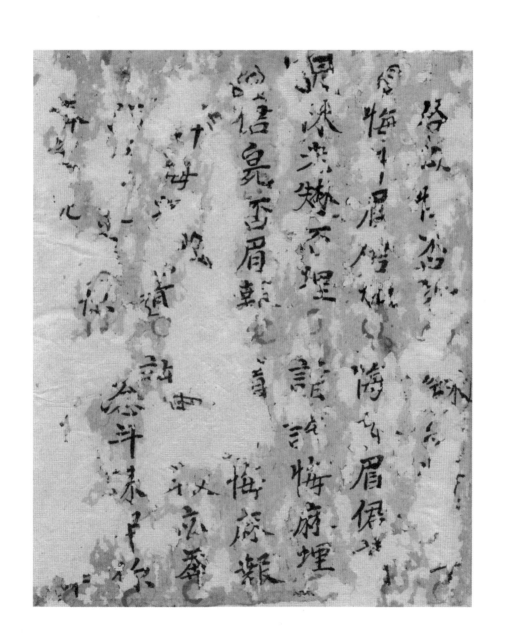

① 悔 [kʻoːi³]：人称代词。在土司时代，土官管理地区的百姓分为庄民和土民，土民专耕种土官的田地，对土官有依附关系。土民称土官为昭 [tsau³]，意为主子，土民在土官面前自称为"悔"，意为"奴"。"悔"后演变成自称，指"我"的谦称。
② 厷 [my²]：趋向动词，去。指向高处走去，向西方、北方走去或向上走去。
③ 尃：该字为衍字。
④ 家 [kʻja⁶]：阵、场。专用于风雨一类的量词，如一阵风、两场雨。
⑤ 殊潫 [laːi¹ ŋa⁵]：多条支流。潫 [ŋa⁵]：本指物体分叉的部分，此指支流。

各	幼	悔①	否	皆
Gag	youh	goij	mbouh	gyaij
kaːk⁸	ʔjou⁶	kʻoːi³	bou⁶	kjaːi³
独自	在	我	不	禳解

独自我不做禳解，

枺	老	魅	否	埋
Maex	geq	loemx	mbouh	mai
mai⁴	ke⁵	lom⁴	bou⁶	maːi¹
树	老	倒下	没	记录

老树倒下没人记，

幼	殊	悔	否	斗
Youh	ndaiz	goij	mbouh	daeuj
ʔjou⁶	daːi²	kʻoi³	bou⁶	tau³
在	空闲	我	不	来

无事我不自登台。

諎	許	悔	麻	埋
Cingj	hawj	goij	maz	mai
ɕiŋ³	hɔy³	kʻoːi³	ma²	maːi¹
请	给	我	来	记录

请我到此帮记载。

悔	斗	眉	俉	加
Goij	daeuj	meiz	goenz	gya
kʻoi³	tau³	mei²	kon²	kʻja¹
我	到	有	人	找

有求于我我才到，

俉	死	否	眉	报
Goenz	dai	mbouh	meiz	bauq
kon²	tʻaːi¹	bou⁶	mei²	paːu⁵
人	死	没	有	报丧

家有丧事无人知，

悔	麻	眉	俉	諎
Goij	maz	meiz	goenz	cingj
kʻoi³	ma²	mei²	kon²	ɕiŋ³
我	来	有	人	请

有人恭请我才来。

諎	許	悔	麻	报
Cingj	hawj	goij	maz	bauq
ɕiŋ³	hɔy³	kʻoːi³	ma²	paːu⁵
请	给	我	来	报丧

我替主家报丧来。

許　悔　埋　凸　道

Hawj　goij　mai　bae　dauh

hɔy³　k'oːi³　maːi¹　pai¹　taːu⁶

给　我　写　去　道公

写好文书请道士，

許　悔　報　広②　奔

Hawj　goij　bauq　mwz　mbwnz

hɔy³　k'oːi³　paːu⁵　my²　buɯn²

让　我　报　上　天

让我来禀报天朝。

溙　篤　孰　卑　你

Boen　doek　caeux　bei　ni

p'on¹　tok⁷　tsau⁴　pei¹　ni¹

雨　落　早　年　这

今年雨水来得早，

淰　斗　铢　卑　你

Naemx　daeuj　lai　bei　ni

nam⁴　tau³　laːi¹　pei¹　ni¹

水　到　多　年　这

今年洪水来得多。

溙　篤　孰③　双　三　家④

Boen　doek　song　sam　gyah

p'on¹　tok⁷　soːŋ¹　saːm¹　k'ja⁶

雨　落　二　三　阵

大雨倾盆一阵阵，

淰　駄　垦　铢　泮⑤

Naemx　dah　gwnj　lai　ngaq

nam⁴　taː⁶　k'un³　laːi¹　ŋa⁵

水　河　上　多　支流

江河支流涌春潮。

① 巫［mo¹］：指麽公，男性，为壮族民间信仰麽法事的主事者。该句"巫［mo¹］"与下句的"巫［mot⁸］"实为同义，均指巫公，为使经文有韵律变化，同字可不同音。

② 巫［mot⁸］：指巫公，男性，即觋。女巫壮语称［me⁶ mot⁸］。《顿造忙（创世经）》主事者主要为男性。

③ 戗［tsa:n²］：壮族干栏晒台。壮族传统建筑为干栏式，分上下两层，上层屋檐下有走廊，廊前以竹木搭建出一个平台，或者用土夯成一个土台，用于晾晒谷物。

④ 浪［la:ŋ⁶］：指壮族传统建筑干栏式房屋的底层，是饲养禽畜、安置厕所和放置农具、杂物的地方。

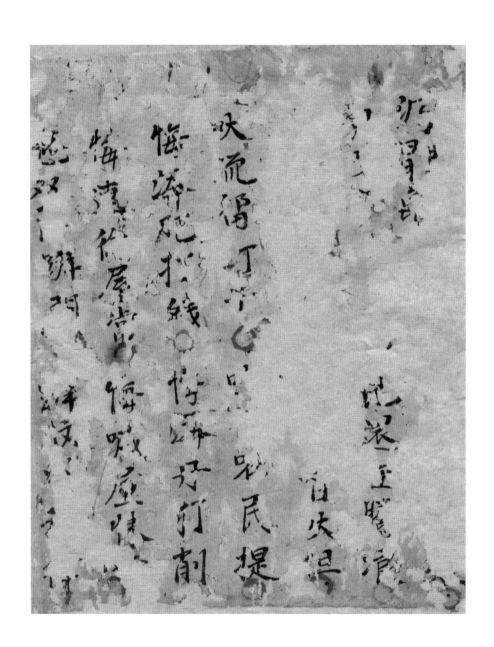

⑤ 但 [ta:n⁶]：人物代词，指他、她、他人、别人、人家。壮语第三人称的尊称。

汜罫凫黼巫①

Dumj gyaz bae gyam mo

$t'um^3$ kja^2 pai^1 $k'ja:m^1$ mo^1

戴 斗笠 去 问 麼公

带着斗笠找麼公，

高吕凫嗜巫②

Gau lwz bae lok moed

$ka:u^1$ ly^2 pai^1 $lo:k^7$ mot^8

划 船 去 叫 巫公

划船去请巫公到。

凫嗜巫腾残③

Bae lok mo daeng canz

pai^1 $lo:k^7$ mo^1 $t'aŋ^1$ $tsa:n^2$

去 叫 麼公 到达 晒台

去请麼公到晒台，

凫還巫腾浪④

Bae vanz moed daeng langh

pai^1 $va:n^2$ mot^8 $t'aŋ^1$ $la:ŋ^6$

去 请 巫公 到 底楼

去邀巫公到楼下。

猕吠脘皮喔

Ma haeuh mbanj bei baeuj

ma^1 hau^6 $ba:n^3$ $p'ei^1$ pau^3

狗 吠 村 鬼 念叨

群狗乱吠村闹鬼，

吠流魯吠但⑤

Haeuh raeuz roux haeuh danh

hau^6 $ɹau^2$ $ɹou^4$ hau^6 $ta:n^6$

吠 自己 或 吠 他人

是吠主子或人家？

吠流畄打干

Haeuh raeuz raeuz deh ganq

hau^6 $ɹau^2$ $ɹau^2$ te^6 $ka:n^5$

吠 咱 咱 就 驱赶

是吠自家咱赶走，

吠但咘民提

Haeuh danh caih minz dawz

hau^6 $ta:n^6$ $tsa:i^6$ min^2 $t'ɯ^2$

吠 他人 任 它 咬

是吠别人任由它。

① 郎 [ɹa:ŋ^6]：壮语中对村寨头人的称呼。

悔　漀　爬　打　残
Goij　boen　byax　deih　canz
k'o:i^3　p'on^1　pja^4　tei^6　tsa:n^2
我　磨　刀　地方　晒台
我在晒台磨刀子，

悔　漀　丹　打　削
Goij　boen　gvan　deih　sok
k'o:i^3　p'on^1　kva:n^1　tei^6　so:k^7
我　磨　斧　地方　路口
我在路口磨斧子。

悔　连　徐　屋　當
Goij　leh　yeiz　og　dangq
k'o:i^3　le^6　jei^2　o:k^8　ta:ŋ^5
我　就　移步　出　窗
我先移步出厅堂，

悔　喊　屋　悙　残
Goij　gamz　og　byai　canz
k'o:i^3　ka:m^2　o:k^8　pja:i^1　tsa:n^2
我　迈步　出　尾　晒台
我到晒台等客家。

赆　双　郎①　踔　閔
Daen　song　rangh　byaij　mwnh
t'an^1　so:ŋ^1　ɹa:ŋ^6　p'ja:i^3　muun^6
见　两　郎　走　慢
两个郎官慢慢走，

踔　忟　增　利　律
Byaij　mwnh　saeng　lih　lwd
p'ja:i^3　muun^6　saŋ^1　li^6　luut^8
走　慢　为何　蹒　跚
为何慢行步蹒跚？

① △：三角号表示主事者，或指举办仪式的主家，或指亡者（父或母）。全书同。

② 高担［ka:u¹ t'a:p⁸］：办理丧礼的担子。按下雷民间风俗，治丧期间，亲戚送来祭奠的担子，里面装满祭品，有人负责登记处理。丧葬仪式结束后，主家留一半礼品，退一半礼品给送礼者。同时，孝男、孝女要扎纸马、纸屋、纸轿等祭品，需要专人负责。文中的"父"，就是做这方面工作的人。

踋	急	增	利	恠
Byaij	gip	saeng	lih	linx
p'ja:i³	kip⁷	saŋ¹	li⁶	lin⁴
走	急	为何	跞	踋

好似心急又跞踋，

△①	悔	敗	起	榱
△	goij	baih	nei	ruenz
△	k'o:i³	pa:i⁶	nei¹	ɹu:n²
△	我	破败	逃离	家

房屋倒塌离家园。

双	儂	斗	靠	增
Song	nongx	daeuj	gauh	saeng
so:ŋ¹	no:ŋ⁴	tau³	k'a:u⁶	saŋ¹
两	弟	到	考查	什么

两位兄弟为哪般？

槑	三	贼	否	郷
Lumq	sam	haemh	mbouh	gaeuj
lum⁵	sa:m¹	ham⁶	bou⁶	k'au³
坍塌	三	晚	没有	饭

三个夜晚没饭吃，

双	奥	斗	盐	增
Song	auh	daeuj	gyam	saeng
so:ŋ¹	a:u⁶	tau³	k'ja:m¹	saŋ¹
两	叔叔	来	探问	什么

两位弟兄有何难？

槑	九	贼	否	餘
Lumq	gaeuj	haemh	mbouh	gyaeuz
lum⁵	kau³	ham⁶	bou⁶	kjau²
坍塌	九	晚	没有	晚餐

已经九夜没晚餐。

岜	隆	槑	庭	塝
Bya	lueng	lumq	daengz	bueng
p'ja¹	lu:ŋ¹	lum⁵	taŋ²	pu:ŋ¹
山	大	崩	整个	山峰

只因山崩村庄毁，

否	眉	倡	托	郷
Mbouh	meiz	goenz	dag	gaeuj
bou⁶	mei²	kon²	t'a:k⁸	k'au³
没	有	人	晾晒	谷子

村里无人晒谷子，

請　父　厷　托　粏
Cingj boh mwz dag gaeuj
çiŋ³ po⁶ my² t'a:k⁸ k'au³
请　父　回去　晾晒　谷子
请求父老去晒粮。

請　父　厷　高　担
Cingj boh mwz gau dab
çiŋ³ po⁶ my² kau¹ t'a:p⁸
请　父　去　交　担子
请求父老接礼担。

否　眉　倡　斜　刀
Mbouh meiz goenz doq daeu
bou⁶ mei² kon² to⁵ tau¹
没　有　人　搭建　轿子
村里没人制轿子，

否　眉　倡　納　錢
Mbouh meiz goenz nab cenz
bou⁶ mei² kon² na:p⁸ tse:n²
没　有　人　纳　钱
来往礼数无人记，

還　父　厷　斜　刀
Vanz boh mwz doq daeu
va:n² po⁶ my² to⁵ tau¹
请　父　去　制作　轿子
请父老来制轿子。

否　眉　倡　高　担②
Mbouh meiz goenz gau dab
bou⁶ mei² kon² ka:u¹ t'a:p⁸
没　有　人　交　担子
没人帮收纳财物，

① 起弄［kʻɯn³ ɹɯŋ⁶］：丧礼中的环节，指给死者打开光明，登升天之路。按下雷民间风俗，人死后双眼紧闭，家人用白纸盖住死者的脸，挡住其眼睛，死者看不到阴间之路，要请道公来"起弄"。道公先领众孝男孝女去河边取水，回来后给死者沐浴，然后诵经施法，燃香在死者的两眼附近，使死者开眼，看见光明。

② 嘚抻［paːŋ³ kʻvan¹］：意为叫魂。在当地人观念里，人有 12 个灵魂，人的灵魂会因受惊、灵异物召唤等原因离开人的身体而使人生病、发疯，如果 12 个灵魂都离开，人就死了。

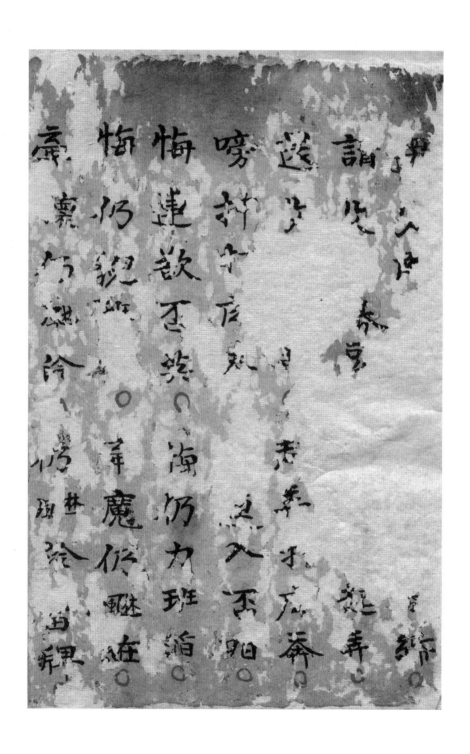

還 父 厷 納 錢
Vanz boh mwz nab cenz
va:n² po⁶ my² na:p⁸ tse:n²
请 父 回去 交纳 钱
恳请父老记礼单。

否 眉 倡 券 縖
Mbouh meiz goenz gienj sa
bou⁶ mei² kon² ki:n³ sa¹
没 有 人 卷 纸
纸钱冥币无人做，

請 父 厷 券 縖
Cingj boh mwz gienj sa
ɕiŋ³ po⁶ my² ki:n³ sa¹
请 父 回去 卷 纸
请父老去扎纸钱。

不 眉 倡 起 弄①
Mbouh meiz goenz gwnj rungh
bou⁶ mei² kon² k'ɯn³ ɹuŋ⁶
没 有 人 拿起 火亮
没人给亡灵执火，

還 父 厷 起 弄
Vanz boh mwz gwnj rungh
va:n² po⁶ my² k'ɯn³ ɹuŋ⁶
请 父 回去 起 光
恳请父老执香火。

起 弄 打 厷 奔
Gwnj rungh deh mwz mbwnz
k'ɯn³ ɹuŋ⁶ te⁶ my² bɯn²
起 光 将 去 天上
手执香火送上天，

嗙 抻② 打 厷 呑
Bangj gvaen deh mwz fax
pa:ŋ³ k'van¹ te⁶ my² fa⁴
招 灵魂 将 去 天
祈祷灵魂升天堂。

悔 連 人 否 嗊
Goij leh yup mbouh ganz
k'o:i³ le⁶ ʔjup⁷ bou⁶ k'a:n²
我 就 闭口 不 回声
我就缄口不吱声，

① 力 [li:k⁸]：本义是"挑选、选择"。挑选父母中的一个跟自己过，子女挑选了长辈，就得对长辈尊敬并尽赡养义务。

悔	连	欸	否	英

Goij　leh　yaenj　mbouh　yaeng

k'o:i³　le⁶　ʔjan³　bou⁶　ʔjaŋ¹

我　就　忍　不　应和

我就闭嘴不声张。

悔	仍	力①	班	滔

Goij　nyaengz　lieg　ban　daeuz

k'o:i³　ȵaŋ²　li:k⁸　pa:n¹　tau²

我　还　挑选　辈　头

我还要赡养长辈，

悔	仍	貌	班	拐

Goij　nyaengz　maeuz　ban　laeng

k'o:i³　ȵaŋ²　mau²　pa:n¹　laŋ¹

我　还　谋　辈　后

我还要抚育儿女。

牵	魔	仍	飑	縌

Cung　moz　nyaengz　lumz　sai

tsuŋ¹　mo²　ȵaŋ²　lum²　sa:i¹

牵　黄牛　还　忘记　绳子

牵着黄牛忘绳索，

牵	猨	仍	飑	泠

Cung　vaiz　nyaengz　lumz　lengq

tsuŋ¹　va:i²　ȵaŋ²　lum²　le:ŋ⁵

牵　水牛　还　忘　牛铃

牵着水牛忘铃铛。

仍	飑	泠	睯	脾

Nyaengz　lumz　lengq　naz　baiz

ȵaŋ²　lum²　le:ŋ⁵　na²　pa:i²

还　忘记　牛铃　田　斜坡

牛铃忘在梯田里，

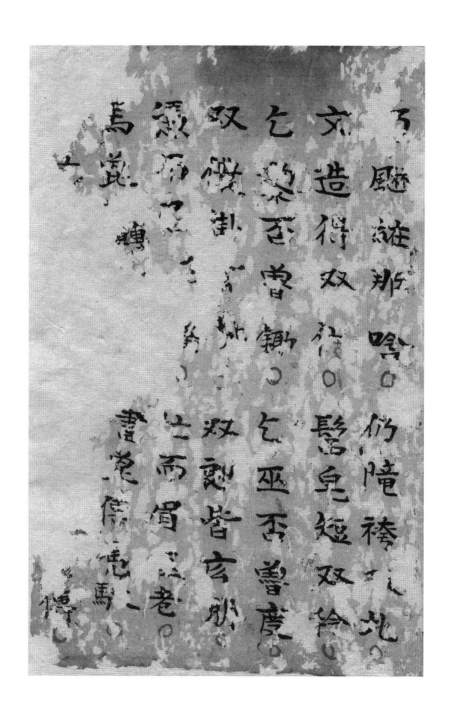

① 裆双比〔k'va⁶ so:ŋ¹ pap⁸〕：这是镇安一带典型的传统裤子，裤子的主体是蓝靛染的布料，裤头是白布。裤子很宽，穿时右手将裤头向外拉伸，左手向右、向内压裤头，右手将外拉的裤头向左折回，再用双手把裤头上端约两指来宽外翻向下折叠，就像裤带一样固定裤头，裤子就不容易滑落了。

② 矜〔kam¹〕：抓、握。动词转量词，即一个拳头的长宽度。在壮语中，常用身体的某部位来表示长度单位。如"〔ni:u⁴〕指"，一个手指的长度；"〔p'a¹ məŋ²〕掌"，一个手掌的宽度；"〔kjau⁴〕肘"，从虎口到肘尖的长度，因人们常曲臂绕线而得名；"〔k'e:n¹〕臂"，从指尖到肩尖的长度；"〔pa:n⁵〕肩"，从肩尖到颈部中轴线的长度；"〔som¹〕度"，两臂向左向右伸开的长度。

仍　黢　綕　那　啥
Nyaengz lumz sai naz ceh
ŋaŋ² lum² sa:i¹ na² tse⁶
还　忘记　绳子　田　浸泡
绳索忘在烂泥田。

仍　隨　裆　双　比①
Nyaengz nungh gvah song baeb
ŋaŋ² nuŋ⁶ k'va⁶ so:ŋ¹ pap⁸
还　穿　裤　两　折叠
还穿儿时折头裤，

文　造　得　双　信
Faenz coux daek song saenj
fan² tsou⁴ tak⁷ so:ŋ¹ san³
齿　就　断　两　根
门牙却已断两根，

鬈　皂　短　双　矜②
Byoem coux daenj song gaem
p'jom¹ tsou⁴ tan³ so:ŋ¹ kam¹
头发　就　短　两　抓
头发短了好几寸。

亡　黎　否　兽　鋤
Haet raeh mbouh roux mbag
hat⁷ ɹai⁶ bou⁶ ɹou⁴ ba:k⁸
做　畲地　不　懂　锄
下地不会使锄具，

亡　巫　否　兽　度
Haet moed mbouh roux doh
hat⁷ mot⁸ bou⁶ ɹou⁴ to⁶
做　巫　不　会　度数
做巫乏术没入门。

双　儂　掛　厷　椑
Sueng nongx gvaq mwz bai
su:ŋ¹ no:ŋ⁴ kva⁵ my² p'a:i¹
陪伴　兄弟　过　去　水坝
伴随兄弟坝上过，

双　即　皆　厷　朋
Sueng rangh gyaij mwz baengh
su:ŋ¹ ɹa:ŋ⁶ k'ja:i³ my² paŋ⁶
陪伴　头人　走　去　对面
伴着头人去对岸。

憑　而　眉　巫　隆

Baengh　rawz　meiz　moed　lueng

$paŋ^6$　$ɣɯ^2$　mei^2　mot^8　$luːŋ^1$

地方　哪　有　巫　大

道高巫师何处有？

忙　而　眉　巫　老

Miengz　rawz　meiz　moed　geq

$myːŋ^2$　$ɣɯ^2$　mei^2　mot^8　ke^5

方国　哪　有　巫　老

大德巫公在何方？

馬　岜　轉　國　妾

Max　bae　cienq　guek　nw

ma^4　pai^1　$tsiːn^5$　$kuːk^7$　ny^1

马　去　转　地方　上面

骑马在岸上转悠，

書　岜　傳　凭　駄

Sw　bae　cienq　baengz　dah

sy^1　pai^1　$tsiːn^5$　$paŋ^2$　ta^6

虎　去　转　岸　河

骑虎到河边访寻。

滕　忙　悔　岜　度

Daengz　miengz　goij　bae　duh

$taŋ^2$　$myːŋ^2$　$kʻoːi^3$　pai^1　tu^6

整个　方国　我　去　完全

整个疆域我走遍，

四　處　悔　岜　傳

Seiq　cawj　goij　bae　cienz

sei^5　$çəɯ^3$　$kʻoːi^3$　pai^1　$tsiːn^2$

四　处　我　去　全部

各方村屯我访全。

① 淰的［nam⁴ tik⁷］：古村落名，今址不详。"淰［nam⁴］"指水。壮族常傍水而居，故常以河名做地名。

② 涌難［tʼoːŋ¹ naːn⁴］：瀑布名。"涌［tʼoːŋ¹］"指瀑布；"難［naːn⁴］"指野兽。该瀑布周边常有野兽出没，因此得名"野兽瀑"。

③ 淰容［nam⁴ juŋ²］：古村落名，今址不详。下文"几亜［ki³ ja⁴］""把州［pa⁶ tsou¹］"等亦为村落名。

④ 辛沙［tin¹ sa¹］：纸树下。"辛［tin¹］"指脚，泛指物体的下方或下端，如山脚、大树脚。"沙［sa¹］"是纸。这里指"株沙［mai⁴ sa¹］"，壮族地区常见的一种植物，民间用其树皮作为土法造纸的原料。下文的"辛礐［tin¹ ɹai⁶］"指斜坡地的下端、地尾，"辛至［tin¹ tsei¹］"指荔枝树下，均为地名。

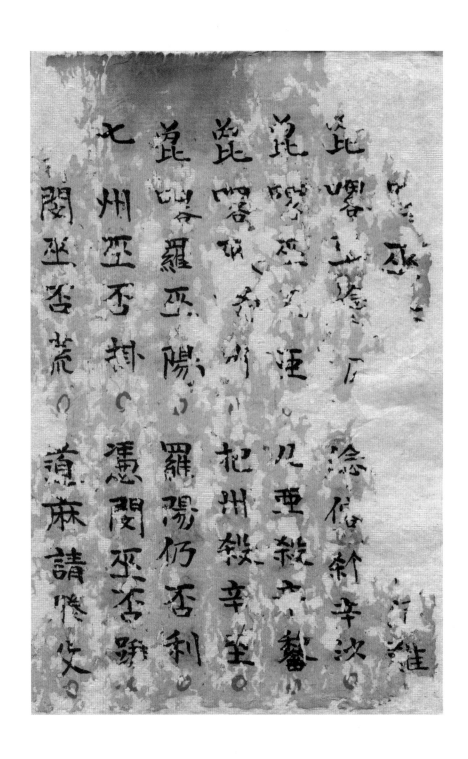

囵　嗰　巫　淰　的①

Bae　lok　moed　naemx　dik

pai¹　lo:k⁷　mot⁸　nam⁴　tik⁷

去　叫　巫　水　的

去到淰的请巫师，

囵　嗰　巫　几　亚

Bae　lok　moed　gij　yax

pai¹　lo:k⁷　mot⁸　ki³　ja⁴

去　叫　巫　几　亚

去请几亚的巫师，

淰　的　籴　涌　難②

Naemx　dik　gaj　dong　nanx

nam⁴　tik⁷　k'a³　t'o:ŋ¹　na:n⁴

水　的　杀　瀑布　野兽

淰的涌难人相杀。

几　亚　殺　辛　罄

Gij　yax　gaj　din　raeh

ki³　ja⁴　k'a³　tin¹　ɹai⁶

几　亚　杀　下方　旱地

几亚辛罄人相争。

囵　嗰　巫　淰　容③

Bae　lok　moed　naemx　yungz

pai¹　lo:k⁷　mot⁸　nam⁴　juŋ²

去　叫　巫　水　容

去邀淰容的巫公，

囵　嗰　巫　把　州

Bae　lok　moed　bah　cou

pai¹　lo:k⁷　mot⁸　pa⁶　tsou¹

去　叫　巫　把　州

去邀把州的巫师，

淰　俗　籴　辛　沙④

Naemx　yungz　gaj　din　sa

nam⁴　juŋ²　k'a³　tin¹　sa¹

水　容　杀　脚　纸树

淰容辛沙人相斗。

把　州　殺　辛　至

Bah　cou　gaj　din　cei

pa⁶　tsou¹　k'a³　tin¹　tsei¹

把　州　杀　下面　荔枝

把州辛至人相残。

① 巫羅陽［mot⁸ lo² ja:ŋ²］：倒文，原文为"羅巫陽"。

跁	嗜	巫	羅	陽①
Bae	lok	moed	loz	yangz
pai¹	lo:k⁷	mot⁸	lo²	ja:ŋ²
去	叫	巫	罗	阳

再到罗阳请巫师，

羅	陽	仍	否	利
Loz	yangz	nyaengz	mbouh	leih
lo²	ja:ŋ²	ȵaŋ²	bou⁶	lei⁶
罗	阳	还	没	顺利

罗阳那边也不顺。

七	州	巫	否	掛
Caet	cou	moed	mbouh	gvaq
tsat⁷	tsou¹	mot⁸	bou⁶	kva⁵
七	州	巫	没	过

七州都没巫师过，

憑	閔	巫	否	蹕
Baengh	dwnx	moed	mbouh	byaij
paŋ⁶	tɯn⁴	mot⁸	bou⁶	p'ja:i³
地方	这	巫	不	走

此地巫师不走动，

帶	閔	巫	否	荒
Dih	dumx	moed	mbouh	vangq
ti⁶	tum⁴	mot⁸	bou⁶	vaŋ⁵
地方	这	巫	没	空闲

此地巫师没闲空。

道	麻	請	滕	父
Dauh	maz	cingj	daeng	boh
ta:u⁶	ma²	ɕiŋ³	t'aŋ¹	po⁶
回	来	请	到	父

转回身来请长老，

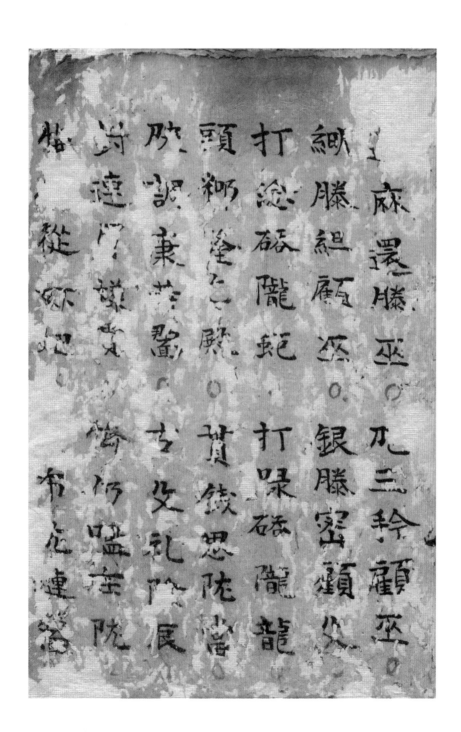

① 蚖 [ŋy:k⁸]：水神。壮族民间视为神物。传说其全身银白，居住于水中，凡人遇到，不能正眼看它，否则正眼看它的人就会死亡。其相关传说在侗台语民族中均有流传。

② 貫 [kvaːn⁵]：旧时钱币单位，用线串起的一千个钱币为一贯。

道	麻	還	滕	巫
Dauh	maz	vanz	daeng	mo
taːu⁶	ma²	vaːn²	t'aŋ¹	mo¹
回	来	请	到	麽

转回头来求麽公。

扤	三	矜	顧	巫
Byax	sam	gaem	goq	mo
pja⁴	saːm¹	kam¹	ko⁵	mo¹
刀	三	握	雇	佣巫

八寸匕首请巫师，

絣	滕	組	顧	巫
Baeng	daengz	dab	goq	moed
p'aŋ¹	taŋ²	taːp⁸	ko⁵	mot⁸
布	整	匹	雇	巫

整匹布帛邀巫公，

銀	滕	宻	顧	父
Ngaenz	daengz	maed	goq	boh
ŋan²	taŋ²	mat⁸	ko⁵	po⁶
钱	整	粒	雇	长老

整条银锭求长老。

打	淰	硓	隴	蚖①
Deih	naemx	dwn	loengz	ngieg
tei⁶	nam⁴	t'ɯn¹	loŋ²	ŋy:k⁸
地	水	石头	生下	水神

岩石水域生水神，

打	喙	硓	隴	龍
Deih	lueg	dwn	loengz	luengz
tei⁶	luːk⁶	t'ɯn¹	loŋ²	luːŋ²
地	山谷	石	下	龙

多石山谷养蛟龙。

頭	粺	隆	亡	殿
Du	gaeuj	lueng	haet	denh
t'u¹	k'au³	luːŋ¹	hat⁷	teːn⁶
头	季	稻谷	大	做 神殿

头造大糯奉神殿，

貫②	錢	思	阰	當
Gvanq	cenz	sei	loengz	dangz
kvaːn⁵	tseːn²	sei¹	loŋ²	taːŋ²
贯	钱	丝	下	堂

长串钱币摆堂前。

眏 調 康 芀 罾
Yangh diu gang daengj naj
ʔja:ŋ^6 t'i:u^1 k'a:ŋ^1 taŋ^3 na^3
大刀 雕 铁 竖在 面前
雕刻钢刀当面立，

古 父 礼 除 辰
Guq mbouh ndaej cawz cwnz
ku^5 bou^6 dai^3 tsɯ^2 ɕɯn^2
也 不 得 时 辰
也择不到好时辰。

對 連 眉 樣 貫
Doix leh meiz yiengh gonq
to:i^4 le^6 mei^2 jɣ:ŋ^6 ko:n^5
他人 就 有 样子 先
人家做事先有样，

悔 仍 嗢 在 阬
Goij nyaengz gyam caiz lungz
k'o:i^3 ȵaŋ^2 k'ja:m^1 tsa:i^2 luŋ^2
我 还 问 男 伯父
我需当面问伯父，

悔 仍 從 奵 妣
Goij nyaengz coengz yah baj
k'o:i^3 ȵaŋ^2 ɕoŋ^2 ja^6 pa^3
我 还 依从 老妇 伯母
还要依从伯母愿。

嗢 布 阬 楗 罾
Gyam boh lungz ruenz naj
k'ja:m^1 po^6 luŋ^2 ɹu:n^2 na^3
问 父 伯 屋 面前
问前面屋的伯父，

① 楝穢［ɹuːn² soːi³］：意为死者家。按下雷当地风俗，因人死了家有秽气，所以死者家在死者下葬后满月要请巫师诵荡秽经，涤荡污秽，禳灾迎福，叫"巫柳秽"［mo¹ leːu⁴ soːi³］，即荡秽法事。

② 餰伺［kin¹ ko¹］：壮族饮食习俗。壮族传统的公共仪式，比如二月二、三月三、八月二的祭社以及大型的斋醮活动等，在仪式结束后都进行聚餐活动，由每户派出一名男丁参加，并打包食物回家给家人分享，表示吃到神赐予的食物，可以保平安。"餰伺"也指日常生活中合伙凑份子聚餐。民间还有个习俗，几个人到某家去聚餐，酒肉钱平均分担，主家往往免费提供柴米油盐和青菜等。

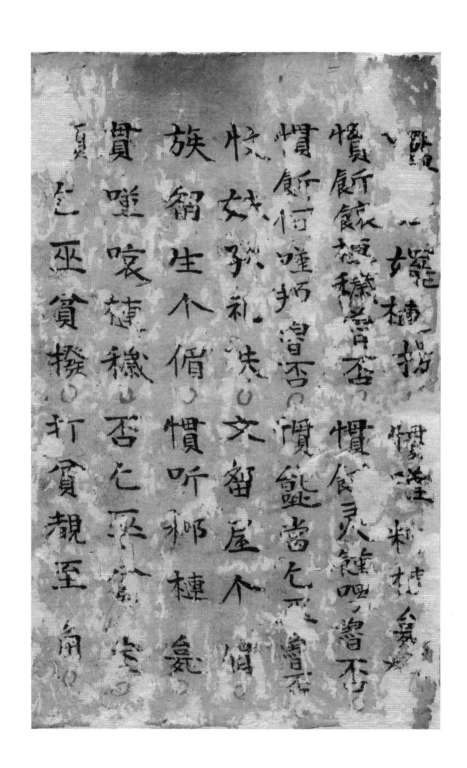

③ 偁[mei²]：原义指有，此指传承。壮族民间信仰以家承为主，一个家族中有人从事道或巫等神职，那么其后代一般都有人继承。家里有专门祭祀历代祖师的牌位，写上"本族本家道派、师派、法派先灵等众"。

嘌 奵 孃 楼 拷
Gyam yah baj ruenz laeng
k'ja:m¹ ja⁶ pa³ ɹu:n² laŋ¹
问 母 伯 屋 后面
问后面院的伯娘：

慣 餰 何② 嗿 邦 兽 否
Gonq gin go gin bang roux mbouh
ko:n⁵ kin¹ ko¹ kin¹ pa:ŋ¹ ɹou⁴ bou⁶
过去 吃 聚餐 吃 禳解 知 不
可知曾做醮聚餐？

慣 嗿 郲 楼 嵬鱼（鲁）否
Gonq gin gaeuj ruenz dai roux nauq
ko:n⁵ kin¹ k'au³ ɹu:n² t'a:i¹ ɹou⁴ na:u⁵
过去 吃 饭 屋 死 知 不
可知曾吃丧家饭？

慣 鏧 當 亾 巫 兽 否
Gonq naengh dangq haet moed roux nauq
ko:n⁵ naŋ⁶ ta:ŋ⁵ hat⁷ mot⁸ ɹou⁴ na:u⁵
过去 坐 厅堂 做 巫 知 不
可知曾坐堂做巫？

慣 餰 餽 楼 穢① 兽 否
Gonq gin ngaiz ruenz soij roux nauq
ko:n⁵ kin¹ ŋa:i² ɹu:n² so:i³ ɹou⁴ na:u⁵
过去 吃 午饭 家 丧 知 不
可知曾用丧家餐？

忟 妹 孖 礼 珠
Faenz meh lug ndaej caw
fan² me⁶ luk⁸ dai³ tsɯ¹
种子 母 子 得 珠宝
母子传宗得珠宝，

慣 餰 灵 餽 啰 兽 否
Gonq gin lingz gin loh roux nauq
ko:n⁵ kin¹ liŋ² kin¹ lo⁶ ɹou⁴ na:u⁵
过去 吃 零 吃 品种 知 不
可知昔日多杂食？

文 畱 屋 个 偁③
Faenz raeuz og gag meiz
fan² ɹau² o:k⁸ ka:k⁸ mei²
种子 我们 出 自然 有
我们氏族自有种，

族　　畱　　生　　个　　偟

Gyog　raeuz　seng　gag　meiz

kjo:k⁸　ɹau²　se:ŋ¹　ka:k⁸　mei²

家族　我们　天生　自然　有

我们家族自传承。

懒　　亾　　巫　　貧　　撥

Gyanx　haet　moed　baenz　bag

kja:n⁴　hat⁷　mot⁸　pan²　pa:k⁸

懒　做　巫　成　疯癫

不做巫法发了癫。

慣　　听　　粔　　楗　　麄

Gonq　gin　gaeuj　ruenz　dai

ko:n⁵　kin¹　k'au³　ɹu:n²　t'a:i¹

过去　吃　饭　家　死

曾在死者家吃饭，

打　　貧　　觌　　至　　角

Deh　baenj　ceiz　cih　gok

te⁶　pan³　tsei²　tsi⁶　ko:k⁷

要　捏　糍粑　却　角

要做糍粑捏不圆，

慣　　嘽　　喰　　楗　　穊

Gonq　gin　ngaiz　ruenz　soij

ko:n⁵　kin¹　ŋa:i²　ɹu:n²　so:i³

过去　吃　午饭　屋　衰亡

曾在丧家用午餐。

否　　亾　　巫　　貧　　炭

Mbouh　haet　moed　baenz　danq

bou⁶　hat⁷　mot⁸　pan²　t'a:n⁵

不　做　巫　成　瘫

不做巫事挨瘫痪，

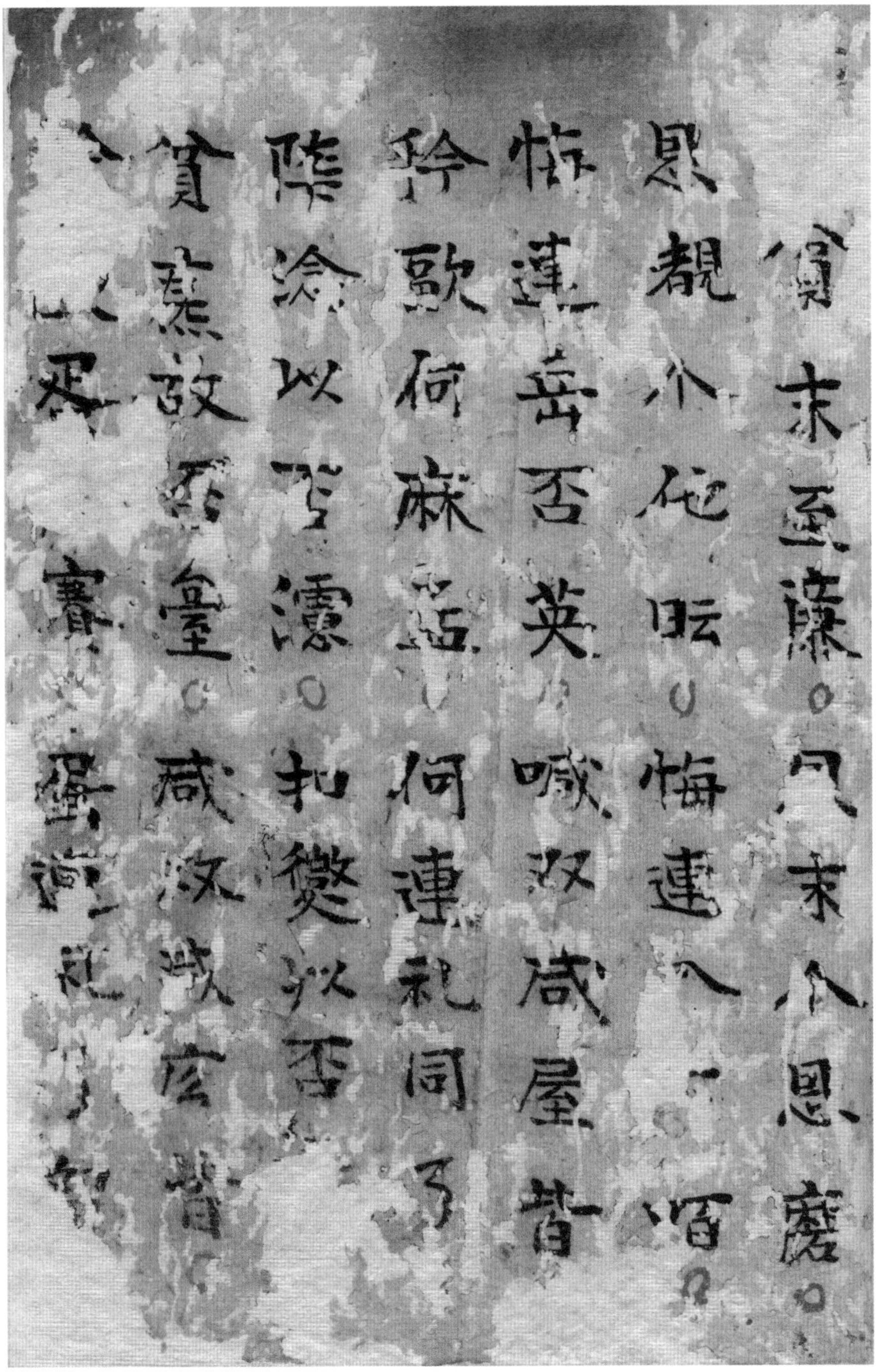

① 末［mo:k⁸］：特大个的糯米粑。下雷民间习俗，逢节庆或有大事时，要做糍粑。糯米饭舂黏后倒放在簸箕上，摊开压平，一个簸箕就装一个大的圆形糍粑，叫"末［mo:k⁸］"。小个些的糍粑叫"谁［tsei²］"。下雷民间认为，因为有鬼邪作怪，所以"末"有棱有角，没法做好做圆。"末"是嫁出去的女儿回娘家参加仪式时必备的礼物。娘家有仪式，嫁出去的女儿需要做一个大"末"，再加一块猪肉或一只白斩鸡装在竹篮里带回娘家。回来时，娘家留一半，嫁出去的女儿拿一半回夫家。同时，娘家还另外送女儿一些礼物。通过这样的礼物互赠关系，体现女儿对娘家的义务，娘家也有义务关照女儿在夫家的境况。

② 他昁［tʻa¹ van²］：太阳。壮语认为太阳就是"白日之眼"。

打	贫	末①	至	廉
Deh	baenj	mog	cih	liemq
te⁶	pan³	mo:k⁸	tsi⁶	li:m⁵
要	捏	大糍粑	则	棱角

要做糍团却有棱。

恩	末	个	恩	磨
Aen	mog	gah	aen	muh
an¹	mo:k⁸	ka⁶	an¹	mu⁶
个	糍粑	像	个	磨盘

糍粑像个大磨盘，

恩	靓	个	他	昁②
Aen	ngienh	gah	da	vaenz
an¹	ŋi:n⁶	ka⁶	tʻa¹	van²
个	砚台	像	眼	白日

砚台就像大金轮。

悔	连	入	否	咟
Goij	leh	yup	mbouh	bak
kʻo:i³	le⁶	ʔjup⁷	bou⁶	pa:k⁷
我	就	闭	不	嘴

我就闭嘴不吱声，

悔	连	岳	否	英
Goij	leh	nyag	mbouh	yaengz
kʻo:i³	le⁶	ɳa:k⁸	bou⁶	ʔjaŋ²
我	就	按捺	不	应答

我就闭口不声张。

喊	双	咸	屋	皆
Gamz	song	gamz	og	gyaij
ka:m²	so:ŋ¹	ka:m²	o:k⁸	kʻja:i³
步	两	步	出	走

一步两步往外走，

玲	欧	何	麻	孟
Gaem	aeuz	yaz	maz	mbaengj
kam¹	ʔau²	ʔja²	ma²	baŋ³
抓	要	药	来	竹筒

抓把草药装竹筒。

何	连	礼	同	工
Yaz	leh	ndaej	dungz	ndeuz
ʔja²	le⁶	dai³	tʻuŋ²	de:u²
药	就	得	筒	一

草药装满一筒子，

③ 蛋麻赛［kʻjai^{6} ma^{2} sa:i^{5}］：用鸡蛋来占卜，即蛋卜。这是壮族民间的一种占卜方式，用于预测凶吉。常见的蛋卜方法有三：一是把鸡蛋煮熟，由巫师祭祀后以鸡蛋颜色判凶吉，蛋白为吉，其他颜色为凶；二是将煮熟的鸡蛋剥壳后对半切开，以蛋黄的颜色判凶吉，黄色为吉，其他颜色为凶；三是用一簸箕装满大米或沙子，巫师对鸡蛋施咒语后抛入簸箕内，鸡蛋立为吉，横则凶。

㖩	淰	以	否	漊
Loengz	naemx	nyih	mbouh	ruh
loŋ^{2}	nam^{4}	ȵi^{6}	bou^{6}	ɹu^{6}
下	水	也	不	漏

放到水里不渗漏。

扣	㶻	以	否	齐
Gaeuj	faez	nyih	mbouh	cieg
kʻau^{3}	fai^{2}	ȵi^{6}	bou^{6}	tsy:k^{8}
入	火	也	不	熔化

投入火中不熔化，

貧	㾓	故	否	㿔
Baenz	gyaej	guq	mbouh	dai
pan^{2}	kʻjai^{3}	ku^{5}	bou^{6}	tʻa:i^{1}
成	病	也	不	死

纵然生病命不终。

减	双	减	㕋	皆
Gamz	song	gamz	mwz	gyaij
ka:m^{2}	so:ŋ^{1}	ka:m^{2}	my^{2}	kʻja:i^{3}
步	两	步	上去	走

一步两步往上走，

扲	歐	蛋	麻	賽③
Gaem	aeuz	gyaeh	maz	saiq
kam^{1}	ʔau^{2}	kʻjai^{6}	ma^{2}	sa:i^{5}
握	要	蛋	来	占卜

拿出鸡蛋来占卜。

蛋	連	礼	了	㽒
Gyaeh	leh	ndaez	leux	ngaeuz
kʻjai^{6}	le^{6}	dai^{2}	leu^{4}	ŋau^{2}
蛋	就	好	完	全

鸡蛋眼观都完好，

① 洞梁［toŋ⁶ liːŋ²］：地名，今址不详。

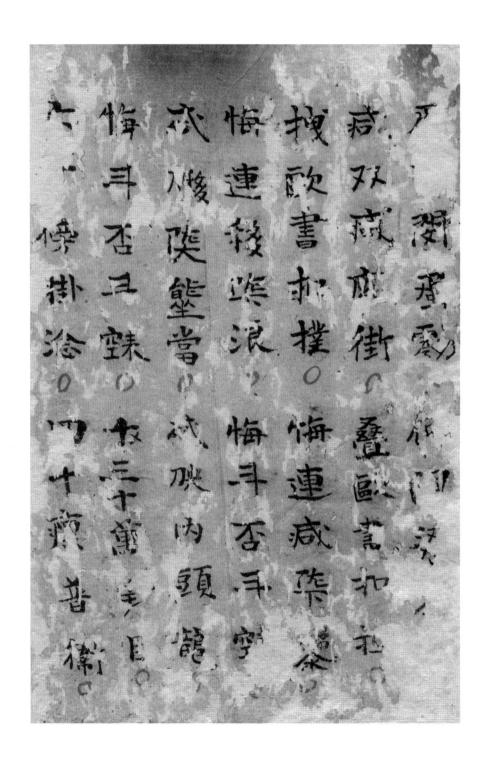

蛋 了 閔 蛋 勒
Gyaeh ndeuz menh gyaeh riengz
$k'jai^6$ $de{:}u^2$ $me{:}n^6$ $k'jai^6$ $ɹy{:}ŋ^2$
蛋 一 是 蛋 死壳
只有一个孵不出。

何 洞 梁① 何 忟
Yaz doengh liengz yaz maen
$ʔja^2$ $toŋ^6$ $li{:}ŋ^2$ $ʔja^2$ man^1
药 洞 梁 治 不育
洞梁的药治不育，

减 双 减 庅 街
Gamz song gamz mwz gai
$ka{:}m^2$ $so{:}ŋ^1$ $ka{:}m^2$ my^2 $ka{:}i^1$
步 两 步 上去 街
迈开双腿上街去。

叠 歐 書 扣 担
Daeb aeuz saw gaeuj dab
tap^8 $ʔau^2$ $səu^1$ $k'au^3$ $t'a{:}p^8$
叠 要 书 入 担子
拾掇书籍装担子，

拽 歐 書 扣 撲
Yad aeuz saw gaeuj bog
$ja{:}t^8$ $ʔau^2$ $səu^1$ $k'au^3$ $po{:}k^8$
绑 要 书 进入 捆
收拾书本扎成捆。

悔 連 减 嵳 攀
Goij leh gamj loengz ndaez
$k'o{:}i^3$ le^6 $k'a{:}m^3$ $loŋ^2$ dai^2
我 就 跨 下 楼梯
我就跨步下楼梯，

悔 連 移 嵳 浪
Goij leh gyaez loengz langh
$k'o{:}i^3$ le^6 $kjai^2$ $loŋ^2$ $la{:}ŋ^6$
我 就 移步 下 底楼
我就移步下楼底。

悔 斗 否 斗 銇
Goij daeuj mbouh daeuj ndaiz
$k'o{:}i^3$ tau^3 bou^6 tau^3 $da{:}i^2$
我 到 不 到 空
我来并非空手来，

① 移［ȵei⁴］：锥子。锥子是纳鞋底的用具，同时也是妇女的防身武器。此指道巫的法器。
② 忒映［t'ak⁷ ʔjaːŋ⁶］：佩戴长剑。"映"指长剑，是道巫用的一种法器。仪式中道巫手握长剑，或挥舞或在地上画符咒，用于
　驱邪逐魔，有"法不离身、剑不离手"的说法。

忒	移①	陕	鼜	當
Daek	nyeix	lueng	naengh	dangq
t'ak⁷	ȵei⁴	luːŋ¹	naŋ⁶	taːŋ⁵
佩带	锥子	大	坐	厅堂

佩戴锥子坐厅堂，

忒	映②	内	頭	龍
Daek	yangh	ndaez	du	luengz
t'ak⁷	ʔjaːŋ⁶	dai²	t'u¹	luːŋ²
佩带	大刀	好	头	龙

佩戴龙头柄大刀。

悔	斗	否	斗	铢
Goij	daeuj	mbouh	daeuj	ndaiz
k'oːi³	tau³	bou⁶	tau³	daːi²
我	到	不	到	空

我来并非空手来，

三	十	萬	卦	目
Sam	sip	fanh	gvaq	mboek
saːm¹	sip⁷	faːn⁶	kva⁵	bok⁷
三	十	万	过	陆地

三十万兵走陆路，

六	十	傍	掛	淰
Gyoek	sip	bok	gvaq	naemx
k'jok⁷	sip⁷	poːk⁷	kva⁵	nam⁴
六	十	群	过	水

六十拨人水上过，

四	十	瘭	普	衙
Seiq	sip	limq	pouh	nyaz
sei⁵	sip⁷	lim⁵	p'ou⁶	ȵa²
四	十	套	铺面	衙署

四十套商铺衙署，

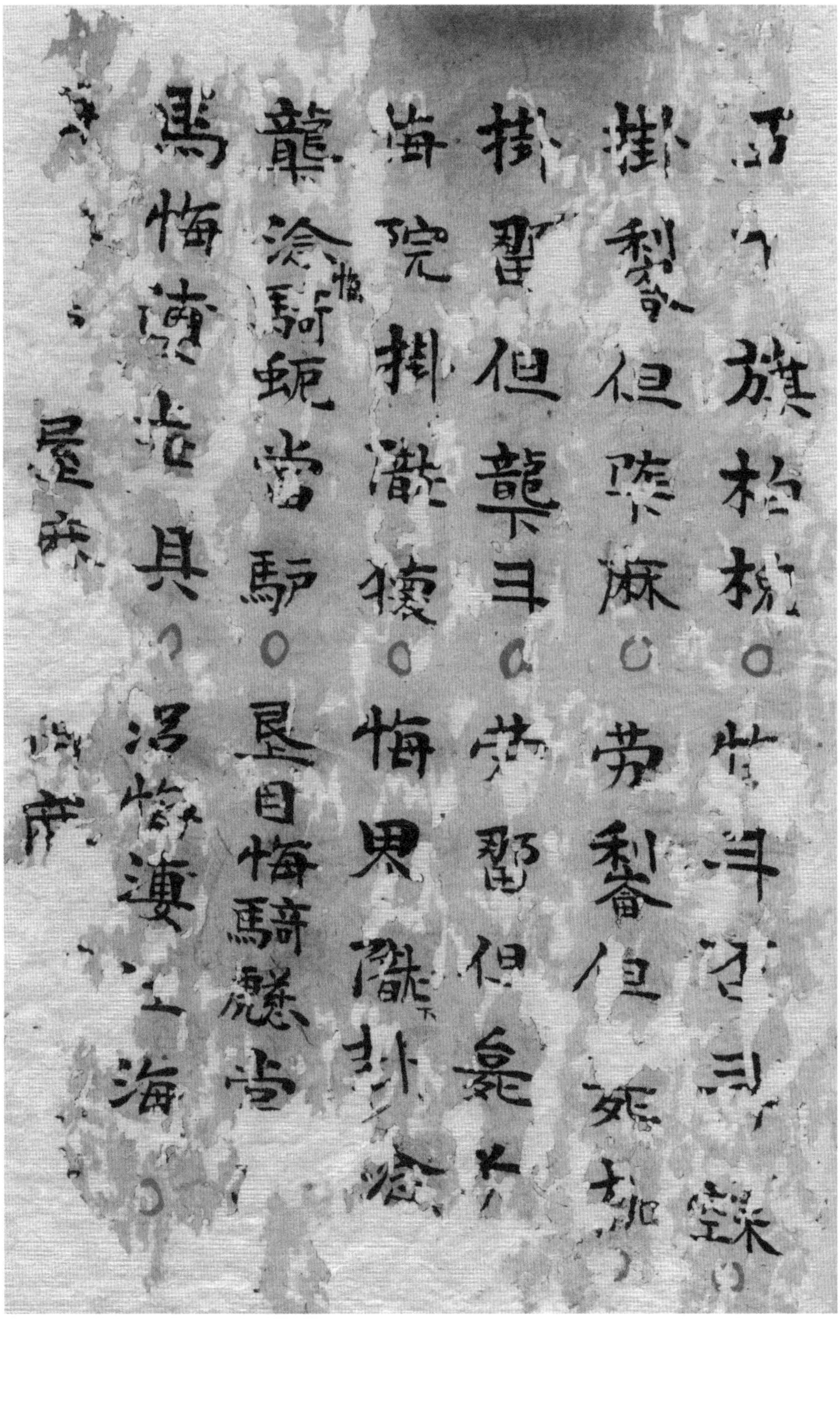

① 但[ta:n^6]：别人，他人，人家的，也指男女青年。如小伙子叫“冒但[ba:u^6 ta:n^6]”，大姑娘叫“俏但[sa:u^1 ta:n^6]”，[luk^8 ta:n^6]既可以是“别人的孩子”，也可以指男女青年。

② 㲋卞[t'a:i^1 ɲo:t^8]：指植株刚要抽芽就死掉。

③ 隴猿[luŋ^6 va:i^2]：字面意义是“水牛㟖”。但人们通常用音译标注壮语地名，即“弄怀”。下句“隴淰”同为地名。

五	十	旗	柏	桸
Haj	sip	geiz	baek	mag
ha^3	sip^7	kei^2	pak^7	ma:k^8
五	十	旗	插	满

五十面旗迎风飘。

悔	斗	否	斗	䊩
Goij	daeuj	mbouh	daeuj	ndaiz
k'o:i^3	tau^3	bou^6	tau^3	da:i^2
我	到	不	到	空

我来并非空手来，

掛	㽷	但①	咘	麻
Gvaq	raeh	danh	loengz	maz
kva^5	ɹai^6	ta:n^6	loŋ^2	ma^2
过	畲地	他人	下	来

走过人家的畲地，

劳	㽷	但	㲋	枷
Lau	raeh	danh	dai	gaz
la:u^1	ɹai^6	ta:n^6	t'a:i^1	ka^2
怕	畲地	人家	死	卡住

担心庄稼不抽穗。

掛	罶	但	龍	斗
Gvaq	naz	danh	loengz	daeuj
kva^5	na^2	ta:n^6	loŋ^2	tau^3
过	水田	他人	下	来

走过人家的水田，

劳	罶	但	㲋	卞②
Lau	naz	danh	dai	nyod
la:u^1	na^2	ta:n^6	t'a:i^1	ɲo:t^8
怕	水田	他人	死	芽

担心庄稼会死芽。

悔	院	掛	隴	猿③
Goij	vaenx	gvaq	lungh	vaiz
k'o:i^3	van^4	kva^5	luŋ^6	va:i^2
我	绕	过	㟖	水牛

我绕道走过弄怀，

悔	界	卦	隴	淰
Goij	gvaij	gvaq	lungh	naemx
k'o:i^3	kva:i^3	kva^5	luŋ^6	nam^4
我	拐	过	㟖	水

我拐弯涉过弄淰。

龏 淰 悔 骑 蚭 當 馿
Loengz naemx goij gveih ngieg dang lwz
loŋ² nam⁴ kʻoːi³ kʻvei⁶ ŋyːk⁸ taːŋ¹ ly²
下 水 我 骑 水神 当 船

我骑水神当船渡，

垦 目 悔 骑 麤 當 馬
Gwnj mboek goij gveih sw dang max
kʻɯn³ bok⁷ kʻoːi³ kʻvei⁶ sy¹ taːŋ¹ ma⁴
上 陆地 我 骑 虎 当 马

骑虎当马陆上行。

馬 悔 婆 妛 具
Max goij box nw gwz
ma⁴ kʻoːi³ po⁴ ny¹ gy²
马 我 放 上方 荆棘丛

我放马在荆丛北，

沼 悔 婆 江 海
Lwz goij box gyang haij
ly² kʻoːi³ po⁴ kjaːŋ¹ haːi³
船 我 放 中 海

我把船只海上停。

悔 轉 罾 屋 麻
Goij cienq naj og maz
kʻoːi³ tsiːn⁵ na³ oːk⁸ ma²
我 转 脸 出 来

我转过身往外走，

悔 麻 滕 打 庭
Goij maz daeng deih dieng
kʻoːi³ ma² tʻaŋ¹ tei⁶ tʻiːŋ¹
我 来 到 地 庭院

我回头来到庭院。

① 朗：该字为衍字。

② 齐：该字为衍字。

③ 壈［naŋ⁶］：坐。土司时代等级森严，土官及其家族才可以坐凳子，土民只能席地而坐或坐柴堆草捆。后来，土民可以坐矮凳，但不能坐高凳、靠椅。土民只能住茅草房，不能搭建砖瓦房居住。土司统治晚期，土官和土民之间的这些差异才有所改变。改土归流后，老百姓可坐高凳椅子。经文所说的"荨宗［taŋ⁵ ei⁵］"是小凳、矮凳，"荂衙［taŋ⁵ na²］"是官府用的靠椅，坐椅子才能"捲壈［k'veːn¹ naŋ⁶］"（双腿垂下）。这里说"我"作为道、巫的身份受到尊重，有与官员平起平坐的资格，并获

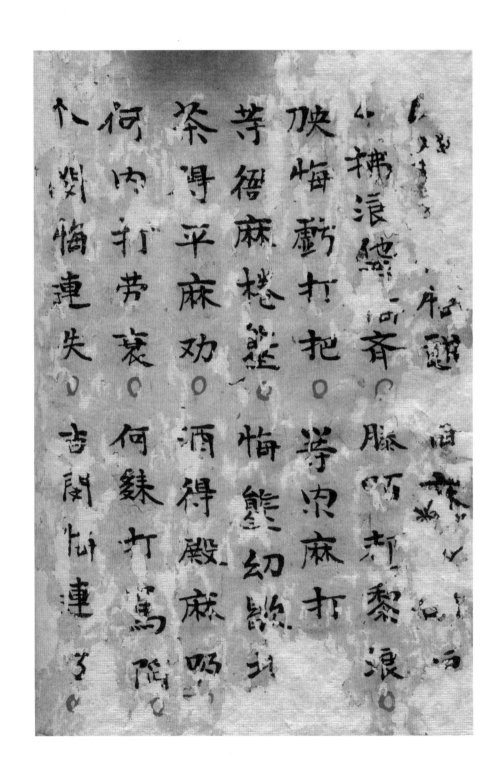

得别人敬茶奉酒，说明其社会地位高于一般土民。

△ 拂 庭 他 悔 朗①

△ baet dieng daj goij

△ pat⁷ t'i:ŋ¹ t'a³ k'o:i³

△ 扫 庭院 等 我

△ 打扫庭院等候我，

悔 麻 滕 打 浪

Goij maz daeng dawj langh

k'o:i³ ma² t'aŋ¹ tɔɣ³ la:ŋ⁶

我 来 到 下面 底楼

我来到房子底层。

△ 拂 浪 雵 悔 齐②

△ baet langh daj goij

△ pat⁷ la:ŋ⁶ t'a³ k'o:i³

△ 打扫 底楼 等 我

△ 打扫底层等着我，

滕 咟 都 黎 浪

Daeng bak dou ndaez langh

t'aŋ¹ pa:k⁷ tou¹ dai² la:ŋ⁶

到 口 门 梯 底楼

来到底层楼梯口。

映 悔 蔍 打 把

Yangh goij gven deih baz

ʔja:ŋ⁶ k'o:i³ k've:n¹ tei⁶ p'a²

大刀 我 挂 地 篱笆墙

大刀挂上篱笆墙，

䍁 泉 麻 打 呵

Daengq eiq maz denh ga

taŋ⁵ ei⁵ ma² te:n⁶ k'a¹

凳子 小 来 垫 脚

拿小凳子来垫脚。

寺 衙 麻 棬 䲧③

Daengq nyaz maz gven naengh

taŋ⁵ ɳa² ma² k've:n¹ naŋ⁶

凳子 衙门 来 垂腿 坐

坐上官椅双腿垂，

悔 䲧 幼 歇 比

Goij naengh youh hied baeg

k'o:i³ naŋ⁶ ʔjou⁶ hi:t⁸ pak⁸

我 坐 在 歇 累

我坐下来歇一歇。

茶	得	平	麻	劝
Gyaz	daek	bieng	maz	cawx
kja²	tak⁷	p'i:ŋ¹	ma²	tsɔy⁴
茶	盛	平	来	敬

端平杯子来敬茶，

酒	得	殿	麻	呐
Laeuj	daek	dim	maz	nai
lau³	tak⁷	tim¹	ma²	na:i¹
酒	盛	满	来	祝祷

盛满杯子来祝酒。

何	内	打	劳	衰
Yax	noij	teh	lau	sai
ja⁴	no:i³	te⁶	la:u¹	sa:i¹
说	少	则	怕	晏

讲少又怕天还早，

何	辣	打	篤	陷
Yax	lai	deh	doek	yaemh
ja⁴	la:i¹	te⁶	tok⁷	jam⁶
说	多	则	偏	夜

说多又怕天太晚。

个	閔	悔	连	失
Gaiq	dwnx	goij	leh	sied
ka:i⁵	tun⁴	k'o:i³	le⁶	si:t⁸
些	这	我	则	损失

那些是我有所失，

吉	閔	悔	连	了
Giz	dwnx	goij	leh	leux
ki²	tun⁴	k'o:i³	le⁶	le:u⁴
些	这	我	则	完全

这些是我所经历。

第二篇　纵论创世

扫码听音频

又句頦造忙

但不何頦谷○　許悔何頦谷

但可逐頦造○　悔打逐頦忙

許悔何召覧○　許悔柳召賞

許悔何古老○　訐悔何造忙

何咎老之章○　何造忙天至○

何咎咮捺　鄭釋刀忙

① 忙 [myːŋ²]：古壮字多用"吞"。在汉字里又记音为"茗""孟""勐""蒙""猛"等，是侗台语民族的地域名称，相当于地方、邦、国、领地、疆域等，一般没有明确的疆界。

② 天至 [tʻiːn¹ tsi³]：与下文的"盘古""韩王"均为神话人物。天至的传说只见于巫经，民间口头传说中已经消失，不知其详。盘古的故事至今还在民间流传，传说他造天地，能不断长高，成为顶天立地的巨人。韩王，此经书中为创世神，在下雷当地传说中已经消失，而右江河谷的麽经中，记有"罕王"，在龙州壮族的民间抄本中，又记有"汉王"，或有一定关系。

但	否	何	頵	谷
Danh	mbouh	yax	duenh	goek
taːn⁶	bou⁶	ja⁴	tuːn⁶	kok⁷
别人	不	谈	阶段	根

别人不谈古老事，

許	悔	何	頓	谷
Hawj	goij	yax	duenh	goek
hɔy³	kʻoːi³	ja⁴	tuːn⁶	kok⁷
让	我	说	阶段	根

让我来谈古老事。

但	否	逐	頵	造
Danh	mbouh	coeg	duenh	cauh
taːn⁶	bou⁶	tsok⁸	tuːn⁶	tsaːu⁶
别人	不	追述	段	创造

别人不说创世史，

悔	打	逐	頵	造
Goij	deh	coeg	duenh	cauh
kʻoːi³	te⁶	tsok⁸	tuːn⁶	tsaːu⁶
我	就	追述	段	创造

我就来讲创世史。

許	悔	何	召	黪
Hawj	goij	yax	ciuh	daeuj
hɔy³	kʻoːi³	ja⁴	tsiːu⁶	tau³
让	我	说	代	先前

让我说说前代事，

許	悔	柳	召	貫
Hawj	goij	naeuz	ciuh	gonq
hɔy³	kʻoːi³	nau²	tsiːu⁶	koːn⁵
让	我	说	代	前

让我叙说上古时。

許	悔	何	古	老
Hawj	goij	yax	goq	geq
hɔy³	kʻoːi³	ja⁴	ko⁵	ke⁵
让	我	说	故事	老

让我来讲老故事，

許	悔	何	造	忙①
Hawj	goij	yax	cauh	miengz
hɔy³	kʻoːi³	ja⁴	tsaːu⁶	myːŋ²
让	我	说	造	世界

让我叙说创世史。

何　古　老　文　章

Yax　goq　geq　faenz　cieng

ja⁴　ko⁵　ke⁵　fan²　tsyːŋ¹

说　故事　老　文　章

评说故事和文章，

何　造　忙　天　至②

Yax　cauh　miengz　dien　cij

ja⁴　tsaːu⁶　myːŋ²　tʻiːn¹　tsi³

说　创造　世界　天　至

说说天至造天地。

筆　彻　谷　株　捕

Bit　youh　goek　maex　mbouh

pit⁷　ʔjou⁶　kok⁷　mai⁴　bou⁶

笔　在　根部　树木　空心

笔还未用竹根制，

縰　仍　彻　枯　汝

Ceih　nyaengz　youh　go　sa

tsei⁶　ȵaŋ²　ʔjou⁶　ko¹　sa¹

纸　还　在　棵　楮树

纸还未用楮树造。

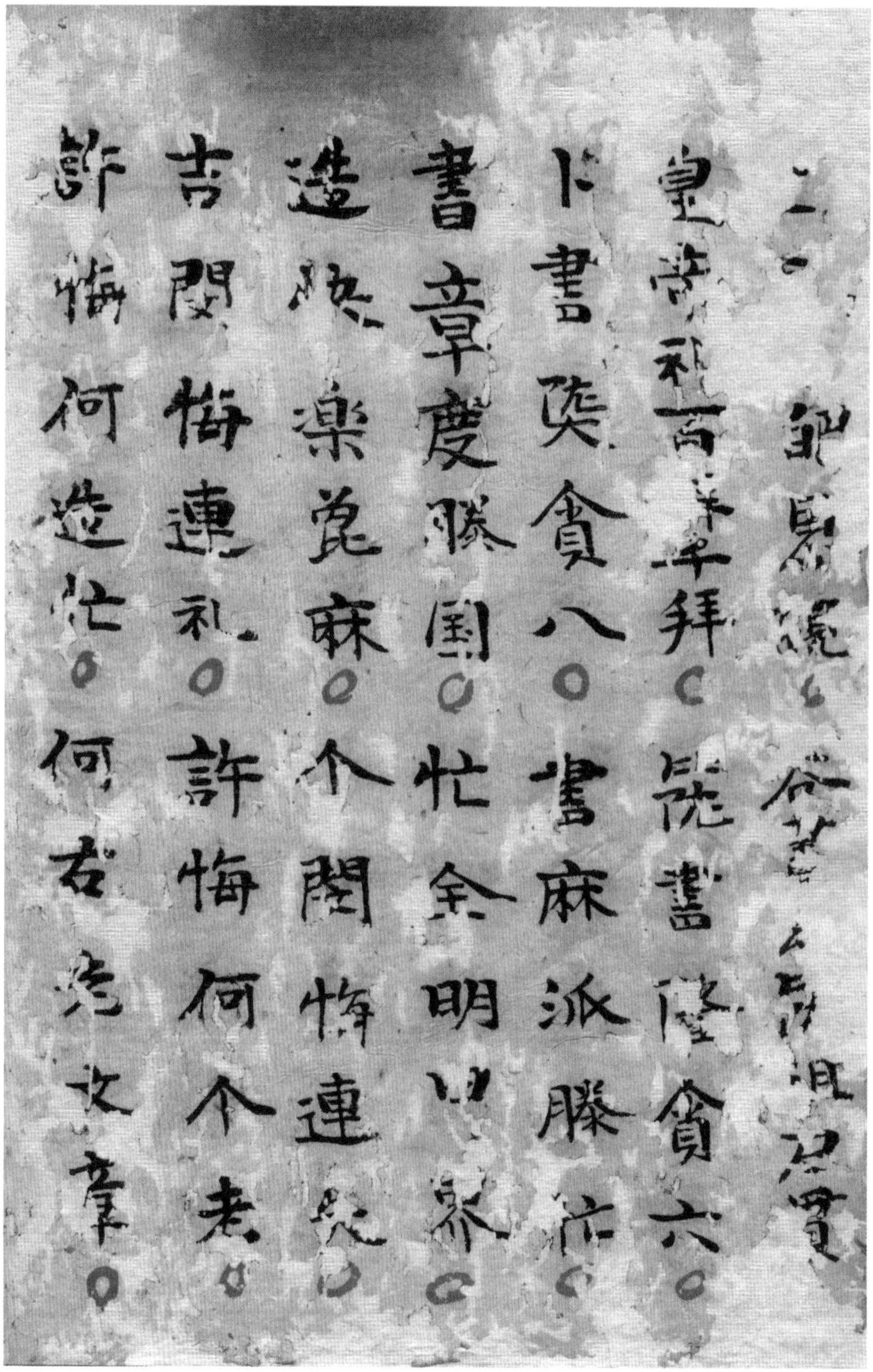

猿　仍　吧　恩　硯
Vaiz nyaengz bah aen ngienh
va:i² ȵaŋ² pa⁶ an¹ ŋi:n⁶
水牛　还　泡　个　砚台
水牛泡在砚台中,

谷　書　幼　箃　祖　召　貫
Goek saw youh loengq coj ciuh gonq
kok⁷ səɯ¹ ʔjou⁶ loŋ⁵ tso³ tsi:u⁶ ko:n⁵
根　书　在　竹箱　祖　世　前
始书收在老竹箱。

皇　帝　礼　百　拜　千　拜
Vuengz daeq leh bak baiq cien baiq
vu:ŋ² tai⁵ le⁶ pa:k⁷ pa:i⁵ ɕi:n¹ pa:i⁵
皇　帝　就　百　拜　千　拜
皇帝就百求千拜,

箃　書　隆　貪　六
Loengq saw lueng dam gyoek
loŋ⁵ səɯ¹ lu:ŋ¹ t'a:m¹ k'jok⁷
竹箱　书　大　抬　六
大书箱六人来扛,

卜　書　奊　貪　八
Bog saw lueng dam bet
po:k⁸ səɯ¹ lu:ŋ¹ t'a:m¹ pe:t⁷
捆　书　大　抬　八
大捆书八人合抬。

書　麻　派　滕　忙
Saw maz baij daengz miengz
səɯ¹ ma² pa:i³ taŋ² my:ŋ²
书　来　分派　整个　疆域
给国民发放书籍,

書　章　度　滕　国
Saw cieng duh daengz guek
səɯ¹ tsy:ŋ¹ tu⁶ taŋ² ku:k⁷
书　章　够　整个　邦国
书卷分足全邦国。

忙　全　明　四　界
Miengz cienz mingz seiq gyaiq
my:ŋ² tsi:n² miŋ² sei⁵ kja:i⁵
邦国　传　名　四　界
国学文化传四海,

造	快	楽	崐	麻
Cauh	vaij	vued	bae	maz
tsa:u[6]	va:i[3]	vu:t[8]	pai[1]	ma[2]
造	快	乐	去	来

创造快乐的未来。

个	闵	悔	连	失
Gaiq	dwnx	goij	leh	sied
ka:i[5]	tun[4]	k'o:i[3]	le[6]	si:t[8]
些	这	我	则	失去

那点我虽有所失，

吉	闵	悔	连	礼
Giz	dwnx	goij	leh	ndaej
ki[2]	tun[4]	k'o:i[3]	le[6]	dai[3]
些	这	我	则	得

这边我大有收获。

許	悔	何	个	老
Hawj	goij	yax	gaiq	geq
hɔy[3]	k'o:i[3]	ja[4]	ka:i[5]	ke[5]
让	我	说	些	老

让我叙说古老事，

許	悔	何	造	忙
Hawj	goij	yax	cauh	miengz
hɔy[3]	k'o:i[3]	ja[4]	tsa:u[6]	my:ŋ[2]
让	我	说	造	世界

让我说说创世史。

何	古	老	文	章
Yax	gaeuq	geq	faenz	cieng
ja[4]	kau[5]	ke[5]	fan[2]	tsy:ŋ[1]
说	古	老	文	章

谈论故事和文章，

何造忙盤古。盤古陀些忙

韓皇陀造國。打把造抹奴

打豈造抹献。村埪造抹槐

打爛造秋月。打叫造鈀来

打沠造鈀个。駃匿造鈀魟

怕是造猪猴。造槐个辈咽

小部柬造子普以

① 敉［sau¹］：房屋的柱子。一般的柱子叫"［to:ŋ⁶］"。
② 楳槸［mai⁴ lo:i²］：指生长在石山上的一种木质坚硬的高大乔木，木质呈黑红色，俗称"铁木"。
③ 楳月［mai⁴ ŋu:t⁸］：长在土山泥岭的一种杂木，学名不详。"月［ŋu:t⁸］"的另一个汉义是"月份"。
④ 都康［tu⁴ k'a:ŋ⁶］：杜康。传说中酿酒的始祖，在壮族地区亦有其相关的传说。

何	造	忙	盤	古
Yax	cauh	miengz	bonz	guq
ja⁴	tsa:u⁶	my:ŋ²	p'o:n²	ku⁵
说	造	天地	盘	古

叙说盘古造天地。

盤	古	陇	造	忙
Bonz	guq	loengz	cauh	miengz
p'o:n²	ku⁵	loŋ²	tsa:u⁶	my:ŋ²
盘	古	下来	造	天地

盘古下来造天地，

韓	皇	陇	造	國
Hanz	vuengz	loengz	cauh	guek
ha:n²	vu:ŋ²	loŋ²	tsa:u⁶	ku:k⁷
韩	王	下来	造	国家

韩王下来造邦国。

打	把	造	楳	敉①
Deih	baq	cauh	maex	saeu
tei⁶	pa⁵	tsa:u⁶	mai⁴	sau¹
地	山坡	造	树	柱子

山坡种出栋梁材，

打	邑	造	楳	献
Deih	bya	cauh	maex	hienj
tei⁶	p'ja¹	tsa:u⁶	mai⁴	hi:n³
地	石山	造	树	枧

石头山上栽枧木，

打	塃	造	楳	槸②
Deih	lungh	cauh	maex	loiz
tei⁶	luŋ⁶	tsa:u⁶	mai⁴	lo:i²
地	山峁	造	树	雷

山峁石崖产雷树，

打	墹	造	楳	月③
Deih	ndoiz	cauh	maex	ngued
tei⁶	do:i²	tsa:u⁶	mai⁴	ŋu:t⁸
地	土山	造	树	月份

土岭泥坡有杂木。

打	喽	造	鈀	來
Deih	lueg	cauh	bya	laiz
tei⁶	lu:k⁸	tsa:u⁶	pja¹	la:i²
地	山谷	造	鱼	斑

河谷水塘造花鱼，

打	派	造	豝	个
Deih	bai	cauh	bya	gaq
tei⁶	p'a:i¹	tsa:u⁶	pja⁴	ka⁵
地	水坝	造	鱼	鳜

水坝滩头造鳜鱼，

馱	匿	造	豝	鲵
Dah	ndaek	cauh	bya	naez
ta⁶	dak⁷	tsa:u⁶	pja¹	nai²
河	深	造	鱼	鲤

河水深处造鲤鱼。

怕	提	造	狯	狐
Bak	daez	cauh	goep	gvej
pa:k⁷	t'ai²	tsa:u⁶	kop⁷	kve³
口	堤	造	田鸡	青蛙

水口堤岸造蛙类，

造	椀	个	猙	咂
Cauh	mak	gaiq	noeg	nou
tsa:u⁶	ma:k⁷	ka:i⁵	nok⁸	nou¹
造	果	供给	鸟	鼠

造果供养鸟和鼠。

造	酒	谷	都	康④
Cauh	laeuj	goek	dux	gangh
tsa:u⁶	lau³	kok⁷	tu⁴	k'a:ŋ⁶
造	酒	根	杜	康

制酒鼻祖是杜康，

造	娘	普	仙	女
Cauh	nangz	bouj	senh	niq
tsa:u⁶	na:ŋ²	p'ou³	se:n⁶	ni⁵
造	姑娘	个	仙	女

造出美女如仙姑。

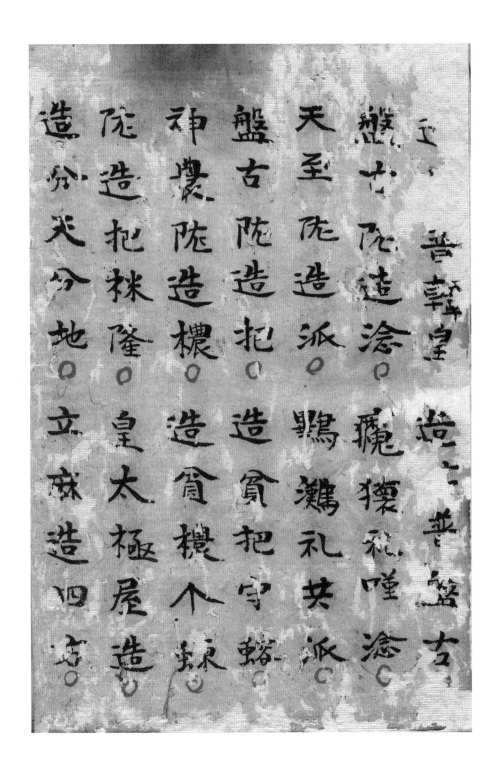

造　地　普　韓　皇
Cauh deih bouj hanz vuengz
tsaːu⁶ tei⁶ p'ou³ haːn² vuːŋ²
造　地　个　韩　王
韩王创造了天下，

造　忙　普　盤　古
Cauh miengz bouj bonz guq
tsaːu⁶ myːŋ² p'ou³ p'oːn² ku⁵
造　天下　个　盘　古
盘古开辟了世界。

盤　古　陇　造　淰
Bonz guq loengz cauh naemx
p'oːn² ku⁵ loŋ² tsaːu⁶ nam⁴
盘　古　下来　造　水
盘古下凡造出水，

玁　猿　礼　噔　淰
Moz vaiz ndaej gin naemx
mo² vaːi² dai³ kin¹ nam⁴
黄牛　水牛　得　喝　水
黄牛水牛有水喝。

天　至　陇　造　派
Denh cix loengz cauh bai
t'en⁶ tsi⁴ loŋ² tsaːu⁶ p'aːi¹
天　至　下来　造　水坝
天至下来造水坝，

鷝　鸀　礼　共　派
Baet hanh ndaej gyonj bai
pat⁷ haːn⁶ dai³ k'joːn³ p'aːi¹
鸭　鹅　得　一起　水坝
共得戏水有鸭鹅。

盤　古　陇　造　把
Bonz guq loengz cauh baq
p'oːn² ku⁵ loŋ² tsaːu⁶ pa⁵
盘　古　下来　造　植物
盘古下来造草木，

造　貧　把　守　蟧
Cauh baenz baq souj nyungz
tsaːu⁶ pan² pa⁵ sou³ ȵuŋ²
造　成　植物　容纳　蚊子
蚊子才有好住处。

① 神農［san² non²］：神农，传说中的农业和医药的发明者，掌管农业的神灵。在壮族地区的田间亦建有神农庙，一般建在田间自然隆起或用土石垒起来的丘坡上，当地人祭祀神农，以祈求其保护农作物、果树等。在镇安和右江河谷一带的壮族民众，还认为神农是女性，是专司山林、田地的神灵。

② 皇太極［va:ŋ² t'a:i⁴ ki²］：此经书里负责划分天地、造东南西北的神灵。

神	農①	阬	造	檑
Saenz	noengz	loengz	cauh	ndoengz
san²	non²	loŋ²	tsa:u⁶	doŋ²
神	农	下来	造	森林

神农下来造树林，

造	貧	檑	个	蝀
Cauh	baenz	ndoengz	gaiq	ranh
tsa:u⁶	pan²	doŋ²	ka:i⁵	ɹa:n⁶
造	成	树林	供给	斑蚊

造出树林养斑蚊，

阬	造	把	林	隆
Loengz	cauh	baq	maex	lueng
loŋ²	tsa:u⁶	pa⁵	mai⁴	lu:ŋ¹
下来	造	植物	树	大

下来造出大乔木。

皇	太	極②	屋	造
Vangz	daix	giz	og	cauh
va:ŋ²	t'a:i⁴	ki²	o:k⁸	tsa:u⁶
皇	太	极	出来	创造

皇太极出来创造，

造	分	天	分	地
Cauh	baen	dien	baen	deih
tsa:u⁶	pan¹	t'i:n¹	pan¹	tei⁶
造	划分	天	划分	地

造出天地两分开，

立	麻	造	四	方
Laeb	maz	cauh	seiq	fueng
lap⁸	ma²	tsa:u⁶	sei⁵	fu:ŋ¹
立即	来	造	四	方

造出东西南北来。

開陸恠浪傾。天造矬貧熟。

乇造别貪済。乇默黔樣墨。

乇默立樣済。済篤度滕止。

月造申庚海。神間造安定。

萬樣正造全。千年正造度。

吉别坐造犂。礼犂晳三頫。

坐造弩……个礼色。

① 申庚海［san¹ keːŋ¹ haːi³］："申庚［san¹ keːŋ¹］"指翻起来的土块；"海［haːi³］"指漫过，淹没。水漫过土块就可以打成水田了。
② 吉别［ki² pe²］：职业神。当地人认为他是犁铧的发明创造者。
③ 知溪［tsi⁶ hi⁶］：职业神。当地人认为他是弓弩的发明创造者。

開	陸	忙	混	頓
Gae	mboek	miengz	hunx	dunx
k'ai¹	bok⁷	myːŋ²	hun⁴	tun⁴
拨开	陆地	天下	混	沌

混沌宇宙被拨开，

天	造	糇	貧	烮
Fax	coux	rungh	baenz	nded
fa⁴	tsou⁴	ɹuŋ⁶	pan²	deːt⁸
天空	就	亮	成	阳光

天空才阳光灿烂，

吞	造	別	貧	济
Fax	coux	byet	baenz	boen
fa⁴	tsou⁴	pjeːt⁷	pan²	p'on¹
天空	才	瞬间	成	雨

天空才积云成雨。

吞	黕	黔	樣	墨
Fax	ndaemz	ndengz	yiengh	maeg
fa⁴	dam²	deːŋ²	jyːŋ⁶	mak⁸
天空	黑	红	样子	墨

天空浓云如彩墨，

吞	黕	立	樣	济
Fax	ndaemz	laep	yiengh	boen
fa⁴	dam²	lap⁷	jyːŋ⁶	p'on¹
天空	黑	暗	样子	雨

乌云翻滚落甘霖。

济	篤	庹	滕	忙
Boen	doek	duh	daengz	miengz
p'on¹	tok⁷	tu⁶	taŋ²	myːŋ²
雨	落	够	整	天下

甘霖润足全天下，

月	造	申	庚	海①
Haih	coux	saen	geng	haij
haːi⁶	tsou⁴	san¹	keːŋ¹	haːi³
然后	才	背脊	土块	漫灌

才有旱地变水田，

神	間	造	安	定
Saenz	gyan	coux	an	dingh
san²	kjaːn¹	tsou⁴	aːn¹	tiŋ⁶
尘世	间	才	安	定

世间方能得安定。

萬　　樣　　正　　造　　全

Fanh　yiengh　cingq　cauh　cienz

fa:n⁶　jy:ŋ⁶　tsiŋ⁵　tsa:u⁶　tsi:n²

万　　样　　正　　造　　齐全

天下万物造齐全，

千　　年　　正　　造　　度

Cien　nienz　cingq　cauh　duh

çi:n¹　ni:n²　tsiŋ⁵　tsa:u⁶　tu⁶

千　　年　　正　　造　　足够

千年所需都造足。

吉　　别②　　坐　　造　　犁

Giz　bez　naengh　cauh　cae

ki²　pe²　naŋ⁶　tsa:u⁶　tsai¹

吉　　别　　坐　　造　　犁

吉别专心造犁铧，

礼　　犁　　罟　　三　　頓

Ndaej　cae　naz　sam　rawh

dai³　tsai¹　na²　sa:m¹　ɹɣ⁶

得　　犁　　水田　　三　　田块

犁铧翻耕多田亩。

知　　溪③　　坐　　造　　弩

Cih　hih　naengh　cauh　nu

tsi⁶　hi⁶　naŋ⁶　tsa:u⁶　nu¹

知　　溪　　坐　　造　　弩

知溪用心造弓弩，

弩　　三　　个　　得　　色

Nu　sam　gaiq　ndaej　saeg

nu¹　sa:m¹　ka:i⁵　dai³　sak⁸

弩　　三　　支　　得　　猎物

三支弓弩获猎物。

① 妜至 [ja⁶ tsei⁵]：职业神。当地人认为她是绳索的发明创造者。

② 鑕 [sa³]：连接牛轭和犁耙的粗绳。

③ 鐝 [ku³]：农具名。用硬质木料做的柄和板口，套上月牙形的铁质口子。主要用以铲烂泥、挖软土。

④ 楑 [kuːk⁷]：一种除草农具。锄口似"鐝 [ku³]"，只是做成"7"字形，如锄头。主要用以除草，似耱。

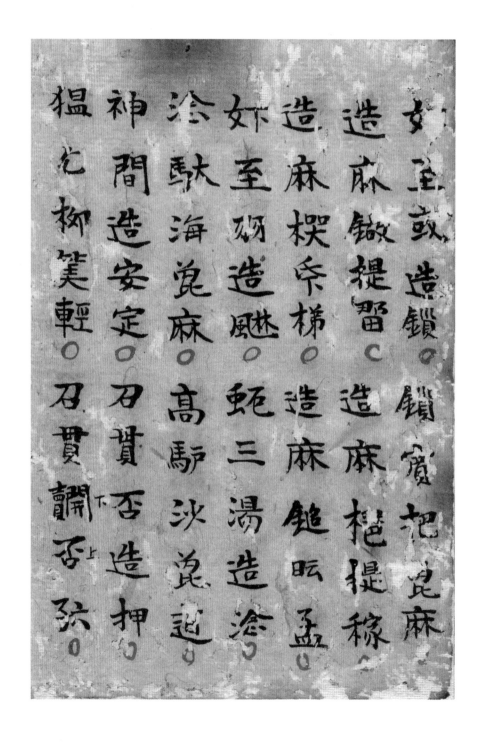

奶　至①　或　造　鎖②
Yah　ceiq　vag　cauh　saj
ja⁶　tsei⁵　ʔvaːk⁸　tsaːu⁶　sa³
奶　至　回头　造　粗绳
奶至回头造粗绳，

鎖　寊　把　㲵　麻
Saj　baenq　baj　bae　maz
sa³　pan⁵　pa³　pai¹　ma²
粗绳　搓　捻　去　来
绳索随犁耙往复。

造　麻　鍬③　提　畓
Cauh　mag　guj　daw　naz
tsaːu⁶　maːk⁸　ku³　tʻɯ¹　na²
造　把　铲子　翻耕　田
造铲子翻耕田地，

造　麻　㭒　提　稼
Cauh　mag　byaz　daw　gyaj
tsaːu⁶　maːk⁸　pja²　tʻɯ¹　kja³
造　把　耙子　护理　庄稼
造出耙子护幼株。

造　麻　楔④　㐷　梯
Cauh　mag　guek　dawj　ndaez
tsaːu⁶　maːk⁸　kuːk⁷　tɔy³　dai²
造　把　耨锄　下面　楼梯
造把耨锄放梯下，

造　麻　鎚　昑　孟
Cauh　mag　deiz　vaenh　mbaengj
tsaːu⁶　maːk⁸　tʻei²　van⁶　baŋ³
造　把　锤子　凿通　竹筒
造把锤子通巨竹。

奶　至　羽　造　飈
Yah　ceiq　bik　cauh　loemz
ja⁶　tsei⁵　pik⁷　tsaːu⁶　lom²
奶　至　翅膀　造　风
奶至振翅造出风，

蚯　三　湯　造　淰
Ngieg　sam　dang　cauh　naemx
ŋyːk⁸　saːm¹　tʻaːŋ¹　tsaːu⁶　nam⁴
水神　三　尾巴　造　水
三尾水神造得水。

① 押［ka:p⁸］：诱捕小动物的一种夹具装置，动物触碰就被夹住而不能逃脱。

② 飖孹［k'a:i¹ luk⁸］：原义指"卖儿女"。"孹"本指子女，此指女儿。"飖孹"是指女儿出嫁，并非讨价还价式的买卖。壮族历来以歌为媒，以歌择配，婚姻相对自由。"卖"实为"嫁"，今壮语仍沿用此说。

淰	馱	海	匹	麻
Naemx	dah	haij	bae	maz
nam⁴	ta⁶	ha:i³	pai¹	ma²
水	河流	洪水	去	来

江河洪水涨又落，

高	馿	沙	匹	道
Gau	lwz	saz	bae	dauh
ka:u¹	ly²	sa²	pai¹	ta:u⁶
划	船	筏	去	回

划着船筏任来回，

神	間	造	安	定
Saenz	gyan	coux	an	dingh
san²	kja:n¹	tsou⁴	a:n¹	tiŋ⁶
尘世	间	才	安	定

万物齐备才安定。

召	貫	否	造	押①
Ciuh	gonq	mbouh	cauh	gab
tsi:u⁶	ko:n⁵	bou⁶	tsa:u⁶	ka:p⁸
世	前	不	造	夹具

从前不曾造夹具，

猵	亡	柳	篖	輕
Unj	haet	laeux	suen	ging
ʔun³	hat⁷	lau⁴	su:n¹	k'iŋ¹
竹鼠	做	窝	园子	姜

竹鼠在姜园做窝。

召	貫	否	飖	孹②
Ciuh	gonq	mbouh	gai	lug
tsi:u⁶	ko:n⁵	bou⁶	k'a:i¹	luk⁸
世	前	不	卖	子女

前世不把女儿嫁，

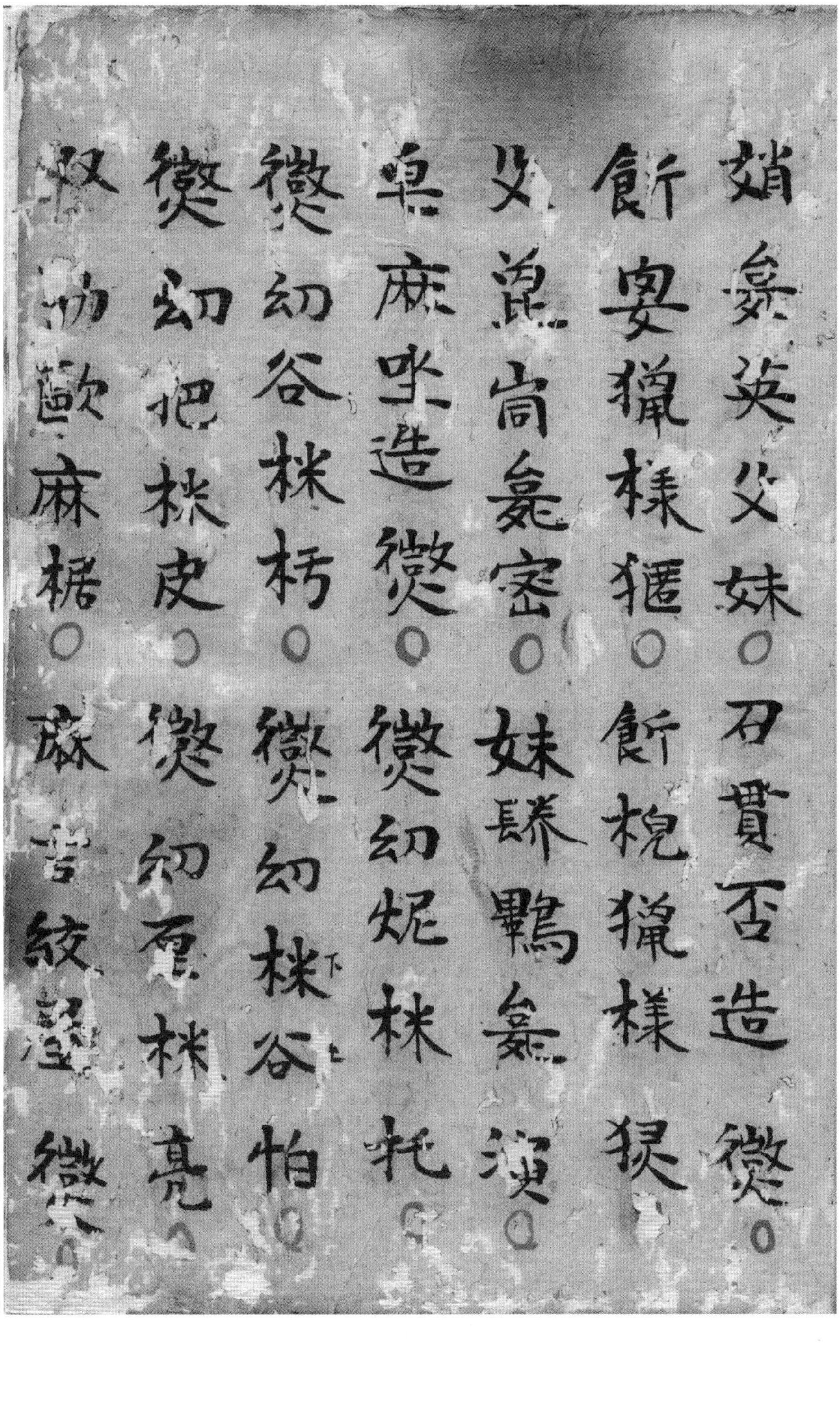

① 厘 [ly²]：量词。用作大而长的穗状物的量词，如整串的芭蕉等。

娋	兝	英	父	妹
Sau	dai	ingz	boh	meh
sa:u¹	t'a:i¹	iŋ²	po⁶	me⁶
姑娘	死	依靠	父	母

女亡还依父母怀。

父	俻	峝	兝	寙
Boh	bae	doengh	dai	maed
po⁶	pai¹	toŋ⁶	t'a:i¹	mat⁸
父	去	田峒	死	野鬼

父去田间意外亡，

召	貫	否	召	燹
Ciuh	gonq	mbouh	cauh	faez
tsi:u⁶	ko:n⁵	bou⁶	tsa:u⁶	fai²
世	前	不	造	火

从前尚未造出火，

妹	骿	鴨	兝	演
Meh	ciengx	baet	dai	nyaenh
me⁶	tsy:ŋ⁴	pat⁷	t'a:i¹	ȵan⁶
母	养	鸭	死	蚜虫

母亲养鸭遭瘟疫，

飲	娞	獥	様	猵
Gin	nwx	ndip	yiengh	nag
kin¹	ny⁴	dip⁷	ji:ŋ⁶	na:k⁸
吃	肉	生	样子	水獭

吞吃生肉如水獭，

皂	麻	坐	造	燹
Coux	maz	naengh	cauh	faez
tsou⁴	ma²	naŋ⁶	tsa:u⁶	fai²
就	来	坐	造	火

这才坐下要造火。

飲	梘	獥	様	狺
Gin	mak	ndip	yiengh	lingz
kin¹	ma:k⁷	dip⁷	ji:ŋ⁶	liŋ²
吃	果	生	样子	猴子

猴子似的吃生果。

燹	幼	炨	㭽	托
Faez	youh	nw	maex	dog
fai²	ʔjou⁶	ny¹	mai⁴	t'o:k⁸
火	在	上面	木	竹箧

火在干燥竹箧上，

燹 幼 谷 桛 朽

Faez youh goek maex naeuh

fai² ʔjou⁶ kok⁷ mai⁴ nau⁶

火 在 根 木 腐朽

火在烂的树根里，

燹 幼 谷 桛 怕

Faez youh goek maex beg

fai² ʔjou⁶ kok⁷ mai⁴ p'e:k⁸

火 在 根 树 芭芒

火在芭芒丛根部，

燹 幼 把 桛 皮

Faez youh baq maex peu

fai² ʔjou⁶ pa⁵ mai⁴ p'e:u¹

火 在 丛 树 丹竹

火在丹竹丛林里，

燹 幼 厘① 桛 亮

Faez youh lwz maex liengh

fai² ʔjou⁶ ly² mai⁴ ly:ŋ⁶

火 在 长穗 树 千层纸

火在千层纸树果。

双 孲 歐 麻 椐

Song lug aeuz maz gawq

so:ŋ¹ luk⁸ ʔau² ma² kəɯ⁵

两 儿 拿 来 锯

两人来回把锯拉，

麻 吉 絞 屋 燹

Maz git geuj og faez

ma² kit⁷ ke:u³ ʔo:k⁸ fai²

来 摩 擦 出 火

拉锯摩擦出火花。

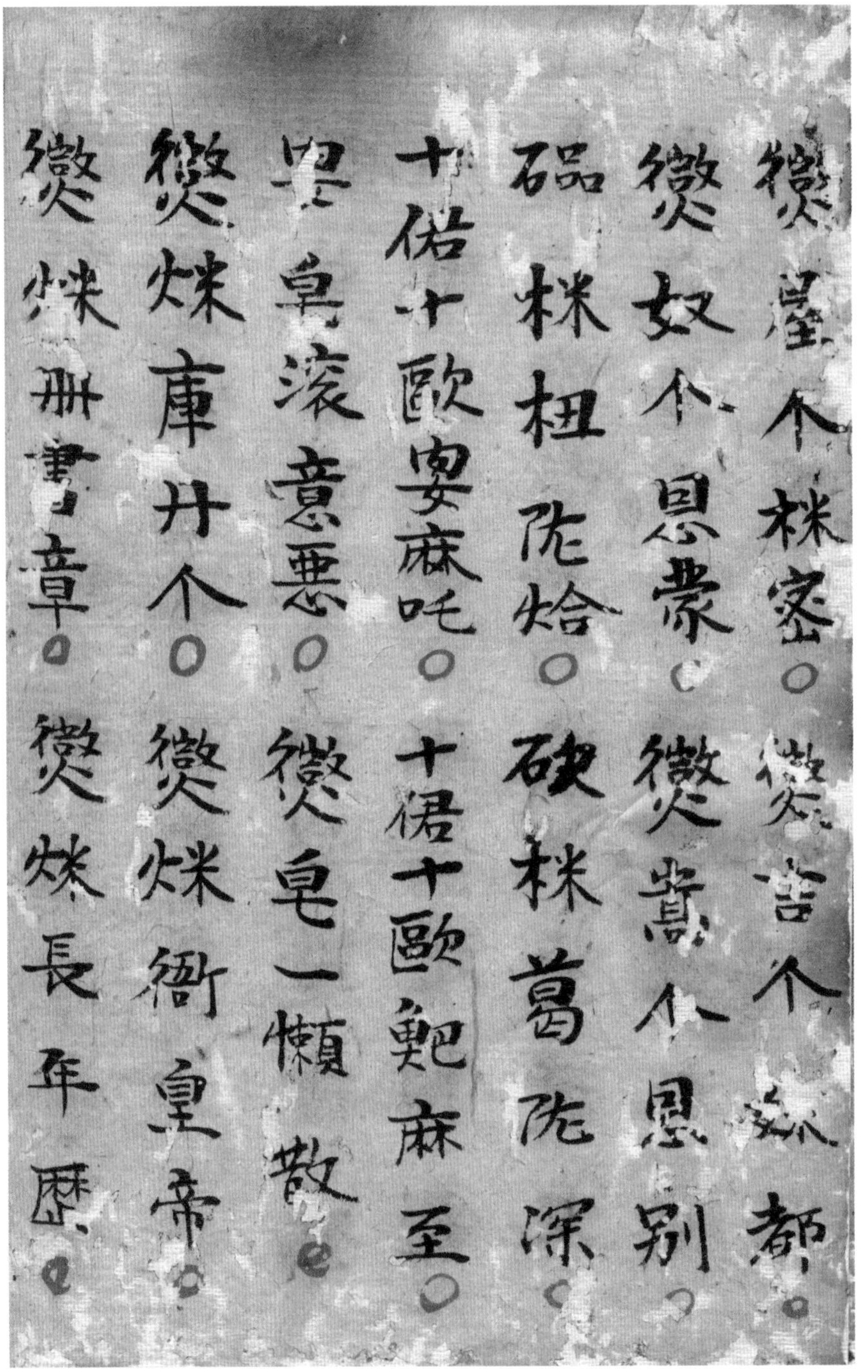

徼屋个株密○徼吉个姝都○
徼奴个恳祟○徼嵩个恩别○
碍株杻陀恰○砍株葛陀深○
十偌十歐要麻吒○十倨十歐鲍麻至○
䍃阜滚意悪○徼皂一懒散○
徼烪庫丹个○徼烪衙皇帝○
徼烪册書章○徼烪長年歷○

燚 屋 个 桄 窗
Faez og gah maex maed
fai² o:k⁸ ka⁶ mai⁴ mat⁸
火 出 像 树 黄皮果
火星大如黄皮果，

碪 桄 杻 陇 烚
Byaemj maex naeuh loengz yab
pjam³ mai⁴ nau⁶ loŋ² ja:p⁸
砍倒 树木 朽 下来 混合
砍下枯枝助火燃，

燚 吉 个 妹 都
Faez cet gah meh doq
fai² tse:t⁷ ka⁶ me⁶ to⁵
火 溅 如 母 马蜂
火星飞溅如马蜂。

砍 桄 葛 陇 深
Daemj maex gat loengz coemh
t'am³ mai⁴ ka:t⁷ loŋ² tsom⁶
砍 木 葛 下来 烧
砍下葛藤混柴烧。

燚 奴 个 恩 蒙
Faez nu gah aen mbungz
fai² nu¹ ka⁶ an¹ buŋ²
火 旺 如 个 箩
火苗旺盛大如箩，

十 倌 十 歐 娿 麻 吒
Sip goenz sip aeuz nwx maz dag
Sip⁷ kon² sip⁷ ʔau² ny⁴ ma² t'a:k⁸
十 人 十 要 肉 来 晒
人人都提肉来熏，

燚 嵩 个 恩 别
Faez sung gah aen bied
fai² suŋ¹ ka⁶ an¹ pi:t⁸
火 高 如 个 筐
火苗渐高像竹筐。

十 倌 十 歐 豝 麻 至
Sip goenz sip aeuz bya maz ceiq
sip⁷ kon² sip⁷ ʔau² pja⁴ ma² tsei⁵
十 人 十 要 鱼 来 煨
个个都拿鱼来煨。

① 意恶 [it⁷ e:t⁷]：拟声词，形容烧烤鱼肉发出的声音。

顿造忙（创世经）影印译注

娄	皂	滚	意	恶①
Nwx	coux	goenj	it	et
ny⁴	tsou⁴	kon³	it⁷	e:t⁷
肉	就	滚	滋	滋

肉鱼滋滋冒出油，

爕	皂	一	懒	散
Faez	coux	it	lanh	sanq
fai²	tsou⁴	it⁷	la:n⁶	sa:n⁵
火	就	一	漫延	散开

火焰忽地蹿起来。

爕	炑	庫	丹	个
Faez	maej	gux	gvan	ga
fai²	mai³	k'u⁴	kvan¹	ka¹
火	烧	库	官	家

火烧官家的库房，

爕	炑	衙	皇	帝
Faez	maej	nyaz	vuengz	daeq
fai²	mai³	ɲa²	vu:ŋ²	tai⁵
火	烧	衙署	皇	帝

火烧皇帝的衙署。

爕	炑	册	書	章
Faez	maej	ceg	saw	cieng
fai²	mai³	ɕe:k⁸	səu¹	tsy:ŋ¹
火	烧	册	书	文章

火烧了书本文章，

爕	炑	長	年	歴
Faez	maej	ciengz	nienz	lig
fai²	mai³	ɕi:ŋ²	ni:n²	lik⁸
火	烧	长	年	历

火烧了万年历书。

忌蠖右曾埋〇忌毙否曾定
否曾定痕眃〇否曾尒日月〇
盤古造麻侊〇神農造麻雀〇
正麻雊六甲〇正麻造雜粮
造六甲造平〇造雜良造正〇
正麻造甲子〇甲子崖北京〇
正脉起甲戌〇甲戌南桝京

① 六甲 [lok⁸ ka:p⁸]：甲子、甲戌、甲申、甲午、甲辰、甲寅六个干支名称。甲日，是上天创造万物的日子。下雷一带民众也将掌管生育的神灵称为"上官六甲将军大神"。

② 粮 [ɹa:ŋ⁶]：本义是"一长串"。长串的文字就成"章"。

③ 南京 [na:m² kiŋ¹]：1368 年明太祖朱元璋定都应天府，并将其名称改为南京，这是南京得名的开始。明初，朱元璋将元大都改为北平。1403 年明成祖朱棣将北平改为北京，这是北京名称正式使用的开始。而南京仍存其名。清以后，南京之名仍延续使用。此经书中北京和南京同为六甲中的二甲，据此可推断经书的成书时间应该为明代。

恩	蜻	否	兽	埋
Aen	seng	mbouh	roux	mai
an¹	se:ŋ¹	bou⁶	ɹou⁴	ma:i¹
个	生	不	知	记录

生日喜事不会记，

恩	麂	否	兽	定
Aen	dai	mbouh	roux	dingh
an¹	tʻa:i¹	bou⁶	ɹou⁴	tiŋ⁶
个	死	不	知	定夺

白事也不会打理。

否	兽	定	痕	旴
Mbouh	roux	dingh	hwnz	vaenz
bou⁶	ɹou⁴	tiŋ⁶	hun²	van²
不	知	判定	夜	日

不知区分昼与夜，

否	兽	分	日	月
Mbouh	roux	baen	vaenz	nduenz
bou⁶	ɹou⁴	pan¹	van²	du:n²
不	会	分	日	月

不会划分日和月。

盤	古	造	麻	陇
Bonz	guq	cauh	maz	lueng
pʻo:n²	ku⁵	tsa:u⁶	ma²	lu:ŋ¹
盘	古	造	来	大

盘古创造作用大，

神	農	造	麻	準
Saenz	nungz	cauh	maz	cwnj
san²	nuŋ²	tsa:u⁶	ma²	tsɯn³
神	农	造	来	准

神农创造很准确。

正	麻	準	六	甲①
Cingq	maz	cwnj	loeg	gab
tsiŋ⁵	ma²	tsɯn³	lok⁸	ka:p⁸
正	来	准	六	甲

制定精确的六甲，

正	麻	造	雜	粮②
Cingq	maz	cauh	cab	rangh
tsiŋ⁵	ma²	tsa:u⁶	tsa:p⁸	ɹa:ŋ⁶
正	来	造	杂	章

各种规章正斟酌。

造　　六　　甲　　造　　平

Cauh　loeg　gab　cauh　bieng

tsa:u⁶　lok⁸　ka:p⁸　tsa:u⁶　p'i:ŋ¹

造　　六　　甲　　造　　平

造的六甲很平衡，

造　　雜　　良　　造　　正

Cauh　cab　rangh　cauh　cingq

tsa:u⁶　tsa:p⁸　ɹa:ŋ⁶　tsa:u⁶　tsiŋ⁵

造　　杂　　规　章　　造　　公正

造的规章很公正。

正　　麻　　造　　甲　　子

Cingq　maz　cauh　gab　ceij

tsiŋ⁵　ma²　tsa:u⁶　ka:p⁸　tsei³

正　　来　　造　　甲　　子

正确地算定甲子，

甲　　子　　屋　　北　　京

Gab　ceij　og　baek　ging

ka:p⁸　tsei³　o:k⁸　pak⁷　kiŋ¹

甲　　子　　出　　北　　京

甲子定名北京城。

正　　麻　　起　　甲　　戌(戌)

Cingq　maz　gwnj　gab　sut

tsiŋ⁵　ma²　k'ɯn³　ka:p⁸　sut⁷

正　　来　　起　　算　　甲　　戌

正确地起算甲戌，

甲　　戌(戌)　坤　　南　　京③

Gab　sut　gwnj　namz　ging

ka:p⁸　sut⁷　k'ɯn³　na:m²　kiŋ¹

甲　　戌　　起　　南　　京

甲戌起名南京城。

正麻隊甲申罒申出浲海。

正麻造甲辰甲寅甲辰甲寅坤皇昼

正麻湯甲午。甲午出南方。

造六甲造平。造雜良造正。

貝獵造魯曑埋昦曑造魯定。

造魯定痕昡造魯分日月。

天至佐造忙。龍王佐造浲。

正 麻 隊 甲 申
Cingq maz doiq gab saen
tsiŋ⁵ ma² to:i⁵ ka:p⁸ san¹
正 来 核对 甲 申
正在核对甲申年，

甲 申 出 淰 海
Gab saen og naemx haij
ka:p⁸ san¹ o:k⁸ nam⁴ ha:i³
甲 申 出 水 海
甲申出自海洋水。

正 麻 湯 甲 午
Cingq maz dangh gab ngox
tsiŋ⁵ ma² t'aŋ⁶ ka:p⁸ ŋo⁴
正 来 找 甲 午
正在查找甲午年，

甲 午 出 南 方
Gab ngox og namz fueng
ka:p⁸ ŋo⁴ ʔo:k⁸ na:m² fu:ŋ¹
甲 午 出 南 方
甲午事出正南方。

正 麻 造 甲 辰 甲 寅
Cingq maz cauh gab cwnz gab yinz
tsiŋ⁵ ma² tsa:u⁶ ka:p⁸ ɕun² ka:p⁸ jin²
正 来 造 甲 辰 甲 寅
又来造甲辰甲寅，

甲 辰 甲 寅 坤 皇 屋
Gab cwnz gab yinz hwn vuengz og
ka:p⁸ ɕun² ka:p⁸ jin² hun¹ vu:ŋ² o:k⁸
甲 辰 甲 寅 从 皇 出
甲辰甲寅皇家来。

造 六 甲 造 平
Cauh loeg gab cauh bieng
tsa:u⁶ lok⁸ ka:p⁸ tsa:u⁶ p'i:ŋ¹
造 六 甲 造 平
造的六甲很平衡，

造 雜 良 造 正
Cauh cab rangh cauh cingq
tsa:u⁶ tsa:p⁸ ɹa:ŋ⁶ tsa:u⁶ tsiŋ⁵
造 杂 规章 造 公正
造的规章很公正。

① 氕：该字为衍字。

恩	獩	造	兽	埋氕①
Aen	seng	coux	roux	mai
an¹	seːŋ¹	tsou⁴	ɹou⁴	maiː¹
个	生	就	知	记录

生日喜事会记录，

恩	氕	造	兽	定
Aen	dai	coux	roux	dingh
an¹	tʻaːi¹	tsou⁴	ɹou⁴	tiŋ⁶
个	死	就	知	定夺

遇上白事会安排。

造	兽	定	痕	旿
Coux	roux	dingh	hwnz	vaenz
tsou⁴	ɹou⁴	tiŋ⁶	huun²	van²
就	知	判定	夜	日

知道区分昼和夜，

造	兽	分	日	月
Coux	roux	baen	vaenz	nduenz
tsou⁴	ɹou⁴	pan¹	van²	duːn²
就	会	分	日	月

就会划分日和月。

天	至	陇	造	忙
Dien	cix	loengz	cauh	miengz
tʻiːn¹	tsi⁴	loŋ²	tsaːu⁶	myːŋ²
天	至	下来	造	世界

天至下来造世界，

龍	王	陇	造	淰
Loengz	vuengz	loengz	cauh	naemx
loŋ²	vuːŋ²	loŋ²	tsaːu⁶	nam⁴
龙	王	下来	造	水

龙王下来造水源。

麻造魂造合。麻造甲造庚。

分五行許正。定日月許明。

眉三清上帝。太歲勿立魂。

将隻勿立怕。妻卷十二方。

開恩忙混迎。〔又句
苹村〕

但否何召斗。悔介何召三。

吾闗刃貴。悼打闗刃貫。

① 三清 [saːn⁶ ɕiŋ⁶]：指道教的玉清、上清、太清三神。

麻	造	魂	造	合
Maz	cauh	gvaen	cauh	hab
ma²	tsaːu⁶	kʻvan¹	tsaːu⁶	haːp⁸
下来	造	魂	造	合乸

下来造魂灵合乸，

眉	三	清①	上	帝
Meiz	sanh	cingh	cangx	dix
mei²	saːn⁶	ɕiŋ⁶	ɕaːŋ⁴	ti⁴
有	三	清	上	帝

确立了三清诸神，

麻	造	甲	造	庚
Maz	cauh	gab	cauh	geng
ma²	tsaːu⁶	kaːp⁸	tsaːu⁶	keːŋ¹
下来	造	六甲	造	年庚

来造六甲和年庚。

太	崴	幼	立	魂
Daix	seix	youh	raeb	gvaen
tʻaːi⁴	sei⁴	ʔjou⁶	ɹap⁸	kʻvan¹
太	岁	在	接	魂

太岁在迎接魂灵，

分	五	行	許	正
Baen	uq	hengz	hawj	cingq
pan¹	ʔu⁵	heːŋ²	hɔy³	tsiŋ⁵
分	五	行	给	正

五行划分得正确，

将	軍	幼	立	怕
Cangh	ginh	youh	raeb	pek
tsaːŋ⁶	kin⁶	ʔjou⁶	ɹap⁸	pʻeːk⁷
将	军	在	接	魄

将军在迎接魂魄。

定	日	月	許	明
Dingh	vaenz	nduenz	hawj	mingz
tiŋ⁶	van²	duːn²	hɔy³	miŋ²
制定	日	月	给	明确

日月时辰定得准。

妛	呑	十	二	方
Nw	fax	sip	ngeih	fueng
ny¹	fa⁴	sip⁷	ŋei⁶	fuːŋ¹
上方	天空	十	二	方位

上天十二个方位，

開　　恩　　忙　　混　　迍
Gai　aen　miengz　vwnh　dwnh
k'ai¹　an¹　my:ŋ²　vɯn⁶　tɯn⁶
开　　个　　天地　混　　沌

混沌天地刚开启。

第三篇　治国兴邦

扫码听音频

麻造魂造合。麻造甲造庚（

分五行許正定日月許明

眉三清上帝　太歲幻立魂

將隼幼立怕　妻卷十二方

開恩忙混迷　〔又句犀村詩〕

但否何召斗悔介何召三

吾開刃責　悔打關刃□

但　　否　　何　　召　　斗

Danh　mbouh　yax　ciuh　ndouj

ta:n^6　bou^6　ja^4　tsi:u^6　dou^3

别人　　不　　说　　世　　初始

别人不谈初始事，

悔　　打　　何　　召　　斗

Goij　deh　yax　ciuh　ndouj

k'o:i^3　te^6　ja^4　tsi:u^6　dou^3

我　　则　　说　　世　　初始

我却要谈初始事。

但　　否　　鬧　　召　　貫

Danh　mbouh　naeuz　ciuh　gonq

ta:n^6　bou^6　nau^2　tsi:u^6　ko:n^5

别人　　不　　讲　　世　　从前

别人不讲前世情，

悔　　打　　鬧　　召　　貫

Goij　deh　naeuz　ciuh　gonq

k'o:i^3　te^6　nau^2　tsi:u^6　ko:n^5

我　　则　　讲　　世　　从前

我却要讲前世情。

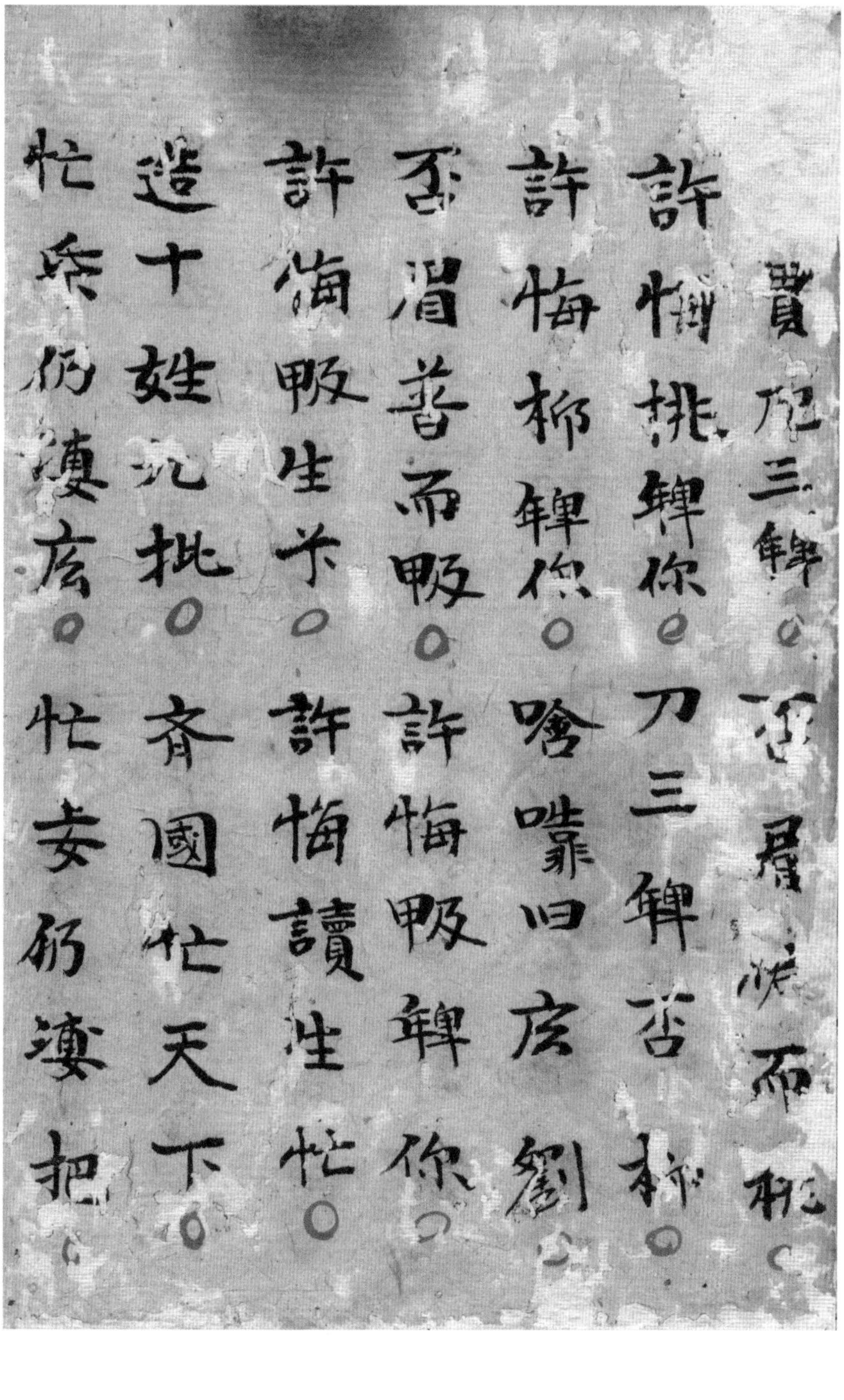

召	貫	阯	三	牌
Ciuh	gonq	byax	sam	bei
tsi:u⁶	ko:n⁵	pja⁴	sa:m¹	pei¹
世	前	刀	三	年

从前刀子用三年，

否	眉	倡	而	桃
Mbouh	meiz	goenz	rawz	dauz
bou⁶	mei²	kon²	ɣcɪ²	ta:u²
无	有	人	哪个	锉

没有任何人来锉，

許	悔	桃	牌	你
Hawj	goij	dauz	bei	ni
hɔɣ³	k'o:i³	ta:u²	pei¹	ni¹
让	我	锉	年	今

今年让我锉一锉。

刀	三	牌	否	柳
Dau	sam	bei	mbouh	laeu
ta:u¹	sa:m¹	pei¹	bou⁶	lau¹
剪刀	三	年	不	削

剪刀三年无人锉，

許	悔	桝	牌	你
Hawj	goij	laeu	bei	ni
hɔɣ³	k'o:i³	lau¹	pei¹	ni¹
让	我	锉	年	今

今年让我锉一锉。

哈	嚎	旧	厷	劉
Vamz	gauh	gaeuq	mwh	raeuz
va:m²	k'a:u⁶	kau⁵	my⁶	ɪau²
话	语	旧	时候	我们

我们旧时的话语，

否	眉	普	而	畈
Mbouh	meiz	bouj	rawz	gyaep
bou⁶	mei²	p'ou³	ɣcɪ²	kjap⁷
没	有	人	谁	捡

没有哪个来收集，

許	悔	畈	牌	你
Hawj	goij	gyaep	bei	ni
hɔɣ³	k'o:i³	kjap⁷	pei¹	ni¹
让	我	捡	年	今

今年叫我来收集。

許　悔　眅　生　卞
Hawj　goij　gyaep　seng　ndog
hɔy³　k'o:i³　kjap⁷　se:ŋ¹　do:k⁸
让　我　捡　生　花朵
让我收集生育事，

許　悔　讀　生　忙
Hawj　goij　doeg　seng　miengz
hɔy³　k'o:i³　tok⁸　se:ŋ¹　my:ŋ²
让　我　读　生　邦国
让我讲述邦国史。

造　十　姓　九　批
Cauh　sip　gyog　gaeuj　baeq
tsa:u⁶　sip⁷　kjo:k⁸　kau³　p'ai⁵
造　十　姓　九　批
先造出十姓九族，

齐　國　忙　天　下
Caez　guek　miengz　dien　yaq
tsai²　ku:k⁷　my:ŋ²　t'i:n¹　ja⁵
全　邦国　疆域　天　下
聚齐邦国成天下。

忙　뿌　仍　婆　厷
Miengz　dawj　nyaengz　boh　mo
my:ŋ²　tɔy³　n̦aŋ²　po⁶　mo¹
邦国　底下　还活　男性　麼
下方邦国有麼公，

忙　支　仍　婆　把
Miengz　nw　nyaengz　boh　bah
my:ŋ²　ny¹　n̦aŋ²　po⁶　pa⁶
邦国　上方　还活　男性　巫
上方邦国有巫师。

國地下安寨。嵬宵忙天下。

正立定宵忙。書棍京墾麻。

朝定書麻散。散留乇長民。

分留乇百姓。分株乇铢餓。

分馱乇铢个。分淰乇铢䭾。

分忙乇州縣。當縣當侶棍。

尚侶䭾中乇。州

國	地	下	安	寒
Guek	deih	yaq	an	hamz
ku:k⁷	tei⁶	ja⁵	an¹	ha:m²
邦国	地	下	安	神龛

邦国百姓安神龛，

咙	眉	忙	天	下
Baez	baenz	miengz	dien	yaq
pai²	pan²	my:ŋ²	t'i:n¹	ja⁵
回	成	邦国	天	下

这回才定国安邦，

正	立	定	寅	忙
Cingq	laeb	dingh	baenz	miengz
tsiŋ⁵	lap⁸	tiŋ⁶	pan²	my:ŋ²
所以	确	定	成	邦国

邦国疆土才确立。

書	棍	京	垦	麻
Saw	hwn	ging	gwnj	maz
səu¹	hun¹	kiŋ¹	k'ɯn³	ma²
书	从	京城	上	来

书籍从京城送来，

朝	庭	書	麻	散
Cauz	dingz	saw	maz	son
ɕa:u²	t'iŋ²	səu¹	ma²	so:n¹
朝	廷	书	来	教

朝廷书籍做教材。

散	畄	亡	良	民
Son	raeuz	haet	liengz	minz
so:n¹	ɹau²	hat⁷	li:ŋ²	min²
教	我们	做	良	民

教导我们做良民，

分	畄	亡	百	姓
Baen	raeuz	haet	bek	singq
pan¹	ɹau²	hat⁷	pe:k⁷	siŋ⁵
分配	我们	做	百	姓

分派我们当百姓。

分	林	亡	銇	餓
Baen	maex	haet	lai	ngaq
pan¹	mai⁴	hat⁷	la:i¹	ŋa⁵
分	树	做	多	枝桠

树木分出多枝丫，

① 洞 [toŋ⁶]: 最初的意义是"田垌","凷洞"就是下田劳作。后来所指范围逐步扩展,如"洞南宁"是指整个南宁,"倫忙朗洞"是周游世界,"洞"含"天下、世界"之意。

分	馱	乜	猍	个
Baen	dah	haet	lai	ga
pan¹	ta⁶	hat⁷	la:i¹	k'a¹
分	河流	做	多	支流

江河分出众支流,

分	淰	乜	猍	龍
Baen	naemx	haet	lai	luengq
pan¹	nam⁴	hat⁷	la:i¹	lu:ŋ⁵
分	水	做	多	沟渠

田地也分多沟渠。

分	忙	乜	州	縣
Baen	miengz	haet	cou	vienh
pan¹	my:ŋ²	hat⁷	tsou¹	vi:n⁶
分	邦国	做	州	县

邦国分成州和县,

當	縣	當	倡	提
Dangq	vienh	dangq	goenz	daw
ta:ŋ⁵	vi:n⁶	ta:ŋ⁵	kon²	t'əu¹
各	县	各	人	掌握

各县各自有人管,

當	州	當	倡	晋
Dangq	cou	dangq	goenz	guenj
ta:ŋ⁵	tsou¹	ta:ŋ⁵	kon²	ku:n³
各	州	各	人	管

各州自己管各州。

十	巳(己)	洞①	乜	州
Sip	geij	doengh	haet	cou
sip⁷	kei³	toŋ⁶	hat⁷	tsou¹
十	几	田峒	做	州

十几个峒做一州,

① 廣［ku:ŋ³］：历史上的行政区域名称。中国历史上只有广南东路、广南西路两个"广"，并没有十几个"广"的时代。这只
是巫师们超度亡灵所设置的住所，并非历史真实。
② 之乍［tsi⁵ tsa⁵］：拟声词，形容人马多的嘈杂声。
③ 否同［bou⁶ toŋ²］：不同。下雷相邻近的各个圩场的圩日（大交易日）是不同的，这样才便于物资交流。
④ 麻造街［ma² tsa:u⁶ ka:i¹］：倒文，原文为"造麻街"。

十	巳（己）	州	亡	府
Sip	geij	cou	haet	fouj
sip⁷	kei³	tsou¹	hat⁷	fou³
十	几	州	做	府

十几个州做一府。

十	己	府	贺	殊
Sip	geij	fouj	yax	lai
sip⁷	kei³	fou³	ja⁴	la:i¹
十	几	府	说	多

十几个府说是多，

麻	亡	十	己	廣①
Maz	haet	sip	geij	guengj
ma²	hat⁷	sip⁷	kei³	ku:ŋ³
来	做	十	几	广

再合成十几个广，

當	廣	千	萬	倡
Dangq	guengj	cien	fanh	goenz
ta:ŋ⁵	ku:ŋ³	çi:n¹	fa:n⁶	kon²
各	广	千	万	人

每个广有千万人。

軍	王	蒲	之	乍②
Gvaenq	vuengz	dim	ciq	caq
kvan⁵	vu:ŋ²	tim¹	tsi⁵	tsa⁵
军	王	满	叽	喳

军王满地吵喳喳，

當	忙	當	都	隘
Dangq	miengz	dangq	dou	aih
ta:ŋ⁵	my:ŋ²	ta:ŋ⁵	tou¹	ʔa:i⁶
各自	邦国	各自	门	隘

邦国各自有城门，

昙	賣	買	圖（否）	同③
Vaenz	gai	sawx	mbouh	doengz
van²	k'a:i¹	sɯu⁴	bou⁶	toŋ²
日子	卖	买	不	同

买卖日子也相殊。

郝	垦	麻	造	街④
Hag	gwnj	maz	cauh	gai
ha:k⁸	k'ɯn³	ma²	tsa:u⁶	ka:i¹
客人	上	来	造	街

客商上来造街市，

⑤嘡 [daŋ¹]：吹奏，响。

⑥古呼 [ku⁵ hu⁵]：拟声词，即咕呼响。

郝 垦 街 麻 店

Hag gwnj gai maz denh

ha:k⁸ k'un³ ka:i¹ ma² te:n⁶

客商 上来 街 来 店

商贾沿街开店铺。

昙 民 嘡⑤ 古 呼⑥

Vaenz minz ndaengz guq huq

van² min² daŋ² ku⁵ hu⁵

日 他 吹响 咕 呼

整日吹奏咕呼响，

當 殿 廣 當 尼

Dangq denh gvangj dangq ndaez

ta:ŋ⁵ ten⁶ kva:ŋ³ ta:ŋ⁵ dai²

各自 店 宽 各自 好

店铺宽敞生意好，

倡 换 班 否 葛

Goenz vuenh ban mbouh gad

kon² vu:n⁶ pa:n¹ bou⁶ k'a:t⁸

人 换 班 不 断

交接换班不停业。

開 楼 耒 地 擂

Gae laeuz laiz deih loih

k'ai¹ lau² la:i² tei⁶ lo:i⁶

开 楼 花 地 吹打

花楼吹箫又打鼓。

對 里 對 品 於

Doiq ndeij doiq baenj eij

to:i⁵ dei³ do:i⁵ p'an³ ʔei³

对 与 对 交 织

成双成对相交织，

昙民核三陸。昙抵陁乞令

双侣罗乞对。对里对春秋

侣里侣同教。郝老實瞇明

令朝连皇帝。悔打贺㐫㐫

贺都城皇帝。城皇帝羗却

郝城門㷉票。都城三百焉

焉城㳅百宙。軍核

昙	民	核	三	陛
Vaenz	minz	hwed	sam	baez
van²	min²	hyːt⁸	saːm¹	pai²
日	他们	歇	三	次

他们轮班歇三回，

昙	批	陇	亡	令
Vaenz	baeq	loengz	haet	rengz
van²	p'ai⁵	loŋ²	hat⁷	ɹeːŋ²
日	批	下	做	力气

每批值日都卖力。

双	倌	罗	亡	对
Song	goenz	lox	haet	doiq
soːŋ¹	kon²	lo⁴	hat⁷	toːi⁵
两	人	凑	做	对

两人合作成双对，

对	里	对	春	秋
Doiq	ndeij	doiq	caen	caeu
toːi⁵	dei³	toːi⁵	ɕan¹	ɕau¹
对	与	对	春	秋

一对一对度春秋。

倌	里	倌	同	教
Goenz	ndeij	goenz	doengh	gyauj
kon²	dei³	kon²	toŋ⁶	kjaːu³
人	与	人	相互	教

人与人相教互学，

郝	老	實	璁	明
Hag	laux	saed	coeng	mingz
haːk⁸	laːu⁴	sat⁸	ɕoŋ¹	miŋ²
流官	老	实	聪	明

流官老实又聪明，

令	朝	庭	皇	帝
Lingx	cauz	dingz	vuengz	daeq
liŋ⁴	ɕaːu²	t'iŋ²	vuːŋ²	tai⁵
引领	朝	廷	皇	帝

服侍在皇帝身边。

悔	打	賀	北	京
Goij	deh	yax	baek	ging
k'oːi³	te⁶	ja⁴	pak⁷	kiŋ¹
我	要	说	北	京

我来说说北京城，

贺　都　城　皇　帝

Yax　dou　singz　vuengz　daeq

ja⁴　tou¹　sin²　vu:ŋ²　tai⁵

说　门　城　皇　帝

说说皇宫的城门。

城　皇　帝　殊　都

Singz　vuengz　daeq　lai　dou

sin²　vu:ŋ²　tai⁵　la:i¹　tou¹

城　皇　帝　多　门

皇宫城门有多处，

都　城　門　䋝　票

Dou　singz　moenz　rungh　byag

tou¹　sin²　mon²　ɹuŋ⁶　p'jak⁸

门　城　圆　亮　耀眼

皇城拱门亮闪闪。

都　城　三　百　馬

Dou　singz　sam　bak　max

tou¹　sin²　sa:m¹　pa:k⁷　ma⁴

门　城　三　百　马

门外驻马三百匹，

都　城　五　百　軍

Dou　singz　haj　bak　bing

tou¹　sin²　ha³　pa:k⁷　piŋ¹

门　城　五　百　兵

城门驻扎五百兵，

都　城　眉　軍　核

Dou　sing　meiz　bing　had

tou¹　sin²　mei²　piŋ¹　ha:t⁸

门　城　有　兵　把守

宫门皆有兵把守。

尽護　双伏、枞康

双符双茶橍○轮广扣送银

三鞞扣进貢○各庆送金银

皇帝苧楼捲○眉包笶都城

皇尴坐殿坐国○初一咲点弸

十五陛尴堂○乃帽康尴殿

淠康三百匿○幻地牧三畤

双	伏	眉	護	齫
Song	fag	meiz	huj	gai
so:ŋ¹	fa:k⁸	mei²	hu³	k'a:i¹
两	侧	有	货	卖

城门两边有商铺，

双	伏	双	桐	康
Song	fag	song	dongh	gang
so:ŋ¹	fa:k⁸	so:ŋ¹	to:ŋ⁶	k'a:ŋ¹
两	侧	两	柱	生铁

两侧两根生铁柱，

双	行	双	恭	橰
Song	yangz	song	gyong	loih
so:ŋ¹	ja:ŋ²	so:ŋ¹	kjo:ŋ¹	lo:i⁶
两	行	两	鼓	擂

两行锣鼓两边擂。

铪	厷	扣	送	銀
Vob	mwz	gaeuj	soengq	ngaenz
vo:p⁸	my²	k'au³	soŋ⁵	ŋan²
周年	去	进入	送	银子

每年进城送银两，

三	铧	扣	进	貢
Sam	bei	gaeuj	cinx	gungx
sa:m¹	pei¹	k'au³	tsin⁴	kuŋ⁴
三	年	进去	进	贡

三年入宫贡一回，

各	勵	送	金	銀
Gag	cawj	soengq	gim	ngaenz
ka:k⁸	ɕɯ³	soŋ⁵	kim¹	ŋan²
各	地	送	金	银

金条银锭送朝廷。

皇	帝	芽	楼	捲
Vuengz	daeq	deq	laeuz	gienj
vu:ŋ²	tai⁵	te⁵	lau²	ki:n³
皇	帝	等候	楼	卷帘

皇上迎候卷帘楼，

眉	邑	变	都	城
Meiz	byax	bienj	dou	singz
mei²	pja⁴	pi:n³	tou¹	siŋ²
有	刀	掀开	门	城

卫士举刀开城门，

皇　螚　殿　坐　国
Vuengz naengh denh naengh guek
vuːŋ² naŋ⁶ teːn⁶ naŋ⁶ kuːk⁷
皇帝　坐　殿堂　坐　国
皇上坐殿理国政。

初　一　嘡　点　醤
Co　aet　loengz　diemj　naj
ço¹ at⁷ loŋ² tiːm³ na³
初　一　下来　点　脸面
初一出来会众臣，

十　五　嘡　螚　堂
Sip　haj　loengz　naengh　dangz
sip⁷ ha³ loŋ² naŋ⁶ taːŋ²
十　五　下来　坐　殿堂
十五移步坐殿堂。

乃　帽　康　螚　殿
Dumj mauh gang naengh denh
tʰum³ maːu⁶ kʰaːŋ¹ naŋ⁶ teːn⁶
戴　帽　钢　坐　殿堂
戴着钢盔坐宝殿，

帽　康　三　百　匿
Mauh gang sam bak naek
maːu⁶ kʰaːŋ¹ saːm¹ paːk⁷ nak⁷
帽　钢　三　百　重
钢盔重达三百斤，

幼　地　忟　三　時
Youh deih dwnx sam cawz
ʔjou⁶ tei⁶ tuɯn⁴ saːm¹ tsəɯ²
在　地　此　三　时辰
坐殿理政三时辰。

① 要［ʔjaːu³］：置于户外的高脚粮仓。通常是四根光滑的大柱子，在离地两米左右架梁铺板，厚木板做墙，盖顶。也有一根柱子的圆形仓，叫"独脚仓"。这样的粮仓能防潮、防鼠、防鸟兽，又远离住房，也利于防火。

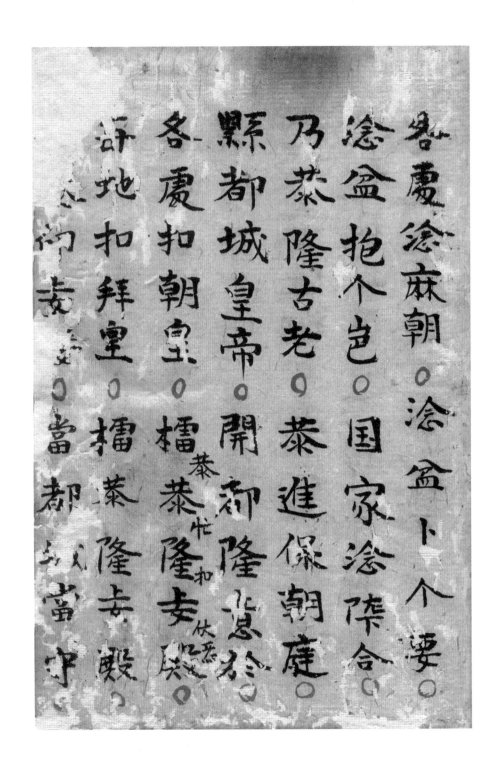

各　虜　淰　麻　朝
Gag　cawj　naemx　maz　ciuz
ka:k⁸　çəu³　nam⁴　ma²　çi:u²
各　处　水　来　朝
各地进贡如潮水，

淰　盆　卜　个　要①
Naemx　bwnj　boek　gah　yauj
nam⁴　pun³　pok⁷　ka⁶　ʔja:u³
水　起　伏　像　谷仓
水涌浪高如仓廪，

淰　盆　抱　个　岜
Naemx　bwnj　bauj　gah　bya
nam⁴　pun³　pa:u³　ka⁶　p'ja¹
水　翻　腾　像　山
巨浪翻腾似山峦，

国　家　淰　跸　合
Guek　gya　naemx　loengz　yab
ku:k⁷　kja¹　nam⁴　loŋ²　ja:p⁸
国　家　水　下　汇合
全国水流来汇合。

乃　恭　隆　古　老
Ndoih　gyong　lueng　gaeuq　geq
do:i⁶　kjo:ŋ¹　lu:ŋ¹　kau⁵　ke⁵
擂　鼓　大　古　老
擂起古老的大鼓，

恭　进　保　朝　庭
Gyong　gaeuj　bauq　cauz　dingz
kjo:ŋ¹　k'au³　pa:u⁵　ça:u²　t'iŋ²
鼓　进　报告　朝　廷
锣鼓喧天报朝廷。

縣　都　城　皇　帝
Hen　dou　singz　vuengz　daeq
he:n¹　tou¹　siŋ²　vu:ŋ²　tai⁵
守护　门　城　皇　帝
皇城大门的卫士，

開　都　隆　意　於
Gai　dou　lueng　ngiet　nget
k'ai¹　tou¹　lu:ŋ¹　ŋi:t⁷　ŋe:t⁷
开　门　大　吱　呀
打开大门吱呀响。

各	虏	扣	朝	皇
Gag	cawj	gaeuj	cauz	vuengz
ka:k[8]	çəu[3]	k'au[3]	ça:u[2]	vu:ŋ[2]
各	处	进	朝贡	皇帝

四面八方来朝贡，

恭	忙	扣	伏	炋
Gyong	miengz	gaeuj	fag	saix
kjo:ŋ[1]	my:ŋ[2]	k'au[3]	fa:k[8]	sa:i[4]
鼓	地方	进	方	左

州县鼓队排左方。

每	地	扣	拜	皇
Moix	deih	gaeuj	baiq	vuengz
mo:i[4]	tei[6]	k'au[3]	pa:i[5]	vu:ŋ[2]
每	地	进	拜	皇

各地都来拜皇帝，

櫑	恭	隆	妾	殿
Loih	gyong	lueng	nw	denh
lo:i[6]	kjo:ŋ[1]	lu:ŋ[1]	ny[1]	te:n[6]
播	鼓	大	上	殿堂

大鼓播响殿堂上。

櫑	恭	印	妾	楼
Loih	gyong	inh	nw	laeuz
lo:i[6]	kjo:ŋ[1]	in[6]	ny[1]	lau[2]
播	鼓	花纹	上	楼

花鼓咚咚楼上敲，

当	都	城	当	守
Dangq	dou	singz	dangq	saeuj
ta:ŋ[5]	tou[1]	siŋ[2]	ta:ŋ[5]	sau[3]
各	门	城	各	守

城门处处有设防。

郝城倡杳察。　羅魃貪濟莫。

屋嗔如涂濃。　如奔窮四月。

悔打賀造忙。　賀祖皇造姓。

造貧三百姓郷。　四五百姓倡。

造春秋年節。　正月起立春。

至帝朕槃殿。　萬樣辱皂嗔。

① 杳察〔ȵaːu² ȵaːk⁸〕：形容声音杂乱、刺耳。

都　城　長　煉　馬
Dou　singz　ciengz　lienh　max
tou¹　siŋ²　tsyːŋ²　liːn⁶　ma⁴
门　城　常　练　马
宫城门外练兵马，

都　城　煉　軍　兵
Dou　singz　lienh　gvaenq　bing
tou¹　siŋ²　liːn⁶　kvan⁵　piŋ¹
门　城　练　军　兵
城门上下操练忙。

都　城　倌　杳　察①
Dou　singz　goenz　nyauz　nyag
tou¹　siŋ²　kon²　ȵaːu²　ȵaːk⁸
门　城　人　纷乱　嘈杂
城门内外人如织，

羅　賍　貧　潡　莫
Lah　daen　baenz　boen　mok
la⁶　tʼan¹　pan²　pʼon¹　moːk⁷
看　见　成　雨　雾
望眼如雨雾茫茫。

屋　喉　如　淰　濃
Og　nog　lumj　naemx　nongz
oːk⁸　noːk⁸　lum³　nam⁴　noːŋ²
出　外　像　水　洪
蜂拥出城似洪水，

如　奔　窮　四　月
Lumj　boen　gyongj　seiq　ngued
lum³　pʼon¹　kʼjoːŋ³　sei⁵　ŋuːt⁸
像　雨　倾泻　四　月
如同四月雨疯狂。

悔　打　賀　造　忙
Goij　deh　yax　cauh　miengz
kʼoːi³　te⁶　ja⁴　tsaːu⁶　myːŋ²
我　要　说　造　世界
我再说说创世史，

賀　祖　皇　造　姓
Yax　coj　vuengz　cauh　gyog
ja⁴　tso³　vuːŋ²　tsaːu⁶　kjoːk⁸
说　祖　皇　造　姓
创造种姓是祖皇。

造	貧	三	百	姓	榔
Cauh	baenz	sam	bak	gyog	gaeuj
tsaːu⁶	pan²	saːm¹	paːk⁷	kjoːk⁸	k'au³
造	成	三	百	姓	米

造出米粮三百种，

四	五	百	姓	侣
Seiq	haj	bak	gyog	goenz
sei⁵	ha³	paːk⁷	kjoːk⁸	kon²
四	五	百	姓	人

造出人类数百帮。

造	春	秋	年	蔮
Cauh	caen	caeu	nienz	ciet
tsaːu⁶	ɕan¹	ɕau¹	niːn²	tsiːt⁷
造	春	秋	年	节

造出年月和节气，

正	月	起	立	春
Cingq	nyied	gwnj	laeb	caen
tsiŋ⁵	ɲɯːt⁸	k'ɯn³	lap⁸	ɕan¹
正	月	开始	立	春

正月立春好风光。

皇	帝	嘩	鐾	殿
Vuengz	daeq	loengz	naengh	denh
vuːŋ²	tai⁵	loŋ²	naŋ⁶	teːn⁶
皇	帝	下来	坐	殿堂

皇帝出来坐大殿，

萬	樣	辱	皂	啼
Fanh	yiengh	noeg	coux	gaen
faːn⁶	jiːŋ⁶	nok⁸	tsou⁴	k'an¹
万	种	鸟	才	啼

飞鸟万种齐欢唱。

① 皂及蛋［tsou⁴ fak⁸ kʰjai⁶］：倒文，原文为"及皂蛋"。

開春萬物亂。萬樣乳皂能。

萬物丙皂蛋。各處造嗩齐。

萬物坟槳朴。造養弦養忙。

造廙忙天下。皇帝起清明。

娑京論古事。皇帝丙乞鄧。

嗟三月初一。陟提畱三道。

入郎皂乞留。妃皇爲乞亮。

開　春　萬　物　亂

Gae　caen　fanh　faed　ronh

k'ai¹　çan¹　fa:n⁶　fat⁸　ɹo:n⁶

开　春　万　物　鸣叫

春来万类尽鸣叫,

萬　樣　乳　皂　噔

Fanh　yiengh　naeuz　coux　ndaengz

fa:n⁶　jy:ŋ⁶　nau²　tsou⁴　daŋ²

万　样　笛子　才　吹响

万方乐器声悠扬,

萬　物　皂　夘　蛋①

Fanh　huj　coux　faeg　gyaeh

fa:n⁶　hu³　tsou⁴　fak⁸　k'jai⁶

万　物　才　孵　蛋

昆虫鸟禽孵化忙。

各　處　造　嗻　齐

Gag　cawj　coux　lok　caez

ka:k⁸　çɯ³　tsou⁴　lo:k⁷　tsai²

各　处　就　叫　齐

四面八方都请到,

萬　物　坟　啐　朴

Fanh　huj　faenz　loengz　boek

fa:n⁶　hu³　fan²　lon²　pok⁷

万　物　种子　下　埋

万类种子播田庄。

造　養　孖　養　忙

Coux　ciengx　lug　ciengx　miengz

tsou⁴　tsy:ŋ⁴　luk⁸　tsy:ŋ⁴　my:ŋ²

就　养　子女　养　天下

养活子女养天下,

造　實　忙　天　下

Coux　baenz　miengz　dien　yaq

tsou⁴　pan²　my:ŋ²　t'i:n¹　ja⁵

就　成　邦国　天　下

组成社会再兴邦。

皇　帝　起　清　明

Vuengz　daeq　gwnj　cingh　mingz

vu:ŋ²　tai⁵　k'ɯn³　çiŋ⁶　miŋ²

皇　帝　启事　清　明

皇令农事清明起,

姕	京	論	古	事
Ndawz	ging	lwnh	guq	saeh
dɔy²	kiŋ¹	luun⁶	ku⁵	sai⁶
里	京城	讲	古	事

民情古事朝里讲。

皇	帝	否	亡	畨
Vuengz	daeq	mbouh	haet	naz
vu:ŋ²	tai⁵	bou⁶	hat⁷	na²
皇	帝	不	做	田

皇帝从来不下田，

滕	三	月	初	一
Daeng	sam	ngued	co	aet
t'aŋ¹	sa:m¹	ŋu:t⁸	ço¹	at⁷
到	三	月	初	一

三月初一那一天，

㖔	提	畨	三	道
Loengz	daw	naz	sam	dauh
loŋ²	t'əɯ¹	na²	sa:m¹	ta:u⁶
下去	耕	田	三	回

下田扶犁两三转，

各	處	皂	亡	畨
Gag	cawj	coux	haet	naz
ka:k⁸	çəɯ³	tsou⁴	hat⁷	na²
各	处	就	耕	田

各地农夫始耕田。

妑	皇	否	亡	禿
Baz	vuengz	mbouh	haet	dug
pa²	vu:ŋ²	bou⁶	hat⁷	t'uk⁸
妻子	皇	不	做	纺织

皇后不操织布机，

㑼孫琭真。 提瓮隋従秀

脈忙皂扣兒。悔打賀妃皇

賀三百妲皇。賀三千妹姜

朋蘇州蘇行。娘妖女國不

賀儂那妲皇。儂乇皇壑案。

孃頌疏得明。傛乇皇安京。

麻石隆知府。各慶曾疏州。

仍　孫　扻　孫　貞

Nyaengz　son　lug　son　cing

$n̥aŋ^2$　$soːn^1$　luk^8　$soːn^1$　$tsiŋ^1$

还　教　儿　教　孙

却教儿孙学纺织。

提　盤　嘡　從　禿

Daw　bae　loengz　congz　dug

$t'əɯ^1$　pai^1　$loŋ^2$　$tsoːŋ^2$　$t'uk^8$

拿　去　下　床　织机

带着子孙上机杼，

滕　忙　皂　扣　見

Daengz　miengz　coux　gaeuj　daen

$taŋ^2$　$myːŋ^2$　$tsou^4$　$k'au^3$　$t'an^1$

整个　邦国　就　进去　见

天下子民跟见习。

悔　打　賀　妲　皇

Goij　deh　yax　baz　vuengz

$k'oːi^3$　te^6　ja^4　pa^2　$vuːŋ^2$

我　来　说说　妻　皇帝

我来述说皇后事，

賀　三　百　妲　皇

Yax　sam　bak　baz　vuengz

ja^4　$saːm^1$　$paːk^7$　pa^2　$vuːŋ^2$

说　三　百　妻　皇帝

说说那三百皇妻，

賀　三　千　妹　妾

Yax　sam　cien　meh　noix

ja^4　$saːm^1$　$ɕiːn^1$　me^6　$noːi^4$

说　三　千　母　妾

说说那三千妃嫔。

朋　蘇　州　蘇　行

Baengh　suh　cou　suh　hangz

$paŋ^6$　su^6　$tsou^1$　su^6　$haːŋ^2$

地方　苏　州　苏　杭

苏州杭州好地方，

娘　妙　女　國　下

Nangz　myaux　niq　guek　dawj

$naːŋ^2$　$mjaːu^4$　ni^5　$kuːk^7$　$tɔy^3$

姑娘　妙龄　女　国　下面

乡间多产美少女。

賀　儂　那　妣　皇

Yax　nongx　nah　baz　vuengz

ja⁴　noːŋ⁴　na⁶　pa²　vuːŋ²

说　妹　姨　妻　皇帝

再说说皇亲国舅，

儂　仜　皇　鏊　案

Nongx　haet　vuengz　naengh　anh

noːŋ⁴　hat⁷　vuːŋ²　naŋ⁶　aːn⁶

弟弟　当　皇　坐　案

弟当皇帝坐龙椅，

孃　頌　疏　得　明

Nongx　soengj　soq　ndaej　mingz

noːŋ⁴　soŋ³　so⁵　dai³　miŋ²

妹妹　读　奏疏　得　清楚

妹上奏疏很精明。

俻　仜　皇　娑　京

Beih　haet　vuengz　ndawz　ging

pei⁶　hat⁷　vuːŋ²　dɔy²　kiŋ¹

哥　当　皇帝　里　京城

皇兄本在京城里，

麻　石　隆　知　府

Maz　naeb　loengz　cih　fouj

ma²　nap⁸　loŋ²　tsi⁶　fou³

来　贬官　下　知　府

贬为知府地偏僻。

各　處　兽　疏　州

Gag　cawj　roux　suh　cou

kaːk⁸　ɕəm³　ɹou⁴　su⁶　tsou¹

各　地　知　苏　州

苏州美名天下扬，

娘北京各曾。月府出妃壹.
論儂一分地。論儂二分忙
賀祖皇分國。拆邻乞双恩。
分忙乞双边。边奈偹大明。
北京偹大曾。埋名許个儂
礼曾國安肖。分地客劳蛛
刀斗頭斈了。分忙满亮秀

娘 北 京 各 嘈
Nangz baek ging gag roux
naːŋ^{2} pak^{7} kiŋ^{1} kaːk^{8} ɹou^{4}
娘 北 京 各自 知道
京城女子谁不知，

月 府 出 妑 皇
Yied fouj og baz vuengz
jiːt^{8} fou^{3} oːk^{8} pa^{2} vuːŋ^{2}
粤 府 出 妻 皇帝
粤府之地出皇妻。

論 儂 一 分 地
Lwnh nongx aet baen deih
lɯn^{6} noːŋ^{4} at^{7} pan^{1} tei^{6}
叙述 弟 一 分 地域
一说大弟分疆土，

論 儂 二 分 忙
Lwnh nongx ngeih baen miengz
lɯn^{6} noːŋ^{4} ŋei^{6} pan^{1} myːŋ^{2}
讲述 弟 二 分 疆域
再说二弟分疆域。

賀 祖 皇 分 國
Yax coj vuengz baen guek
ja^{4} tso^{3} vuːŋ^{2} pan^{1} kuːk^{7}
说 祖 皇 分 国家
说说祖皇分邦时，

拆 印 乞 双 恩
Ceg inh haet song aen
ɕeːk^{8} ʔin^{6} hat^{7} soːŋ^{1} an^{1}
拆 印玺 做 两 个
拆开印玺分为二，

分 忙 乞 双 边
Baen miengz haet song mbengj
pan^{1} myːŋ^{2} hat^{7} soːŋ^{1} beːŋ^{3}
分 国家 做 两 半
将国分成两半边。

边 奋 偹 大 明
Mbengj ndeuz beih daih mingz
beːŋ^{3} deːu^{2} pei^{6} taːi^{6} miŋ^{2}
半边 一 哥 大 明
一边是大明皇朝，

① 安南［ŋaːn⁶ naːn²］：今越南一带。

② 刀才头许了［taːu¹ çaːi² t'u¹ hɔy³ leːu⁴］：剃光头。此处指划分地界时怕受骗而落空，于是剃光头发发誓保证。

③ 吝劳［dɯn² laːu¹］：倒文，原文为"劳吝"。

比　京　偹　大　晋

Baek　ging　beih　daih　guenj

pak⁷　kiŋ¹　pei⁶　taːi⁶　kuːn³

北　京　哥　大　管理

北京由老大治理。

刀　才　頭　許　了②

Dau　caiz　du　hawj　leux

taːu¹　çaːi²　t'u¹　hɔy³　leːu⁴

剪刀　剪　头　给　光

剃光头发以盟誓。

埋　名　許　个　儂

Mai　mingz　hawj　gaiq　nongx

maːi¹　miŋ²　hɔy³　kaːi⁵　noːŋ⁴

登记　名　给　属　弟弟

在弟弟名下登记，

分　忙　吝　劳③　秀

Baen　miengz　ndwnz　lau　yaeuj

pan¹　myːŋ²　dɯn²　laːu¹　ʔjau³

分　疆界　地下　怕　骗

划分地界怕挨骗，

礼　晋　國　安　南①

Ndaej　guenj　guek　nganh　nanz

dai³　kuːn³　kuːk⁷　ŋaːn⁶　naːn²

得　管　国　安　南

授权管辖安南地。

分　地　吝　劳　辣

Baen　deih　ndwnz　lau　ndaiz

pan¹　tei⁶　dɯn²　laːu¹　daːi²

分　地　下　怕　空手

划分地界怕落空，

傳救乞力痰○埋名乞圉係一

地下六國係○妾奔十式國○

十二國曾全○仍个仙否賀○

仙妾奔以賀○賀滕地北歯○

賀廣南西道○賀草煉滕京○

賀名隆知府○賀滕谷奴皇○

賀考忙刀貫○賀滕地廣西○

① 乞力獷 [hat⁷ ɹɛːŋ² vaːi²]：做水牛力气。水牛耕作却不得吃米粮，还是吃草。比喻白费力气。

② 地下六國侶，妛舜十弍國 [tei⁶ ja⁵ k'jok⁷ kuːk⁷ kon², ny¹ bɯn² sip⁷ ŋei⁶ kuːk⁷]：那是道公巫师们超度亡灵时，送亡灵去的地方。虚拟之地，并非真实地名。

傳　救　乞　力　獷①
Cienz gyaeuq haet rengz vaiz
çiːn² kjau⁵ hat⁷ ɹɛːŋ² vaːi²
全　空的　做　力气　水牛
担心落空白费力，

埋　名　乞　國　俼
Mai mingz haet guek beih
maːi¹ miŋ² hat⁷ kuːk⁷ pei⁶
写　名字　做　国　兄
国书署上兄长名。

地　下　六　國　倡
Deih yaq gyoek guek goenz
tei⁶ ja⁵ k'jok⁷ kuːk⁷ kon²
地　下　六　国　人
天下人群分六国，

妛　舜　十　弍　國②
Nw mbwnz sip ngeih guek
ny¹ bɯn² sip⁷ ŋei⁶ kuːk⁷
上　天空　十　二　国
天上分为十二邦，

十　二　國　曽　全
Sip ngeih guek roux caez
sip⁷ ŋei⁶ kuːk⁷ ɹou⁴ tsai²
十　二　国　知　全
十二邦国全知晓。

仍　个　仙　否　賀
Nyaengz gah sien mbouh yax
ȵaŋ² ka⁶ siːn¹ bou⁶ ja⁴
还有　些　仙　不　说
还有仙人没说到，

仙　妛　舜　以　賀
Sien nw mbwnz nyih yax
siːn¹ ny¹ bɯn² ȵi⁶ ja⁴
仙　上　方天　也　说
也要谈到天上仙。

賀　滕　地　比　畨
Yax daeng deih baek fan
ja⁴ t'aŋ¹ tei⁶ pak⁷ fan¹
说　到　地方　北边　外族
说到北方外族事，

賀　廣　南　西　道

Yax　guengj　namz　sae　dauh

ja⁴　ku:ŋ³　na:m²　sai¹　ta:u⁶

谈到　广　南　西　道

再来说广南西道。

賀　考　忙　刀　貫

Yax　gauh　miengz　dauh　gonq

ja⁴　ka:u⁶　my:ŋ²　ta:u⁶　ko:n⁵

说　那些　邦国　回　前

回顾从前的邦国。

賀　草　煉　滕　京

Yax　cauq　lienh　daeng　ging

ja⁴　ça:u⁵　li:n⁶　t'aŋ¹　kiŋ¹

说　操练　到　京

说说操练到京城，

賀　滕　地　廣　西

Yax　daeng　deih　guengj　sae

ja⁴　t'aŋ¹　tei⁶　ku:ŋ³　sai¹

说　到　地方　广　西

说到广西这地方，

賀　名　隆　知　府

Yax　mingz　lueng　cih　fouj

ja⁴　miŋ²　lu:ŋ¹　tsi⁶　fou³

说　名　大　知　府

说说著名的知府。

賀　滕　谷　妚　皇

Yax　daeng　goek　yah　vuengz

ja⁴　t'aŋ¹　kok⁷　ja⁶　vu:ŋ²

说　到　根　妻　皇帝

说到皇后的来历，

賀稱荷皇帝。賀古事文 李
賀論忙召貫。又句、
但否賀召弌。悔打賀召弌
但否鬧召貫。悔打鬧召賀
召貫卩三車。否眉普而諸
許悔㐬東泥。召三車
消普而妻。許悔妻

贺　黎　荷　皇　帝

Yax　ndaez　ya　vuengz　daeq

ja⁴　dai²　ja¹　vu:ŋ²　tai⁵

说　好　呀　皇　帝

说说至善的皇帝。

贺　古　事　文　章

Yax　goq　saeh　faenz　cieng

ja⁴　ko⁵　sai⁶　fan²　tsy:ŋ¹

说　故　事　文　章

说说故事和文章，

贺　論　忙　召　貫

Yax　lwnh　miengz　ciuh　gonq

ja⁴　lun⁶　my:ŋ²　tsi:u⁶　ko:n⁵

说　议论　邦国　世　前

谈论初始立国事。

第四篇　战天斗地

扫码听音频

第一节 射日屠龙抗干旱

貿黎黍荷皇帝。賀古事文亭。

賀論忙召貫。又句、

但否賀召斗。悔打賀召斗

但否閙召貫。悔打閙召貫。

召貫㕚三車。否眉普而耗。

許悔㐬車泥。召三車否妻否。

中指普而妻。許悔妻車㑪。

但　　否　　賀　　召　　斗

Danh　mbouh　yax　ciuh　ndouj

ta:n⁶　bou⁶　ja⁴　tsi:u⁶　dou³

别人　不　说　世　初始

别人不谈初始事，

悔　　打　　賀　　召　　斗

Goij　deh　yax　ciuh　ndouj

k'o:i³　te⁶　ja⁴　tsi:u⁶　dou³

我　就　说　世　初始

我就来说创世初。

但　　否　　鬧　　召　　貫

Danh　mbouh　naeuz　ciuh　gonq

ta:n⁶　bou⁶　nau²　tsi:u⁶　ko:n⁵

别人　不　说　世　前

别人不讲前世事，

悔　　打　　鬧　　召　　貫

Goij　deh　naeuz　ciuh　gonq

k'o:i³　te⁶　nau²　tsi:u⁶　ko:n⁵

我　则　说　世　前

我就说说前世史。

召　　貫　　爬　　三　　卑

Ciuh　gonq　byax　sam　bei

tsi:u⁶　ko:n⁵　pja⁴　sa:m¹　pei¹

世　前　刀　三　年

以往刀子用三年，

否　　眉　　普　　而　　尭

Mbouh　meiz　bouj　rawz　dauz

bou⁶　mei²　p'ou³　ɣɐ²　ta:u²

没　有　人　哪个　锉

从来无人来锉磨，

許　　悔　　尭　　卑　　坭

Hawj　goij　dauz　bei　ni

hɔɣ³　k'o:i³　ta:u²　pei¹　ni¹

让　我　锉　年　这

今年叫我来锉锉。

召　　三　　卑　　否　　婁

Dau　sam　bei　mbouh　laeu

ta:u¹　sa:m¹　pei¹　bou⁶　lau¹

剪子　三　年　不　戗

剪子三年不打磨，

否	眉	普	而	娄
Mbouh	meiz	bouj	rawz	laeu
bou⁶	mei²	p'ou³	ɹɤ²	lau¹
不	有	人	哪个	饯

没有谁来饯一饯，

許	悔	娄	卑	你
Hawj	goij	laeu	bei	ni
hɔy³	k'oːi³	lau¹	pei¹	ni¹
让	我	饯	年	这

今年让我饯一饯。

吟唎竜废車 石后普石席、
許悔闹束佈。 許悔論刀斗
許悔闹召貫。 爸陕工陕的
爸陕吉頓壇。 爸陕工肖恹
鷄父蹂弓坤。 魔断蹂弓辱
妹上郷弓素。 父直枚弓升
密郷个槐龍。 湯郷个槐体

①壿〔tsaŋ⁵〕：甑子。是一种蒸馏茴油的大甑子，可装八角树叶数百斤。一般蒸糯米饭的叫"楷〔kʻjai²〕。"

啥	旧	老	度	卑
Vamz	gaeuq	geq	duh	bei
va:m²	kau⁵	ke⁵	tu⁶	pei¹
句话	旧	老	往	年

往年常说的老话，

否	眉	普	而	闹
Mbouh	meiz	bouj	rawz	naeuz
bou⁶	mei²	pʻou³	ɣcɪ²	nau²
没	有	人	哪个	说

没有谁人再提及，

許	悔	闹	卑	你
Hawj	goij	naeuz	bei	ni
hɔɣ³	kʻo:i³	nau²	pei¹	ni¹
让	我	说	年	这

今年让我再细说。

許	悔	論	召	斗
Hawj	goij	lwnh	ciuh	ndouj
hɔɣ³	kʻo:i³	lɯn⁶	tsi:u⁶	dou³
让	我	论	世	初始

让我叙述初创世，

許	悔	闹	召	貫
Hawj	goij	naeuz	ciuh	gonq
hɔɣ³	kʻo:i³	nau²	tsi:u⁶	ko:n⁵
给	我	说	世	前

让我细说远古事。

呑	睳	丄	睳	的
Fax	loengz	daemq	loengz	daej
fa⁴	loŋ²	tam⁵	loŋ²	tai³
天空	下降	低	下降	底

天空降到低又低，

呑	睳	吉	頓	壿①
Fax	loengz	geh	ndonj	caengq
fa⁴	loŋ²	ke⁶	do:n³	tsaŋ⁵
天空	降下	缝隙	钻	甑子

天低如钻甑子里，

呑	睳	丄	胃	楝
Fax	loengz	daemq	mauh	ruenz
fa⁴	loŋ²	tam⁵	ma:u⁶	ɹu:n²
天空	降下	低矮	帽	房子

天低像给房戴帽。

鶏	父	踌	弓	坤
Gaeq	boh	byaij	gungz	hon
kai[5]	po[6]	p'ja:i[3]	ku:ŋ[2]	ho:n[1]
鸡	公	走	妨碍	肉冠

公鸡红冠触天穹，

魔	断	踌	弓	辱
Moz	don	byaij	gungz	nok
mo[2]	to:n[1]	p'ja:i[3]	kuŋ[2]	no:k[7]
黄牛	阉	走	障碍	肉峰

黄牛肉峰碰碧霄。

妹	丄	郴	弓	索
Meh	daem	gaeuj	gungz	sak
me[6]	tam[1]	k'au[3]	kuŋ[2]	sa:k[7]
妈	舂	米	妨碍	杵

妇人舂米难举杵，

父	直	杖	弓	丹
Boh	caek	fwnz	gungz	gvan
po[6]	tsak[7]	fun[2]	kuŋ[2]	kva:n[1]
父	劈	柴	障碍	斧

老夫劈柴难挥斧。

窑	郴	个	梘	麗
Maed	gaeuj	gah	mak	bangz
mat[8]	k'au[3]	ka[6]	ma:k[7]	pa:ŋ[2]
粒	米	像	果	柚子

谷粒粗得像柚子，

湯	郴	个	梘	每
Dang	gaeuj	gah	mak	moiz
t'a:ŋ[1]	k'au[3]	ka[6]	ma:k[7]	mo:i[2]
穗	谷	如	果	梅子

稻穗长似梅满枝，

顿造忙（创世经）影印译注

侣 槐 礼 贠 双
Lwz guij ndaej dam sueng
ly^2 $ku:i^3$ dai^3 $t'a:m^1$ $su:ŋ^1$
串 蕉 得 抬 双
一串芭蕉两人抬。

扗①（兽）三 每 哜 夫
Luz sam maeh ceng gvan
lu^2 $sa:m^1$ mai^6 $tse:ŋ^1$ $kva:n^1$
妯娌 三 喜爱 争 夫
三个女人易争夫，

兽（扗）三 每 哜 妞
Lug sam maeh ceng noux
luk^8 $sa:m^1$ mai^6 $tse:ŋ^1$ nou^4
儿女 三 喜欢 争 乳
三个孩子常抢乳。

許 贠 夫 否 守
Hawj bae gvan mbouh saeuj
$hɔy^3$ pai^1 $kva:n^1$ bou^6 sau^3
让 去 夫 不 守节
三女争夫不守节，

許 贠 妞 罗 贠
Hawj bae noux leh bae
$hɔy^3$ pai^1 nou^4 le^6 pai^1
让 去 乳 就 去
三子争乳由他去。

提 寠 粝 罗 啥
Daw maed gaeuj leh umz
$t'əu^1$ mat^8 $k'au^3$ le^6 $ʔum^2$
拿 粒 饭 就 含
抓到饭粒含在口，

羒 寠 粝 罗 患
Gaem maed gaeuj leh vanq
kam^1 mat^8 $k'au^3$ le^6 $va:n^5$
抓 粒 谷 就 撒
拿到谷粒撒下地。

粝 破 散 贫 力
Gaeuj deg sanq baenz leg
$k'au^3$ $t'e:k^8$ $sa:n^5$ pan^2 $le:k^8$
谷 破 散 成 小
谷粒破碎成小颗，

粚	得	乙	貧	细
Gaeuj	daek	iq	baenz	sei
k'au³	tak⁷	ʔi⁵	pan²	sei¹
谷	断	就	成	细小

谷子碎裂成细粒。

密	尒	貧	粚	罾
Maed	eiq	baenz	gaeuj	naz
mat⁸	ʔei⁵	pan²	k'au³	na²
颗粒	细小	成	谷	田

小颗变成了稻谷，

他	鷄	貧	粚	嗙
Da	gaeq	baenz	gaeuj	bangj
t'a¹	kai⁵	pan²	k'au³	p'aːŋ³
眼	鸡	成	谷	粟米

细粒就成了粟米。

貧	三	百	姓	粚
Baenz	sam	bak	gyog	gaeuj
pan²	saːm¹	paːk⁷	kjoːk⁸	k'au³
成	三	百	种	谷

变成谷物三百种，

否	兽	朴	民	齐
Mbouh	roux	baek	minz	caez
bou⁶	ɹou⁴	pak⁷	min²	tsai²
不	会	种	它们	全

谷类众多栽不全，

否	兽	枝	民	度
Mbouh	roux	caeq	minz	duh
bou⁶	ɹou⁴	tsai⁵	min²	tu⁶
不	会	栽	它们	足够

品种太多种不完。

古石買刂廠 方買造勸康
匠勸皂庶燘 匠廉皂庶朽
攴連滿縢奄 攴連大縢憐
憐匿憐栾乑 栾三夫百
奄女奄星妾 墾九百夫匿高
出將軍太歲 蒲昧屋悵霄
孙召貫羅告 老石貫罘頑

① 呑女［fa⁴ bau²］："呑女"与前面的"憐匿"相对，天轻而地重。"女"是"轻"的意思。"女"应为"兒"之误。
② 匿：该字为衍字。

古	召	貫	刊	麻
Goq	ciuh	gonq	ganq	maz
ko⁵	tsi:u⁶	ko:n⁵	k'a:n⁵	ma²
故事	世	前	记载	来

前世古事有书载，

召	貫	造	釰	康
Ciuh	gonq	cauh	lek	gang
tsi:u⁶	ko:n⁵	tsa:u⁶	le:k⁷	k'a:ŋ¹
世	前	造	熟铁	生铁

前代人制造钢铁，

匠	釰	皂	麻	熃
Cangh	lek	coux	maz	ndoengz
tsa:ŋ⁶	le:k⁷	tsou⁴	ma²	doŋ²
匠	铁	就	来	冶炼

铁匠用铁来冶炼，

匠	康	皂	麻	柸
Cangh	gang	coux	maz	dub
tsa:ŋ⁶	k'a:ŋ¹	tsou⁴	ma²	tup⁸
匠	生铁	就	来	捶打

铁匠将铁来锻锤。

忟	连	潣	滕	呑
Voenz	leh	dim	daeng	fax
von²	le⁶	tim¹	t'aŋ¹	fa⁴
烟	就	满	到	天

火烟弥漫满天宇，

忟	连	大	滕	憐
Voenz	leh	ndaz	daeng	ndinz
von²	le⁶	da²	t'aŋ¹	din²
烟	就	罩	到	地

烟雾笼罩全天下。

憐	匿	憐	陛	臣
Ndinz	naek	ndin	loengz	dawj
din²	nak⁷	din¹	loŋ²	tɔy³
地	重	地	下	底

地气重浊沉到底，

陛	三	百	丈	勘
Loengz	sam	bak	ciengh	ndaek
loŋ²	sa:m¹	pa:k⁷	tsy:ŋ⁶	dak⁷
下沉	三	百	丈	深

沉底深深三百丈。

呑	女①（兒）	呑	垦	夌
Fax	mbaeuz	fax	gwnj	nw
fa⁴	bau²	fa⁴	k'ɯn³	ny¹
天	轻	天	往上	上方

清气轻飘升为天，

垦	九	百	丈	嵩匿②
Gwnj	gaeuj	bak	ciengh	sung
k'ɯn³	kau³	pa:k⁷	tsy:ŋ⁶	suŋ¹
上升	九	百	丈	高

青天离地千丈高。

出	将	軍	太	崴
Og	cangh	ginh	daix	seix
ʔo:k⁸	tsa:ŋ⁶	gin⁶	t'a:i⁴	sei⁴
出	将	军	太	岁

将军太岁现苍穹，

潢	眛	屋	惱	霱
Moenq	meq	og	ndauz	mbwnz
mon⁵	me⁵	ʔo:k⁸	da:u²	bun²
苍	茫	出	星	天

茫茫玉宇满星辰。

劤	召	貫	羅	告
Lug	ciuh	gonq	roux	gauz
luk⁸	tsi:u⁶	ko:n⁵	ɹou⁴	ka:u²
儿	世	前	会	闹腾

前世孩儿会闹腾，

老	召	貫	罗	頑
Laux	ciuh	gonq	roux	vaenh
la:u⁴	tsi:u⁶	ko:n⁵	ɹou⁴	van⁶
人	世	前	会	钻研

古时成人会琢磨。

① 匝［$tsa{:}p^7$］：拃。伸开拇指与其他四指的任意一指来量长度。也作量词。

昙 幼 否 幼 铢
Vaenz youh mbouh youh ndaiz
van² ʔjou⁶ bou⁶ ʔjou⁶ da:i²
白天 在 不 在 空闲
白天在家没闲着，

昙 民 侤 六 甲
Vaenz minz daeb loeg gab
van² min² tap⁸ lok⁸ ka:p⁸
日子 他 掐指 六 甲
天天掐指算六甲，

昙 民 匝① 四 方
Vaenz minz cap seiq fueng
van² min² tsa:p⁷ sei⁵ fu:ŋ¹
日子 他们 拃 四 方
日日伸手量四方。

呑 皂 变 雲 莫
Fax coux bienq voenz mok
fa⁴ tsou⁴ pi:n⁵ von² mo:k⁷
天 就 变 云 雾
长空则变云化雾，

呑 皂 屋 他 昙
Fax coux og da vaenz
fa⁴ tsou⁴ ʔo:k⁸ t'a¹ van²
天空 就 出 眼 日
青天则赤日高悬。

屋 十 恩 照 斗
Og sip aen ciuq daeuj
ʔo:k⁸ sip⁷ ʔan¹ tsi:u⁵ tau³
出 十 个 照 下来
十个太阳高空照，

屋 九 恩 哗 照
Og gaeuj aen loengz ciuq
ʔo:k⁸ kau³ ʔan¹ loŋ² tsi:u⁵
出 九 个 下来 照
九个太阳齐照射，

照 淰 海 以 目
Ciuq naemx haij nyih mboek
tsi:u⁵ nam⁴ ha:i³ ɲi⁶ bok⁷
照 水 海 也 干涸
照得海水也干涸，

煦	谷	海	以	的
Ciuq	goek	haij	nyih	deg
tsi:u⁵	kok⁷	ha:i³	ȵi⁶	t'e:k⁸
照	源	海	也	裂

照得海底也坼裂。

猿	拜	海	否	赆
Vaiz	baiq	haij	mbouh	daen
va:i²	pa:i⁵	ha:i³	bou⁶	t'an¹
水牛	滚	泥潭	不	见

牛滚的水塘龟裂，

鶏	家	淰	否	赆
Gaeq	gya	naemx	mbouh	daen
kai⁵	k'ja¹	nam⁴	bou⁶	t'an¹
鸡	找	水	不	见

养鸡找不到水喂。

猪	邕	閦	江	海
Mou	bae	mwnx	gyang	haij
mou¹	pai¹	muun⁴	kja:ŋ¹	ha:i³
猪	去	拱	中	海

猪到海底拱泥巴，

鶏	邕	踔	江	汪
Gaeq	bae	byaij	gyang	vaengz
kai⁵	pai¹	p'ja:i³	kja:ŋ¹	van²
鸡	去	走	中	潭

鸡在干潭来回走。

孟	邕	駄	麻	銤
Mbaengj	bae	dah	maz	ndaiz
baŋ³	pai¹	ta⁶	ma²	da:i²
竹筒	去	河	回	空的

去河打水空筒回，

麻以頃來。曰

昙以烈米忙。老老麻佐祥

即忙麻相姜。打劲罢湯渁

打耆罢加道。麻乞三威酒。

麻乞九威災。麻乞災唖咘。

麻乞炎度潭。民以頃米曰。

民以烈米忙。每普魯演唫。

顿造忙（创世经）影印译注

猿　毑　晉　否　湯
Vaiz　bae　naz　mbouh　dangj
vaːi²　pai¹　na²　bou⁶　tʰaːŋ³
水牛　去　田　不　套（农具）
牛到田里不架犁。

即　忙　麻　相　羕
Rangh　miengz　maz　siengq　suenq
ʐaːŋ⁶　myːŋ²　ma²　syːŋ⁵　suːn⁵
郎官　邦国　来　盘　算
当地郎官来盘算。

昙　以　領　米　曰①
Vaenz　nyih　lengx　maej　vied
van²　ȵi⁶　leːŋ⁴　mai³　viːt⁸
日子　也　干旱　烧　越地
越地干旱如火燎，

打　孙　罗　湯　娑
Deh　lug　leh　dangh　sa
te⁶　luk⁸　le⁶　tʰaːŋ⁶　sa¹
女　儿　就　找　纸
姑娘就去寻纸张，

昙　以　烈　米　忙
Vaenz　nyih　nded　maej　miengz
van²　ȵi⁶　deːt⁸　mai³　myːŋ²
日子　也　阳光　烧　天下
烈日炎炎似火烧。

打　耆　罗　加　道
Deh　geq　leh　gya　dauh
te⁶　ke⁵　le⁶　kʰja¹　taːu⁶
女　老　就　找　道公
老妇便去找道人。

老　耂　麻　從　祥
Laux　geq　maz　coengz　ciengz
laːu⁴　ke⁵　ma²　tsoŋ²　tsyːŋ²
者　老　来　商　量
老人聚众共商议，

麻　亡　三　臧　酒
Maz　haet　sam　maed　laeuj
ma²　hat⁷　saːm¹　mat⁸　lau³
来　做　三　次　酒
办了三回祭天酒，

麻 亡 九 减 灾
Maz haet gaeuj maed cai
ma² hat⁷ kau³ mat⁸ tsaːi¹
来 做 九 场次 斋
九场清醮拜众神。

麻 亡 灾 咟 咟
Maz haet cai bak mboh
ma² hat⁷ tsaːi¹ paːk⁷ bo⁶
来 做 斋 口 泉
来到泉边做清醮，

麻 亡 灾 度 潭
Maz haet cai du vaengz
ma² hat⁷ tsaːi¹ tʻu¹ vaŋ²
来 做 斋 头 潭
来到潭畔设道场。

民 以 領 米 曰
Minz nyih lengx maej vied
min² ȵi⁶ leːŋ⁴ mai³ viːt⁸
它 还 干旱 烧 越地
越地仍干旱酷热，

民 以 烈 米 忙
Minz nyih nded maej miengz
min² ȵi⁶ deːt⁸ mai³ myːŋ²
它 仍 阳光 烧 天下
仍是烈日似火烧。

每 普 兽 演 啥
Moix bouj roux yaenj haemz
moːi⁴ pʻou³ ɹou⁴ ʔjan³ ham²
每 人 知 忍受 苦
人人都忍受苦难，

① 寺洒［tsi⁵ tsa⁵］：拟声词，指痛苦的叫声。下句"寺重［tsi⁵ tsuŋ⁵］"同。

侅	倌	兽	演	嗃
Goij	goenz	roux	yaenj	ndah
k'o:i³	kon²	ɹou⁴	ʔjan³	da⁶
我	人	会	忍受	骂

我只能忍受唾骂。

眡	妹	斗	麻	枷
Daen	meh	ndouj	maz	gaz
t'an¹	me⁶	dou³	ma²	ka²
见	母	初	来	枷

见到前妻就上枷，

眡	妹	妣	麻	納
Daen	meh	baz	maz	nap
t'an¹	me⁶	pa²	ma²	na:p⁷
见	母	妻	来	夹

看到妻子施夹棍。

妹	斗	乱	寺	洒①
Meh	ndouj	ronh	ciq	caq
me⁶	dou³	ɹo:n⁶	tsi⁵	tsa⁵
母	初	叫	叽	喳

前妻痛得呀呀叫，

妹	妣	乱	寺	重
Meh	baz	ronh	ciq	cungq
me⁶	pa²	ɹo:n⁶	tsi⁵	tsuŋ⁵
母	妻	喊	喳	喳

妻子号啕失了魂。

逐	守	了	皂	父
Vanz	suj	ndeuz	caeuj	boh
va:n²	su³	de:u²	tsau³	po⁶
请	个	一	主	师父

请到一位大师父，

顧	守	了	皂	郎
Goq	suj	ndeuz	caeuj	rangh
ko⁵	su³	de:u²	tsau³	ɹa:ŋ⁶
雇	个	一	主	郎官

雇了一位老郎官。

父	蚓	巇	婆	籠
Boh	ngieg	dai	ndawz	loengz
po⁶	ŋy:k⁸	t'a:i¹	dɔy²	loŋ²
公	鳄	死	里	笼子

雄鳄死在笼子里，

父　籠　毳　娿　殿
Boh　luengz　dai　ndawz　denh
po⁶　lu:ŋ²　t'a:i¹　dɔy²　te:n⁶

※

父　籠　毳　娿　殿
Boh　luengz　dai　ndawz　denh
po^6　$lu{:}\eta^2$　$t'a{:}i^1$　$d\math21^2$　$te{:}n^6$
公　龙　死　里　宫殿
公龙死在殿堂上，

否　失　否　傷　伊
Mbouh　sied　mbouh　sieng　sei
bou^6　$si{:}t^8$　bou^6　$sy{:}\eta^1$　sei^1
不　损　不　伤　尸
尸骸却毫不损伤。

老　老　麻　從　祥
Laux　geq　maz　coengz　ciengz
$la{:}u^4$　ke^5　ma^2　$tso\eta^2$　$tsy{:}\eta^2$
个　老　来　商　议
老人聚众来商议，

郎　忙　麻　相　养
Rangh　miengz　maz　siengq　suenq
$\textrm{ɹ}a{:}\eta^6$　$my{:}\eta^2$　ma^2　$sy{:}\eta^5$　$su{:}n^5$
郎官　邦国　来　盘　算
本地郎官来盘算。

三　十　隊　科　或
Sam　sip　doiq　go　vaeg
$sa{:}m^1$　sip^7　$to{:}i^5$　$k'o^1$　vak^8
三　十　对　钩　倒钩
三十对带钩长矛，

五　十　僕　科　功
Haj　sip　bog　go　gung
ha^3　sip^7　$po{:}k^8$　$k'o^1$　$ku\eta^1$
五　十　捆　钩　弓
五十捆铁镞利箭，

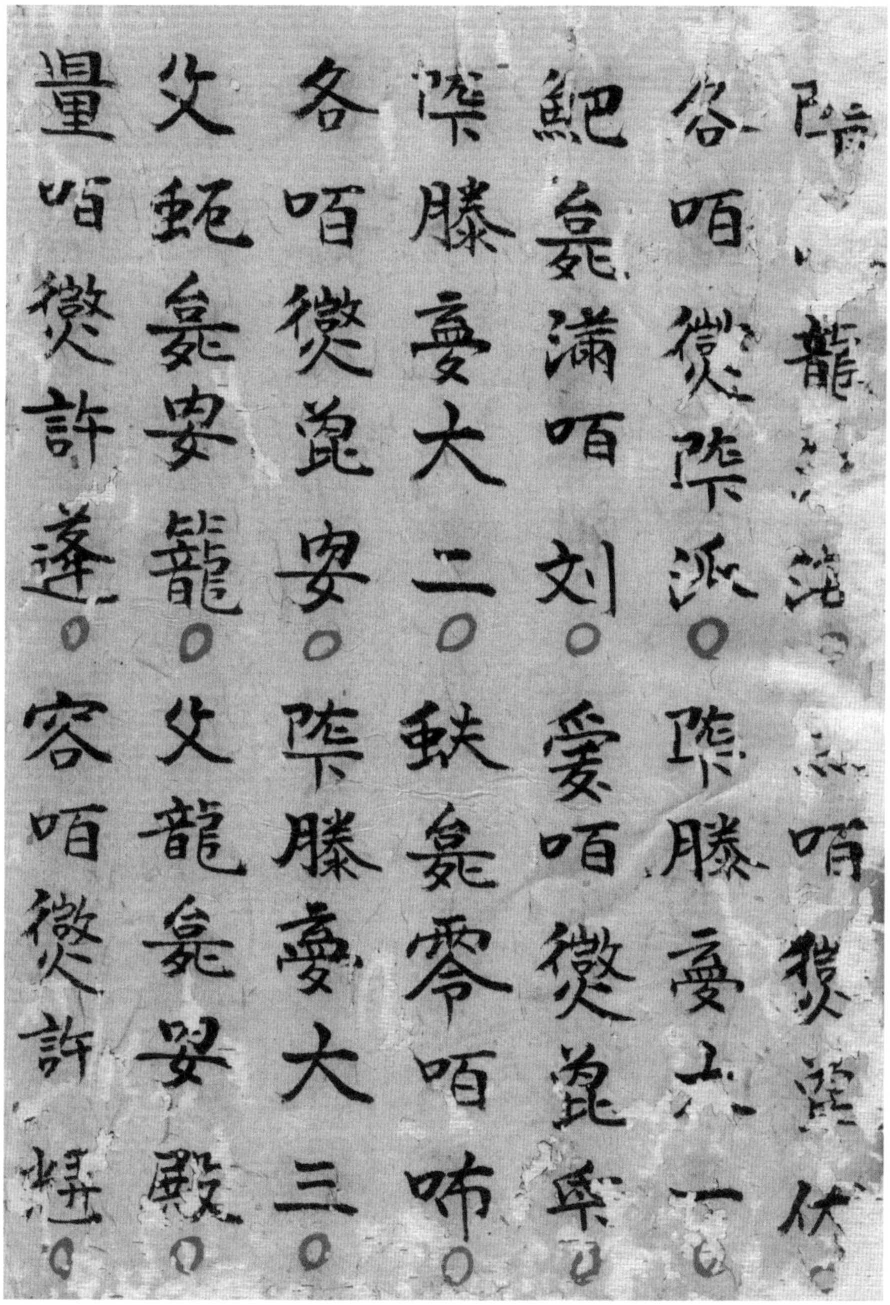

嶐　深　龍　江　海
Loengz gyaemx luengz gyang haij
loŋ² kjam⁴ luːŋ² kjaːŋ¹ haːi³
下去　拼　龙　中　海
下海与巨龙搏斗。

点　咟　燹　闼　伏
Demj bog faez bae fag
teːm³ poːk⁸ fai² pai¹ faːk⁸
点　束　火　去　那方
点着火把去对岸，

各　咟　燹　嶐　派
Gag bog faez loengz bai
kaːk⁸ poːk⁸ fai² loŋ² pʻaːi¹
自个　束　火　下　坝
自持火把下水坝。

嶐　滕　夣　大　一
Loengz daeng mbungj daih aet
loŋ² tʻaŋ¹ buŋ³ taːi⁶ ʔat⁷
下　到　水湾　第　一
下到第一个水湾，

魝　嵬　潲　咟　刘
Bya dai dim bak rouq
pja¹ tʻaːi¹ tim¹ paːk⁷ ɹou⁵
鱼　死　满　口　洞
洞口满地是死鱼。

爱　咟　燹　闼　军
Ngai bog faez bae dawj
ŋaːi¹ poːk⁸ fai² pai¹ tɔy³
仰　束　火　去　底
举起火把往下走，

嶐　滕　夣　大　二
Loengz daeng mbungj daih ngeih
loŋ² tʻaŋ¹ buŋ³ taːi⁶ ŋei⁶
下　到　水湾　第　二
下到第二个水湾，

軸　嵬　零　咟　咘
Bou dai ndengj bak mboh
pou¹ tʻaːi¹ deːŋ³ paːk⁷ bo⁶
螃蟹　死　暴晒　口　泉
死蟹暴晒水泉边。

各　　唅　　燹　　跑　　妾
Gag　bog　faez　bae　ndawz
ka:k⁸　po:k⁸　fai²　pai¹　dɔy²
自个　束　火　去　里
自带火把往里行，

嘡　　滕　　夢　　大　　三
Loengz　daeng　mbungj　daih　sam
loŋ²　t'aŋ¹　buŋ³　ta:i⁶　sa:m¹
下　到　水湾　第　三
来到第三个水湾，

父　　蚖　　兒　　妾　　籠
Boh　ngieg　dai　ndawz　loengz
po⁶　ŋy:k⁸　t'a:i¹　dɔy²　loŋ²
公　鳄鱼　死　里　笼子
雄鳄死在笼子里，

父　　龍　　兒　　妾　　殿
Boh　luengz　dai　ndawz　denh
po⁶　lu:ŋ²　t'a:i¹　dɔy²　te:n⁶
公　龙　死　里　宫殿
公龙死在殿堂上。

量　　唅　　燹　　許　　逢
Ndiengh　bog　faez　hawj　mbungz
di:ŋ⁶　po:k⁸　fai²　hɔy³　buŋ²
抬起　束　火　给　旺
抬起火炬火势旺，

容　　唅　　燹　　許　　㷭
Yungz　bog　faez　hawj　rungh
ʔjuŋ²　po:k⁸　fai²　hɔy³　ɹuŋ⁶
松　束　火　给　亮
松动火把火更亮。

共呀銳夂龍○普孟賔詩秦○

普勲爹扣樂○律龍墾広伏○

落龍墾広卜○貪六麻坭埕○

貪八麻坭壩○歐麻雷打要○

請老老麻想○請卿忙麻箪○

斯龍歌四宻○失龍歌四断○

慾八个呢逑○慾龍个篿□

共　邖　銳　父　龍
Gyongj gaeuj mbag boh luengz
$k'jo:\eta^3$　$k'au^3$　$ba:k^8$　po^6　$lu:\eta^2$
拥　入　砍　公　龙
一拥而上砍公龙，

普　孟　賓　許　庚
Bouj maengh binj hawj gengz
$p'ou^3$　$ma\eta^6$　pin^3　$h\mathout{ɔ}y^3$　$ke:\eta^2$
者　壮实　翻　给　侧身
壮汉把龙侧身翻。

普　剠　爹　扣　楽
Bouj rengz deh gaeuj lag
$p'ou^3$　$\text{ɹe:}\eta^2$　te^6　$k'au^3$　$la:k^8$
者　大力　要　入　拉
大力士们去拖拽，

律　龍　垦　广　伏
Lwh luengz gwnj mwz fag
ly^6　$lu:\eta^2$　$k'un^3$　my^2　$fa:k^8$
拖着　龙　上　去　那方
拖着龙尸上对岸。

潊　龍　垦　广　卜
Lag luengz gwnj mwz mboek
$la:k^8$　$lu:\eta^2$　$k'un^3$　mu^2　bok^7
拉　龙　上　去　陆上
把龙拖到陆地上，

貪　六　麻　坭　埕
Dam gyoek maz nw net
$t'a:m^1$　$k'jok^7$　ma^2　ny^1　$ne:t^7$
抬　六　来　上面　坚实
六人合力抬上坪。

貪　八　麻　坭　壋
Dam bet maz nw ndoiz
$t'a:m^1$　$pe:t^7$　ma^2　ny^1　$do:i^2$
抬　八　来　上面　土坡
抬到坡上八人帮，

歐　麻　雷　打　要
Aeu maz roih deih yauj
ʔau^2　ma^2　ɹo:i^6　tei^6　ʔja:u^3
拿　来　晾　地　谷仓
拿来晾在谷仓下。

請	老	老	麻	想
Cingj	laux	geq	maz	siengj
¢iŋ³	la:u⁴	ke⁵	ma²	sy:ŋ³
请	者	老	来	想

邀请寨老来商量，

請	即	忙	麻	箅
Cingj	langz	miengz	maz	suenq
¢iŋ³	la:ŋ²	my:ŋ²	ma²	su:n⁵
请	郎	官	区域	来 盘算

约请郎官来盘算。

拆	龍	歇	四	密①
Ceg	luengz	haet	seiq	maed
¢e:k⁸	lu:ŋ²	hat⁷	sei⁵	mat⁸
肢解	龙	做	四	块

把龙肢解成四块，

失	龍	歇	四	斷
Ced	luengz	haet	seiq	donh
¢e:t⁸	lu:ŋ²	hat⁷	sei⁵	to:n⁶
切	龙	做	四	段

肢体分离做四段。

急	内	个	肥	逢
Gep	noix	gah	ba	bungz
ke:p⁷	no:i⁴	ka⁶	p'a¹	puŋ²
块	小	像	蓑	衣

小块大小如蓑衣，

急	龍	个	簟	鑑②
Gep	luengz	gah	demh	naengh
ke:p⁷	lu:ŋ¹	ka⁶	te:m⁶	naŋ⁶
片	龙	如	竹筐	坐

龙鳞如竹筐坐垫。

懸客歡呀雪。麻刻乇本功。

淵株献乇功。實繡双麻送

弓拐得乂㐬。弓醫得他㫺

偷得八大一。八大一㯤四。

偷得八大二。八大二㯤三。

偷得八大三。八大三㯔五。

①壐：该字为衍字。
②四［sei⁵］："四"及下文的"三""五"均不是具体数目，只是为满足压腰脚韵的需要而用的字。

欧　髑　龍　麻　壐①　刻
Aeuz　ndug　luengz　maz　gved
ʔau²　duk⁸　lu:ŋ²　ma²　k've:t⁸
拿　骨头　龙　来　削
龙骨削得光溜溜，

欧　急　龍　麻　斉
Aeuz　gyaep　luengz　maz　naenj
ʔau²　kjap⁷　lu:ŋ²　ma²　nan³
拿　鳞　龙　来　搓卷
拿起龙鳞来搓卷。

麻　斉　歇　咟　雪
Maz　naenj　haet　bak　sep
ma²　nan³　hat⁷　pa:k⁷　se:p⁷
来　卷　做　口　尖利
卷成尖口做箭镞，

麻　刻　亡　本　功
Maz　gved　haet　bwn　gung
ma²　k've:t⁸　hat⁷　pun¹　kuŋ¹
来　削　做　箭杆　弓
光滑龙骨做箭杆。

糎　㭋　献　亡　功
Byaemj　maex　hienj　haet　gung
pjam³　mai⁴　hi:n³　hat⁷　kuŋ¹
砍　树　枧　做　弓
砍下枧木造弓体，

寃　鏻　双　麻　送
Baenj　laenz　sueng　maz　soengq
p'an³　lan²　su:ŋ¹　ma²　soŋ⁵
搓　绳　双　来　发送
拧两股绳做弓弦。

弓　拎　得　父　呑
Gung　laeng　dwk　boh　fax
kuŋ¹　laŋ¹　tuk⁷　po⁶　fa⁴
弓　后　打　公　天空
向后弯弓射天公，

弓　罺　得　他　昙
Gung　naj　dwk　da　vaenz
kuŋ¹　na³　tuk⁷　t'a¹　van²
弓　前　打　眼　白天
朝前引弓射太阳。

偷　得　八　大　一
Ngingz　dwk　mbad　daih　aet
ŋiŋ² 　tuuk⁷ 　baːt⁸ 　taːi⁶ 　ʔat⁷
射　打　次　第　一
张弓射出第一箭，

仈　大　一　唑　四②
Mbad　daih　aet　loengz　seiq
baːt⁸ 　taːi⁶ 　ʔat⁷ 　loŋ² 　sei⁵
次　第　一　落　四
首箭射落日四颗。

偷　得　八　大　二
Ngingz　dwk　mbad　daih　ngeih
ŋiŋ² 　tuuk⁷ 　baːt⁸ 　taːi⁶ 　ŋei⁶
射　打　次　第　二
引弓射出第二箭，

八　大　二　唑　三
Mbad　daih　ngeih　loengz　sam
baːt⁸ 　taːi⁶ 　ŋei⁶ 　loŋ² 　saːm¹
次　第　二　落　三
次箭射落日三个。

偷　得　八　大　三
Ngingz　dwk　mbad　daih　sam
ŋiŋ² 　tuuk⁷ 　baːt⁸ 　taːi⁶ 　saːm¹
射　打　次　第　三
弯弓射出第三箭，

八　大　三　唑　五
Mbad　daih　sam　loengz　haj
baːt⁸ 　taːi⁶ 　saːm¹ 　loŋ² 　ha⁵
次　第　三　落　五
三箭射落五火轮。

顿造忙（创世经）影印译注

爻蔞畚麻昺　爻骨民麻快
還守了曹爻　顧守了曹郎
宁打得許了　守打票許立
流恩了托梆　度恩了斗乃
仍双恩打波　仍双恩度忙
設仍给眉藏　故仍剝眉忙
仍覔論老县　偷長棉絢

父　邑　黐　麻　昙①
Boh　bae　raeh　maz　vaenz
po^6　pai^1　ɣai^6　ma^2　van^2
父　去　畬地　回　白天
父亲下地回得早，

父　骨　民　麻　快
Boh　gvwt　maenz　maz　gvaih
po^6　k'vut^7　man^2　ma^2　k'va:i^6
父　挖　薯　回　快
父亲挖薯回得快。

遟　守　了　曹　父
Vanz　suj　ndeuz　cauj　boh
va:n^2　su^3　de:u^2　tsau^3　po^6
请　个　一　主　师父
请到一位大师父，

顧　守　了　曹　郎
Goq　suj　ndeuz　caeuj　rangh
ko^5　su^3　de:u^2　tsau^3　ɣa:ŋ^6
雇　个　一　主　郎
雇请一位郎官来。

守　打　得　許　了
Suj　deh　dwk　hawj　leux
su^3　te^6　tuk^7　hɔy^3　le:u^4
（一）位　要　打　给　完
一位提议全打落，

守　打　票　許　立
Suj　deh　beuj　hawj　ndaep
su^3　te^6　p'e:u^3　hɔy^3　dap^7
（一）个　要　切莫　给　灭绝
一个主张莫灭绝。

流　恩　了　托　粰
Laeuz　aen　ndeuz　dag　gaeuj
lau^2　an^2　de:u^2　t'a:k^8　k'au^3
留下　个　一　晒　谷子
留下一个晒五谷，

度　恩　了　斗　乃
Doz　aenz　ndeuz　douh　naiz
to^2　ʔan^2　de:u^2　tou^6　na:i^2
收　个　一　抖　露
留下一个抖露珠。

仍 双 恩 打 波

Nyaengz song aen deh box

ȵaŋ² soːŋ¹ ʔan¹ te⁶ po⁴

还有 两 个 将 放着

还有两个挂天上，

仍 双 恩 度 忙

Nyaengz song aen duh miengz

ȵaŋ² soːŋ¹ ʔan¹ tu⁶ myːŋ²

还有 两 个 满足 天下

双日照耀全满足。

故 仍 烙 眉 烕

Guq nyaengz lengx maej med

ku⁵ ȵaŋ² leːŋ⁴ mai³ meːt⁸

也 还 干旱 烧 物

天下依然干又热，

故 仍 裂 眉 忙

Guq nyaengz nded maej miengz

ku⁵ ȵaŋ² deːt⁸ mai³ myːŋ²

也 还 阳光 烧 天下

烈日依然烤万物。

昙 偷 咆 論 老

Vaenz nyih bae lwnz lauh

van² ȵi⁶ pai¹ luːn² laːu⁶

日子 也 去 巡 游

只好每天去巡游，

昙 偷 長 掃 𱊘

Vaenz nyih mbaj saeuq gya

van² ȵi⁶ ba³ sau⁵ kʻja¹

日子 都 忙 搜 寻

只得日夜忙搜寻，

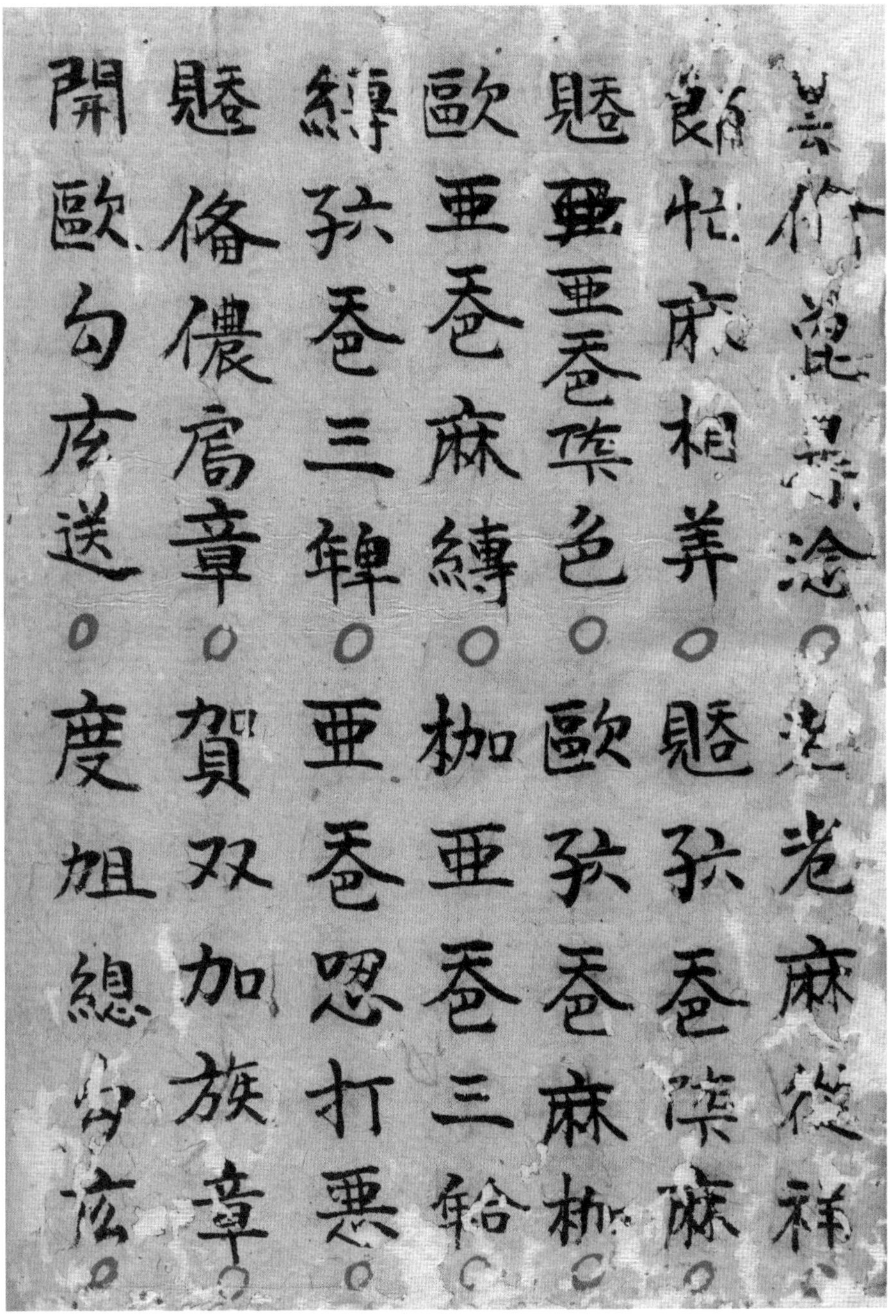

① 色［sak⁸］：洗（衣物），指用棒打、揉搓的方法洗涤纺织品。镇安土语的"洗"分得细，如"刷洗"锅碗瓢盆用"［laːŋ⁴］"，简单冲洗用"［kjaːt⁸］"，在水中漂洗用"［saːu²］"。

昙	偷	咆	寻	淰
Vaenz	nyih	bae	dangh	naemx
van²	n̠i⁶	pai¹	t'aːŋ⁶	nam⁴
日子	都	去	找	水

天天都去寻水源。

賍	亜	呑	哞	色①
Daen	yah	fax	loengz	saeg
t'an¹	ja⁶	fa⁴	loŋ²	sak⁸
见	姑娘	天上	下	洗（衣物）

看到天仙来洗衣。

老	耂	麻	從	祥
Laux	geq	maz	coengz	ciengz
laːu⁴	ke⁵	ma²	tsoŋ²	tsyːŋ²
者	老	来	商	量

老人汇聚来商议，

歐	扻	呑	麻	枷
Aeuz	lug	fax	maz	gaz
ʔau²	luk⁸	fa⁴	ma²	ka²
要	儿	天	来	上枷

捉拿天郎上枷锁，

郎	忙	麻	相	养
Rangh	miengz	maz	siengq	suenq
ɹaːŋ⁶	myːŋ²	ma²	syːŋ⁵	suːn⁵
郎官	邦国	来	盘	算

郎官集体来盘算。

歐	亜	呑	麻	縛
Aeuz	yah	fax	maz	bug
ʔau²	ja⁶	fa⁴	ma²	p'uk⁸
拿	姑娘	天	来	捆绑

拿来绳索捆天仙。

賍	扻	呑	哞	麻
Daen	lug	fax	loengz	maz
t'an¹	luk⁸	fa⁴	loŋ²	ma²
见	儿	天上	下	来

看见天郎下凡尘，

枷	亜	呑	三	鉿
Gaz	yah	fax	sam	hob
ka²	ja⁶	fa⁴	saːm¹	hoːp⁸
上枷	姑娘	天	三	周年

枷住仙姑三年整，

縛	犾	吞	三	䡞
Bug	lug	fax	sam	bei
p‘uk^{8}	luk^{8}	fa^{4}	saːm^{1}	pei^{1}
绑	儿	天	三	年

捆绑天郎整三年。

亜	吞	嗯	打	悪
Yah	fax	nyinh	deh	og
ja^{6}	fa^{4}	ȵin^{6}	te^{6}	ʔoːk^{8}
姑	天	认	将	出

天姑欲开口承认，

䟴	俻	儂	扃	章
Daen	beih	nongx	gyog	cieng
t‘an^{1}	pei^{6}	noːŋ^{4}	kjoːk^{8}	tsyːŋ^{1}
见	兄	妹	姓	章

遇见章姓两兄妹，

賀	双	加	族	章
Yax	song	ga	gyog	cieng
ja^{4}	soːŋ^{1}	k‘a^{1}	kjoːk^{8}	tsyːŋ^{1}
说	两	支系	姓	章

话说双方都姓章。

開	歐	勾	広	送
Gae	aeuz	gaeu	mwz	soengq
k‘ai^{1}	ʔau^{2}	kau^{1}	my^{2}	soŋ^{5}
开	要	我	去	送

打开枷锁把我放，

度	𠃱	緫	勾	広
Doz	gej	cieg	gaeu	mwz
to^{2}	ke^{3}	tsiːk^{8}	kau^{1}	my^{2}
只要	解	绳	我	去

解绳送我回天宫。

第二节 葫芦逃生再繁衍

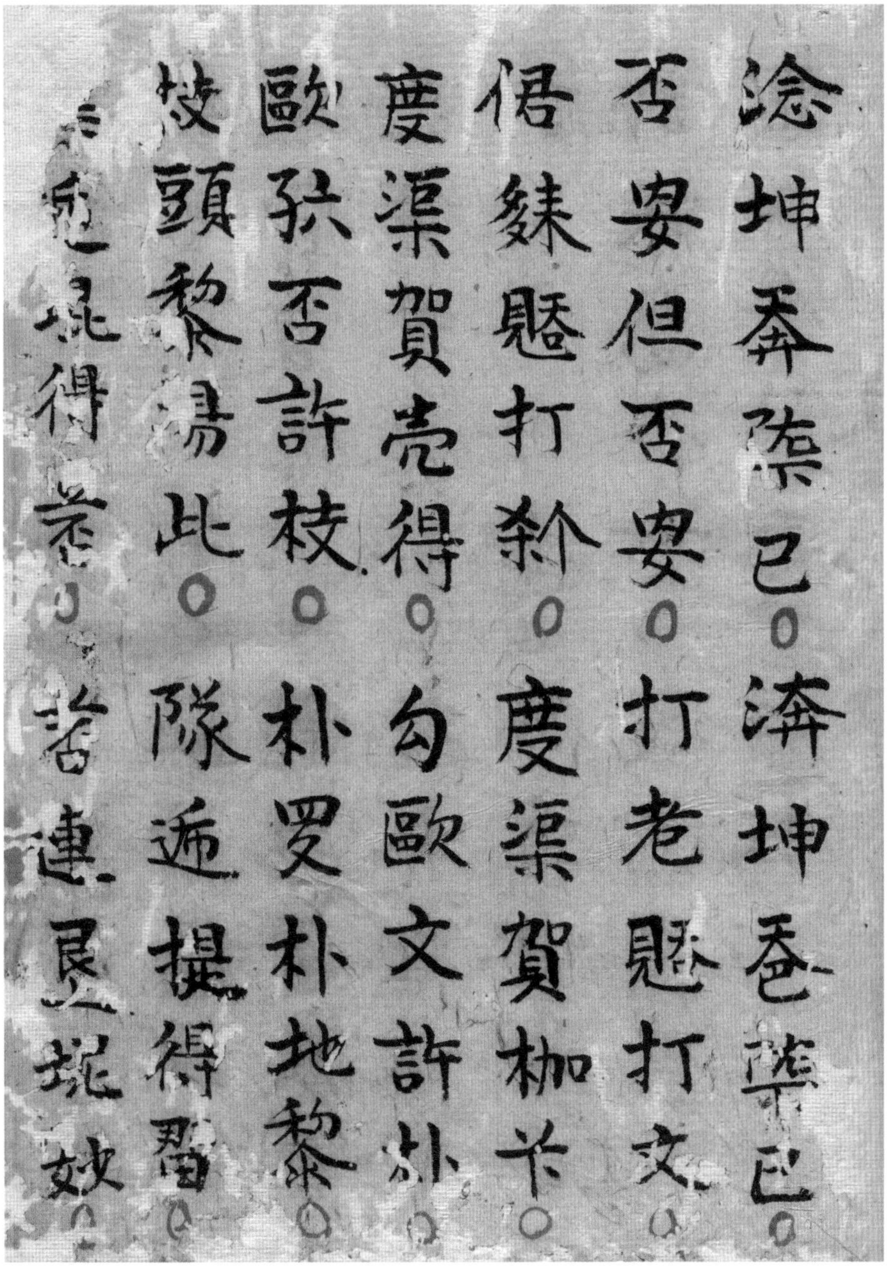

淰	坤	奔	弯	已
Naemx	hwnz	mbwnz	loengz	dih
nam^4	hun^2	bun^2	lon^2	ti^6
水	从	天	下	地

大水从天上倾泻，

浖	坤	呑	弯	已
Boen	hwnz	fax	loengz	dih
$p'on^1$	hun^2	fa^4	lon^2	ti^6
雨	从	天	下	地

大雨自天上倾倒。

否	娈	但	否	娈
Mbouh	ndaez	danh	mbouh	ndaez
bou^6	dai^2	$ta:n^6$	bou^6	dai^2
不	好	人家	不	好

发水灾人心不善，

打	老	賍	打	文
Deh	geq	daen	deh	faenz
te^6	ke^5	$t'an^1$	te^6	fan^2
者	老	见	要	砍

老人见了要刀砍，

倱	籴	賍	打	粆
Goenz	lai	daen	deh	gaj
kon^2	$la:i^1$	$t'an^1$	te^6	$k'a^3$
人	多	见	要	杀

众人见了就喊杀。

度	渠	賀	枷	卞
Doh	gwh	yax	gaz	ndog
to^6	$k'y^6$	ja^4	ka^2	$do:k^8$
但	她	说	卡住	花

她说倘若花不开，

度	渠	賀	壳	得
Doh	gwh	yax	nyod	daek
to^6	$k'y^6$	ja^4	$no:t^8$	tak^7
但	她	说	芽	断

她说如果芽断折，

勾	歐	文	許	朴
Gaeu	aeu	faenz	hawj	baek
kau^1	au^1	fan^2	$hɔy^3$	pak^7
我	拿	种子	给	种

就拿种子给你种，

歐	犰	否	許	枝
Aeuz	lug	mbaeuj	hawj	caeq
ʔau^{2}	luk^{8}	bau^{3}	hɔy^{3}	tsai^{5}
拿	苗	葫芦	给	栽

葫芦秧苗给你栽。

朴	罗	朴	地	黎
Boek	leh	boek	deih	raeh
pok^{7}	le^{6}	pok^{7}	tei^{6}	ɹai^{6}
种	就	种	地	畲地

要种就要种地里，

枝	頭	黎	湯	此
Caeq	du	raeh	dang	sut
tsai^{5}	t‘u^{1}	ɹai^{6}	t‘aːŋ^{1}	sut^{7}
栽	头	地	尾	末端

地头地尾最宜栽。

隊	逓	提①	得	罶
Doix	daeh	gunj	dwk	naz
toːi^{4}	tai^{6}	k‘un^{3}	tɯk^{7}	na^{2}
别人	运	肥水	施放	水田

别人运肥放水田，

渠	逓	焜	得	荅
Gwh	daeh	gunj	dwk	mbaeuj
k‘y^{6}	tai^{6}	k‘un^{3}	tɯk^{7}	bau^{3}
他	运	肥水	施	葫芦

他给葫芦施肥水。

荅	連	晜	埿	妙
Mbaeuj	leh	gwnj	ndaej	memh
bau^{3}	le^{6}	k‘ɯn^{3}	dai^{3}	meːm^{6}
葫芦	则	生长	得	直

葫芦藤长粗又直，

沙連乒你了。顧民利况雷

逃民馬垰拐。連接曰大一。

連貧苦灵利。連接曰大二。

連貧苦嵒忙。連接曰大三。

許民上个逢。民連掛曰逢。

許民嵩个旗。民連掛恩旗。

亚枙个艗要。亚教个艗爺。

苩	連	乒	你	了
Mbaeuj	leh	benh	nw	leux
bau³	le⁶	pe:n⁶	ny¹	le:u⁴
葫芦	就	攀爬	上	完全

藤子齐齐往上攀。

巔	民	朴	邑	罢
Mbawz	minz	baeb	bae	naj
bɔy²	min²	pap⁸	pai¹	na³
叶子	它	扑	去	前

叶子密密向前伸，

迗	民	馬	耳	拐
Nyod	minz	maj	gem	laeng
ɲo:t⁸	min²	ma³	ke:m¹	laŋ¹
嫩芽	它	生长	跟随	后面

新芽竞发齐争先。

連	接	曰	大	一
Leh	giet	aen	daih	aet
le⁶	ki:t⁷	an¹	ta:i⁶	ʔat⁷
就	结	个	第	一

结了头个葫芦娃，

連	貧	苩	灵	利
Leh	baenz	mbaeuj	lingz	leih
le⁶	pan²	bau³	liŋ²	lei⁶
就	成	葫芦	伶	俐

长成玲珑葫芦瓜。

連	接	曰	大	二
Leh	giet	aen	daih	ngeih
le⁶	ki:t⁷	ʔan¹	ta:i⁶	ŋei⁶
又	结	个	第	二

藤上又结第二个，

連	貧	苩	邑	忙
Leh	baenz	mbaeuj	bae	miengz
le⁶	pan²	bau³	pai¹	my:ŋ²
也	成	葫芦	去	天下

长成葫芦走天涯。

連	接	曰	大	三
Leh	giet	aen	daih	sam
le⁶	ki:t⁷	ʔan¹	ta:i⁶	sa:m¹
又	结	个	第	三

藤上又结第三个，

許　民　上　个　逢
Hawj　minz　gwnj　gah　mbungz
hɔy³　min²　kʻɯn³　ka⁶　buŋ²
让　它　长大　如　篾箩
让它长大像篾箩，

民　連　掛　曰　逢
Minz　leh　gvaq　aen　mbungz
min²　le⁶　kva⁵　ʔan¹　buŋ²
它　就　超过　个　篾箩
它就长得比箩大。

許　民　嵩　个　就
Hawj　minz　sung　gah　coux
hɔy³　min²　suŋ¹　ka⁶　tsou⁴
让　它　高　像　竹筐
让它长高像箩筐，

民　連　掛　恩　就
Minz　leh　gvaq　aen　coux
min²　le⁶　kva⁵　ʔan¹　tsou⁴
它　就　超过　个　箩筐
它就长得比筐高。

亜　枙　个　艔　要
Ngaq　ngoek　gah　ndangz　yauj
ŋa⁵　ŋok⁷　ka⁶　da:ŋ²　ʔja:u³
庞　然　如　身　谷仓
庞然蹲坐像谷囤，

亜　敖　个　躺　雀
Ngaq　ngauj　gah　ndangz　caengx
ŋa⁵　ŋa:u³　ka⁶　da:ŋ²　tsaŋ⁴
庞　然　像　身　粮囤
巍然耸立似仓廪。

貪乄麻圻烈。貪八麻圻肉。

歐麻雷浪要。礆桧黑扣佢。

陡稔黙扣物。勿歐文民屋。

用歐宻民兜。迹文扣百一。

近枊扣千二。乖連黙賈賣

岑連敗質門。黙立楪院俧。

罴灬閣鼠吋湯。宻泺个燥頭

① 桄那〔maːk⁷na⁶〕：亚热带雨林中常见的一种野果。果树一两丈高，树皮粗糙，树叶宽阔，老百姓常用这种树叶来包裹食物。其果实从树干上长出来，呈圆锥状，成熟时果皮深红色，大如拳，比通常所说的无花果大得多。其果浆透明，味甜，可生吃，可酿酒。

貪	七	麻	坭	烈
Dam	caet	maz	nw	net
t'aːm¹	tsat⁷	ma²	ny¹	neːt⁷
抬	七	来	上面	硬土

七男方能抬上坪，

貪	八	麻	坭	内
Dam	bet	maz	nw	ndoiz
t'aːm¹	peːt⁷	ma²	ny¹	doːi²
抬	八	来	上面	土岭

八人方可抬上岭，

歐	麻	雷	浪	要
Aeuz	maz	raih	langh	yauj
ʔau²	ma²	ɺaːi⁶	laːŋ⁶	ʔjaːu³
拿	来	晾	底层	谷仓

抬来晾在仓廪下。

臧	稔	黚	扣	佨
Mid	ndaemj	ndaemz	gaeuj	bauz
mit⁸	dam³	dam²	k'au³	p'aːu²
尖刀	柄	捅	入	刨开

带柄尖刀捅瓜心，

瓻	稔	黚	扣	物
Dau	ndaemj	ndaemz	gaeuj	vad
taːu¹	dam³	dam²	k'au³	vaːt⁸
剪刀	柄	插	进入	挖

带柄长剪刨开瓜。

勿	歐	文	民	屋
Vad	aeuz	faenz	minz	og
vaːt⁸	ʔau²	fan²	min²	ʔoːk⁸
掏	要	种子	它	出

葫芦种子掏出来，

用	歐	密	民	彪
Yoek	aeuz	maed	minz	bae
ʔjok⁷	ʔau²	mat⁸	min²	pai¹
抠	要	瓢子	它	去

手抠瓢子往外扒。

逝	文	扣	百	一
Daeh	faenz	gaeuj	bak	aet
tai⁶	fan²	k'au³	paːk⁷	ʔat⁷
搬	种子	进去	百	一

装入种子百十种，

逝　稰　扣　千　二
Daeh　gaeuj　gaeuj　cien　ngeih
tai⁶　k'au³　k'au³　çiːn¹　ŋei⁶
搬　稻谷　进入　千　二
千二稻穗装满它。

黕　閔　棍　叫　湯
Ndaemz　ndwnz　goenj　geuj　daeng
dam²　dɯn²　kon³　keːu³　t'aŋ¹
黑　黢黢　翻　腾　到达
天昏地暗雨落下。

甭　連　黕　負　賣
Fax　leh　ndaemz　baenz　mai
fa⁴　le⁶　dam²　pan²　maːi¹
天　就　黑　成　（墨）写
天空漆黑如墨染，

宓　淤　个　梲　那①
Maed　boen　gah　mak　nah
mat⁸　p'on¹　ka⁶　maːk⁷　na⁶
粒　雨　似　果　无花
雨滴大如无花果，

甭　連　敗　負　門
Fax　leh　baij　baenz　moenq
fa⁴　le⁶　paːi³　pan²　mon⁵
天　就　布满　成　烟雾
云腾雾锁无际涯。

黕　立　棍　阹　伶
Ndaemz　laep　goenj　loengz　lingq
dam²　lap⁷　kon³　loŋ²　liŋ⁵
黑　黑　滚　下　陡坡
乌云沉沉滚下坡，

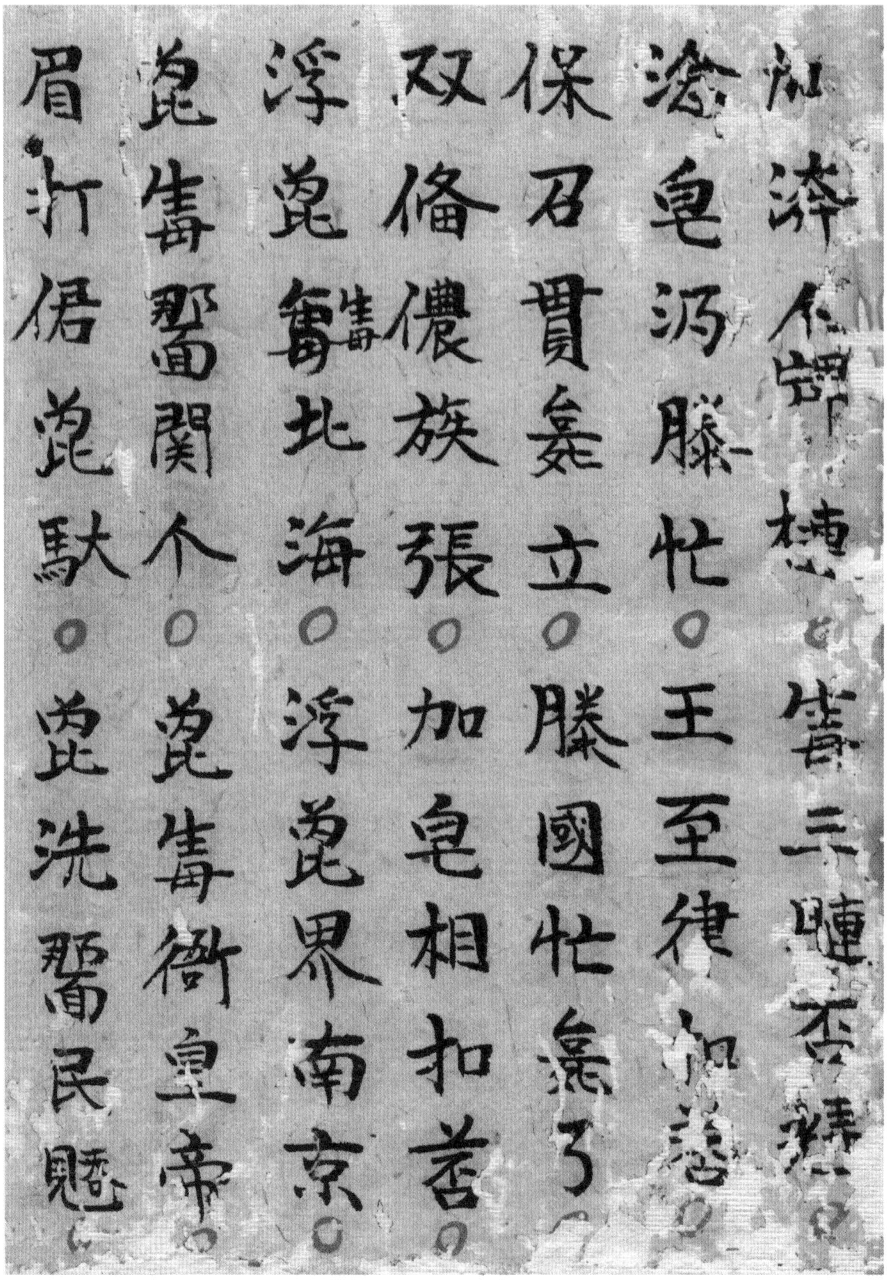

加	济	个	牌	槤
Gyah	boen	gah	baiz	ruenz
k'ja⁶	p'on¹	ka⁶	pa:i²	ɹu:n²
阵	雨	似	面	屋

暴雨阵阵倾盆下。

毿	三	腺	否	烷
Doek	sam	nduenz	mbouh	rungh
tok⁷	sa:m¹	du:n²	bou⁶	ɹuŋ⁶
落	三	月	不	亮

接连三月雨滂沱，

淰	皂	汍	滕	忙
Naemx	coux	duemj	daengz	miengz
nam⁴	tsou⁴	t'u:m³	taŋ²	my:ŋ²
水	就	淹没	整个	天下

洪水淹没全天下。

王	至	律	扣	荅
Vuengz	cih	let	gaeuj	mbaeuj
vu:ŋ²	tsi⁶	le:t⁷	k'au³	bau³
头人	就	闪	进	葫芦

头人闪进葫芦瓜，

保	召	貫	臲	立
Bauq	ciuh	gonq	dai	ndaep
pa:u⁵	tsi:u⁶	ko:n⁵	t'a:i¹	dap⁷
报告	世	前	死	灭

报告前世已死绝，

滕	國	忙	臲	了
Daengz	guek	miengz	dai	leux
taŋ²	ku:k⁷	my:ŋ²	t'a:i¹	le:u⁴
整个	邦国	天下	死	完

整个世间无人家。

双	俗	儂	族	張
Song	beih	nongx	gyog	cieng
so:ŋ¹	pei⁶	no:ŋ⁴	kjo:k⁸	tsy:ŋ¹
两	兄	妹	姓	张

唯有张姓两兄妹，

加	皂	相	扣	荅
Gyaz	coux	cengh	gaeuj	mbaeuj
kja²	tsou⁴	ɕe:ŋ⁶	k'au³	bau³
他俩	就	挤	进	葫芦

他俩挤进葫芦瓜，

① 眉打倌跑駄 [mei² te⁶ kon² pai¹ ta⁶]：有个女子到河边。原镇安府地区的妇女，在黎明时分就到河边挑水、洗涤衣物被褥等，往往最早发现河里的情况。"打 [te⁶]"是专用于年轻女性的量词，也常置于名字前表示此人是女性，如 [te⁶ li:n²] 氏莲、[kʻin² te⁶ va⁵] 岑氏瓦。

浮	跑	毒	比	海
Fouz	bae	doek	baek	haij
fou²	pai¹	tok⁷	pak⁷	ha:i³
漂浮	去	落	北	海

一直漂浮到北海，

浮	跑	界	南	京
Fouz	bae	gyaiq	namz	ging
fou²	pai¹	kja:i⁵	na:m²	kiŋ¹
漂浮	去	地界	南	京

漂浮到南京城下，

跑	毒	罷	関	个
Bae	doek	naj	gvan	ga
pai¹	tok⁷	na³	kva:n¹	ka¹
去	落	面前	官	家

流落到官家门前，

跑	毒	衙	皇	帝
Bae	doek	nyaz	vuengz	daeq
pai¹	tok⁷	ŋa²	vu:ŋ²	tai⁵
去	落	衙署	皇	帝

流落到皇宫府衙。

眉	打	倌	跑	駄①
Meiz	deh	goenz	bae	dah
mei²	te⁶	kon²	pai¹	ta⁶
有	个	人	去	河

有个女子去河边，

跑	洗	罷	民	賭
Bae	suiq	naj	minz	daen
pai¹	su:i⁵	na³	min²	tʻan¹
去	洗	脸	他	见

发现葫芦在眼前。

兑流文民礼。裡苦棍朋駅
浮棍朋而麻。浮棍跀而斗。
開恩苦屋麻。騷双加傄儂
嚅谷坤而屋。嚅族坤而麻。
渠坤趴而斗。悔姓張忟屋〇
族姓張忟麻。趴姓張忟斗
黎了次黎了。圖而似千龍〇

岜	流	文	民	礼
Bae	laeuz	faenz	minz	ndaej
pai[1]	lau[2]	fan[2]	min[2]	dai[3]
去	留	种	他	得

河边制种得葫芦，

開	恩	苩	屋	麻
Gae	aen	mbaeuj	og	maz
k'ai[1]	an[1]	bau[3]	ʔo:k[8]	ma[2]
开	个	葫芦	出	来

她把葫芦破开来，

裡	苩	棍	朋	馱
Ndaej	mbaeuj	gwnj	baengz	dah
dai[3]	bau[3]	k'ɯn[3]	paŋ[2]	ta[6]
得	葫芦	上	岸	河

拖得葫芦上岸边。

赆	双	加	俻	儂
Daen	song	gyaz	beih	nongx
t'an[1]	so:ŋ[1]	kja[2]	pei[6]	no:ŋ[4]
见	两	俩	兄	妹

看见兄妹在里面。

浮	棍	朋	而	麻
Fouz	gwnj	baengh	rawz	maz
fou[2]	k'ɯn[3]	paŋ[6]	ɹɣ[2]	ma[2]
漂浮	从	方	哪	来

问从何方漂过来？

嘪	谷	坤	而	屋
Gyam	goek	hwnz	rawz	og
k'ja:m[1]	kok[7]	huɯn[2]	ɹɣ[2]	ʔo:k[8]
问	根	从	哪	出

问祖宗出自何地，

浮	棍	呵	而	斗
Fouz	gwnj	ga	rawz	daeuj
fou[2]	k'ɯn[3]	k'a[1]	ɹɣ[2]	tau[3]
漂浮	上	路	哪	到来

是从何处到这边？

嘪	族	坤	而	麻
Gyam	gyog	hwnz	rawz	maz
k'ja:m[1]	kjo:k[8]	huɯn[2]	ɹɣ[2]	ma[2]
问	家族	从	哪	来

问明家世的来历，

渠　坤　趷　而　斗
Gwh　hwnz　ga　rawz　daeuj
k'y⁶　hun²　k'a¹　ɹʏ²　tau³
他们　从　路　哪　来
他们到底何方来？

悔　姓　張　忟　屋
Goij　gyog　cieng　dumx　og
k'o:i³　kjo:k⁸　tsy:ŋ¹　tum⁴　ʔo:k⁸
我　姓　张　那儿　出
我在张家那儿生，

族　姓　張　忟　麻
Boenh　gyog　cieng　dumx　maz
p'on⁶　kjo:k⁸　tsy:ŋ¹　tum⁴　ma²
族群　姓　张　那儿　来
张姓家族那边来。

趷　姓　張　忟　斗
Ga　gyog　cieng　dumx　daeuj
k'a¹　kjo:k⁸　tsy:ŋ¹　tum⁴　tau³
支　姓　张　那儿　来
都是张氏的子孙，

黎　了　孨　黎　了
Ndaez　leux　lug　ndaez　leux
dai²　le:u⁴　luk⁸　dai²　le:u⁴
好　了　儿　好　了
都是张氏好孩儿。

圖　而　坐　斤　壥
Du　rawz　cuz　gaen　naengh
tu¹　ɹʏ²　tsu²　kan¹　naŋ⁶
个　哪　邀　平等　坐
谁叫你们平排坐？

① 妛夯赾打紁，妛卺赾打赾［ny¹ bun² tʻan¹ teʻ kʻaʻ³，ny¹ faʻ⁴ tʻan¹ teʻ teːp⁸］：这是简略的被动句。完整意思是：在天上谋生的那段时间，一旦被发现就惨遭追杀，一旦被发现就惨遭驱逐。

双而晶而哇，双悔浦杳寍。
共布奴棗生，双悔丕燗。
双悔否品哇，妛夯赾打紁。
妛卺赾打赾，妛夯个勹嘉。
妛卺个勹勡，度沑座斤螚。
双渠品斤哇，加皂入提唝。
加皂歖提哈，歐寵裙覞左

双	而	品	斤	喰
Song	rawz	baenz	gaen	gin
so:ŋ¹	rɤy²	pan²	kan¹	kin¹
两	哪	成	一样	吃

谁叫你俩共吃喝?

双	悔	凍	奈	嫲
Song	goij	dongx	ndeuz	maz
so:ŋ¹	k'o:i³	to:ŋ⁴	de:u²	ma²
两	我	肚子	一	来

我俩同一母体生,

共	布	奸	奈	生
Doq	baeuq	yah	ndeuz	seng
to⁵	pau⁵	ja⁶	de:u²	se:ŋ¹
同	公	母	一	生

兄妹本是一条根。

双	悔	否	悋	璺
Song	goij	mbouh	hiemz	naengh
so:ŋ¹	k'o:i³	bou⁶	hi:m²	naŋ⁵
两	我	不	嫌	坐

我俩同座不嫌弃,

双	悔	否	品	喰
Song	goij	mbouh	baen	gin
so:ŋ¹	k'o:i³	bou⁶	pan¹	kin¹
两	我	不	分	吃

我俩从小不离分。

委	奔	賍	打	斜
Nw	mbwnz	daen	deh	gaj
ny¹	bun²	t'an¹	te⁶	k'a³
上面	天	见	要	杀

天上看到要追杀,

委	呑	賍	打	赿①
Nw	fax	daen	deh	deb
ny¹	fa⁴	t'an¹	te⁶	te:p⁸
上方	天	见	要	驱赶

天上见了要驱赶。

委	奔	个	勾	嘉
Nw	mbwnz	gag	gaeu	gya
ny¹	bun²	ka:k⁸	kau¹	k'ja¹
上面	天	各自	我	找

我们天上自谋生,

① 左 [ço⁶]：摆放。指做法事时，要把相关人的衣服装在盛器里，摆放在法师面前，让其禳解，驱邪纳福。

妾	夿	个	勾	勠
Nw	fax	gag	gaeu	rengz
ny¹	fa⁴	ka:k⁸	kau¹	ɾeŋ²
上	天	自个	我	猛

天上数我最能干。

度	泹	座	斤	壨
Duh	gyaex	cuz	gaen	naengh
tu⁶	kjai⁴	tsu²	kan¹	naŋ⁶
往	常	邀	一起	坐

平日相约平排坐，

双	渠	品	斤	嘽
Song	gyaengq	binz	gaen	gin
so:ŋ¹	kjaŋ⁵	pin²	kan¹	kin¹
两	个	成	一样	吃

兄妹两人同进餐。

加	皂	入	提	咟
Gyaz	coux	gaeuj	daw	bak
kja²	tsou⁴	k'au³	t'əu¹	pa:k⁷
茶	才	进入	适合	口

粗茶也觉合口味，

加	皂	歁	提	唅
Gyaz	coux	nyab	daw	umz
kja²	tsou⁴	ɲa:p⁸	təu¹	ʔum²
茶	就	吭	适合	唅

残茶剩饭也香甜。

歐	籠	裙	邑	左①
Aeuz	longq	gvwnz	bae	coh
ʔau²	lo:ŋ⁵	kvɯn²	pai¹	ço⁶
拿	藤箱	裙子	去	摆放

箱装裙子去拜巫，

歐籠袴睨界。裡兒孕娑膜

裡駡孕娑艎。孕三輪否眉

妃三鞞否屋。劳打眉孙售

劳打屋孙亲。生屋貧恩北

亚書様恩凍。否眉辝眉盼

否眉馳眉咟。懍尉了恩雜

具佐了你你牧打麻迲途耒王朗

欧　籠　袴　跁　界
Aeuz　longq　gvah　bae　gyaij
ʔau²　loːŋ⁵　kʻva⁶　pai¹　kjaːi³
要　竹箱　裤子　去　禳解

笼放裤子去祭坛。

妸　三　鞞　否　屋
Bax　sam　bei　mbouh　og
pa⁴　saːm¹　pei¹　bou⁶　ʔoːk⁸
带　三　年　不　出

身孕三载不临盆。

裡　兒　孕　娑　膜
Ndaej　lug　luenx　ndawz　moek
dai³　luk⁸　luːn⁴　dɔy²　mok⁷
得　孩子　孕　里　肚子

就得孩儿怀肚里，

劳　打　眉　孙　毒
Lau　deh　meiz　lug　dog
laːu¹　te⁶　mei²　luk⁸　toːk⁸
怕　就　有　儿　独

莫非身孕是单苗？

裡　篤　孕　娑　艡
Ndaej　doek　luenx　ndawz　ndangz
dai³　tok⁷　luːn⁴　dɔy²　daːŋ²
得　落　孕　里　身

终于如愿得梦兰。

劳　打　屋　孙　奈
Lau　deh　og　lug　ndeuz
laːu¹　te⁶　ʔoːk⁸　luk⁸　deːu²
怕　就　出　儿　一

难道怀胎是独根？

孕　三　輪　否　眉
Luenx　sam　hob　mbouh　meiz
luːn⁴　saːm¹　hoːp⁸　bou⁶　mei²
怀孕　三　周年　不　有

怀孕三年未出生，

生　屋　貧　恩　比
Seng　og　baenz　aen　baeg
seːŋ¹　ʔoːk⁸　pan²　ʔan¹　pʻak⁸
生　出　成　个　冬瓜

生出孩子像冬瓜，

亜　聿　樣　恩　凍
Aj　lwd　yiengh　aen　doengj
ʔa³　luut⁸　jyːŋ⁶　ʔan¹　toŋ³
圓　乎乎　樣子　個　桶
圆咕隆咚像个甑。

否　眉　挬　眉　趴
Mbouh　meiz　gen　meiz　ga
bou⁶　mei²　kʼeːn¹　mei²　kʼa¹
不　有　臂　有　腿
没有手臂没有腿,

否　眉　眲　眉　咟
Mbouh　meiz　da　meiz　bak
bou⁶　mei²　tʼa¹　mei²　paːk⁷
不　有　眼　有　嘴
不长眼睛不长嘴。

憪　㢵　了　但　你
Gaem　geij　leux　danh　ni
kʼam¹　kʼei³　leːu⁴　taːn⁶　ni¹
苦　楚　完　人家　这
人家真是太蹊跷,

具　恠　了　但　你
Geiz　gvaq　leux　danh　ni
kʼei²　kvaːi⁵　leːu⁴　taːn⁶　ni¹
奇　怪　完　人家　这
人家真是太奇怪。

忟　打　麻　造　淰　造　湖
Dwnx　deh　maz　cauh　naemx　cauh　huz
tun⁴　te⁶　ma²　tsaːu⁶　nam⁴　tsaːu⁶　hu²
这　就　来　造　水　造　湖
这就来造江湖水,

① 五角［ha³ koːk⁷］：五音。指的是东西南北中五方。

牧打所造流造姓　造姓超姓后
造吳劉孫李○造姓許馮陳○
造二三百姓○造四五百家○
麻開乞五角○麻拆乞五音○
麻分乞五郡○普而否造齐○
偌而否開度○忙晋全四界○
造快樂兒麻○昙紉否紉辣○

忟 打 麻 造 波 造 姓
Dwnx deh maz cauh bo cauh gyog
tun⁴ te⁶ ma² tsa:u⁶ po¹ tsa:u⁶ gyo:k⁸
这 就 来 造 村落 造 姓
这就来造村和姓。

造 姓 趙 姓 周
Cauh gyog caux gyog cou
tsa:u⁶ kjo:k⁸ tsa:u⁴ kjo:k⁸ tsou¹
造 姓 赵 姓 周
造出赵姓和周姓,

造 呉 劉 孫 李
Cauh vuz liuz sunh liq
tsa:u⁶ vu² liu² sun⁶ li⁵
造 吴 刘 孙 李
造出吴刘和孙李,

造 姓 許 馬 陳
Cauh gyog hiq max cwnz
tsa:u⁶ kjo:k⁸ hi⁵ ma⁴ ɕun²
造 姓 许 马 陈
造出三姓许马陈。

造 二 三 百 姓
Cauh song sam bak gyog
tsau⁶ so:ŋ¹ sa:m¹ pa:k⁷ kjo:k⁸
造 二 三 百 姓
造出两三百个姓,

造 四 五 百 家
Cauh seiq haj bak ruenz
tsa:u⁶ sei⁵ ha³ pa:k⁷ ɹu:n²
造 四 五 百 家族
造出四五百家族。

麻 開 仁 五 角①
Maz gae haet haj gok
ma² k'ai¹ hat⁷ ha³ ko:k⁷
来 开 做 五 角
设置处所五方位,

麻 拆 仁 五 音
Maz ceg haet haj yaemq
ma² ɕe:k⁸ hat⁷ ha³ jam⁵
来 拆 做 五 音
划分高低五音阶,

①勍麻［pai¹ ma²］：字面意义是"往来"，此处指人类为了生存和发展而进行的所有活动，即广义的生活。
②昙幼否幼铼：该句为衍文。

麻	分	亡	五	郎
Maz	baen	haet	haj	ginx
ma²	pan¹	hat⁷	ha³	kin⁴
来	分	做	五	郡

国家分成五个郡。

造	快	楽	勍	麻①
Coux	vaij	vued	bae	maz
tsou⁴	vaːi³	vuːt⁸	pai¹	ma²
就	快	乐	去	来

百姓生活喜洋洋。

普	而	否	造	齐
Bouj	rawz	mbouh	cauh	caez
p'ou³	ɣcɯ²	bou⁶	tsaːu⁶	tsai²
个	哪	不	造	齐全

谁个不给造周全？

昙	幼	否	幼	铼②

俉	而	否	開	度
Goenz	rawz	mbouh	gae	duh
kon²	ɣcɯ²	bou⁶	k'ai¹	tu⁶
人	哪	不	开	足够

谁不想充分开发？

忙	畨	全	四	界
Miengz	raeuz	daengz	seiq	gyaiq
myːŋ²	ɹau²	taŋ²	sei⁵	kjaːi⁵
邦国	我们	整个	四	界

邦国四面造齐全，

第五篇　大举南迁

扫码听音频

昌幻否幻辣。但溪托溪﹃曰。

偷托溪淦刀但朴州打唅

民朴州打弄朴州隆照乔

朴州埦照皇。犯覔禿関个。

犯滕衙皇帝。欯一皇貪疾。

欯二皇貪刂。地而打口皇

忙而□□□国。善侣称㲒蔬汶

① 斗［to^{3}］：睑腺炎一类的眼病。

昙	幼	否	幼	殐
Vaenz	youh	mbouh	youh	ndaiz
van^{2}	ʔjou^{6}	bou^{6}	ʔjou^{6}	da:i^{2}
日	住	不	住	空闲

日日在家不闲着，

但	溪	托	溪	了	目
Danh	gyuij	dag	gyuij	leh	mboek
ta:n^{6}	k‘ju:i^{3}	t‘a:k^{8}	k‘ju:i^{3}	le^{6}	bok^{7}
只是	溪	晒	溪	则	减少

溪流越晒水越少，

偷	托	溪	淰	召
Vied	dag	gyuij	naemx	hauj
vi:t^{8}	t‘a:k^{8}	k‘ju:i^{3}	nam^{4}	ha:u^{3}
越	晒	溪	水	干涸

越晒溪流越干涸。

但	朴	州	打	啥
Danh	bou	cou	deih	ceh
ta:n^{6}	pou^{1}	tsou^{1}	tei^{6}	tse^{6}
别人	建	州城	地	村寨

别人村寨建州城，

民	朴	州	打	弄
Minz	bou	cou	deih	lungh
min^{2}	pou^{1}	tsou^{1}	tei^{6}	luŋ^{6}
他	铺	州城	地	山弄

他在山弄建州衙。

朴	州	隆	照	吞
Bou	cou	lueng	ciuq	fax
pou^{1}	tsou^{1}	lu:ŋ^{1}	tsi:u^{5}	fa^{4}
铺	州城	大	照	天空

朝天建筑大州城，

朴	州	坬	照	皇
Bou	cou	ngvax	ciuq	vuengz
pou^{1}	tsou^{1}	ŋva^{4}	tsi:u^{5}	vu:ŋ^{2}
铺	州	瓦	依照	皇

依照皇城盖砖瓦。

犯	岜	秃	閞	个
Famh	bae	dug	gvan	ga
fa:m^{6}	pai^{1}	t‘uk^{8}	kva:n^{1}	ka^{1}
犯	去	触及	官	家

建城触犯了官府，

犯　　滕　　衙　　皇　　帝

Famh　daeng　nyaz　vuengz　daeq

fa:m⁶　t'aŋ¹　ȵa²　vu:ŋ²　tai⁵

犯　　到　　衙门　　皇　　帝

触犯到宫城皇帝。

忙　　而　　扣　　占　　國

Miengz　rawz　gaeuj　ciemq　guek

my:ŋ²　ɹɤy²　k'au³　tsi:m⁵　ku:k⁷

地域　　哪　　进入　　占　　国家

国家何方遭侵袭?

扸　　一　　皇　　貧　　疾

Lug　daih　vuengz　baenz　gyaej

luk⁸　ta:i⁶　vu:ŋ²　pan²　k'jai³

儿　　一　　皇　　成　　打摆子

头人长子患疟疾,

差　　倡　　黎　　岜　　忟

Caiq　goenz　ndaez　bae　dumx

ça:i⁵　koŋ²　dai²　pai¹　tum⁴

差遣　　人　　好　　去　　那儿

差遣能人去查访,

扸　　二　　皇　　貧　　斗①

Lug　ngeih　vuengz　baenz　doj

luk⁸　ŋei⁶　vu:ŋ²　pan²　to³

儿　　二　　皇　　成　　眼病

头人次子得眼疾。

地　　而　　打　　占　　皇

Deih　rawz　deh　ciemq　vuengz

tei⁶　ɹɤy²　te⁶　tsi:m⁵　vu:ŋ²

地　　哪　　要　　占　　皇

何方要来夺王位?

顿造忙（创世经）影印译注

差　倡　暑　咙　嘁
Caiq goenz cawj bae gyam
ça:i⁵ kon² çɯ³ pai¹ k'ja:m¹
派　人　使　去　问
派遣使者去干预。

偷　否　乃　州　隆
Nyex mbouh dumq cou lueng
ɳe⁴ bou⁶ tum⁵ tsou¹ lu:ŋ¹
我　不　垮　州城　大
也不拆除大城池。

許　偷①　烈　州　圮
Hawj nyex lid cou ngvax
hɔy³ ɳe⁴ lit⁸ tsou¹ ŋva⁴
让　我　拆　州城　瓦
叫我拆掉州城瓦，

差　書　囬　咙　路
Caiq saw voiz bae loh
ça:i⁵ sɯ¹ voi² pai¹ lo⁶
差　文书　回　去　路
差人送文书上路，

許　偷　乃　州　隆
Hawj nyex dumq cou lueng
hɔy³ ɳe⁴ tum⁵ tsou¹ lu:ŋ¹
让　我　垮　州城　大
叫我拆除大城池。

差　疏　囬　咙　皇
Caiq soq voiz bae vuengz
ça:i⁵ so⁵ voi² pai¹ vu:ŋ²
差　疏　回　去　皇帝
差人呈疏给皇帝。

偷　否　烈　州　圮
Nyex mbouh lid cou ngvax
ɳe⁴ bou⁶ lit⁸ tsou¹ ŋva⁴
我　不　拆　州城　瓦
我不拆掉州城瓦，

皇　帝　嚅　个　招
Vuengz daeq ndah gah laix
vu:ŋ² tai⁵ da⁶ ka⁶ la:i⁴
皇　帝　骂　当　真
皇帝大怒动真格，

皇　帝　居　胡　吉

Vuengz daeq gij hoz gaet

vuːŋ² tai⁵ kʼi³ ho² kat⁷

皇　帝　气　脖子　哽

皇帝气得脖子粗。

皇　帝　立　軍　馬

Vuengz daeq laeb gvaenq max

vuːŋ² tai⁵ lap⁸ kvan⁵ ma⁴

皇　帝　立　军　马

皇帝立下军令状，

皇　帝　調　軍　兵

Vuengz daeq diux gvaenq bing

vuːŋ² tai⁵ tiːu⁴ kvan⁵ piŋ¹

皇　帝　调　军　兵

皇帝立即调军兵。

軍　馬　垦　雜　营

Gvaenq max gwnj cap ngingz

kvan⁵ ma⁴ kʼɯn³ tsaːp⁷ ŋiŋ²

军　马　上来　驻扎　营房

军马出征扎营盘，

軍　兵　垦　武　萬

Gvaenq bing gwnj haj fanh

kvan⁵ piŋ¹ kʼɯn³ ha³ faːn⁶

军　兵　上　五　万

调动兵马五万多。

垦　拆　州　陸　駄

Gwnj ceg cou loengz dah

kʼɯn³ çeːk⁸ tsou¹ loŋ² ta⁶

上　拆　州　下　河

去把州城拆下河，

垦把州陕淦○恨兓曾恖唅○
偷就想恖嗎○昌幼從普秀○
扣晚從老老○嗖老老麻相○
嗖即忙麻养○朋而眉駹翼○
桃而眉駹賣○恩駹三百两
湯駹三百貫○高提駹見一同
菖啇提駹十三盤○地乐智存想

垦	把	州	塝	淰
Gwnj	byah	cou	loengz	naemx
k'ɯn³	pja⁶	tsou¹	loŋ²	nam⁴
上去	拆	州城	下	水

去将州城推下水。

恨	就	兽	悶	哈
Minz	coux	roux	yaenj	haemz
min²	tsou⁴	ɹou⁴	ʔjan³	ham²
他	就	知	忍	苦

他只能忍受痛苦，

偷	就	想	悶	嘎
Nyex	coux	siengj	yaenj	ndah
ȵe⁴	tsou⁴	sy:ŋ³	ʔjan³	da⁶
我	就	想	忍	骂

我只好忍气吞声。

昙	幼	從	普	侨
Vaenz	youh	cungz	bouj	souj
van²	ʔjou⁶	ɕuŋ²	p'ou³	sou³
日	住	从	人	主

白天在家听主子，

扣	晥	從	老	老
Gaeuj	yaemh	cungz	laux	geq
k'au³	jam⁶	ɕun²	la:u⁴	ke⁵
入	夜	听从	者	老

晚上只有听老人。

喏	老	老	麻	相
Lok	laux	geq	maz	siengj
lo:k⁷	la:u⁴	ke⁵	ma²	sy:ŋ³
请	者	老	来	想

恭请老人想办法，

嗳	即	忙	麻	养
Lok	rangh	miengz	maz	suenq
lo:k⁷	ɹa:ŋ⁶	my:ŋ²	ma²	su:n⁵
请	郎官	地方	来	算

邀请郎官来盘算。

朋	而	眉	馿	飌
Baengh	rawz	meiz	lwz	gai
pa:ŋ⁶	ɹɯ²	mei²	ly²	k'a:i¹
方位	哪	有	船	卖

什么地方有船卖，

排　　而　　眉　　馿　　賣

Baih　rawz　meiz　lwz　sawx

pa:i⁶　ɣɯ²　mei²　ly²　səu⁴

方位　哪　有　船　买

什么地方可买船?

恩　　馿　　三　　百　　两

Aen　lwz　sam　bak　gyangz

ʔan¹　ly²　sa:m¹　pa:k⁷　kja:ŋ²

个　船　三　百　两

一艘花银三百两,

湯　　馿　　三　　百　　貫

Dang　lwz　sam　bak　gvanq

t'a:ŋ¹　ly²　sa:m¹　pa:k⁷　kva:n⁵

尾　船　三　百　贯

大船一艘三百贯。

高　　提　　馿　　垦　　目

Gau　daw　lwz　gwnj　mboek

ka:u¹　t'ɯ¹　ly²　k'ɯn³　bok⁷

划　拿　船　只　上　陆地

划着船儿靠码头,

葛　　提　　馿　　垦　　並

Gat　daw　lwz　gwnj　bamh

ka:t⁷　t'ɯ¹　ly²　k'ɯn³　pa:m⁶

拖　着　船　上　泥泞

拖着船儿到江岸。

地　　你　　畄　　否　　想

Deih　ni　raeuz　mbouh　siengj

tei⁶　ni¹　ɣau²　bou⁶　sy:ŋ³

地　这　咱　不　想

这地方咱不想住,

吾罡□□□　弥沼两□麻

高驎泉留垦○　三萬馬扎□

六萬沼卦诊○　或咱馬留麻

高沼泉留垦○　垦膡地北京○

地北京打逢○　洞北京律了○

地北京以隆○　忙北京以廣○

强路多講鮑○　高驎來卦海○

弥驎两留宏○　庚驎泉留垦○

否　　是　　忙　　畨　　晋
Mbouh　cawh　miengz　raeuz　guenj
bou⁶　　tsəu⁶　my:ŋ²　　ɹaɯ²　ku:n³
不　　是　　领地　　我们　管
此方并非咱想管。

弼　　沼　　两　　留　　麻
Baenq　lwz　liengj　raeuz　maz
pan⁵　　ly²　ly:ŋ³　ɹaɯ²　ma²
转　　船　　伞　　我们　来
调转篷船划过来，

高　　駅　　泉　　留　　垦
Gau　lwz　moq　raeuz　gwnj
ka:u¹　ly²　mo⁵　ɹaɯ²　k'ɯn³
划　　船　　新　　我们　上
新船逆水划不停。

三　　萬　　馬　　卦　　目
Sam　fanh　max　gvaq　mboek
sa:m¹　fa:n⁶　ma⁴　kva⁵　bok⁷
三　　万　　马　　过　　陆地
三万兵马走陆路，

六　　萬　　沼　　卦　　淰
Gyoek　fanh　lwz　gvaq　naemx
k'jok⁷　fa:n⁶　ly²　kva⁵　nam⁴
六　　万　　船　　过　　水
六万乘船水上行。

或　　咟　　馬　　留　　麻
Vag　bak　max　raeuz　maz
ʔva:k⁸　pa:k⁷　ma⁴　ɹaɯ²　ma²
转头　嘴　　马　　我们　来
调转马头咱飞奔，

高　　沼　　泉　　留　　垦
Gau　lwz　moq　raeuz　gwnj
ka:u¹　ly²　mo⁵　ɹaɯ²　k'ɯn³
划　　船　　新　　我们　上去
咱划新船再出征。

垦　　滕　　地　　北　　京
Gwnj　daeng　dei　baek　ging
k'ɯn³　t'aŋ¹　tei⁶　pak⁷　kiŋ¹
上　　到　　地方　北　　京
我们行进到北京，

地	北	京	打	逢
Deih	baek	ging	deih	mbungz
tei⁶	pak⁷	kiŋ¹	tei⁶	buŋ²
地方	北	京	地方	繁荣

都城北京很发达。

洞	北	京	律	了
Doengh	baek	ging	lwd	leux
toŋ⁶	pak⁷	kiŋ¹	luut⁸	le:u⁴
地域	北	京	平坦	完

北京地势平展展，

地	北	京	以	㙫
Deih	baek	ging	nyih	lueng
tei⁶	pak⁷	kiŋ¹	ȵi⁶	lu:ŋ¹
地方	北	京	也	大

北京都城好宏大。

忙	北	京	以	廣
Miengz	baek	ging	nyih	gvangj
my:ŋ²	pak⁷	kiŋ¹	ȵi⁶	kva:ŋ³
疆域	北	京	也	广

北京城区很宽广，

強	路	多	講	鲃
Gyangj	loh	doz	gangj	bya
k'ja:ŋ³	lo⁶	to²	ka:ŋ³	pja¹
中间	路	堆积	骨	鱼

鱼骨满路显繁华。

高	馿	來	卦	海
Gau	lwz	laiz	gvaq	haij
ka:u¹	ly²	lai²	kva⁵	ha:i³
划	船	花	过	海

划着花船过大海，

弼	馿	两	㽧	宏
Baenq	lwz	liengj	raeuz	mwz
pan⁵	ly²	ly:ŋ³	ɣau²	my²
转	船	伞	我们	上去

调转篷船走不停，

庚	馿	泉	㽧	垦
Geng	lwz	moq	raeuz	gwnj
ke:ŋ¹	ly²	mo⁵	ɣau²	k'un³
撑	船	新	我们	上去

划着新船再航行。

三萬焉卦目○六萬監卦冷

墾麻滕南京○洞南京律

府南京以隆忙南京以廣

地牧地駑撇習牧器駑都

否主地智想○否主地留

弼沼兩流広庚沼來留

滕疏州疏行○洞疏州打

洞疏州　早　府疏州

隆

① 地：该字为衍文。

② 疏州〔su⁶ tsou¹〕：此处指明朝时期的苏州府。

三	萬	馬	卦	目
Sam	fanh	max	gvaq	mboek
sa:m¹	fa:n⁶	ma⁴	kva⁵	bok⁷
三	万	马	过	陆地

三万兵马走陆路，

六	萬	馿	卦	淰
Gyoek	fanh	lwz	gvaq	naemx
k'jok⁷	fa:n⁶	ly²	kva⁵	nam⁴
六	万	船	过	水

六万乘船水上行，

垦	麻	滕	南	京
Gwnj	maz	daeng	namz	ging
k'ɯn³	ma²	t'aŋ¹	na:m²	kiŋ¹
上	来	到	南	京

船儿划到南京城。

洞	南	京	律	了
Doengh	namz	ging	lwd	leux
toŋ⁶	na:m²	kiŋ¹	lut⁸	le:u⁴
地域	南	京	平	完

南京地宽平展展，

府	南	京	以	隆
Fouj	namz	ging	nyih	lueng
fou³	na:m²	kiŋ¹	n̠i⁶	lu:ŋ¹
府城	南	京	也	大

府城南京规模大，

忙	南	京	以	廣
Miengz	namz	ging	nyih	gvangj
my:ŋ²	na:m²	kiŋ¹	n̠i⁶	kva:ŋ³
疆域	南	京	也	广

南京地宽市繁华。

地	忟	地	篤	猕
Deih	dwnx	deih	doek	ma
tei⁶	tun⁴	tei⁶	tok⁷	ma¹
地方	这	地方	适合	狗

此地适宜客籍住，

罜	忟	罜	篤	郝
Naz	dwnx	naz	doek	hag
na²	tun⁴	na²	tok⁷	ha:k⁸
田	这	田	适合	客

此田适宜客家耕。

否　主　地　畱　想
Mbouh cawh deih raeuz siengj
bou⁶ tsəu⁶ tei⁶ ɹau² sy:ŋ³
不　是　地方　我们　想
不是咱理想住地，

滕　疏　州②　疏　行
Daeng suh cou suh hangz
t'aŋ¹ su⁶ tsou¹ su⁶ ha:ŋ²
到　苏　州　苏　杭
来到苏州和杭州，

否　主　地①　忙　畱　晋
Mbouh cawh miengz raeuz guenj
bou⁶ tsəu⁶ my:ŋ² ɹau² ku:n³
不　是　邦国　我们　管理
不宜在此建国家。

洞　疏　州　打　逢
Doengh suh cou deih mbungz
toŋ⁶ su⁶ tsou¹ tei⁶ boŋ²
峒　苏　州　地　繁荣
苏州富饶又繁华。

弸　氵召　两　流　亡厶
Baenq lwz liengj raeuz mwz
pan⁵ ly² ly:ŋ³ ɹau² my²
调转　船　伞　我们　上去
调转篷船又行进，

洞　疏　行　律　了
Doengh suh hangz lwd leux
toŋ⁶ su⁶ ha:ŋ² luut⁸ le:u⁴
峒　苏　杭　平　完
苏杭平原宽又平，

庚　氵召　來　畱　垦
Geng lwz laiz raeuz gwnj
ke:ŋ¹ ly² la:i² ɹau² k'ɯn³
撑　船　花纹　我们　上
咱坐花船奋力划。

府　疏　州　以　隆
Fouj suh cou nyih lueng
fou³ su⁶ tsou¹ ɲi⁶ lu:ŋ¹
府　苏　州　也　大
苏州府城很宏伟，

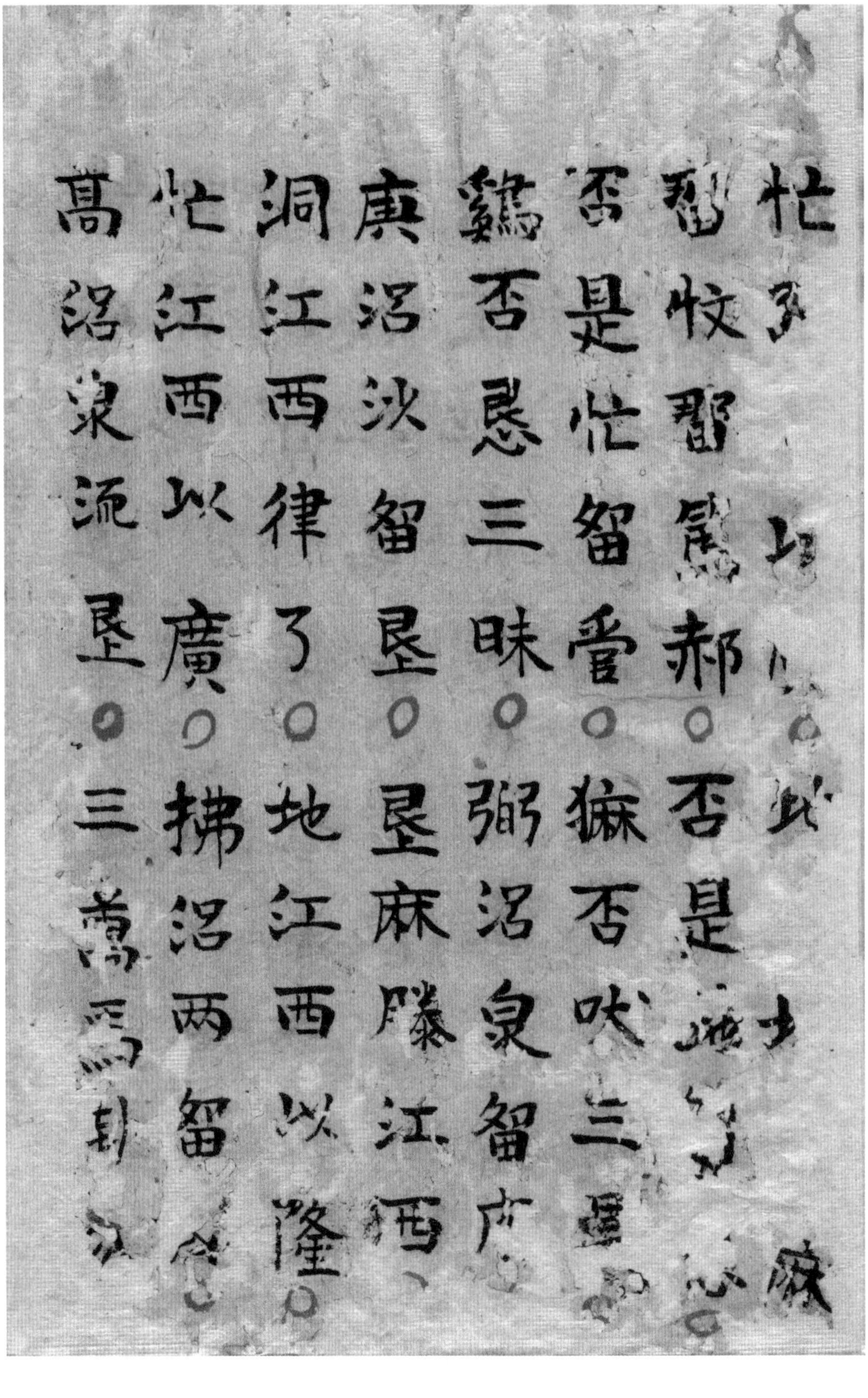

忙　　疏　　州　　以　　廣

Miengz　suh　cou　nyih　gvangj

my:ŋ²　su⁶　tsou¹　n̠i⁶　kva:ŋ³

疆域　苏　州　也　广

苏州范围很广大。

否　　是　　忙　　畱　　晋

Mbouh　cawh　miengz　raeuz　guenj

bou⁶　tsɯ⁶　my:ŋ²　ɹau²　ku:n³

不　是　疆域　我们　管理

不宜建邦来管辖。

地　　忟　　地　　秃　　麻

Deih　dwnx　deih　dug　ma

tei⁶　tɯn⁴　tei⁶　t'uk⁸　ma¹

地方　这　地方　适合　狗

此地适合客籍住，

獁　　否　　吠　　三　　昙

Maz　mbouh　haeuh　sam　vaenz

ma¹　bou⁶　hau⁶　sa:m¹　van²

狗　不　吠　三　日

连续三天狗不吠，

畓　　忟　　畓　　篤　　郝

Naz　dwnx　naz　doek　hag

na²　tɯn⁴　na²　tok⁷　ha:k⁸

田　这　田　适合　客

这田适合客人耕。

鷄　　否　　恳　　三　　昧

Gaeq　mbouh　gaen　sam　meih

kai⁵　bou⁶　k'an¹　sa:m¹　mei⁶

鸡　不　啼　三　凌晨

连续三夜鸡不啼。

否　　是　　地　　畱　　想

Mbouh　cawh　deih　raeuz　siengj

bou⁶　tsɯ⁶　tei⁶　ɹau²　sy:ŋ³

不　是　地方　我们　想

不是咱理想住地，

弻　　沼　　泉　　畱　　厷

Baenq　lwz　moq　raeuz　mwz

pan⁵　ly²　mo⁵　ɹau²　my²

调转　船　新的　我们　上去

调转新船继续走，

① 江西［kja:ŋ⁶ si⁶］：此处应指江西九江。元代江西大都督府在今江西九江。

庚　沼　沙　畱　垦

Geng　lwz　saz　raeuz　gwnj

ke:ŋ¹　ly²　sa²　rau²　k'ɯn³

撑　船　筏　我们　上去

咱撑船筏再前进。

垦　麻　滕　江　西①

Gwnj　maz　daeng　gyangh　sih

k'ɯn³　ma²　t'aŋ¹　kja:ŋ⁶　si⁶

上　来　到　江　西

我们乘船到江西，

洞　江　西　律　了

Doengh　gyangh　sih　lwd　leux

toŋ⁶　kja:ŋ⁶　si⁶　luɯt⁸　le:u⁴

垌　江　西　平　完

江西田野宽无际。

地　江　西　以　隆

Deih　gyangh　sih　nyih　lueng

tei⁶　kja:ŋ⁶　si⁶　ȵi⁶　lu:ŋ¹

地方　江　西　也　大

江西是个大地方，

忙　江　西　以　廣

Miengz　gyangh　sih　nyih　gvangj

my:ŋ²　kja:ŋ⁶　si⁶　ȵi⁶　kva:ŋ³

疆域　江　西　也　广

地域宽广不宜居。

拂　沼　两　畱　広

Vad　lwz　liengj　raeuz　mwz

va:t⁸　ly²　ly:ŋ³　ɹau²　my²

划　船　伞　我们　上去

划着篷船再前进，

髙　沼　泉　流　垦

Gau　lwz　moq　raeuz　gwnj

ka:u¹　ly²　mo⁵　rau²　k'ɯn³

撑　船　新　我们　上去

撑着新船上征程。

三　萬　馬　卦　目

Sam　fanh　max　gvaq　mboek

sa:m¹　fa:n⁶　ma⁴　kva⁵　bok⁷

三　万　马　过　陆地

三万兵马走陆路，

六萬沼卦淦。垦脒趑菿

洞南容律了。府南容以

忙南容以廣否是地泥想。

否是忙流營拂沼兩施壮

寅沼泉流垦三萬馬卦

六萬沼卦淦垦滕故方

洞南安律了棒曲

葉、

① 南容 [na:m² juŋ²]：从迁徙线路看，此处南容或为今江西南昌。
② 南安 [na:m² ŋa:n⁶]：元在今江西省大余县设江西南安府。

六	萬	沼	卦	淰
Gyoek	fanh	lwz	gvaq	naemx
k'jok⁷	fa:n⁶	ly²	kva⁵	nam⁴
六	万	船	过	水

六万乘船水上行。

垦	滕	地	南	容①
Gwnj	daeng	deih	namz	yungz
k'ɯn³	t'aŋ¹	tei⁶	na:m²	juŋ²
上	到	地	南	容

上到南容新地方，

洞	南	容	律	了
Doengh	namz	yungz	lwd	leux
toŋ⁶	na:m²	juŋ²	luɯt⁸	le:u⁴
峝	南	容	平	完全

南容田峝很整齐。

府	南	容	以	隆
Fouj	namz	yungz	nyih	lueng
fou³	na:m²	juŋ²	ȵi⁶	lu:ŋ¹
府城	南	容	也	大

府城南容地也大，

忙	南	容	以	廣
Miengz	namz	yungz	nyih	gvangj
my:ŋ²	na:m²	juŋ²	ȵi⁶	kva:ŋ³
疆域	南	容	也	广

地域辽阔人也稀。

否	是	地	流	想
Mbouh	cawh	deih	raeuz	siengj
bou⁶	tsəu⁶	tei⁶	ɾau²	sy:ŋ³
不	是	地方	我们	想

不是咱理想住地，

否	是	忙	流	晉
Mbouh	cawh	miengz	raeuz	guenj
bou⁶	tsəu⁶	my:ŋ²	ɾau²	ku:n³
不	是	邦国	我们	管理

不宜建邦来治理。

拂	沼	两	流	厷
Vad	lwz	liengj	raeuz	mwz
va:t⁸	ly²	ly:ŋ³	ɾau²	my²
划	船	伞	我们	去

我们划着篷船去，

庚	沿	泉	流	垦
Geng	lwz	moq	raeuz	gwnj
ke:ŋ¹	ly²	mo⁵	rau²	k'uɯn³
撑	船	新	我们	上去

划着新船不停息。

三	萬	馬	卦	目
Sam	fanh	max	gvaq	mboek
sa:m¹	fa:n⁶	ma⁴	kva⁵	bok⁷
三	万	马	过	陆地

三万军马陆路走，

六	萬	沿	卦	淰
Gyoek	fanh	lwz	gvaq	naemx
k'jok⁷	fa:n⁶	ly²	kva⁵	nam⁴
六	万	船	过	水

六万坐船划水急。

垦	滕	地	南	安②
Gwnj	daeng	deih	namz	nganh
k'uɯn³	t'aŋ¹	tei⁶	na:m²	ŋa:n⁶
上	到	地方	南	安

马不停蹄到南安，

洞	南	安	律	了
Doengh	namz	nganh	lwd	leux
toŋ⁶	na:m²	ŋa:n⁶	luɯt⁸	le:u⁴
峒	南	安	平	完全

南安田野平展展。

捧	曲	卦	南	安
Yaengx	gyu	gvaq	namz	nganh
jaŋ⁴	kju¹	kva⁵	na:m²	ŋa:n⁶
举	火把	过	南	安

手举火把过南安，

莘	刀	卦	淰	海
Daek	byax	gvaq	naemx	haij
t'ak⁷	pja⁴	kva⁵	nam⁴	ha:i³
佩戴	刀	过	水	海

身佩钢刀过海滩。

地	忟	以	秃	猇
Deih	dwnx	nyih	dug	ma
tei⁶	tun⁴	ȵi⁶	t'uk⁸	ma¹
地方	这	也	适合	狗

这儿适合客籍住，

① 巅蕌［tin¹ doːi²］：土山脚。按迁移路线，"巅蕌"应该在南安（今江西大余县）与广东潮州之间。过了今江西大余县后，所指的土山应为五岭中的大庾岭。但查不到此地名，只好根据字面意义，翻译为"坡脚"。

畓	忕	以	禿	郝
Naz	dwnx	nyih	dug	hag
na²	tuun⁴	ȵi⁶	t'uk⁸	ha:k⁸
水田	这	也	适宜	客

此田适宜客人耕。

否	是	地	畱	想
Mbouh	cawh	deih	raeuz	siengj
bou⁶	tsəu⁶	tei⁶	ɹau²	sy:ŋ³
不	是	地方	我们	想

不是理想居住地，

否	是	忙	畱	晋
Mbouh	cawh	miengz	raeuz	guenj
bou⁶	tsəu⁶	my:ŋ²	ɹau²	ku:n³
不	是	邦国	我们	管

不宜建邦治江山。

拂	沼	两	流	厷
Vad	lwz	liengj	raeuz	mwz
va:t⁸	ly²	ly:ŋ³	ɹau²	my²
划	船	伞	我们	去

划着篷船往前行，

庚	沼	泉	流	垦
Geng	lwz	moq	raeuz	gwnj
ke:ŋ¹	ly²	mo⁵	rau²	k'uun³
撑着	船	新	我们	上

划着新船朝前开。

三	萬	馬	卦	目
Sam	fanh	max	gvaq	mboek
sa:m¹	fa:n⁶	ma⁴	kva⁵	bok⁷
三	万	马	过	陆地

三万兵马走陆路，

六	萬	沼	卦	淰
Gyoek	fanh	lwz	gvaq	naemx
k'jok⁷	fa:n⁶	ly²	kva⁵	nam⁴
六	万	船	过	水

六万乘船水上来。

垦	麻	滕	顚	蕾①
Gwnj	maz	daeng	din	ndoiz
k'uun³	ma²	t'aŋ¹	tin¹	do:i²
上	来	到	脚	山坡

来到坡脚山水地，

洞	䪿	蕾	律	了
Doengh	din	ndoiz	lwd	leux
ton⁶	tin¹	do:i²	lɯt⁸	le:u⁴
峒	脚	山坡	平	完全

坡脚田峒平展展。

地	忟	地	秃	獜
Deih	dwnx	deih	dug	ma
tei⁶	tun⁴	tei⁶	t'uk⁸	ma¹
地方	这	地方	适合	狗

这地适合客籍住，

罪	忟	那	秃	郝
Naz	dwnx	naz	dug	hag
na²	tun⁴	na²	t'uk⁸	ha:k⁸
水田	这	田	适合	客籍人

这田适合客籍耕。

否	是	地	流	相
Mbouh	cawh	deih	raeuz	siengj
bou⁶	tsɐɯ⁶	tei⁶	ɹaɯ²	sy:ŋ³
不	是	地方	我们	想

此地非理想住地，

否	是	忙	流	筭
Mbouh	cawh	miengz	raeuz	suenq
bou⁶	tsɐɯ⁶	my:ŋ²	ɹaɯ²	su:n⁵
不	是	疆域	我们	打算

此地非立国之域。

獜	否	吠	三	昙
Ma	mbouh	haeuh	sam	vaenz
ma¹	bou⁶	hau⁶	sa:m¹	van²
狗	不	叫	三	日

连续三天狗不吠，

鷄	否	恳	三	昧
Gaeq	mbouh	gaen	sam	meih
kai⁵	bou⁶	k'an¹	sa:m¹	mei⁶
鸡	不	啼	三	凌晨

连续三夜鸡不鸣。

拂	沼	两	流	厷
Vad	lwz	liengj	raeuz	mwz
va:t⁸	lɯ²	ly:ŋ³	ɹaɯ²	mɯ²
划	船	伞	我们	去

划着篷船我们走，

高昌泉流○三千馬圭

六千召卦淼○昆滕地朝南

洞朝州律了○府朝州以隆

化朝州以廣○地忱沨否禔

忙忱沨否嘗拂沼两流

高沼泉流昆昆滕沨

萦月陽州東昊地忱

高　沼　泉　流　垦
Gau　lwz　moq　raeuz　gwnj
kaːu¹　ly²　mo⁵　rau²　kʼɯn³
划　船　新　我们　上

划着新船上征程。

三　千　馬　卦　目
Sam　cien　max　gvaq　mboek
saːm¹　ɕiːn¹　ma⁴　kva⁵　bok⁷
三　千　马　过　陆地

三千兵马走陆路，

六　千　沼　卦　淰
Gyoek　cien　lwz　gvaq　naemx
kʼjok⁷　ɕiːn¹　ly²　kva⁵　naem⁴
六　千　船　过　水

六千乘船水上行。

垦　滕　地　朝　州①
Gwnj　daeng　deih　cauz　cou
kʼɯn⁴　tʼaŋ¹　tei⁶　ɕaːu²　tsou¹
上　到　地方　韶　州

来到韶州这地方，

洞　朝　州　律　了
Doengh　cauz　cou　lwd　leux
toŋ⁶　ɕaːu²　tsou¹　lut⁸　leːu⁴
峒　韶　州　平　完全

韶州田肥地也平。

府　朝　州　以　隆
Fouj　cauz　cou　nyih　lueng
fou³　ɕaːu²　tsou¹　n̠i⁶　luːŋ¹
府城　韶　州　也　大

韶州府城也宏大，

忙　朝　州　以　廣
Miengz　cauz　cou　nyih　gvangj
myːŋ²　ɕaːu²　tsou¹　n̠i⁶　kvaːŋ³
疆域　韶　州　也　广

韶州地广很出名。

地　忟　流　否　想
Deih　dwnx　raeuz　mbouh　siengj
tei⁶　tɯn⁴　ɻau²　bou⁶　syːŋ³
地方　这　我们　不　想

此地我们不想住，

忙　忟　流　否　晋
Miengz dwnx raeuz mbouh guenj
$my\text{ː}\eta^2$　tun^4　$\text{ɹ}au^2$　bou^6　$ku\text{ː}n^3$
疆域　这　我们　不　管
不宜在此理国政。

拂　沼　两　流　厷
Vad lwz liengj raeuz mwz
$va\text{ː}t^8$　ly^2　$ly\text{ː}\eta^3$　$\text{ɹ}au^2$　my^2
划　船　伞　我们　去
划着篷船再行进，

高　沼　泉　流　垦
Gau lwz moq raeuz gwnj
$ka\text{ː}u^1$　ly^2　mo^5　$\text{ɹ}au^2$　$k\text{'}un^3$
划　船　新　我们　上
划着新船再开航。

垦　滕　地　陽　州②
Gwnj daeng deih yangz cou
$k\text{'}un^3$　$ta\eta^1$　tei^6　$ja\text{ː}\eta^2$　$tsou^1$
上　到　地方　阳　州
去到阳州这块地，

洞　陽　州　律　了
Doengh yangz cou lwd leux
$to\eta^6$　$ja\text{ː}\eta^2$　$tsou^1$　lut^8　$le\text{ː}u^4$
垌　阳　州　平　完全
阳州原野很空旷。

地　忟　以　篤　獴
Deih dwnx deih doek ma
tei^6　tun^4　tei^6　tok^7　ma^1
地方　这　地　适合　狗
此地适宜客籍住，

那　忟　那　篤　郝
Naz dwnx naz doek hag
na^2　tun^4　na^2　tok^7　$ha\text{ː}k^8$
田　这　田　适　客
这田适合客人耕。

拂　沼　两　流　厷
Vad lwz liengj raeuz mwz
$va\text{ː}t^8$　ly^2　$ly\text{ː}\eta^3$　$\text{ɹ}au^2$　my^2
划　船　伞　我们　去
划着篷船向前进，

① 廣東［kuːŋ³ toŋ¹］：宋平南汉后，广州为广南东路治所，简称"广东"，广东之称自此开始。从迁徙路线看，此处广东应为今广东省广州市。

庚　　沼　　泉　　流　　垦
Geng　lwz　moq　raeuz　gwnj
keːŋ¹　ly²　mo⁵　ɹau²　kʼɯn³
撑　　船　　新　　我们　　上
划着新船紧紧跟。

猍　　否　　吠　　三　　昙
Ma　mbouh　haeuh　sam　vaenz
ma¹　bou⁶　hau⁶　saːm¹　van²
狗　　不　　吠　　三　　天
连续三天狗不吠，

鷄　　否　　恳　　三　　眛
Gaeq　mbouh　gaen　sam　meih
kai⁵　bou⁶　kʼan¹　saːm¹　mei⁶
鸡　　不　　啼　　三　　凌晨
雄鸡三夜不司晨。

垦　　滕　　地　　廣　　東①
Gwnj　daeng　deih　guengj　doeng
kun³　tʼaŋ¹　tei⁶　kuːŋ³　toŋ¹
上　　到　　地方　　广　　东
我们赶路到广东，

洞　　廣　　東　　律　　了
Doengh　guengj　doeng　lwd　leux
toŋ⁶　kuːŋ³　toŋ¹　lɯt⁸　leːu⁴
峒　　广　　东　　平　　完
广东田野莽森森。

地　　廣　　東　　以　　隆
Deih　guengj　doeng　nyih　lueng
tei⁶　kuːŋ³　toŋ¹　ȵi⁶　luːŋ¹
地方　　广　　东　　也　　大
广东地域大无边，

忙　　廣　　東　　以　　廣
Miengz　guengj　doeng　nyih　gvangj
myːŋ²　kuːŋ³　toŋ¹　ȵi⁶　kvaːŋ³
疆域　　广　　东　　也　　广
地宽水阔雾沉沉，

強　　路　　多　　講　　魳
Gyangj　loh　doz　gangj　bya
kʼjaːŋ³　lo⁶　to²　kaːŋ³　pja¹
中间　　路　　堆　　骨刺　　鱼
鱼骨满路人纷纷。

① 肇慶 [tsa:u⁴ k'iŋ⁴]：今广东肇庆市，古称端州。宋元符三年（1100）改端州为兴庆军，宋重和元年（1118），易名肇庆府，意为"开始吉庆"。

髙	沜	花	卦	海
Gau	lwz	va	gvaq	haij
ka:u¹	ly²	va¹	kva⁵	ha:i³
划	船	花	过	海

划着花船过海去，

拂	沜	两	流	広
Vaij	lwz	liengj	raeuz	mwz
va:i³	ly²	ly:ŋ³	ɹau²	my²
划	船	伞	我们	去

划着篷船水上行，

庚	沜	泉	流	垦
Geng	lwz	moq	raeuz	gwnj
ke:ŋ¹	ly²	mo⁵	ɹau²	k'ɯn³
撑	船	新	我们	上

撑着新船再西征。

垦	滕	地	肇	慶①
Gwnj	daeng	deih	caux	gingx
k'ɯn³	t'aŋ¹	tei⁶	tsa:u⁴	k'iŋ⁴
上	到	地方	肇	庆

船儿来到肇庆府，

洞	肇	慶	律	了
Doengh	caux	gingx	lwd	leux
toŋ⁶	tsa:u⁴	k'iŋ⁴	luut⁸	le:u⁴
峒	肇	庆	平	完

肇庆田峒宽又平。

府	肇	慶	以	隆
Fouj	caux	gingx	nyih	lueng
fou³	tsa:u⁴	k'iŋ⁴	ȵi⁶	lu:ŋ¹
府城	肇	庆	也	大

肇庆府城地广大，

忙	肇	慶	以	廣
Miengz	caux	gingx	nyih	gvangj
my:ŋ²	tsa:u⁴	k'iŋ⁴	ȵi⁶	kva:ŋ³
疆域	肇	庆	也	广

肇庆地域也宽广。

否	是	地	流	想
Mbouh	cawh	deih	raeuz	siengj
bou⁶	tsəɯ⁶	tei⁶	ɹau²	sy:ŋ³
不	是	地方	我们	想

此地非理想住地，

否是忙流曾○拂沼河

庚沼泉流垦○三千馬圭日

六千沼卦涂○垦滕地德慶

洞德慶律了○府德庋以

忙德慶以廣○地忟地馬麻

鄙忟畓篙邴○否是地忟

否思忙　　猺否

① 德庆 [tə² kʻiŋ⁴]：今广东肇庆市德庆县。宋绍兴元年（1131），以康州为潜邸，诏升为府，易名德庆府，属广南东路。德庆之名自此始。

否　是　忙　流　晋
Mbouh　cawh　miengz　raeuz　guenj
bou⁶　tsəu⁶　myːŋ²　ɹauˀ²　kuːn³
不　是　邦国　我们　管
管辖此域难安宁。

拂　沼　两　流　厷
Vad　lwz　liengj　raeuz　mwz
vaːt⁸　ly²　lyːŋ³　ɹauˀ²　my²
划　船　伞　我们　去
篷船继续朝前开，

庚　沼　泉　流　垦
Geng　lwz　moq　raeuz　gwnj
keːŋ¹　ly²　mo⁵　ɹauˀ²　kʻɯn³
撑　船　新　我们　上
撑着新船再出发。

三　千　馬　卦　目
Sam　cien　max　gvaq　mboek
saːm¹　ɕiːn¹　ma⁴　kva⁵　bok⁷
三　千　马匹　过　陆地
三千兵马陆路走，

六　千　沼　卦　淰
Gyoek　cien　lwz　gvaq　naemx
kʻjok⁷　ɕiːn¹　ly²　kva⁵　nam⁴
六　千　船　过　水
六千乘船水上划。

垦　滕　地　德　庆①
Gwnj　daeng　deih　dwz　gingx
kʻun³　tʻaŋ¹　tei⁶　tə²　kʻiŋ⁴
上　到　地方　德　庆
人马来到德庆府，

洞　德　庆　律　了
Doengh　dwz　gingx　lwd　leux
toŋ⁶　tə²　kʻiŋ⁴　luːt⁸　leːu⁴
峒　德　庆　平　完
德庆田地密麻麻。

府　德　庆　以　隆
Fouj　dwz　gingx　nyih　lueng
fou³　tə²　kʻiŋ⁴　ɲi⁶　luːŋ¹
府城　德　庆　也　大
德庆府城范围宽，

忙　德　慶　以　廣

Miengz dwz gingx nyih gvangj

my:ŋ² tə² k'iŋ⁴ n̩i⁶ kva:ŋ³

疆域　德　庆　也　广

府城德庆地广大。

地　忟　地　篤　猍

Deih dwnx deih doek ma

tei⁶ tuun⁴ tei⁶ tok⁷ ma¹

地方　这　地　适合　狗

这儿适合客籍住，

畓　忟　畓　篤　郝

Naz dwnx naz doek hag

na² tuun⁴ na² tok⁷ ha:k⁸

田　这　田　适合　客

这田适合客人家。

否　是　地　流　想

Mbouh cawh deih raeuz siengj

bou⁶ tsəu⁶ tei⁶ ɹau² sy:ŋ³

不　是　地方　我们　想

不是咱理想住地，

否　是　忙　流　晋

Mbouh cawh miengz raeuz guenj

bou⁶ tsəu⁶ my:ŋ² ɹau² ku:n³

不　是　地区　我们　管

我们不想去管辖。

猍　否　吠　三　昙

Ma mbouh haeuh sam vaenz

ma¹ bou⁶ hau⁶ sa:m¹ van²

狗　不　吠　三　天

连续三天狗不吠，

鷄　否　恳　三　眛

Gaeq mbouh gaen sam meih

kai⁵ bou⁶ k'an¹ sa:m¹ mei⁶

鸡　不　啼　三　凌晨

连续三夜鸡不啼。

拂　沼　两　流　厷

Vad lwz liengj raeuz mwz

va:t⁸ ly² ly:ŋ³ ɹau² my²

划　船　伞　我们　去

划着篷船往上走，

① 抧罡［tsik⁷ ko:ŋ⁵］："抧罡"及下文的"风江""白马"，都是经书中说到的大地方。按经书所述，从德庆继续逆水上行，过抧罡、风江、白马到梧州。但在德庆与梧州之间，查不到这三个地名。

庚　沼　泉　流　垦

Geng　lwz　moq　raeuz　gwnj

keːŋ¹　ly²　mo⁵　ɣau²'　kʼun³

撑着　船　新　我们　上

撑着新船水上移。

洞　扗　罡　律　了

Doengh　cik　gongq　lwd　leux

toŋ⁶　tsik⁷　koːŋ⁵　luut⁸　leːu⁴

垌　扗　罡　平　完全

扗罡田园很平齐。

三　千　馬　卦　目

Sam　cien　max　gvaq　mboek

saːm¹　ɕiːn¹　ma⁴　kva⁵　bok⁷

三　千　马　过　陆地

三千兵马陆上走,

地　扗　罡　以　隆

Deih　cik　gongq　nyih　lueng

tei⁶　tsik⁷　koːŋ⁵　ȵi⁶　luːŋ¹

地方　扗　罡　也　大

扗罡地域很广大,

六　千　沼　卦　淰

Gyoek　cien　lwz　gvaq　naemx

kʼjok⁷　ɕiːn¹　ly²　kva⁵　nam⁴

六　千　船　只　过　水

六千乘船划水急。

忙　扗　罡　以　廣

Miengz　cik　gongq　nyih　gvangj

myːŋ²　tsik⁷　koːŋ⁵　ȵi⁶　kvaːŋ³

疆域　扗　罡　也　广

扗罡田野无边际。

垦　滕　地　扗　罡①

Gwnj　daeng　deih　cik　gongq

kʼun³　tʼaŋ¹　tei⁶　tsik⁷　koːŋ⁵

上　到　地方　扗　罡

人马西行到扗罡,

獗　否　吠　三　县

Ma　mbouh　haeuh　sam　vaenz

ma¹　bou⁶　hau⁶　saːm¹　van²

狗　不　吠　三　天

连续三天狗不吠,

鷄	否	悬	三	昧
Gaeq	mbouh	gaen	sam	meih
kai⁵	bou⁶	kʻan¹	saːm¹	mei⁶
鸡	不	啼	三	凌晨

连续三早鸡不鸣。

垦	麻	滕	風	江
Gwnj	maz	daeng	fungh	gyangh
kʻɯn³	ma²	tʻaŋ²	fuŋ⁶	kjaːŋ⁶
上	来	到	風	江

我们上行到风江，

洞	風	江	律	了
Doengh	fungh	gyangh	lwd	leux
toŋ⁶	fuŋ⁶	kjaːŋ⁶	luɯt⁸	leːu⁴
峒	風	江	平	完全

风江原野平又平。

廣	風	江	以	隆
Guengj	fungh	gyangh	nyih	lueng
kuːŋ³	fuŋ⁶	kjaːŋ⁶	ȵi⁶	luːŋ¹
地域	風	江	也	大

风江府城很宏伟，

忙	風	江	以	廣
Miengz	fungh	gyangh	nyih	gvangj
myːŋ²	fuŋ⁶	kjaːŋ⁶	ȵi⁶	kvaːŋ³
疆域	風	江	也	广

风江良田千万顷。

地	忟	地	禿	獀
Deih	dwnx	deih	dug	ma
tei⁶	tuɯn⁴	tei⁶	tʻuk⁸	ma¹
地方	这	地	合适	狗

此地适宜客籍住，

畓	忟	畓	禿	郝
Naz	dwnx	naz	dug	hag
na²	tuɯn⁴	na²	tʻuk⁸	haːk⁸
田	这	田	适合	客

田地适宜客人耕。

否	是	地	流	想
Mbouh	cawh	deih	raeuz	siengj
bou⁶	tsɯɯ⁶	tei⁶	ɹau²	syːŋ³
不	是	地	我们	想

不是咱理想住地，

① 吴州［vu² tsou¹］：吴州。根据迁徙路线，此吴州当是今广西梧州市。"吴"与"梧"同音异字。

否　是　忙　流　晋
Mbouh cawh miengz raeuz guenj
bou⁶ tsəu⁶ my:ŋ² ɹau² ku:n³
不　是　邦国　我们　管辖
不宜在此建都城。

拂　沼　两　流　厷
Vad lwz liengj raeuz mwz
va:t⁸ ly² ly:ŋ³ ɹau² my²
划　船　伞　我们　去
划着篷船再前进，

庚　沼　泉　流　垦
Geng lwz moq raeuz gwnj
ke:ŋ¹ ly² mo⁵ ɹau² k'ɯn³
撑　船　新　我们　上
撑着新船再出征。

垦　滕　地　白　馬
Gwnj daeng deih beg max
k'ɯn³ t'aŋ¹ tei⁶ pe:k⁸ ma⁴
上　到　地方　白　马
来到白马这地方，

洞　白　馬　律　了
Doengh beg max lwd leux
toŋ⁶ pe:k⁸ ma⁴ lut⁸ le:u⁴
田垌　白　马　平　完全
白马田垌宽又平。

地　白　馬　以　隆
Deih beg max nyih lueng
tei⁶ pe:k⁸ ma⁴ ȵi⁶ lu:ŋ¹
地方　白　马　也　大
白马是个大地方，

忙　白　馬　以　廣
Miengz beg max nyih gvangj
my:ŋ² pe:k⁸ ma⁴ ȵi⁶ kva:ŋ³
疆域　白　马　也　广
白马良田千万顷。

地　忟　地　篤　獝
Deih dwnx deih doek ma
tei⁶ tun⁴ tei⁶ tok⁷ ma¹
地方　这　地　适宜　狗
白马适合客籍住，

那　忕　那　秃　郝
Naz　dwnx　naz　dug　hag
na²　tuun⁴　na²　t'uk⁸　ha:k⁸
田　这　田　适合　客
田地适合客人耕。

否　是　地　流　相
Mbouh　cawh　deih　raeuz　siengj
bou⁶　tsəu⁶　tei⁶　ɹau²　sy:ŋ³
不　是　地方　我们　想
不是咱理想住地,

否　是　忙　流　晋
Mbouh　cawh　miengz　raeuz　guenj
bou⁶　tsəu⁶　my:ŋ²　ɹau²　ku:n³
不　是　邦国　我们　管辖
不宜在此建都城。

以　捧　曲　以　麻
Nyih　yaengx　gyu　nyih　maz
ȵi⁶　jaŋ⁴　kju¹　ȵi⁶　ma²
边　举　火把　边　来
边举火把边走路,

以　他　沼　以　垦
Nyih　daj　lwz　nyih　gwnj
ȵi⁶　t'a³　ly²　ȵi⁶　k'uun³
边　等　船　边　上
且等船队且前行。

垦　滕　地　呉　州①
Gwnj　daeng　deih　vuz　cou
k'uun³　t'aŋ¹　tei⁶　vu²　tsou¹
上　到　地　梧　州
队伍到了梧州城,

洞　呉　州　律　了
Doengh　vuz　cou　lwd　leux
toŋ⁶　vu²　tsou¹　luut⁸　le:u⁴
垌　梧　州　平　完
梧州田野很平整。

府　呉　州　以　隆
Fouj　vuz　cou　nyih　lueng
fou³　vu²　tsou¹　ȵi⁶　lu:ŋ¹
府城　梧　州　也　大
府城梧州街市大,

① 洞：该字为衍字。

洞① 忙 吳 州 以 廣

Miengz vuz cou nyih gvangj

myːŋ² vu² tsou¹ ȵi⁶ kvaːŋ³

疆域 梧 州 也 广

梧州田地宽又平。

淰 馱 隆 麻 合

Naemx dah lueng maz yab

nam⁴ ta⁶ luːŋ¹ ma² jaːp⁸

水 河流 大 来 汇合

几条大江来汇合，

冒火枞伐桐康 岂隆墾 和
每地長麻朝 昙吹唯晤
昙吹手唯恩 墾麻滕長示
洞長州律了 地忟地禿瘷
那忟那禿邦 否是地洭祖
否是忙流晋 拂沼两流玄
庚沼泉流墾 三千馬卦目
六千沼卦滃 墾麻滕客州

① 長州 [ɕaːŋ² tsou¹]：今梧州市长洲区。
② 容州 [juŋ² tsou¹]：今玉林市容县。

眉	双	伏	桐	康
Meiz	song	fag	dongh	gang
mei²	soːŋ¹	faːk⁸	toːŋ⁶	kʻaːŋ¹
有	两	旁	柱子	生铁

两旁铁柱直排排。

堂	隆	垦	麻	會
Dangz	lueng	gwnj	maz	voih
taːŋ²	luːŋ¹	kʻɯn³	ma²	voːi⁶
厅堂	大	上	来	会

上到大堂来聚会，

每	地	垦	麻	朝
Moix	deih	gwnj	maz	ciuz
moːi⁴	tei⁶	kʻɯn³	ma²	ɕiːu²
每	地方	上	来	朝拜

四面八方来朝敬。

昙	吹	啃	洞	鼓
Vaenz	baeuq	siu	dongj	gyong
van²	pau⁵	siːu¹	toːŋ³	kjoːŋ¹
日	吹	箫	擂	鼓

白日敲鼓吹笛箫，

昙	吹	手	嗤	恩
Vaenz	baeuq	mongz	ndaengz	aen
van²	pau⁵	moːŋ²	daŋ²	ʔan¹
日	吹	响	吹	个

日夜响起丝竹声。

垦	麻	滕	長	州①
Gwnj	maz	daeng	cangz	cou
kʻɯn³	ma²	tʻaŋ¹	ɕaːŋ²	tsou¹
上	来	到	长	州

队伍行进到长州，

洞	長	州	律	了
Doengh	cangz	cou	lwd	leux
toŋ⁶	ɕaːŋ²	tsou¹	luut⁸	leːu⁴
峒	长	州	平	完全

长州田野平展展。

地	忲	地	秃	猕
Deih	dwnx	deih	dug	ma
tei⁶	tɯn⁴	tei⁶	tʻuk⁸	ma¹
地方	这	地	适合	狗

长州适合客籍住，

那	忟	那	秃	郝
Naz	dwnx	naz	dug	hag
na²	tuun⁴	na²	t'uk⁸	ha:k⁸
田	这	田	适合	客人

田地适合客耕翻。

否	是	地	流	相
Mbouh	cawh	deih	raeuz	siengj
bou⁶	tsəɯ⁶	tei⁶	ɹau²	sy:ŋ³
不	是	地方	我们	想

不是咱理想住地，

否	是	忙	流	晋
Mbouh	cawh	miengz	raeuz	guenj
bou⁶	tsəɯ⁶	my:ŋ²	ɹau²	ku:n³
不	是	邦国	我们	管

不宜立国定江山。

拂	沼	两	流	厷
Vad	lwz	liengj	raeuz	mwz
va:t⁸	ly²	ly:ŋ³	ɹau²	my²
划	船	伞	我们	去

撑着篷船往上划，

庚	沼	泉	流	垦
Geng	lwz	moq	raeuz	gwnj
ke:ŋ¹	ly²	mo⁵	ɹau²	k'ɯn³
撑	船	新	我们	上

撑着新船逆水行。

三	千	馬	卦	目
Sam	cien	max	gvaq	mboek
sa:m¹	ɕi:n¹	ma⁴	kva⁵	bok⁷
三	千	马	过	陆地

三千兵马陆路走，

六	千	沼	卦	淰
Gyoek	cien	lwz	gvaq	naemx
k'jok⁷	ɕi:n¹	ly²	kva⁵	nam⁴
六	千	船	过	水

六千乘船水上行。

垦	麻	滕	客（容）	州②
Gwnj	maz	daeng	yungz	cou
k'ɯn³	ma²	t'aŋ¹	juŋ²	tsou¹
上	来	到	容	州

队伍浩荡到容州，

① 廣南［kuːŋ^{3} naːm^{2}］：按迁徙路线，此广南应该在容州与浔州之间。但今广西梧州、玉林一带都找不到广南。历史上的广南路，治所在桂州（今桂林）。与经书中所叙述的迁徙路线不符。

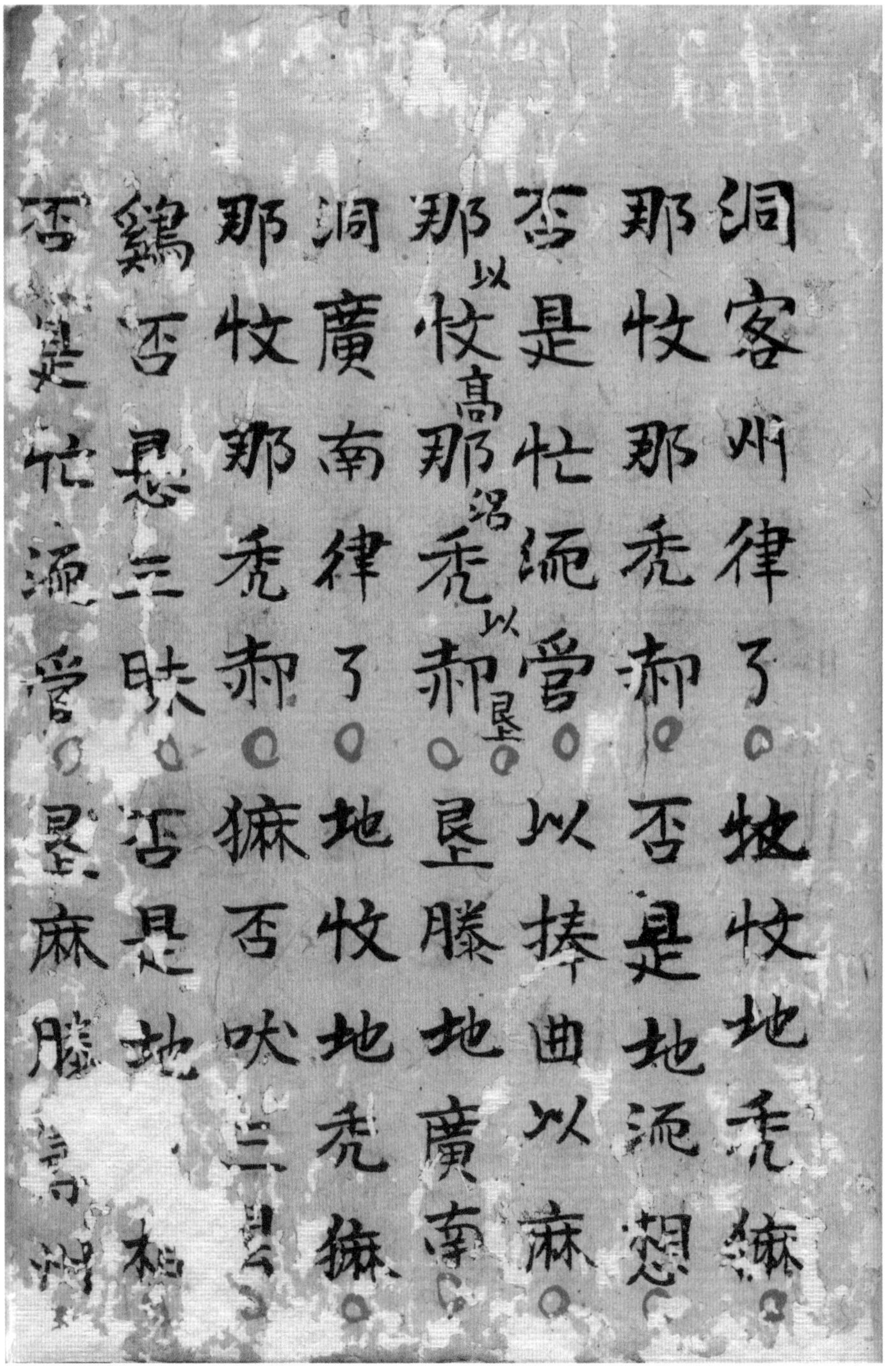

洞	客（容）	州	律	了
Doengh	yungz	cou	lwd	leux
toŋ⁶	juŋ²	tsou¹	luɯt⁸	le:u⁴
垌	容	州	平	完全

容州田野宽又平。

地	忲	地	秃	獭
Deih	dwnx	deih	dug	ma
tei⁶	tuɯn⁴	tei⁶	t'uk⁸	ma¹
地方	这	地	适宜	狗

此地适宜客籍住，

那	忲	那	秃	郝
Naz	dwnx	naz	dug	hag
na²	tuɯn⁴	na²	t'uk⁸	ha:k⁸
田	这	田	适合	客

田地适合客人耕。

否	是	地	流	想
Mbouh	cawh	deih	raeuz	siengj
bou⁶	tsəɯ⁶	tei⁶	ɹaɯ²	sy:ŋ³
不	是	地方	我们	想

不是咱理想住地，

否	是	忙	流	晋
Mbouh	cawh	miengz	raeuz	guenj
bou⁶	tsəɯ⁶	my:ŋ²	ɹaɯ²	ku:n³
不	是	疆域	我们	治理

不宜建邦立都城。

以	捧	曲	以	麻
Nyih	yaengx	gyu	nyih	maz
ȵi⁶	jaŋ⁴	kju¹	ȵi⁶	ma²
一边	举	火把	一边	走

边举火把边行进，

以	高	沼	以	垦
Nyih	gau	lwz	nyih	gwnj
ȵi⁶	ka:u¹	ly²	ȵi⁶	k'uɯn³
一边	划	船	一边	上去

且划篷船且上行。

垦	滕	地	廣	南①
Gwnj	daeng	deih	guengj	namz
k'uɯn³	t'aŋ¹	tei⁶	ku:ŋ³	na:m²
上	到	地方	广	南

队伍来到广南地，

① 寻州［ɕin² tsou¹］：浔州府。治所在今广西贵港市桂平市。

洞　廣　南　律　了
Doengh　guengj　namz　lwd　leux
toŋ⁶　kuːŋ³　naːm²　luut⁸　leːu⁴
垌　广　南　平　完全
广南田野宽又平。

地　忟　地　禿　獥
Deih　dwnx　deih　dug　ma
tei⁶　tun⁴　tei⁶　tʼuk⁸　ma¹
地方　这　地　适宜　狗
此地适宜客籍住，

那　忟　那　禿　赦
Naz　dwnx　naz　dug　hag
na²　tun⁴　na²　tʼuk⁸　haːk⁸
田　这　田　适宜　客人
田地适合客人耕。

獥　否　吠　三　昙
Ma　mbouh　haeuh　sam　vaenz
ma¹　bou⁶　hau⁶　saːm¹　van²
狗　不　吠　三　天
连续三天狗不吠，

鶏　否　恳　三　昧
Gaeq　mbouh　gaen　sam　meih
kai⁵　bou⁶　kʼan¹　saːm¹　mei⁶
鸡　不　啼　三　凌晨
雄鸡三夜不司晨。

否　是　地　餾　相
Mbouh　cawh　deih　raeuz　siengj
bou⁶　tseɯ⁶　tei⁶　ɹau²　syːŋ³
不　是　地方　我们　想
不是咱理想住地，

否　是　忙　流　晋
Mbouh　cawh　miengz　raeuz　guenj
bou⁶　tseɯ⁶　myːŋ²　ɹau²　kuːn³
不　是　邦国　我们　管
不宜在此扎下根。

垦　麻　滕　尋　州①
Gwnj　maz　daeng　cinz　cou
kʼɯn³　ma²　tʼaŋ¹　ɕin²　tsou¹
上　来　到　浔　州
上行到达浔州城，

洞烏州律了。地牧北篤嫲
那牧那禿都否是地泚相
否是忙泚營塁騰地害鼎
洞寄縣律了。地牧地泚相
那牧那禿都否是地泚嫲
否是忙泚營拂泻兩流玄
高沼泉流塁塁麻地求巡
洞求巡律了。地牧地禿麻

① 寄縣［kvai⁶ viːn⁶］：贵县，今贵港市。

② 永巡［jun⁵ suɯn²］：永淳县，治所在今南宁市横县峦城镇，1952 年撤县，将其所属峦城、六景、良圻、平朗、石塘等划归横县管辖，甘棠、露圩等划归宾阳县管辖，南阳、中和划归邕宁县（今南宁邕宁区）管辖。

洞	尋	州	律	了
Doengh	cinz	cou	lwd	leux
toŋ⁶	çin²	tsou¹	luɯt⁸	leːu⁴
峒	浔	州	平	完全

浔州田地宽又平。

地	忱	地	篤	獂
Deih	dwnx	deih	doek	ma
tei⁶	tuɯn⁴	tei⁶	tok⁷	ma¹
地方	这	地方	适宜	狗

此地适宜客籍住，

那	忱	那	禿	郝
Naz	dwnx	naz	dug	hag
na²	tuɯn⁴	na²	tʻuk⁸	haːk⁸
田	这	田	适合	客

田地适合客人耕。

否	是	地	流	相
Mbouh	cawh	deih	raeuz	siengj
bou⁶	tsəu⁶	tei⁶	ɹau²	syːŋ³
不	是	地方	我们	想

不是咱理想住地，

否	是	忙	流	晋
Mbouh	cawh	miengz	raeuz	guenj
bou⁶	tsəu⁶	myːŋ²	ɹau²	kuːn³
不	是	领地	我们	管

不宜在此建都城。

墾	滕	地	寄	縣①
Gwnj	daeng	deih	gvaeh	vienh
kʻuɯn³	tʻaŋ¹	tei⁶	kvai⁶	viːn⁶
上	到	地方	贵	县

队伍上来到贵县，

洞	寄	縣	律	了
Doengh	gvaeh	vienh	lwd	leux
toŋ⁶	kvai⁶	viːn⁶	luɯt⁸	leːu⁴
峒	贵	县	平	完

贵县原野宽又平。

地	忱	地	禿	獂
Deih	dwnx	deih	dug	ma
tei⁶	tuɯn⁴	tei⁶	tʻuk⁸	ma¹
地方	这	地	属	狗

此地适宜客籍住，

那	忖	那	秃	郝
Naz	dwnx	naz	dug	hag
na²	tun⁴	na²	t'uk⁸	ha:k⁸
田	这	田	属	客

田地适合客人耕。

否	是	地	流	相
Mbouh	cawh	deih	raeuz	siengj
bou⁶	tsəu⁶	tei⁶	ɹau²	sy:ŋ³
不	是	地方	我们	想

不是咱理想住地，

否	是	牤	流	晋
Mbouh	cawh	miengz	raeuz	guenj
bou⁶	tsəu⁶	my:ŋ²	ɹau²	ku:n³
不	是	邦国	我们	管

不宜在此建都城。

拂	沼	两	流	厷
Vad	lwz	liengj	raeuz	mwz
va:t⁸	ly²	ly:ŋ³	ɹau²	my²
划	船	伞	我们	去

划篷船逆流而上，

高	沼	泉	流	垦
Gau	lwz	moq	raeuz	gwnj
ka:u¹	ly²	mo⁵	ɹau²	k'un³
划	船	新	我们	上

撑新船逆水上行。

垦	麻	地	氶	巡②
Gwnj	maz	deih	yungq	swnz
k'un³	ma²	tei⁶	juŋ⁵	sun²
上	来	地方	永	巡

队伍上行到永巡，

洞	氶	巡	律	了
Doengh	yungq	swnz	lwd	leux
toŋ⁶	juŋ⁵	sun²	lut⁸	le:u⁴
峒	永	巡	平	完

永巡田地宽又平。

地	忖	地	秃	麻
Deih	dwnx	deih	dug	ma
tei⁶	tun⁴	tei⁶	t'uk⁸	ma¹
地方	这	地	适合	狗

此地适宜客籍住，

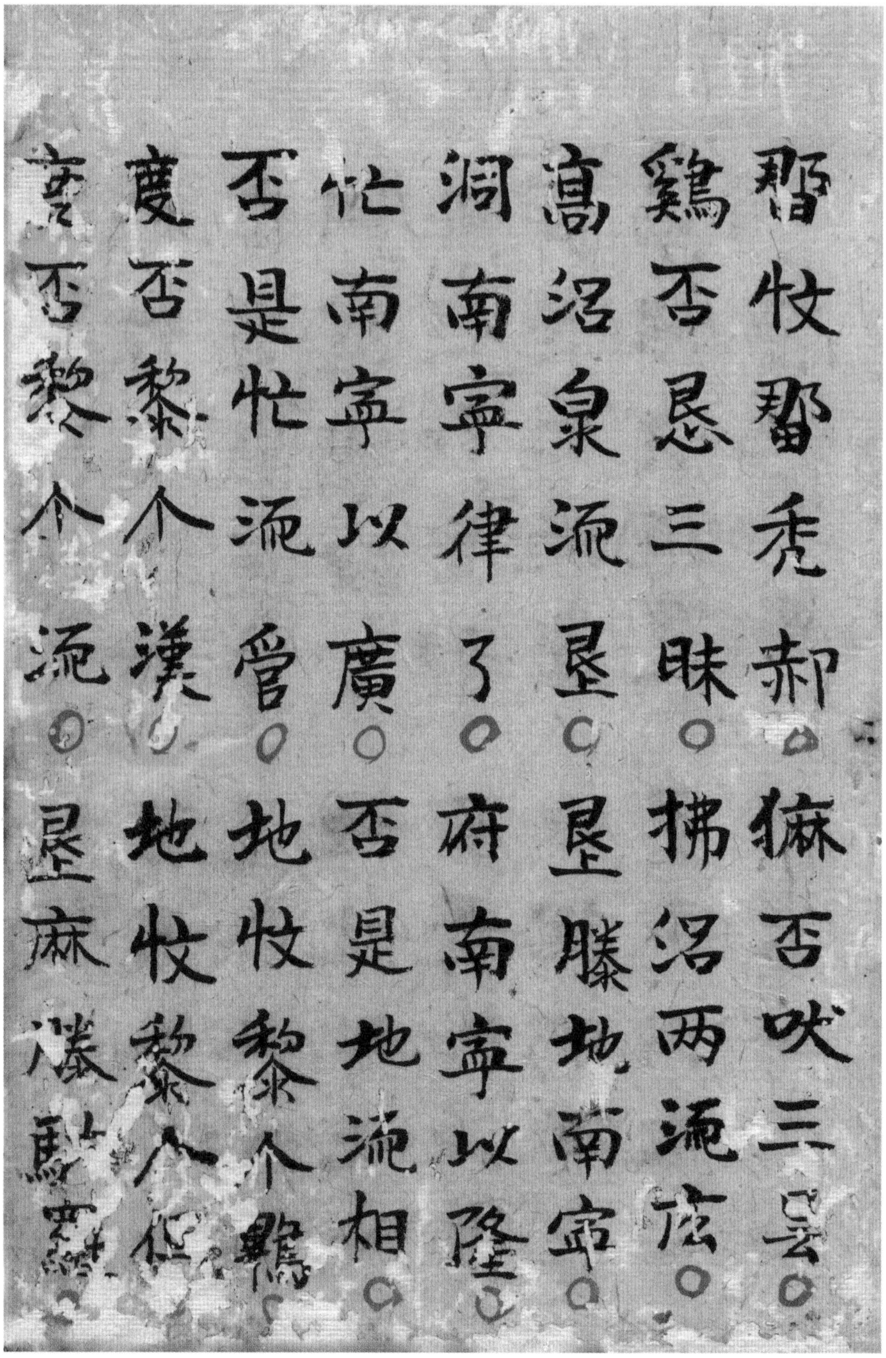

畓	忾	畓	秃	郝
Naz	dwnx	naz	dug	hag
na²	tun⁴	na²	t'uk⁸	ha:k⁸
田	这	田	适	客

田地适宜客人耕。

猍	否	吠	三	昙
Ma	mbouh	haeuh	sam	vaenz
ma¹	bou⁶	hau⁶	sa:m¹	van²
狗	不	吠	三	日

连续三天狗不吠，

鶏	否	恳	三	昧
Gaeq	mbouh	gaen	sam	meih
kai⁵	bou⁶	k'an¹	sa:m¹	mei⁶
鸡	不	啼	三	凌晨

连续三早鸡不鸣。

拂	沼	两	流	広
Vad	lwz	liengj	raeuz	mwz
va:t⁸	ly²	ly:ŋ³	ɹau²	my²
划	船	伞	我们	去

划着篷船逆流上，

高	沼	泉	流	垦
Gau	lwz	moq	raeuz	gwnj
ka:u¹	ly²	mo⁵	ɹau²	k'un³
撑	船	新	我们	上去

撑着新船逆水行。

垦	滕	地	南	宁
Gwnj	daeng	deih	namz	ningz
k'un³	t'aŋ¹	tei⁶	na:m²	niŋ²
上来	到	地方	南	宁

乘船西行到南宁，

洞	南	宁	律	了
Doengh	namz	ningz	lwd	leux
toŋ⁶	na:m²	niŋ²	lut⁸	le:u⁴
垌	南	宁	平	完全

南宁地势很平坦。

府	南	宁	以	隆
Fouj	namz	ningz	nyih	lueng
fou³	na:m²	niŋ²	ȵi⁶	lu:ŋ¹
府城	南	宁	也	大

南宁府城真宏大，

① 驮羅 [ta⁶ lo²]：今崇左市驮卢镇。

忙　南　宁　以　廣
Miengz namz ningz nyih gvangj
my:ŋ² na:m² niŋ² ȵi⁶ kva:ŋ³
疆域　南　宁　也　广

南宁地域也宽广。

否　是　地　流　相
Mbouh cawh deih raeuz siengj
bou⁶ tsəu⁶ tei⁶ ɹau² sy:ŋ³
不　是　地方　我们　想

不是咱理想住地，

否　是　忙　流　晉
Mbouh cawh miengz raeuz guenj
bou⁶ tsəu⁶ my:ŋ² ɹau² ku:n³
不　是　邦国　我们　管

不宜在此管江山。

地　忟　黎　个　鴨
Deih dwnx ndaez gaiq baet
tei⁶ tun⁴ dai² ka:i⁵ pat⁷
地方　这　好　属　鸭子

这个地方宜养鸭，

度　否　黎　个　漢
Doh mbouh ndaez gaiq hanh
to⁶ bou⁶ dai¹ ka:i⁵ ha:n⁶
但　不　好　属　鹅

但养家鹅却很难。

地　忟　黎　人　但
Deih dwnx ndaez goenz danh
tei⁶ tun⁴ dai² kon² ta:n⁶
地方　这　好　人　别的

这个地方人家好，

度　否　黎　个　流
Doh mbouh ndaez gaiq raeuz
to⁶ bou⁶ dai² ka:i⁵ ɹau²
但　不　好　人　我们

但要久居不利咱。

垦　麻　滕　駄　羅①
Gwnj maz daeng dah loz
k'un³ ma² t'aŋ¹ ta⁶ lo²
上　来　到　驮　卢

继续上行到驮卢，

洞馱罵律了
地攺此秃傈
那攺罟秃却○
否是地流相
洞馱䰟律了○
地攺地秃麻
否是忙流晉○
垦麻縢馱皖
那攺䰟秃却○
否是地流相
洞䰟律了○
地攺地流相
否是忙流晉○
膝龍州打䡄
那攺䰟秃却○
否是地流相
洞龍州律了○
否是地流柏
否是忙流晉○
膝龍州打䡄
否是忙流晉○
麻縢地太平

① 駄睥 [ta⁶ p'e:k⁷]：驮柏，今崇左市江州区驮卢镇驮柏村。
② 太平 [t'a:i⁴ p'iŋ²]：太平府。治所在今崇左市江州区太平镇。

洞	駄	羅	律	了
Doengh	dah	loz	lwd	leux
toŋ⁶	ta⁶	lo²	luut⁸	le:u⁴
峒	駄	卢	平	完全

驮卢临江地平坡。

地	忟	地	禿	獥
Deih	dwnx	deih	dug	ma
tei⁶	tuun⁴	tei⁶	t'uk⁸	ma¹
地方	这	地	适	狗

此地适宜客籍住，

那	忟	酹	禿	郝
Naz	dwnx	naz	dug	hag
na²	tuun⁴	na²	t'uk⁸	ha:k⁸
田	这	田	适	客人

田野适合客耕作。

否	是	地	流	相
Mbouh	cawh	deih	raeuz	siengj
bou⁶	tsəu⁶	tei⁶	ɹau²	sy:ŋ³
不	是	地方	我们	想

不是咱理想住地，

否	是	忙	流	晋
Mbouh	cawh	miengz	raeuz	guenj
bou⁶	tsəu⁶	my:ŋ²	ɹau²	ku:n³
不	是	区域	我们	管

不宜建城管邦国。

垦	麻	滕	駄	睥①
Gwnj	maz	daeng	dah	bek
k'un³	ma²	t'aŋ¹	ta⁶	p'e:k⁷
上	来	到	駄	柏

沿江而上到驮柏，

洞	駄	睥	律	了
Doengh	dah	pek	lwd	leux
toŋ⁶	ta⁶	p'e:k⁷	luut⁸	le:u⁴
峒	駄	柏	平	完全

驮柏土地也平衍。

地	忟	地	禿	麻
Deih	dwnx	deih	dug	ma
tei⁶	tuun⁴	tei⁶	t'uk⁸	ma¹
地方	这	地	适	狗

此地适宜客籍住，

那　　忟　　罷　　秃　　郝

Naz　dwnx　naz　dug　hag

na² tuun⁴ na² tʻuk⁸ haːk⁸

田　　这　　田　　适　　客

客籍宜种这些田。

洞　　龍　　州　　律　　了

Doengh lungz cou lwd leux

toŋ⁶ luŋ² tsou¹ luɯt⁸ leːu⁴

垌　　龙　　州　　平　　完全

龙州原野很坦荡。

否　　是　　地　　流　　相

Mbouh cawh deih raeuz siengj

bou⁶ tsəu⁶ tei⁶ ɹau² syːŋ³

不　　是　　地方　我们　想

不是咱理想住地，

否　　是　　地　　流　　相

Mbouh cawh deih raeuz siengj

bou⁶ tsəu⁶ tei⁶ ɹau² syːŋ³

不　　是　　地方　我们　想

不是咱理想住地，

否　　是　　忙　　流　　晋

Mbouh cawh miengz raeuz guenj

bou⁶ tsəu⁶ myːŋ² ɹau² kuːn³

不　　是　　区域　我们　管辖

咱不想管这一边。

否　　是　　忙　　流　　晋

Mbouh cawh miengz raeuz guenj

bou⁶ tsəu⁶ myːŋ² ɹau² kuːn³

不　　是　　疆域　我们　管辖

不是咱管辖地方。

滕　　龍　　州　　打　　夣

Daeng lungz cou deih mbungz

tʻaŋ¹ luŋ² tsou¹ tei⁶ buŋ²

到　　龙　　州　　地　　繁华

到达繁华龙州地，

麻　　滕　　地　　太　　平②

Maz daeng deih daix bingz

ma² tʻaŋ¹ tei⁶ tʻaːi⁴ pʻiŋ²

来　　到　　地方　太　　平

队伍来到太平府，

地太平律了地攸流否相

否是忙流曾○騎馬流爰乃

洞安平律了○幼地像歌白

高沼流打垦○垦麻縢安平

幼北你歌解○地安平仍去

忙安平仍禄○株心垦貪包

枞冰礼乞咩○絇舅窍懷矗

昌洽入定伴○云愉者夾

地	太	平	律	了
Deih	daix	bingz	lwd	leux
tei⁶	t'aːi⁴	p'iŋ²	luɯt⁸	leːu⁴
地方	太	平	平	完全

太平原野平展展。

地	忟	流	否	相
Deih	dwnx	raeuz	mbouh	siengj
tei⁶	tɯn⁴	ɹau²	bou⁶	syːŋ³
地方	这	我们	不	想

此地我们不想住，

否	是	忙	流	晋
Mbouh	cawh	miengz	raeuz	guenj
bou⁶	tsɯ⁶	myːŋ²	ɹau²	kuːn³
不	是	地区	我们	管

咱不宜管这地方。

第六篇　建新家园

扫码听音频

第一节　落脚安平建州城

① 安平［ŋaːn⁶ pʼin²］：今广西崇左市大新县雷平镇安平村。宋代改波州为安平州，一直延续至清末。中华人民共和国成立后，安平划归雷平镇管辖。

地太平律了〇地忟流否相

否是忙流嘗騎馬流爹公

髙沼流打垦垦麻滕安平

洞安平律了幻地㑵歌白

幻北你歌觧地安平仍店

忙安平仍様株心垦贪包

秋狀礼乞㖓約葛窝懐

昙洽入史伴云渝省史

騎	馬	流	爹	広
Gveih	max	raeuz	deh	mwz
k'vei⁶	ma⁴	ɹau²	te⁶	my²
骑	马	我们	要	上去

我们骑着马上路，

髙	沼	流	打	垦
Gau	lwz	raeuz	deh	gwnj
ka:u¹	ly²	ɹau²	te⁶	k'ɯn³
划	船	我们	要	上去

我们撑船要上行。

垦	麻	滕	安	平①
Gwnj	maz	daeng	nganh	bingz
k'ɯn³	ma²	t'aŋ¹	ŋa:n⁶	p'iŋ²
上	来	到	安	平

乘船骑马到安平，

洞	安	平	律	了
Doengh	nganh	bingz	lwd	leux
toŋ⁶	ŋa:n⁶	p'iŋ²	luɯt⁸	le:u⁴
峒	安	平	平	完全

安平田地宽又平。

幼	地	你	歇	白
Youh	deih	ni	hied	baeg
ʔjou⁶	tei⁶	ni¹	hi:t⁸	pak⁸
在	地	这	歇	劳累

来到这儿慢歇息，

幼	比	你	歇	鲜
Youh	mbaek	ni	hied	gyawh
ʔjou⁶	bak⁷	ni¹	hi:t⁸	kjɔy⁶
在	块	这	歇	喉咙

驻扎此地暂休整。

地	安	平	仍	広
Deih	nganh	bingz	nyaengz	mbwh
tei⁶	ŋa:n⁶	p'iŋ²	ŋaŋ²	by⁶
地方	安	平	还	闷

住在安平还嫌闷，

忙	安	平	仍	椂
Miengz	nganh	bingz	nyaengz	rog
my:ŋ²	ŋa:n⁶	p'iŋ	ŋaŋ²	ɹo:k⁸
地域	安	平	还	荒草

安平四处草木深。

株	心	垦	貧	岜
Maex	saem	gwnj	baenz	bya
mai⁴	sam¹	k'ɯn³	pan²	p'ja¹
树	心	长	成	山

山上满是黄心木，

株	沙	礼	亾	呀
Maex	saq	ndaej	haet	loengq
mai⁴	sa⁵	dai³	hat⁷	loŋ⁵
树	锯	开	得	做	木臼

锯木做臼也做盆。

絇	葛	窮	猨	巑
Gaeu	gat	gungz	vaiz	dai
k'au¹	ka:t⁷	kuŋ²	va:i²	t'a:i¹
藤	葛	卡	水牛	死

葛藤卡得水牛死，

昙	偷	八	皮	伴
Vaenz	yuenq	bet	baez	bamh
van²	ju:n⁵	pe:t⁷	pai²	pa:m⁶
日	淋	八	次	泥泞

泥泞湿透八回身，

昙	偷	番	皮	奔
Vaenz	yuenq	fanh	baez	boen
van²	ju:n⁵	fa:n⁶	pai²	p'on¹
日	淋	万	次	雨

日遭万次雨水淋。

昙幼造立街〇昙偷開乞院

度打黎个泥〇昙幼否幼空蛱

度打黎个汉地你否黎但

鶯否愳三昧〇地你否黎黩

朴州隆守郝〇猕否吠三昙

朴州隆唠奉〇朴州堤唠奉

昙偷苏州六〇昙偷朴州堤

昙女呂苏度〇法诗城考

① ⿱天法 [fa^{4}]：原文是“⿱天廾”，应是“⿱天法 [fa^{4}]”之误。“⿱天法”与下句的“⿰土瓦 [ŋva^{4}]”押韵，且不与下句的“⿱天廾”重复。

昙	⿱艹寸	里	⿱艹寸	良
Vaenz	daengj	leix	daengj	langh
van^{2}	taŋ^{3}	lei^{4}	taŋ^{3}	la:ŋ^{6}
日	竖	长	竖	宽

立起木料相交错，

昙	⿱艹寸	城	⿱艹寸	在
Vaenz	daengj	singz	daengj	caih
van^{2}	taŋ^{3}	siŋ^{2}	taŋ^{3}	tsa:i^{6}
日	竖	城	竖	寨

砌墙立柱建村寨。

昙	偷	⿱艹寸	州	六
Vaenz	nyih	daengj	cou	log
van^{2}	ȵi^{6}	taŋ^{3}	tsou^{1}	lo:k^{8}
日	就	竖	州	琉璃

建造州城琉璃顶，

昙	偷	朴	州	⿰土瓦
Vaenz	nyih	bog	cou	ngvax
van^{2}	ȵi^{6}	po:k^{8}	tsou^{1}	ŋva^{4}
日	就	铺	州	瓦

青砖黄瓦盖亭台。

朴	州	隆	嗙	⿱天廾（⿱天法①）
Bog	cou	lueng	bengh	fax
po:k^{8}	tsou^{1}	lu:ŋ^{1}	pe:ŋ^{6}	fa^{4}
铺	州	大	平齐	天

筑起州城与天齐，

朴	州	⿰土瓦	嗙	⿱天廾
Bog	cou	ngvax	bengh	mbwnz
po:k^{8}	tsou^{1}	ŋva^{4}	pe:ŋ^{6}	bɯn^{2}
铺	州	瓦	平齐	天

黄瓦楼台平天盖，

朴	州	隆	守	⿰赤卩
Bog	cou	lueng	saeuj	hag
po:k^{8}	tsou^{1}	lu:ŋ^{1}	sau^{3}	ha:k^{8}
铺	州	大	守护	客人

建造大铺客商来。

⿰犭麻	否	吠	三	昙
Ma	mbouh	haeuh	sam	vaenz
ma^{1}	bou^{6}	hau^{6}	sa:m^{1}	van^{2}
狗	不	吠	三	天

连续三天狗不叫，

鶏　否　愳　三　眛
Gaeq　mbouh　gaen　sam　meih
kai⁵　bou⁶　k'an¹　sa:m¹　mei⁶
鸡　不　啼　三　凌晨
连续三朝鸡不啼。

度　打　黎　个　流
Doh　deh　ndaez　gaiq　raeuz
to⁶　te⁶　dai²　ka:i⁵　ɭaɯ²
但　将　好　属　我们
对于我们是大吉。

地　你　否　黎　鸭
Deih　ni　mbouh　ndaez　baet
tei⁶　ni¹　bou⁶　dai²　pat⁷
地　这　不　好　鸭子
这地方不好养鸭，

昙　幼　否　幼　稣
Vaenz　youh　mbouh　youh　ndaiz
van²　ʔjou⁶　bou⁶　ʔjou⁶　da:i²
日　在　不　在　空闲
每天在家不闲着，

度　打　黎　个　漢
Doh　deh　ndaez　gaiq　hanh
to⁶　te⁶　dai²　ka:i⁵　ha:n⁶
但　却　好　属　鹅
养鹅倒是很便利。

昙　幼　造　立　街
Vaenz　youh　coux　laeb　gai
van²　ʔjou⁶　tsou⁴　lap⁸　ka:i¹
日　在　就　砌　街
天天筑城造街里。

地　你　否　黎　但
Deih　ni　mbouh　ndaez　danh
tei⁶　ni¹　bou⁶　dai²　ta:n⁶
地　这　不　好　别人
此地不利于他人，

昙　偷　開　亡　院
Vaenz　nyex　gae　haet　vienh
van²　ɲe⁴　k'ai¹　hat⁷　vi:n⁶
日　我　开　做　县城
每天开拓造县城，

恩院造黎絿。恩街造黎制。
偷造点恩地打贪智。
偷皂合根想。洞逐眉株陸。
邑窝眉株盖。慷株洞幻逐。
谷株幼邑隆。執虺偷広欄。
執丹偷広稆。星谷株神残。
丹輪偷硱谷。大賊班三条。
大、㒸三言。戌班流。

恩	院	造	黎	猍
Aen	vienh	coux	ndaez	lai
ʔan¹	viːn⁶	tsou⁴	dai²	laːi¹
个	县城	就	好	多

县城风光更旖旎，

恩	街	造	黎	利
Aen	gai	coux	ndaez	leih
ʔan¹	kaːi¹	tsou⁴	dai²	lei⁶
个	街	就	好	利

街道变得更靓丽。

偷	造	点	恩	地
Nyex	coux	diemj	aen	deih
ȵe⁴	tsou⁴	tiːm³	an¹	tei⁶
我	就	打点	个	地

我再来打点土地，

恩	地	打	貧	酱
Aen	deih	deh	baenz	naz
ʔan¹	tei⁶	te⁶	pan²	na²
个	地	就	成	田

荒地变成了良田，

偷	皂	合	根	想
Nyex	coux	hab	goek	siengj
ȵe⁴	tsou⁴	haːp⁸	kok⁷	syːŋ³
我	就	符合	原本	想

这正是我的本意。

第二节　造出水车灌农田

恩院造黎蘇。恩街造黎利

偷造点恩地打貪留

偷皂合根想洞逐眉抹陸

岜寓眉抹盖悚抹洞幻逐

谷抹幻岜隆執扒偷卮欄

執丹偷卮柘昱谷抹神残

丹輪偷砳谷大賊班三条

大、鋒三岩戌班流

① 虢 [ha:u⁶]：指木工师傅在待加工的木料上画的符号。

洞	逐	眉	桄	隆
Ndongj	cok	meiz	maex	lueng
do:ŋ³	tso:k⁷	mei²	mai⁴	lu:ŋ¹
山岭	顶	有	树	大

山坡顶上有大树，

岜	嵩	眉	桄	盖
Bya	sung	meiz	maex	gaiq
p'ja¹	suŋ¹	mei²	mai⁴	ka:i⁵
山	高	有	木	架梁

山高林密出梁柱。

悚	桄	洞	幼	逐
Byai	maex	dung	youh	cok
pja:i¹	mai⁴	tuŋ¹	ʔjou⁶	tso:k⁷
梢	树	阻塞	在	峰顶

树梢卡在峰顶上，

谷	桄	幼	岜	隆
Goek	maex	youh	bya	lueng
kok⁷	mai⁴	ʔjou⁶	p'ja¹	lu:ŋ¹
根	树	在	山	大

树根深扎石山土。

執	爬	偷	厷	欗
Caep	byax	nyex	mwz	lanz
tsap⁷	pja⁴	ȵe⁴	my²	la:n²
执	刀	我	上去	砍

拿着刀子要伐木，

執	丹	偷	厷	楄
Caep	gvan	nyex	mwz	byaemj
tsap⁷	kva:n¹	ȵe⁴	my²	pjam³
执	斧子	我	去	砍倒

抡起斧头要砍树。

垦	谷	桄	拽	残
Gwnj	goek	maex	yad	canz
k'ɯn³	kok⁷	mai⁴	ja:t⁸	tsa:n²
上	基干	树	扎	台架

爬上树干搭台架，

丹	輪	偷	碙	谷
Gvan	lwnz	nyex	byaemj	goek
kva:n¹	lɯn²	ȵe⁴	pjam³	kok⁷
斧头	挥	我	砍	树干

抡起斧子劈原木。

大	贼	班	三	条
Ndaz	caeg	bamj	sam	deuz
da²	tsak⁸	pa:m³	sa:m¹	te:u²
装	辐条	扁的	三	条

要装三根扁辐条，

大	姼	隆	三	信
Ndaz	geuj	lueng	sam	saenj
da²	ke:u³	lu:ŋ¹	sa:m¹	san³
置	轮轴	大	三	根

要做三根大轮轴。

贼	班	麻	流	皭①
Caeg	bamj	maz	raeuz	hauh
tsak⁸	pa:m³	ma²	ɹau²	ha:u⁶
辐条	扁	来	我们	记号

咱来号墨做辐条，

初歐株卦尚〇捧歐株卦派〇

竊隆皂𠲿律〇律歐株卦㪚〇

即忙麻相第〇賊班皂𠲿頭〇

請老老偷麻老老麻從祥

各何開滩麻椢株湯偷麻

𣻋齓嘮道斗椢株叠流麻

王百律否於書𠲿嘮巫麻

竊𣨵
江
三十
咅麻

窳 隆 麻 流 律①

Geuj lueng maz raeuz laed

ke:u³ lu:ŋ¹ ma² ɹau² lat⁸

轮轴 大 来 我们 提墨线

咱来画图做轮轴。

滁 岜 嘈 道 斗

Sa bae lok dauh daeuj

sa¹ pai¹ lo:k⁷ ta:u⁶ tau³

纸 去 邀 道公 来

纸帖去请道公来。

三 十 律 否 或

Sam sip laed mbouh vaeg

sa:m¹ sip⁷ lat⁸ bou⁶ vak⁸

三 十 打墨 不 勾住

三十回墨不接缝，

桓 枞 叠 流 麻

Doq maex deq raeuz maz

to⁵ mai⁴ te⁵ ɹau² ma²

构架 木 待 我们 来

木架等我们来做，

三 百 律 否 於

Sam bak laed mbouh eiz

sa:m¹ pa:k⁷ lat⁸ bou⁶ ʔei²

三 百 打墨 不 依

三百次墨不吻合。

沓 何 闹 流 麻

Daep yaz naeuz raeuz maz

tap⁷ ja² nau² ɹau² ma²

扎 茅草 叫 我们 来

先把茅草扎成排。

書 岜 嘈 巫 麻

Saw bae lok moed maz

səɯ¹ pai¹ lo:k⁷ mot⁸ ma²

书 去 请 巫师 来

书函去请巫师到，

桓 枞 湯 偷 麻

Doq maex dang nyih maz

to⁵ mai⁴ tʰa:ŋ¹ ȵi⁶ ma²

制作 木 竿 竹 也 来

制作钓竿也要到，

請　老　老　偷　麻

Cingj　laux　geq　nyih　maz

ςin^3　$la:u^4$　ke^5　$ȵi^6$　ma^2

请　者　老　也　来

邀请老人也都来。

老　老　麻　從　祥

Laux　geq　maz　coengz　ciengz

$la:u^4$　ke^5　ma^2　$tson^2$　$tsy:n^2$

者　老　来　商　议

邀请老人来商议，

郎　忙　麻　相　箅

Rangh　miengz　maz　siengq　suenq

$ɹa:n^6$　$my:n^2$　ma^2　$sy:n^5$　$su:n^5$

郎官　区域　来　想　算

当地郎官来出谋。

賍　班　皂　凹　號

Caeg　bamj　coux　bae　hauh

$tsak^8$　$pa:m^3$　$tsou^4$　pai^1　$ha:u^6$

辐条　扁　就　去　记号

先下墨线做辐条，

媾　隆　皂　凹　律

Gauh　lueng　coux　bae　laed

$ka:u^6$　$lu:n^1$　$tsou^4$　pai^1　lat^8

轮轴　大　就　去　提墨斗

再画墨线造轮轴。

律　歐　株　卦　皮

Laet　aeuz　maex　gvaq　piu

lat^7　$ʔau^2$　mai^4　kva^5　$pʻi:u^1$

划线　要　木　过　青皮

画线挥斧去树皮，

初　歐　株　卦　峒

Cuz　aeuz　maex　gvaq　doengh

tsu^2　$ʔau^2$　mai^4　kva^5　ton^6

相约　要　木　过　田峒

相邀抬木过田畴。

捧　歐　株　卦　派

Boengh　aeuz　maex　gvaq　bai

pon^6　$ʔau^2$　mai^4　kva^5　$pʻa:i^1$

相拥　要　木　过　水坝

众人抬木过水坝，

提麻乞紙督○提麻罗派断

檜涌奥否實○檜道憐否痕

檜馱憐實脱○檜道車實側

狃兊朴剔淦狃兊朴禁派

山把來趺葛南白土得安

淦皂葛山硖淦皂吉况妻

鮑都圭堅區鮑都桼沼熊

續⋯人熊⋯門⋯

① 涌奥［n̩uŋ⁵ ŋa:u⁵］："涌奥"及下文的"道憐""駄憐""道聿"，说的是水车不转或运转不正常的情况。

② 賎［te²］：泛指高出地面或水面，起分界或拦截作用的工程，如田埂、堰、堤、坝等。

提	麻	亾	派	罾
Daw	maz	haet	bai	naz
t'əɯ¹	ma²	hat⁷	p'a:i¹	na²
拿	来	做	坝	水田

板子拦水引入田，

槤	駄	憐	賓	脱
Gonx	daih	laenh	baenq	toet
ko:n⁴	ta:i⁶	lan⁶	pan⁵	t'ot⁷
水车	猛地	滚动	转	反向

水车猛然反向转，

提	麻	罗	派	断
Daw	maz	lox	bai	duenh
t'əɯ¹	ma²	lo⁴	p'a:i¹	tu:n⁶
拿	来	围	坝	端

围做坝基断水流。

槤	道	聿	賓	倒
Gonx	dauh	loet	baenq	dauq
ko:n⁴	ta:u⁶	lot⁷	pan⁵	ta:u⁵
水车	反而	倏然	转	回

水车倏然又回旋。

槤	涌	奥①	否	賓
Gonx	nyungj	ngauq	mbouh	baenq
ko:n⁴	n̩uŋ⁵	ŋa:u⁵	bou⁶	pan⁵
水车	屹	然	不	转

水车屹然不转动，

狦	毤	朴	喇	淰
Mou	bae	gaj	bak	naemx
mou¹	pai¹	k'a³	pa:k⁷	nam⁴
猪	去	杀	渡口	水

河边码头宰肥猪，

槤	道	憐	否	痕
Gonx	dauh	laenh	mbouh	haenz
ko:n⁴	ta:u⁶	lan⁶	bou⁶	han²
水车	反而	滚动	不	快速

水车时而转得慢，

狦	毤	朴	禁	派
Mou	bae	gaj	gyinz	bai
mou¹	pai¹	k'a³	kjin²	p'a:i¹
猪	去	杀	之上	水坝

水坝上杀黑面郎。

山 把 來 埲 葛

Cam baj raix loengz gat

çaːm^{6} p‘a^{3} ɹaːi^{4} loŋ^{2} kaːt^{7}

掺 棉布 破烂 下 截流

塞下破絮堵住水，

南 白 土 得 妕

Namh bag duq dwk nw

naːm^{6} paːk^{8} t‘u^{5} tɯk^{7} ny^{1}

泥 白 土 覆盖 上面

再压白土在上方。

淰 皂 葛 丄 㕎②

Naemx coux gat daemj dez

nam^{4} tsou^{4} kaːt^{7} tam^{3} te^{2}

水 就 截留 平 堰

水位抬升平坝首，

淰 皂 吉 沉 妻

Naemx coux cet caemh ceh

nam^{4} tsou^{4} tseːt^{7} çam^{6} çe^{6}

水 就 溅 潺潺

潺潺流水过坝上。

鲃 都 妕 跶 匾

Bya du nw daet gej

pja^{1} tu^{1} ny^{1} t‘at^{7} k‘e^{3}

鱼 只 上 跳 猛

上游鱼儿跳得猛，

鲃 都 㽵 吕 䰥

Bya du dawj leiq dai

pja^{1} tu^{1} tɔy^{3} lei^{5} t‘aːi^{1}

鱼 只 底下 就 死

坝底鱼儿全死光。

樌 派 収 皂 賔

Gonx bai couj coux baenq

koːn^{4} p‘aːi^{1} çou^{3} tsou^{4} pan^{5}

水车 水坝 首 就 转动

坝首水车才转动，

樌 洞 憐 皂 痕

Gonx doengh laenh coux haenz

koːn^{4} toŋ^{6} lan^{6} tsou^{4} han^{2}

水车 垌 旋转 才 快速

田垌水车才正常。

① 猿角卜［va:i² ko:k⁷ pum¹］：角钝的牛，即耕牛。老百姓常把牛角磨钝，使牛不易伤人，便于套犁耙，好使唤。

② 隊芔羙［toi⁶ ke:m³ mai⁶］：面颊粉红之众，即姑娘。此处泛指妇女。插秧季节，通常是男人运秧抛秧，女人插秧。成群的姑娘白天插秧，夜里还时常对歌。

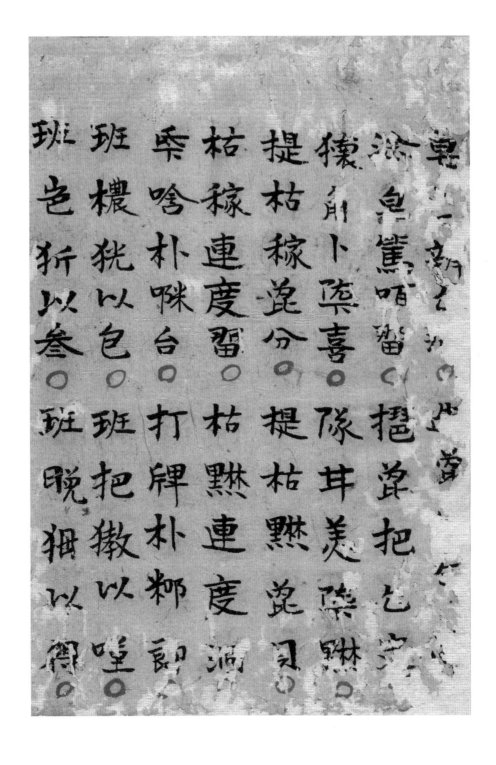

皂　凹　辨　亡　痕

Coux　bae　banj　haet　haenz

tsou⁴　pai¹　pa:n³　hat⁷　han²

就　去　垒　做　田埂

就去垒土做田埂，

造　凹　分　亡　而

Coux　bae　baen　haet　rawh

tsou⁴　pai¹　pan¹　hat⁷　ɹɤy⁶

就　去　分　做　田块

田地划成丘成行，

淰　皂　篤　咟　罾

Naemx　coux　doek　bak　naz

nam⁴　tsou⁴　tok⁷　pa:k⁷　na²

水　就　落　口　田

水才入田来保墒。

撬　凹　把　亡　史

Byaz　bae　baq　haet　geij

pja²　pai¹　pa⁵　hat⁷　kʻei³

耙　去　杂草　做　屎

耙掉杂草当肥料，

猨　角　卜①　堎　喜

Vaiz　gok　bum　loengz　haeh

va:i²　ko:k⁷　pum¹　loŋ²　hai⁶

水牛　角　钝　下田　耕耘

耕牛下田拉犁耙，

隊　苷　羡②　堎　黕

Doih　gemj　maeh　loengz　ndaemz

toi⁶　ke:m³　mai⁶　loŋ²　dam²

众　面颊　粉红　下田　栽种

姑娘下田去插秧。

提　枯　稼　凹　分

Daw　go　gyaj　bae　baen

tʻɯ¹　ko¹　kja³　pai¹　pan¹

拿　棵　稻秧　去　分

拿着稻秧抛田里，

提　枯　黕　凹　貝

Daw　go　ndaemz　bae　baij

tʻɯ¹　ko¹　dam²　pai¹　pa:i³

拿　棵　种　去　摆

去把秧苗匀摆放。

枯　稼　連　度　罾
Go　gyaj　leh　duh　naz
ko¹　kja³　le⁶　tu⁶　na²
棵　稻秧　则　足够　田
稻秧摆好在田里，

枯　黕　連　度　洞
Go　ndaemz　leh　duh　doengh
ko¹　dam²　le⁶　tu⁶　toŋ⁶
棵　种　则　够　田垌
田垌秧苗已足量。

乒　唅　朴　啾　台
Dawj　ceh　baek　gaeuj　daiz
tɔy³　tse⁶　pak⁷　k'au³　ta:i²
底下　村　栽　谷　大
村前水田栽大糯，

打　㫐　朴　榔　郎
Deih　baiz　baek　gaeuj　rangh
tei⁶　pa:i²　pak⁷　k'au³　ɣa:ŋ⁶
地　斜坡　种　谷　长穗
梯田坡地种杂粮。

班　檽　狉　以　包
Mbanj　ndoengz　gvang　nyih　bauz
ba:n³　doŋ²　kva:ŋ¹　ȵi⁶　pa:u²
村庄　林　鹿　也　刨
野鹿践踏林边地，

班　把　獤　以　嗔
Mbanj　baq　gyauh　nyih　gin
ba:n³　pa⁵　kja:u⁶　ȵi⁶　kin¹
村　山坡　野猪　也　吃
野猪吃尽坡边粟。

班　邑　狋　以　叁
Mbanj　bya　hinz　nyih　sanq
ba:n³　p'ja¹　hin²　ȵi⁶　sa:n⁵
村　山　野狸　也　散
野狸成群闹山村，

班　晩　猸　以　得
Mbanj　vanj　mou　nyih　dwk
ba:n³　va:n³　mou¹　ȵi⁶　tuk⁷
村　湾　猪　也　打
家猪拱吃村头薯。

第三节　驱赶鸟兽保作物

① 獬[kei⁵]：诱捕野兽的笼子。笼子结实牢固，里面放置鸡鸭之类的诱饵，野兽发现美食而进入吃食，触碰控制机关就被锁在笼子里。

劲	召	貫	罗	告
Lug	ciuh	gonq	roux	gauj
luk⁸	tsiːu⁶	koːn⁵	ɹou⁴	kaːu³
儿子	世	前	会	搞

古时孩儿会做事，

老	召	貫	罗	頑
Laux	ciuh	gonq	roux	vaenh
laːu⁴	tsiːu⁶	koːn⁵	ɹou⁴	van⁶
者	世	前	会	钻研

前人做事很专注。

麻	亡	獬①	他	勤
Maz	haet	geiq	daj	gaen
ma²	hat⁷	kei⁵	tʻa³	kʻan¹
来	做	笼子	等待	拱

做好笼子等它钻，

麻	亡	憐	他	葛
Maz	haet	laenz	daj	god
ma²	hat⁷	lan²	tʻa³	kʻoːt⁸
来	做	绳索	待	打结

绳索设套等它入。

獬	凫	當	叫	岜
Geiq	bae	dangj	geuq	bya
kei⁵	pai¹	tʻaːŋ³	keːu⁵	pʻja¹
笼子	去	安装	坳	山

笼子装在山坳口，

獬	凫	闘	打	啥
Ma	bae	daeuh	deih	bak
ma¹	pai¹	tʻau⁶	tei⁶	paːk⁷
狗	去	驱赶	地	山口

狗驱野兽出山谷。

礼	打	狡	坤	邦
Ndaej	du	gyauh	gum	bangj
dai³	tu¹	kjaːu⁶	kʻum¹	paːŋ³
得	只	野猪	洼地	桄榔

桄榔洼里得野猪，

礼	打	狱	坤	史
Ndaej	du	gvang	gum	seih
dai³	tu¹	kvaːŋ¹	kʻum¹	sei⁶
得	只	鹿	谷地	椿树

椿树坳中得野鹿。

① 子 [tsei³]：主。上山打猎，猎物按"主"来分。直接打死猎物者分得猎物的整个头。猎物的躯干、四肢和内脏，要根据参与狩猎者贡献大小来分。一般参与者一人一"主"，一枪一"主"，一猎狗一"主"，每"主"一份。共有多少"主"就分成多少份。一些有特殊价值的部位，如胆、鳞等，往往由头人直接分给在狩猎过程中贡献最大的猎手。

分	亡	奀	銇	索
Baen	haet	nwx	lai	sieg
pan¹	hat⁷	ny⁴	la:i¹	sy:k⁸
分	做	肉	多	束

野肉分做许多束，

六	七	十	分	子①
Gyoek	caet	sip	faenh	ceij
k'jok⁷	tsat⁷	sip⁷	fan⁶	tsei³
六	七	十	分	主

分给六七十个主。

奀	滕	都	否	銇
Nwx	daengz	du	mbouh	lai
ny⁴	taŋ²	tu¹	bou⁶	la:i¹
肉	整	只	不	多

整只的肉也不多，

籴	獀	喡	否	奄
Gaj	vaiz	gin	mbouh	imh
k'a³	va:i²	kin¹	bou⁶	ʔim⁶
宰	水牛	吃	不	饱

杀牛吃也不饱腹。

獜	仍	畈	躇	旧
Ma	nyaengz	gvih	roiz	gaeuq
ma¹	ȵaŋ²	k'vi⁶	ɹo:i²	kau⁵
狗	还	扒	足迹	旧

狗还扒旧的足迹，

獜	仍	吠	波	門
Ma	nyaengz	haeuh	boh	mbwnz
ma¹	ȵaŋ²	hau⁶	po⁶	buɯn²
狗	还	吠	公	天

狗还在对天狂吠，

獜	仍	輪	谷	㭒
Ma	nyaengz	lwnz	goek	maex
ma¹	ȵaŋ²	luɯn²	kok⁷	mai⁴
狗	还	游	根部	树

还在树下寻猎物。

劳	打	獰	打	屋
Lau	du	noeg	deh	og
la:u¹	tu¹	nok⁸	te⁶	ʔo:k⁸
恐	只	鸟	要	出

或许鸟儿会出来，

打攃以名屋○劳打坳林你
打螓以否你○眅躇隊眅踌
馥松隊馥桝○亚臠夏打拴
亚猺夏打蝐○夏打狡夏黎
夏打蝐宰孟○鎗麻但鎗瘀
鎗麻提罗隽○鎗以顏品下
覚麻提罗斗覚麻顏品伴○
救麻提罗溪○梾救黎罗罡

① 亚黐［ŋa⁵ laːŋ²］：地名，今址不详。下文"亚猛"同为地名。

打	狳	以	否	屋
Du	noeg	nyih	mbouh	og
tu¹	nok⁸	ȵi⁶	bou⁶	ʔoːk⁸
只	鸟	也	不	出

可是不见鸟飞出。

劳	打	蕗	打	你
Lau	du	log	deh	nei
laːu¹	tu¹	loːk⁸	te⁶	nei¹
恐	只	马鹿	要	逃

或许马鹿会出逃，

打	蕗	以	否	你
Du	log	nyih	mbouh	nei
tu¹	loːk⁸	ȵi⁶	bou⁶	nei¹
只	马鹿	也	不	逃

蹲守半天不见鹿。

唊	蹱	隊	唊	蹱
Gyaep	roiz	doih	gyaep	roiz
kjap⁷	ɹoːi²	toːi⁶	kjap⁷	ɹoːi²
追	踪迹	人家	追	踪迹

跟着人家去追踪，

觀	梛	隊	觀	梛
Goi	laeux	doih	goi	laeux
koːi¹	lau⁴	toːi⁶	koːi¹	lau⁴
探看	窝子	人家	探看	窝子

人掏兽窝我跟从。

亚	黐①	夣	打	找
Ngaq	langz	mboengh	dwk	gyauh
ŋa⁵	laːŋ²	boŋ⁶	tuk⁷	kjaːu⁶
亚	朗	地段	打	野猪

亚朗一带打野猪，

亚	猛	夣	打	蝐
Ngaq	yauz	mboengh	dwk	mui
ŋa⁵	jaːu²	boŋ⁶	tuk⁷	muːi¹
亚	瑶	地带	打	熊

亚瑶地带猎狗熊。

夣	打	找	夣	黎
Mboengh	dwk	gyauh	mboengh	ndaez
boŋ⁶	tuk⁷	kjaːu⁶	boŋ⁶	dai²
时段	打	野猪	时段	好

打野猪时时都好，

夢　打　蝐　牵　孟
Mboengh　dwk　mui　gen　mboengh
boŋ⁶　tuuk⁷　mu:i¹　ke:n¹　bo:ŋ⁶
时段　打　熊　间隔　时段
猎熊却须择时间。

鎗　麻　但　鎗　麻
Cungq　maz　danh　cungq　maz
ɕuŋ⁵　ma²　ta:n⁶　ɕuŋ⁵　ma²
枪　来　人家　枪　来
人家拿着火铳来，

鎗　麻　提　罗　毒
Cungq　maz　daw　loh　dog
ɕuŋ⁵　ma²　t'əɯ¹　lo⁶　to:k⁸
枪　来　拿　样　独
单支火铳也拿来，

鎗　以　颜　品　卜
Cungq　nyih　yad　binz　bog
ɕuŋ⁵　ɳi⁶　ja:t⁸　pin²　po:k⁸
枪　也　扎　成　捆
也有火铳扎成捆。

覺　麻　提　罗　斗
Gyog　maz　daw　loh　daeux
kjo:k⁸　ma²　t'əɯ¹　lo⁶　tau⁴
家族　来　拿　样　棍棒
家族人拿起棍棒，

覺　麻　颜　品　伴
Gyog　maz　yab　baenz　boenh
kjo:k⁸　ma²　ja:p⁸　pan²　p'on⁶
家族　来　合　成　群
家族人汇合成群。

救　麻　提　罗　溪
Gyaeuj　maz　daw　loh　heiq
kjau³　ma²　t'əɯ¹　lo⁶　hei⁵
纷乱　来　拿　样　器具
蜂拥着拿起武器，

株　救　黎　罗　畳
Maex　gyaeuj　ndaez　loh　goed
mai⁴　kjau³　dai²　lo⁶　kod⁸
木　搅和　好　或　曲
不管搅棒弯与直。

第四节　划疆分封纳贡赋

礼恩蛋唅民。题恩蛋唅温

四針鋬耒岳。四北鋬耒隊

隊覺許以题　隊覺岑以礼

歐庄許孙至　孙一以否玉

歐庄許孙二　孙二以否寻

歐窍鈅垦衍　歐窍康長丙

玉渝滾以目　六座枚以

白孙民日零　曰怵

礼	恩	蛋	唅	民
Ndaej	aen	gyaeh	bak	minz
dai³	ʔan¹	k'jai⁶	pa:k⁷	min²
得	个	蛋	嘴	他们

他们嘴里含着蛋，

賑	恩	蛋	唅	温
Daen	aen	gyaeh	bak	wnh
t'an¹	an¹	k'jai⁶	pa:k⁷	ʔɯn⁶
见	个	蛋	嘴	别的

见蛋含在他人嘴。

四	針	爹	耒	岳
Seiq	cimq	deh	maz	nyaek
sei⁵	tsim⁵	te⁶	ma²	ȵak⁷
四	方	要	来	试探

四方都来探究竟，

四	比	爹	耒	隊
Seiq	baek	deh	maz	doiq
sei⁵	pak⁷	te⁶	ma²	to:i⁵
四	面	要	来	核实

四面都来求证实。

隊	覺	許	以	賑
Doiq	gyog	hiq	nyih	daen
toi⁵	kjo:k⁸	hi⁵	ȵi⁶	t'an¹
核对	姓	许	也	见

许家说亲眼所见，

隊	覺	岑	以	礼
Doiq	gyog	gaemz	nyih	ndaej
toi⁵	kjo:k⁸	k'am²	ȵi⁶	dai³
核对	姓	岑	也	得

岑姓得蛋乃事实。

歐	厷	許	抏	至
Aeuz	mwz	hawj	lug	ceiq
ʔau²	my²	hɔy³	luk⁸	tsei⁵
要	去	给	儿子	煨

叫儿子拿去煨熟，

抏	一	以	否	至
Lug	daih	nyih	mbouh	ceiq
luk⁸	ta:i⁶	ȵi⁶	bou⁶	tsei⁵
儿子	大	也	不	煨

大仔也不肯煨食。

歐	広	許	扖	二
Aeuz	mwz	hawj	lug	ngeih
ʔau²	my²	hɔy³	luk⁸	ŋei⁶
拿	去	给	儿子	二

再拿去给二儿子，

扖	二	以	否	尋
Lug	ngeih	nyih	mbouh	cimz
luk⁸	ŋei⁶	ɲi⁶	bou⁶	tsim²
儿子	二	也	不	尝

次子也不肯尝试。

歐	窖	鈫	垦	行
Aeuz	cauq	lek	gwnj	hangz
ʔau²	tsaːu⁵	leːk⁷	k'un³	haːŋ²
拿	锅	铁	上去	煮

拿到铁锅上煎炒，

歐	窖	康	垦	乃
Aeuz	cauq	gang	gwnj	dumj
ʔau²	tsaːu⁵	k'aːŋ¹	k'un³	tum³
拿	锅	生铁	上	炖

拿到生铁锅里炖。

三	淰	滚	以	目
Sam	naemx	goenj	nyih	mboek
saːm¹	nam⁴	kon³	ɲi⁶	bok⁷
三	水	滚	也	干涸

添水三回滚又干，

六	座	杖	以	了
Gyoek	cuh	fwnz	nyih	leux
k'jok⁷	tsu⁶	fun²	ɲi⁶	leːu⁴
六	柱	柴	也	完

添柴六次也烧完。

曰	乃	民	曰	零
Vied	dumj	minz	vied	ndengz
viːt⁸	tum³	min²	viːt⁸	deːŋ²
越	煮	它	越	红

煮得越久它越红，

曰	炳	民	曰	立
Vied	bengj	minz	vied	ndaep
viːt⁸	peːŋ³	min²	viːt⁸	dap⁷
越	扇	它	越	熄灭

越是扇风火越慢。

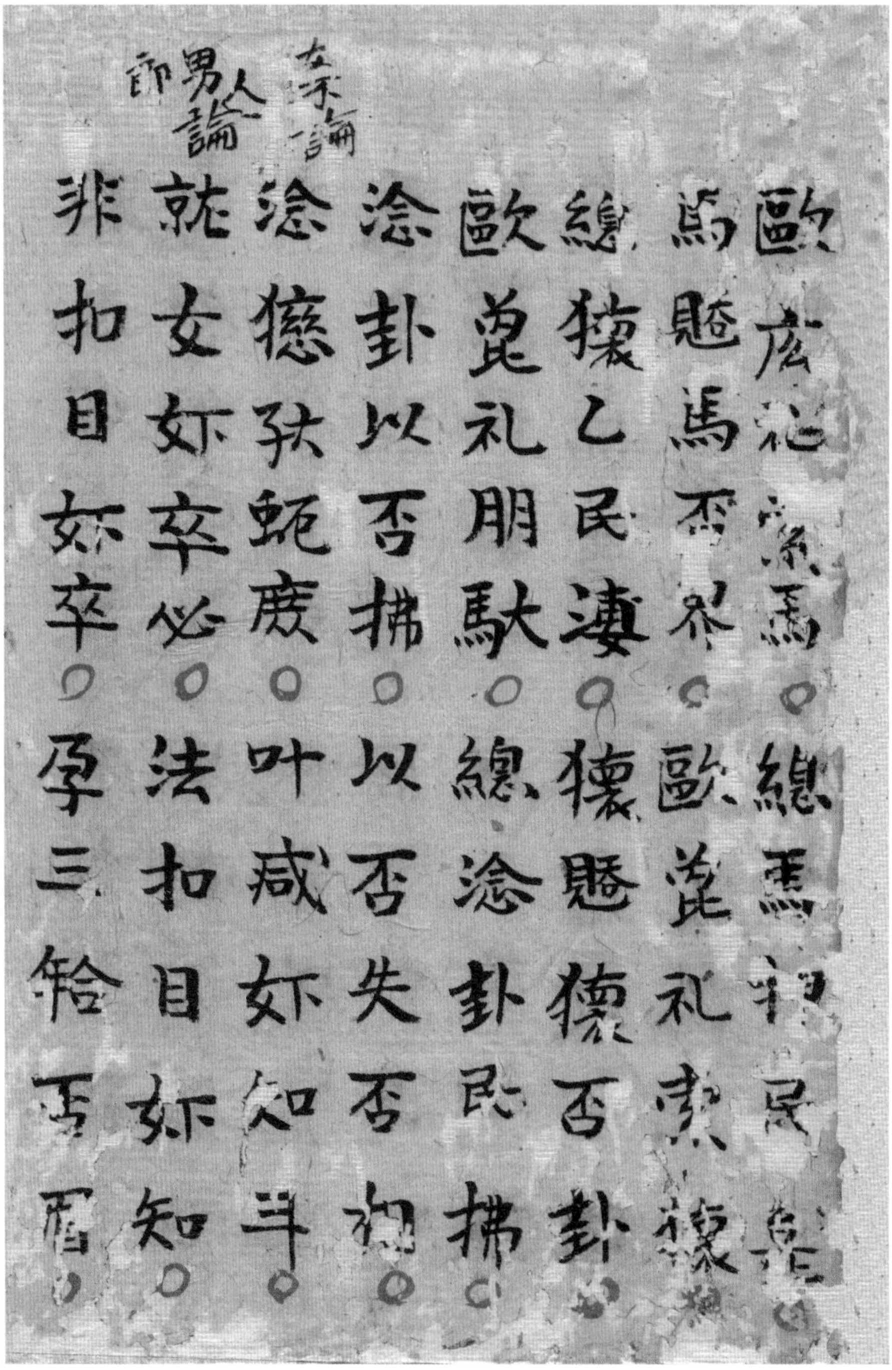

歐　広　礼　索　馬

Aeuz　mwz　ndeij　sok　max

ʔau² my² dei³ soːk⁷ ma⁴

要　去　与　路口　马

把它拿到马路口，

總　猍　乚　民　婓

Cieg　vaiz　yad　minz　box

tsyːk⁸ vaːi² jaːt⁸ min² po⁴

绳　水牛　拴　它　放置

牛绳紧紧把它拴，

總　馬　押　民　尧

Cieg　max　yad　minz　dai

tsyːk⁸ ma⁴ jaːt⁸ min² tʻaːi¹

绳子　马　勒　它　死

缰绳将它死里缠，

猍　賟　猍　否　卦

Vaiz　daen　vaiz　mbouh　gvaq

vaːi² tʻan¹ vaːi² bou⁶ kva⁵

水牛　见　水牛　不　过

水牛看见也绕弯。

馬　賟　馬　否　界

Max　daen　max　mbouh　gyaij

ma⁴ tʻan¹ ma⁴ bou⁶ kʻjaːi³

马　见　马　不　走近

马儿路过不敢看。

歐　迯　礼　朋　駄

Aeuz　bae　ndeij　baengz　dah

ʔau² pai¹ dei³ paŋ² ta⁶

拿　去　与　岸　河

把它放到河水边，

歐　迯　礼　索　猍

Aeuz　bae　ndeij　sok　vaiz

ʔau² pai¹ dei³ soːk⁷ vaːi²

拿　去　与　路口　水牛

拿去水牛的过道，

總　淰　卦　民　拂

Cungh　naemx　gvaq　minz　foenx

ɕuŋ⁶ nam⁴ kva⁵ min² fon⁴

冲　水　过　它　破裂

让水冲击使破裂。

① 淰獩玍甂庪 [nam⁴ sy¹ luk⁸ ŋiːk⁸ tse⁶]：原意指老虎与鳄鱼交配，此句是比兴的手法。下文写的就是男女间的事。
② 奼知 [ja⁶ tsi⁵]：女性人名。下文"奼卒 [ja⁶ tsit⁷]"同。
③ 赹女 [tsau³ nei³]：字面意义是"债主"，实际是一句表示埋怨的话，指奼卒的到来不合时宜，不该来的时候来了。

淰	卦	以	否	拂
Naemx	gvaq	nyih	mbouh	foenx
nam⁴	kva⁵	ŋi⁶	bou⁶	fon⁴
水	过	也	不	破裂

任水冲刷也不裂，

以	否	失	否	相
Nyih	mbouh	sied	mbouh	sieng
ŋi⁶	bou⁶	siːt⁸	bou⁶	syːŋ¹
也	不	损	不	伤

丝毫不损也不残。

淰	獩	玍	甂	庪①
Naemx	sw	lug	ngieg	ceh
nam⁴	sy¹	luk⁸	ŋiːk⁸	tse⁶
水	虎	儿	鳄鱼	浸

虎水进入鳄鱼体，

叶	臧	奼	知②	斗
Yez	gem	yah	ciq	daeuj
je²	gem¹	ja⁶	tsi⁵	tau³
伯	跟	奼	知	来

男子跟着奼知到，

赹	女③	奼	卒	必
Caeuj	neij	yah	cit	byot
tsau³	nei³	ja⁶	tsit⁷	pjoːt⁷
主	债	奼	卒	到达

此时奼卒恰回返。

法	扣	目	奼	知
Faet	gaeuj	moek	yah	ciq
fat⁷	kʻau³	mok⁷	ja⁶	tsi⁵
射	进	肚子	奼	知

射进奼知的小肚，

非	扣	目	奼	卒
Fij	gaeuj	moek	yah	cit
fi³	kʻau³	mok⁷	ja⁶	tsit⁷
射	进	肚子	奼	卒

他与奼卒也交欢。

孕	三	輪	否	眉
Luenx	sam	hob	mbouh	meiz
luːn⁴	saːm¹	hoːp⁸	bou⁶	mei²
怀孕	三	年	不	有

怀孕三年不出生，

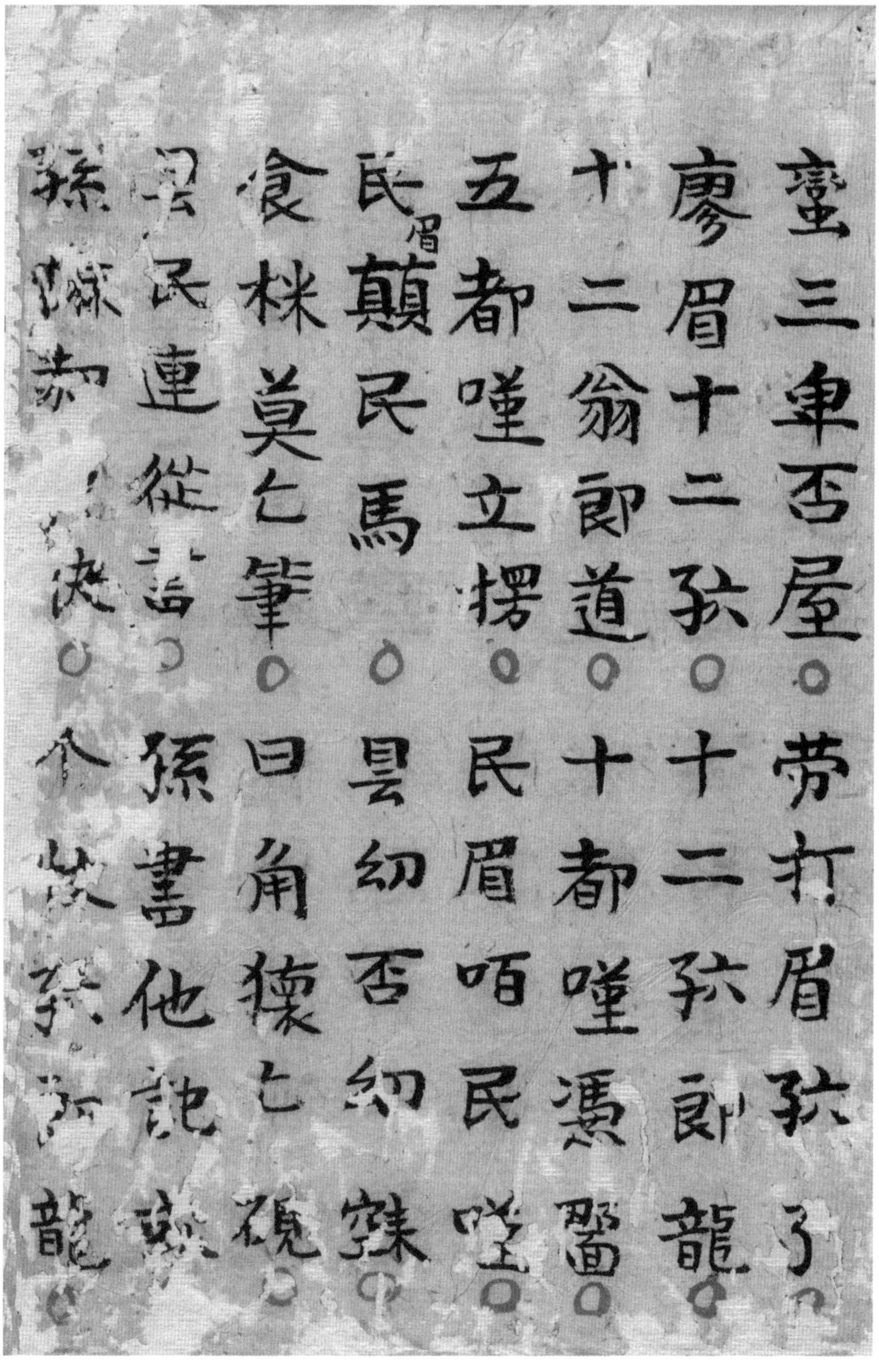

壼三車否屋○劳打眉狄了

廖眉十二狄十二狄卽龍

十二翁卽道十都喹凴醫

五都喹立�民眉咟民喹

民^眉顛民馬昙幻否幻㡤

食株莫乞筆曰角獴乞硯

習民連從苦孫書他訑㪍

孫㦿㤗决○个收狄江龍

① 壐[man¹]：不能生育。这里是说"像不能生育那样"。
② 七[tsat⁷]：原写作"十"，当"七"之误。因下句是"五"，七加五才是十二，故据上下文关系改之。
③ 憑罱[paŋ⁶ na³]：指本家
④ 立拐[lap⁸ laŋ¹]：指外家。

壐① 三 卑 否 屋
Maen sam bei mbouh og
man¹ sa:m¹ pei¹ bou⁶ ʔo:k⁸
不育 三 年 不 出
不育三年不生产。

劳 打 眉 犰 了
Lau deh meiz lug ndeuz
la:u¹ te⁶ mei² luk⁸ de:u²
怕 就 有 儿 一
担心只有一个仔，

廖 眉 十 二 犰
Liuz meiz sip ngeih lug
li:u² mei² sip⁷ ŋei⁶ luk⁸
流传 有 十 二 儿
却传生了十二男。

十 二 犰 郎 龍
Sip ngeih lug langz luengz
sip⁷ ŋei⁶ luk⁸ la:ŋ² lu:ŋ²
十 二 儿 郎 龙
十二个龙的儿郎，

十 二 翁 即 道
Sip ngeih ungz langz dauh
sip⁷ ŋei⁶ ʔuŋ² la:ŋ² ta:u⁶
十 二 个 郎 道家
十二个道家儿男。

十（七）② 都 噇 憑 罱③
Caet du gin baengh naj
tsat⁷ tu¹ kin¹ paŋ⁶ na³
七 个 吃 方 前
七个吃本家田地，

五 都 噇 立 拐④
Haj du gin laeb laeng
ha³ tu¹ kin¹ lap⁸ laŋ¹
五 个 吃 方 后
五个吃外家田产。

民 眉 咟 民 噇
Minz meiz bak minz gin
minz mei² pa:k⁷ min² kin¹
他们 有 嘴 他们 吃
他们有嘴只管吃，

民　眉　顛　民　馬
Minz　meiz　din　minz　maj
min²　mei²　tin¹　min²　ma³
他们　有　脚　他们　生长
健全成长也不难。

昙　幼　否　幼　逨
Vaenz　youh　mbouh　youh　ndaiz
van²　ʔjou⁶　bou⁶　ʔjou⁶　da:i²
日　居住　不　住　空闲
白日在家没闲着，

食　栎　莫　乜　筆
Ced　maex　mog　haet　bit
çe:t⁸　mai⁴　mo:k⁸　hat⁷　pit⁷
切割　苦　竹　做　笔
切削苦竹当毛笔，

曰　角　猨　乜　硯
Yeh　gok　vaiz　haet　ngienh
je⁶　ko:k⁷　va:i²　hat⁷　ŋi:n⁶
割　角　水牛　做　砚台
割来牛角做砚台。

昙　民　連　從　書
Vaenz　minz　lienh　congz　saw
van²　min²　li:n⁶　tso:ŋ²　səɯ¹
日　他　恋　桌　书
天天围着书桌转，

孫　書　他　記　或
Son　saw　da　geiq　vaek
so:n¹　səɯ¹　t'a¹　kei⁵　vak⁷
教　书　眼　记　牢记
学文识字记得牢。

孫　獁　郝　記　快
Son　ma　hag　geiq　gvaih
so:n¹　ma¹　ha:k⁸　kei⁵　k'va:i⁶
教　狗　客　记　快
客籍学子学得快，

个　忟　孨　郎　龍
Gaiq　dwnx　lug　langz　luengz
ka:i⁵　tɯn⁴　luk⁸　la:ŋ²　lu:ŋ²
些　这　儿　郎　龙
这些人都是龙仔，

中璧十二属　十二属发送道
分哩十二忙　分地发送连但
民哩粝打街　民哩饭扎微
分忙发连箕　一即哩忙盂
猍邾垦送名　北京垦送印
猍邾垦叠极　滕忙纳役岁
納打地一郎　二郎整安平
名民隆卦但　眉降卷针铺

中　　嗤　　十　　二　　畐
Cungh　gin　sip　ngeih　vag
tsuŋ⁶　kin¹　sip⁷　ŋei⁶　vaːk⁸
应该　吃　十　二　域

应该分吃十二疆。

分　　忙　　爹　　連　　箅
Baen　miengz　deh　liengz　suenq
pan¹　myːŋ²　te⁶　lyːŋ²　suːn⁵
分　邦国　要　盘　算

分封邦国要商量。

十　　二　　翁　　卽　　道
Sip　ngeih　ungz　langz　dauh
sip⁷　ŋei⁶　ʔuŋ²　laːŋ²　taːu⁶
十　二　个　郎　道家

十二个道家儿郎，

一　　卽　　嗤　　忙　　孟
Aet　langz　gin　miengz　mbungj
at⁷　laːŋ²　kin¹　myːŋ²　buŋ³
一　郎　吃　邦国　孟

一郎吃用在孟邦，

分　　嗤　　十　　二　　忙
Baen　gin　sip　ngeih　miengz
pan¹　kin¹　sip⁷　ŋei⁶　myːŋ²
分　吃　十　二　邦国

应该分吃十二邦。

民　　嗤　　柳　　打　　街
Minz　gin　gaeuj　deih　gai
min²　kin¹　kʻau³　tei⁶　kaːi¹
他　吃　粮　地　街

他管街市吃米粮，

分　　地　　爹　　連　　相
Baen　deih　deh　liengz　siengq
pan¹　tei⁶　te⁶　lyːŋ²　syːŋ⁵
分　地　要　　协议

划分疆土要协议，

民　　嗤　　餒　　打　　燹
Minz　gin　ngaiz　deih　faez
min²　kin¹　ŋaːi²　tei⁶　fai²
他　吃　午餐　地　火

蒸煮烹炸任他享。

猍 邺 垦 送 名

Ma　hag　gwnj　soengq　mingz

ma¹　ha:k⁸　k'ɯn³　soŋ⁵　miŋ²

狗　　客　　上　　送　　名

流官往上送名帖，

納　打　地　一　郎

Nab　dwk　deih　aet　langz

na:p⁸　tuk⁷　tei⁶　at⁷　la:ŋ²

纳　　给　　地　　一　　郎

赋税收支任一郎。

北　京　垦　送　卬

Baek　ging　gwnj　soengq　wnh

pak⁷　kiŋ¹　k'ɯn³　soŋ⁵　ʔɯn⁶

北　　京　　上　　送　　印

送上印鉴到北京。

二　郎　壂　安　平

Ngeih　langz　naengh　nganh　bingz

ŋei⁶　la:ŋ²　naŋ⁶　ŋa:n⁶　p'iŋ²

二　　郎　　坐　　安　　平

二郎坐镇安平府，

猍 邺 垦 叠 極

Ma　hag　gwnj　dab　cieb

ma¹　ha:k⁸　k'ɯn³　ta:p⁸　tsi:p⁸

狗　　客　　上　　叠　　奏折

流官上来送奏章，

名　民　隆　卦　但

Mingz　minz　lueng　gvaq　danh

miŋ²　min²　lu:ŋ¹　kva⁵　ta:n⁶

名　　他　　大　　过　　别人

名气都比别人大。

滕　忙　納　役　崴

Daengz　miengz　nab　yiz　suix

taŋ²　my:ŋ²　na:p⁸　ji²　su:i⁴

整个　邦国　纳　役　税

赋税全邦统一征，

眉　降　桊　釘　鐺

Meiz　gyangh　gven　dongq　dengq

mei²　kja:ŋ⁶　k'vе:n¹　to:ŋ⁵　te:ŋ⁵

有　　饰品　　坠子　　铃　　铛

珠宝铃铛装满屋，

礼騎馬双求。眉齒頭比㓟。
多大堅乞卅。瘝郝垦送名。
北京垦送卯。醫民以醫隆。
忙民以忙廣。瘷郝垦踏径。
滕忙納役歲。納打地二郎。
三卽態洞善。乞知縣丹隊。
習民以郡語。靈民以虛廣。
郷然民⋯⋯

① 洞善［toŋ⁶ seːn⁴］：古崇善县，今广西崇左市新和镇一带。

礼　騎　馬　双　求

Ndaej　gveih　max　song　gyaeuz

dai³　k'vei⁶　ma⁴　soːŋ¹　kjau²

得　骑　马　双　球

双球毡鞍配宝马。

北　京　垦　送　印

Baek　ging　gwnj　soengq　wnh

pak⁷　kiŋ¹　k'ɯn³　soŋ⁵　ʔɯn⁶

北　京　上　送　印

送上印鉴到北京。

眉　龍　頭　七　在

Meiz　lungz　douz　caet　caiq

mei²　luŋ²　t'ou²　tsat⁷　tsaːi⁵

有　龙　头　七　爪子

更有龙头七个爪，

畓　民　以　畓　隆

Naz　minz　nyih　naz　lueng

na²　min²　ɲi⁶　na²　luːŋ¹

田　他　也　田　大

他的水田是大田，

多　大　墾　乞　丹

Doq　daiz　naengh　haet　gvan

to⁵　taːi²　naŋ⁵　hat⁷　kvaːn¹

同　台　坐　做　官

同堂共坐与官家。

忙　民　以　忙　廣

Miengz　minz　nyih　miengz　gvangj

myːŋ²　min²　ɲi⁶　myːŋ²　kvaːŋ³

疆域　他　也　疆域　广

他的疆域任纵横。

猍　郝　垦　送　名

Ma　hag　gwnj　soengq　mingz

ma¹　haːk⁸　k'ɯn³　soŋ⁵　miŋ²

狗　客　上　送　名

流官给送上名号，

猍　郝　垦　踏　極

Ma　hag　gwnj　dab　cieb

ma¹　haːk⁸　k'ɯn³　taːp⁸　tsiːp⁸

狗　客　上　叠　奏折

流官给送上奏折，

滕　忙　納　役　崴

Daengz miengz nab yiz suix

taŋ²　my:ŋ²　na:p⁸　ji²　su:i⁴

整个　邦国　纳　役　税

役税全邦统一征，

納　打　地　二　郎

Nab dwk deih ngeih langz

na:p⁸　tuk⁷　tei⁶　ŋei⁶　la:ŋ²

纳　给　地　二　郎

赋税支配二郎定。

三　郎　壂　洞　善①

Sam langz naengh doengh senx

sa:m¹　la:ŋ²　naŋ⁶　toŋ⁶　se:n⁴

三　郎　坐　洞　善

三郎坐镇洞善县，

仝　知　縣　丹　隆

Haet cih henx gvan lueng

hat⁷　tsi⁶　he:n⁴　kva:n¹　lu:ŋ¹

做　知　县　官　大

做了知县官儿大。

畓　民　以　畓　語

Naz minz nyih naz nyawq

na²　min²　ɲi⁶　na²　ȵoy⁵

田　他　也　田　大

他的水田是大田，

虛　民　以　虛　廣

Haw minz nyih haw gvangj

həɯ¹　min²　ɲi⁶　həɯ¹　kva:ŋ³

圩　他　也　圩　广

管的圩场宽又广。

糗　淰　民　以　功

Gaeuj naemx minz nyih goeng

k'au³　nam⁴　min²　ɲi⁶　koŋ¹

粮　水　他　也　供

粮饷薪水很充裕，

錢　銅　民　以　踏

Ngaenz dongz minz nyih dab

ŋan²　to:ŋ²　min²　ɲi⁶　ta:p⁸

钱　铜　他　也　成沓

铜钱银币堆满箱。

① 麻㹥 [ma¹ ha:k⁸]：原义指"客狗、外来狗"，此指流官或客籍人、外来人。该词并非贬义，而是一种俗语性戏称。流官、
外籍人叫当地人为"㹥㙬" [ma¹ ba:n³]，字面上是"村狗"，但也并不是歧视。这种互相戏称表明双方关系亲密无间。

② 龍英 [luŋ² ʔiŋ²]：在今天等县龙茗镇龙英街一带。

③ 养利 [ja:ŋ⁵ li⁴]：在今大新县桃城镇。

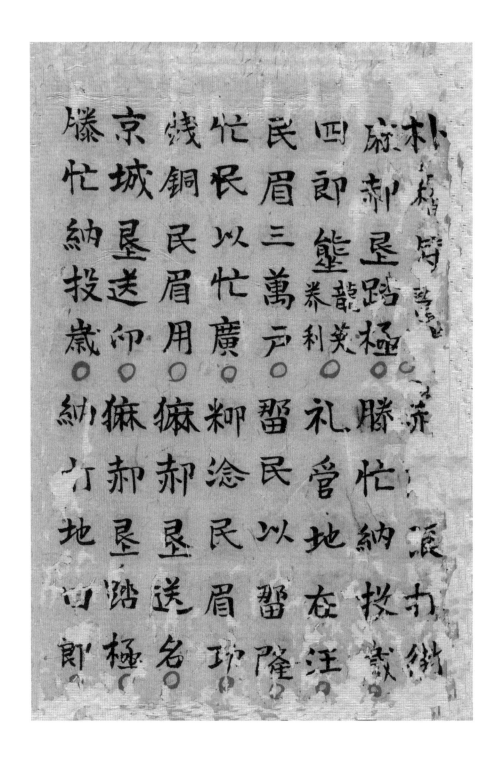

朴	橋	符	罾	當
Bou	giuz	fouz	naj	dangq
pou^1	$ki:u^2$	fou^2	na^3	$ta:ŋ^5$
铺	桥	浮	前	门

浮桥铺到大门前，

郝	麻	浪	打	街
Hag	maz	langq	deih	gai
$ha:k^8$	ma^2	$la:ŋ^5$	tei^6	$ka:i^1$
客	来	游荡	地	街

客人闲游街道上。

麻	郝①	垦	踏	極
Ma	hag	gwnj	dab	cieb
ma^1	$ha:k^8$	$k'ɯn^3$	$ta:p^8$	$tsi:p^8$
狗	客	上	叠	奏折

流官给送上奏折，

滕	忙	納	扟	歲
Daengz	miengz	nab	yiz	suix
$taŋ^2$	$my:ŋ^2$	$na:p^8$	ji^2	sui^4
整个	邦国	纳	役	税

役税由国民担当。

四	郎	罌	龍	英②	养	利③
Seiq	langz	naengh	lungz	ingz	yangq	lix
sei^5	$la:ŋ^2$	$naŋ^6$	$luŋ^2$	$ʔiŋ^2$	$ja:ŋ^5$	li^4
四	郎	坐	龙	英	养	利

四郎坐龙英养利，

礼	晉	地	在	汪
Ndaej	guenj	deih	caij	gvang
dai^3	$ku:n^3$	tei^6	$tsa:i^3$	$k'va:ŋ^1$
得	管	地	纵	横

管辖领地很宽广。

民	眉	三	萬	户
Meiz	minz	sam	fanh	hoh
mei^2	min^2	$sa:m^1$	$fa:n^6$	ho^6
他	有	三	万	户

拥有居民三万户，

罾	民	以	罾	隆
Naz	minz	nyih	naz	lueng
na^2	min^2	nyi^6	na^2	$lu:ŋ^1$
田	他	也	田	大

他的田地千万垧，

忙　民　以　忙　廣
Miengz minz nyih miengz gvangj
my:ŋ² min² ȵi⁶ my:ŋ² kva:ŋ³
疆域　他　也　疆域　广
他的辖区宽又广。

粝　淰　民　眉　功
Gaeuj naemx minz meiz goeng
k'au³ nan⁴ min² mei² koŋ¹
粮　水　他　有　供
俸禄粮饷够丰足，

錢　銅　民　眉　用
Ngaenz dongz minz meiz yungh
ŋan² to:ŋ² min² mei² juŋ⁶
钱　铜　他　有　用
铜钱无数手宽裕。

獁　郝　垦　送　名
Ma hag gwnj soengq mingz
ma¹ ha:k⁸ k'ɯn³ soŋ⁵ miŋ²
狗　客　上　送　名号
流官给送上名号，

京　城　垦　送　卬
Ging singz gwnj soengq wnh
kiŋ¹ siŋ² k'ɯn³ soŋ⁵ ʔɯn⁶
京　城　上　送　印
送上印鉴到京城。

獁　郝　垦　踏　極
Ma hag gwnj dab cieb
ma¹ ha:k⁸ k'ɯn³ ta:p⁸ tsi:p⁸
狗　客　上　叠　奏折
流官给送上奏折，

滕　忙　納　投　歳
Daengz miengz nab yiz suix
taŋ² my:ŋ² na:p⁸ ji² sui⁴
整个　邦国　纳　役　税
役税由邦国担当，

納　打　地　四　郎
Nab dwk deih seiq langz
na:p⁸ tuk⁷ tei⁶ sei⁵ la:ŋ²
纳　给　地　四　郎
税赋支配任四郎。

五即墾萬承○萬務眉萬戶

都大墾乞丹○麻郝民以兜

廣西民以定○桺淦民眉功○

錢銅民眉用○蘇郝墾踏經○

滕忙納役歲○納打地丘即○

六即墾吉慶○經教半汰油○

花半馬麻界○兜半獲麻米

乱朴熊墾一丹麻敕民迷作

① 萬承 [va:n⁴ ɕiŋ²]：万承县，治所在今大新县龙门镇。
② 吉庆 [ki² k'iŋ⁴]：地名，今址不详。

五　　即　　壆　　萬　　承①
Haj　langz　naengh　vanx　cingz
ha³　la:ŋ²　naŋ⁶　va:n⁴　ɕiŋ²
五　　郎　　坐　　万　　承
五郎坐镇在万承，

萬　　承　　眉　　萬　　户
Vanx　cingz　meiz　fanh　hoh
va:n⁴　ɕiŋ²　mei²　fa:n⁶　ho⁶
万　　承　　有　　万　　户
万承有万户人家。

都　　大　　壆　　亡　　丹
Du　daiz　naengh　haet　gvan
t'u¹　ta:i²　naŋ⁶　hat⁷　kva:n¹
头　　大　　坐　　做　　官
头目坐定是做官，

麻　　冇　　民　　以　　㐬
Ma　hag　minz　nyih　bae
ma¹　ha:k⁸　min²　ɲi⁶　pai¹
狗　　客　　他们　　也　　去
流官也有小财发。

廣　　西　　民　　以　　定
Guengj　sae　minz　nyih　dingh
ku:ŋ³　sai¹　min²　ɲi⁶　tiŋ⁶
广　　西　　他　　也　　安定
广西民生得安定，

䊒　　淰　　民　　眉　　功
Gaeuj　naemx　minz　meiz　goeng
k'au³　nam⁴　min²　mei²　koŋ¹
粮　　水　　他　　有　　供
粮饷薪水也充足，

錢　　銅　　民　　眉　　用
Cenz　dongz　minz　meiz　yungh
tse:n²　to:ŋ²　min²　mei²　juŋ⁶
钱　　铜　　他　　有　　用
铜钱无数任他花。

猌　　冇　　圼　　踏　　極
Ma　hag　gwnj　dab　cieb
ma¹　ha:k⁸　k'un³　ta:p⁸　tsi:p⁸
狗　　客　　上　　叠　　奏折
流官给送上奏折，

滕　忙　納　役　歲

Daengz miengz nab yiz suix

tan^2 $my:ŋ^2$ $na:p^8$ ji^2 sui^4

整个　邦国　纳　役　税

役税由国民缴纳，

納　打　地　五　郎

Nab dwk deih haj langz

$na:p^8$ tuk^7 tei^6 ha^3 $la:ŋ^2$

纳　给　地　五　郎

辖区税赋五郎抓。

六　郎　罊　吉　慶②

Loeg langz naengh giz gingx

lok^8 $la:ŋ^2$ $naŋ^6$ ki^2 $k'iŋ^4$

六　郎　坐　吉　庆

六郎坐镇吉庆府，

經　教　半　沙　油

Ging gyauj buenq sa youz

$kiŋ^1$ $kja:u^3$ $pu:n^5$ sa^1 jou^2

传经　授教　贩　纸　油

讲经传教贩油纸，

尨　半　馬　麻　界

Bae buenq max maz gyaiq

pai^1 $pu:n^5$ ma^4 ma^2 $kja:i^5$

去　贩　马　来　界

跨界贩马做生意。

尨　半　獲　麻　扣

Bae buenq vaiz maz gaeuj

pai^1 $pu:n^5$ $va:i^2$ ma^2 $k'au^3$

去　贩　水牛　来　进入

去贩水牛来役使，

礼　扣　罊　乜　丹

Ndaej gaeuj naengh haet gvan

dai^3 $k'au^3$ $naŋ^6$ hat^7 $kva:n^1$

得　进入　坐　当　官

进得衙署当官吏。

獜　郝　垦　送　名

Ma hag gwnj soengq mingz

ma^1 $ha:k^8$ $k'ɯn^3$ $soŋ^5$ $miŋ^2$

狗　客　上　送　名号

流官给送上名号，

① 向武［jaːŋ⁴ ʔu⁵］：向武州。治所在今广西崇左市天等县向都镇中和街。

北斻坚送叩悗告卬造州
猕郝垦路极滕忙紃投
紃打地六郎乜即罴向武
地杖否安山罶民以嚣隆
忙民以忙廣朴橋符寻嚣
猕郝浪乑街猕郝垦路极
滕忙紃投歳紃打地乜即
八即罴都康乞阢黎开尒

北　京　悭　送　印
Baek　ging　gwnj　soengq　wnh
pak⁷　kiŋ¹　k'uɯn³　soŋ⁵　ʔɯn⁶
北　京　上　送　印

印鉴送到北京去，

納　打　地　六　郎
Nab　dwk　deih　loeg　langz
na:p⁸　tuuk⁷　tei⁶　lok⁸　la:ŋ²
纳　给　地　六　郎

役规税法六郎制。

悭　造　印　造　州
Gwnj　cauh　wnh　cauh　cou
k'uɯn³　tsa:u⁶　ʔɯn⁶　tsa:u⁶　tsou¹
上　去　造　印　造　州

请示造印起州邑。

七　郎　鏗　向　武①
Caet　langz　naengh　yangx　uq
çat⁷　la:ŋ²　naŋ⁶　ja:ŋ⁴　ʔu⁵
七　郎　坐　向　武

七郎落脚在向武，

猕　郝　垦　踏　極
Ma　hag　gwnj　dab　cieb
ma¹　ha:k⁸　k'uɯn³　ta:p⁸　tsi:p⁸
狗　客　上　叠　奏折

流官给送上奏折，

地　忆　否　安　山
Deih　dwnx　mbouh　ngamh　camz
tei⁶　tɯn⁴　bou⁶　ŋa:m⁶　tsa:m²
地　这　不　嫉　妒

此地也无须眼馋。

滕　忙　納　扏　崴
Daengz　miengz　nab　yiz　suix
taŋ²　my:ŋ²　na:p⁸　ji²　sui⁴
整个　邦国　纳　役　税

邦国子民担赋役，

畓　民　以　畓　隆
Naz　minz　nyih　naz　lueng
na²　min²　ȵi⁶　na²　lu:ŋ¹
田　他　也　田　大

那儿水田宽又大，

顿造忙（创世经）影印译注

忙	民	以	忙	廣
Miengz	minz	nyih	miengz	gvangj
miŋ²	min²	n̠i⁶	myːŋ²	kvaːŋ³
疆域	他	也	疆域	广

管辖地域也很宽。

朴	橋	符	彳	罟
Bou	giuz	fouz	doq	naj
pou¹	kiːu²	fou²	to⁵	na³
铺	桥	浮	前	面

浮桥铺到家门口，

猕	郝	浪	乒	街
Ma	hag	langq	dawj	gai
ma¹	haːk⁸	laːŋ⁵	tɔy³	kaːi¹
狗	客	游荡	下面	街

街上客籍挺悠闲。

猕	郝	悭	踏	桓
Ma	hag	gwnj	dab	cieb
ma¹	haːk⁸	kʻɯn³	taːp⁸	tsiːp⁸
狗	客	上	叠	奏折

流官给送上奏折，

滕	忙	納	扨	歳
Daengz	miengz	nab	yiz	suix
taŋ²	myːŋ²	naːp⁸	ji²	sui⁴
整个	邦国	纳	役	税

役税国民担在肩，

納	打	地	七	郎
Nab	dwk	deih	caet	langz
naːp⁸	tuk⁷	tei⁶	çat⁷	laːŋ²
纳	给	地	七	郎

七郎管物又管钱。

八	郎	壨	都	康①
Bet	langz	naengh	duh	gangh
peːt⁷	laːŋ²	naŋ⁶	tu⁶	kʻaŋ⁶
八	郎	坐	都	康

八郎稳坐都康镇，

亻乞	孞	黎	丹	个
Haet	lug	ndaez	gvan	ga
hat⁷	luk⁸	dai²	kvaːn¹	ka¹
做	儿	好	官	家

做个官家好儿郎，

乞狄醫皇帝⊙洛幻乞知州
粮三卑民送馬進員朝皇州
㿝㽵墾踏極⊙滕忙納揆歲
納打地八卽⊙九卽嗤田州
地民屋㽵亡⊙忙民屋氈禍⊙
路父道疑滕⊙沼廣東墾心⊙
嘗十二恩州⊙提十八恩縣卿⊙
一籃府田州⊙㪿運送乍

仡	犾	暜	皇	帝
Haet	lug	naz	vuengz	daeq
hat⁷	luk⁸	na²	vuːŋ²	tai⁵
做	儿	田	皇	帝

做个好臣吃皇粮。

各	幼	仡	知	州
Gag	youh	haet	cih	cou
kaːk⁸	ʔjou⁶	hat⁷	tsi⁶	tsou¹
自己	在	做	知	州

独在一方做知州，

粮	三	卑	民	送
Liengz	sam	bei	minz	soengq
lyːŋ²	saːm¹	pei¹	min²	soŋ⁵
粮	三	年	他	送

连续三年送皇粮，

馬	進	貢	朝	皇
Max	gaeuj	gungx	ciuz	vuengz
ma⁴	kʻau³	kuŋ⁴	ɕiːu²	vuːŋ²
马	进	贡	给	皇帝

寻得宝马贡天皇。

獜	郝	悭	踏	極
Ma	hag	gwnj	dab	cieb
ma¹	haːk⁸	kʻun³	taːp⁸	tsiːp⁸
狗	客	上	叠	奏折

流官给送上奏折，

滕	忙	納	找	崴
Daengz	miengz	nab	yiz	suix
taŋ²	myːŋ²	naːp⁸	ji²	sui⁴
整个	邦国	纳	役	税

役税全邦共承担，

納	打	地	八	郎
Nab	dwk	deih	bet	langz
naːp⁸	tuk⁷	tei⁶	peːt⁷	laːŋ²
纳	给	地	八	郎

赋税收支任八郎。

九	郎	喫	田	州
Gaeuj	langz	gin	denz	cou
kau³	laːŋ²	kin¹	tʻeːn²	tsou¹
九	郎	吃	田	州

九郎田州吃粮饷，

地	民	屋	獅	亡
Deih	minz	og	ma	miengz
tei⁶	min²	ʔoːk⁸	ma¹	myːŋ²
地	他	出	狗	郊野

此地多有流浪狗，

忙	民	屋	毡	祸
Miengz	minz	og	cien	huj
myːŋ²	min²	ʔoːk⁸	tsiːn¹	hu³
地区	他	出	毡	货

此地产毡货外流。

路	父	道	陛	滕
Loh	bouq	dauh	loengz	daeng
lo⁶	pou⁵	taːu⁶	loŋ²	tʰaŋ¹
路	师傅	道	下	到

道公师傅门路广，

沼	廣	東	垦	必
Lwz	guengj	doeng	gwnj	byot
ly²	kuːŋ³	toŋ¹	kʰun³	pjoːt⁷
船	广	东	上	到达

广东船只来巡游。

晋	十	二	恩	州
Guenj	sip	ngeih	aen	cou
kuːn³	sip⁷	ŋei⁶	an¹	tsou¹
管	十	二	个	州

管辖十二个州邑，

提	十	八	恩	縣印①
Daw	sip	bet	aen	vienh
tʰəɯ¹	sip⁷	peːt⁷	an¹	viːn⁶
握	十	八	个	县

掌管十八个县份，

礼	壆	府	田	州
Ndaej	naengh	fouj	denz	cou
dai³	naŋ⁶	fou³	tʰeːn²	tsou
得	坐	府	田	州

得在田州府做官。

獅	郝	垦	送	名
Ma	hag	gwnj	soengq	mingz
ma¹	haːk⁸	kʰun³	soŋ⁵	min²
狗	客	上	送	名号

流官给呈送名号，

故高望送卬〇衙佛俗一路程
十即唯邑寺〇盈至甲乘甲娄
至渾被伏憂〇至籌句籌寓〇
滕忙納技歲〇納打地大郎〇
渰矢噤合〇路広必鎮安〇
礼𥐻府東州〇朴橋醫寺當〇
瘷郝浪乘街〇瘷郝望㗈極〇
滕瘷郝納技歲〇納訂地十即〇

北	京	墾	送	印
Baek	ging	gwnj	soengq	wnh
pak⁷	kiŋ¹	k'ɯn³	soŋ⁵	ʔɯn⁶
北	京	上	送	印

送上印鉴到北京。

猕	郝	墾	踏	極
Ma	hag	gwnj	dab	cieb
ma¹	ha:k⁸	k'ɯn³	ta:p⁸	tsi:p⁸
狗	客	上	叠	奏折

流官给呈送奏折，

滕	忙	納	捘	岁
Daengz	miengz	nab	yiz	suix
taŋ²	my:ŋ²	na:p⁸	ji²	sui⁴
整个	邦国	纳	役	税

役税全邦共担承，

納	打	地	九	郎
Nab	dwk	deih	gaeuj	langz
na:p⁸	tuk⁷	tei⁶	kau³	la:ŋ²
纳	给	地	九	郎

辖区赋税九郎征。

十	郎	噻	岜	寺
Sip	langz	gin	bya	cwx
sip⁷	la:ŋ²	kin¹	p'ja¹	tsɣ⁴
十	郎	吃	山	社神

十郎管理社神山，

至	甲	乸	甲	妻
Daeng	gab	dawj	gab	nw
t'aŋ¹	ka:p⁸	tɔɣ³	ka:p⁸	nɣ¹
到	甲	下	甲	上

管到上甲和下甲，

至	渾	被	伏	夢
Daeng	vaemz	beiz	fag	mbungj
t'aŋ¹	vam²	pei²	fa:k⁸	buŋ³
到	水草地	肥	地方	深潭

管到沼泽与潭渊。

至	簹	勾	簹	嵩
Daeng	ndoiz	ngok	ndoiz	sung
t'aŋ¹	do:i²	ŋok⁷	do:i²	suŋ¹
到	岭	峰	岭	高

辖区有高山峻岭，

① 镇安［tsɯn⁴ ŋaːn⁶］：府治在今广西百色市德保县城。宋朝设镇安峒，元朝设镇安路，明朝改为镇安土府，清朝改镇安府。
② 東州［toŋ¹ tsou¹］：废冻州。
③ 郝獜［haːk⁸ maˀ²］：倒文，原文为"獜郝"。

淰	涌	夭	隉	合
Naemx	dong	yeux	loengz	yab
nam⁴	tˀoːŋ¹	jeːu⁴	loŋ²	jaːp⁸
水	瀑	绕	下	汇合

飞瀑清溪来汇流。

路	広	必	镇	安①
Loh	mwz	byot	cwnx	nganh
lo⁶	my²	pjoːt⁷	tsɯn⁴	ŋaːn⁶
路	上	去	达	镇 安

沿着大路到镇安，

礼	壈	府	東	州②
Ndaej	naengh	fouj	doeng	cou
dai³	naŋ⁶	fou³	toŋ¹	tsou¹
得	坐	府	东	州

稳稳坐镇废冻州。

朴	橋	符	罌	當
Bou	giuz	fouz	naj	dangq
pou¹	kiːu²	fou²	na³	taːŋ⁵
铺	桥	浮	前	窗

浮桥铺到家门口，

郝	獜③	浪	乑	街
Hag	maz	langq	dawj	gai
haːk⁸	maˀ²	laːŋ⁵	tɔy³	kaːi¹
客籍	来	游荡	底下	街

客籍在街巷巡游。

獜	郝	悭	踏	極
Ma	hag	gwnj	dab	cieb
ma¹	haːk⁸	kˀɯn³	taːp⁸	tsiːp⁸
狗	客	上	叠	奏折

流官给送上奏折，

滕	忙	納	扠	崴
Daengz	miengz	nab	yiz	suix
taŋ²	myːŋ²	naːp⁸	ji²	suːi⁴
整个	邦国	纳	役	税

役税国民共承担，

納	打	地	十	郎
Nab	dwk	deih	sip	langz
naːp⁸	tɯk⁷	tei⁶	sip⁷	laːŋ²
纳	给	地	十	郎

税款支配由十郎。

十一即鼈下雷○忙怕五都陛
鼈下鼈陛悔鼈麻○鼈陛鼈灵鼈羅
盒鼈汖鼈絲○馬十都歐御○
鼈十担歐担○班怕眉陛邑斤歐斤
銀十兩歐沔○地怕眉邑○
磘十担歐担○班怕眉陛邑○
畱民眉派樻○朴橋旹鼈峕○
獉郲墅乗衔○獉郲墅踏柾○
樣忙納牧歲○納打地十一即○

① 下雷 [p'ou³ fa⁴]：今广西崇左市大新县下雷镇，古属镇安府。
② 郝猕 [ha:k⁸ ma²]：倒文，原文为"猕郝"。

十	一	郎	鞥	下	雷①
Sip	aet	langz	naengh	bouj	fax
sip⁷	ʔat⁷	la:ŋ²	naŋ⁶	p'ou³	fa⁴
十	一	郎	坐	下	雷

十一郎坐镇下雷，

忙	怕	五	都	隘
Miengz	fax	haj	dou	aih
my:ŋ²	fa⁴	ha³	tou¹	ʔa:i⁶
地区	下雷	五	门	隘

下雷有五道隘口。

隘	靅	悔	庖	麻
Aih	gai	goij	bae	maz
a:i⁶	k'a:i¹	k'oi³	pai¹	ma²
隘	卖	奴隶	去	来

隘上卖奴成圩场，

隘	靅	灵	靅	罗
Aih	gai	lingz	gai	loz
ʔa:i⁶	k'a:i¹	liŋ²	k'a:i¹	lo²
隘	卖	绫	卖	罗

隘上卖绫罗丝绸，

隘	靅	沙	靅	緔
Aih	gai	sa	gai	ceih
ʔa:i⁶	k'a:i¹	sa¹	k'a:i¹	tsei⁶
隘	卖	纱纸	卖	字纸

笔墨纸张样样有。

馬	十	都	歐	都
Max	sip	du	aeuz	du
ma⁴	sip⁷	tu¹	ʔau²	tu¹
马	十	匹	要	匹

十匹马税额一匹，

嵩	十	担	歐	担
Gw	sip	dab	aeuz	dab
gy¹	sip⁷	t'a:p⁸	ʔau²	t'a:p⁸
盐	十	担	要	担

十担盐纳税一担，

班	十	斤	歐	斤
Banq	sip	gaen	aeuz	gaen
pa:n⁵	sip⁷	kan¹	ʔau²	kan¹
苎麻	十	斤	要	斤

十斤苎麻税一斤，

銀 十 两 歐 两

Ngaenz sip gyangz aeuz gyangz

ŋan² sip⁷ kja:ŋ² ʔau² kja:ŋ²

銀 十 两 要 两

十两银子税一两。

郝 猕② 垦 乒 街

Hag maz gwnj dawj gai

ha:k⁸ ma² k'ɯn³ tɔy³ ka:i¹

客 来 游荡 下 街

街上游客好悠闲。

地 怕 眉 隘 邑

Deih fax meiz aih bya

tei⁶ fa⁴ mei² ʔa:i⁶ p'ja¹

地 下 雷 有 隘 山

下雷此地山隘多，

猕 郝 垦 踏 極

Ma hag gwnj dab cieb

ma¹ ha:k⁸ k'ɯn³ ta:p⁸ tsi:p⁸

狗 客 上 叠 奏折

流官给送上奏折，

畓 民 眉 派 榾

Naz minz meiz bai gonx

na² min² mei² p'a:i¹ ko:n⁴

田 他 有 坝 水车

水车灌溉好水田。

滕 忙 納 扠 歲

Daengz miengz nab yiz suix

taŋ² mɯŋ² na:p⁸ ji² su:i⁴

整个 邦国 纳 役 税

劳役赋税全民担，

朴 橋 符 畓 當

Bou giuz fouz naj dangq

pou¹ ki:u² fou² na³ ta:ŋ⁵

铺 桥 浮 前 窗

浮桥铺到家门口，

納 打 地 十 一 郎

Nab dwk deih sip aet langz

na:p⁸ tuk⁷ tei⁶ sip⁷ ʔat⁷ la:ŋ²

纳 给 地 十 一 郎

纳税全交十一郎。

佤个即十二○分馬否滕騎○
分地否滕衙○分憐否滕孚○
分黎許滕皂○分習許滕馱○
民皇魯引哈○儂皇仍引駡○
紒穰隆乞奚○榀株替乞貧○
麻造功畐紒○麻造兮畐得○
捧曲㙺忙黑○北曲㙺忙收○
乾嗟地忙照○孫下歐上照乞把

仍　　个　　郎　　十　　二

Nyaengz gah langz sip ngeih

ȵaŋ² ka⁶ la:ŋ² sip⁷ ŋei⁶

还有　个　　郎　　十　　二

还有那个十二郎，

分　　智　　許　　滕　　岜

Baen raeh hawj daengz bya

pan¹ ɹai⁶ hɔɣ³ taŋ² p'ja¹

分　　旱地　给　　连　　山

分地只给山坡地，

分　　馬　　否　　滕　　騎

Baen max mbouh daeng gveih

pan¹ ma⁴ bou⁶ t'aŋ¹ k'vei⁶

分　　马　　不　　到　　骑

分得马匹不能骑。

分　　畓　　許　　滕　　馱

Baen naz hawj daengz dah

pan¹ na² hɔɣ³ taŋ² ta⁶

分　　水田　给　　连　　河

水田常遭水漫溢。

分　　地　　否　　滕　　䬀

Baen deih mbouh daeng gin

pan¹ tei⁶ bou⁶ t'aŋ¹ kin¹

分　　地　　不　　到　　吃

分到田地不够吃，

民　　皂　　兽　　引　　哈

Minz coux roux yaenj haemz

min² tsou⁴ ɹou⁴ ʔjan³ ham²

他　　就　　会　　忍受　苦

他只能强忍苦楚，

分　　憐　　否　　滕　　晉

Baen ndinz mbouh daeng guenj

pan¹ din² bou⁶ t'aŋ¹ ku:n³

分　　地　　不　　到　　管

地盘旷荡顾不及。

儂　　皂　　仍　　引　　嘱

Nongx coux nyaengz yaenj ndah

no:ŋ⁴ tsou⁴ ȵaŋ² ʔjan³ da⁶

弟　　就　　仍　　忍受　骂

他仍然挨骂忍气。

① 狇 [luk⁸]：可以指男儿 [luk⁸ tɕaːi²]，也可以指女儿 [luk⁸ ɲiŋ²]。这里泛指女子。

矤	猿	隆	乜	奚
Gaj	vaiz	lueng	haet	nyinz
k'a³	vaːi²	luːŋ¹	hat⁷	n̠in²
杀	水牛	大	做	弦筋

杀牛取皮做弓弦，

楄	椕	替	乜	贫
Byaemj	maex	taeh	haet	bwn
pjam³	mai⁴	t'ai⁶	hat⁷	pɯn¹
砍	树	栎	做	箭

砍下栎木做箭杆。

麻	造	功	畐	矤
Maz	cauh	gung	doengh	gaj
ma²	tsaːu⁶	kuŋ¹	toŋ⁶	k'a³
来	造	弓箭	相	杀

做成弓箭相杀戮，

麻	造	弓	畐	得
Maz	cauh	nah	doengh	dwk
ma²	tsaːu⁶	na⁶	toŋ⁶	tɯk⁷
来	造	弓弩	相	打

造出弓弩来相残。

捧	曲	悭	忙	黑
Yaengx	gyu	gwnj	miengz	haek
jaŋ⁴	kju¹	k'ɯn³	myːŋ²	hak⁷
举	火把	上去	邦国	黑

举着火把到黑邦，

比	曲	悭	忙	忟
Baek	gyu	gwnj	miengz	dumx
pak⁷	kju¹	k'ɯn³	myːŋ²	tum⁴
插	火炬	上	邦国	那

火炬插上该邦国。

乾	喹	地	忙	照
Gen	gin	deih	miengz	ciuq
k'eːn¹	kin¹	tei⁶	myːŋ²	tsiːu⁵
隔	吃	地	邦国	诏

分享南诏的土地，

歐	狇①	照	乜	妑
Aeuz	lug	ciuq	haet	baz
ʔau²	luk⁸	tsiːu⁵	hat⁷	pa²
要	儿	诏	做	妻

娶了南诏女为妻，

歐亚熙亡妹　叠悭唑地狼○
給唑毙打憂　唑潭隆叫献○
马民的流骑　地民的流唑○
州民的流叠　个牧悔連失○
吉忱悔連礼　但否急婚初○
悔打急婚初　但否古婚如○
筑以渍样惹　筑人禾様莽○

① 亜 [ʔa²]：姑子。此泛指女子。

② 叫献 [keːu⁵ ŋiːn⁶]：山间小平原，俗称坝子。因周边环山，中间低平如砚台，故称 [keːu⁵ ŋiːn⁶] 或 [toŋ⁶ ŋiːn⁶]，是云南、贵州及广西西部地区的主要耕作区。

歐	亜①	焻	亾	妹
Aeuz	az	ciuq	haet	miz
ʔau¹	ʔa²	tsiːu⁵	hat⁷	mi²
要	姑子	诏	做	妾

讨了南诏女做妾，

叠	悭	嗤	地	狠
Deb	gwnj	gin	deih	minz
teːp⁸	k'ɯn³	kin¹	tei⁶	min²
追	上	吃	地	他们

追到南诏争吃用。

給	嗤	咆	打	夣
Hawj	gin	bae	deih	mbungz
hoɣ³	kin¹	pai¹	tei⁶	buŋ²
给	吃	去	地	兴旺

生活在富庶之乡，

嗤	潭	隆	叫	献②
Gin	dumz	lueng	geuq	ngienh
kin¹	t'um²	luːŋ¹	keːu⁵	ŋiːn⁶
吃	塘	大	坳	砚台

享有肥沃的田地。

馬	民	的	流	騎
Max	minz	deh	raeuz	gveih
ma⁴	min²	te⁶	ɹau²	k'vei⁶
马	他	将	我们	骑

他们的马我们骑，

地	民	的	流	嗤
Deih	minz	deh	raeuz	gin
tei⁶	min²	te⁶	ɹau²	kin¹
土地	他们	将	我们	吃

他们的地我们种，

州	民	的	流	晉
Cou	minz	deh	raeuz	guenj
tsou¹	min²	te⁶	ɹau²	kuːn³
州	他们	将	我们	管

咱接管州府城池。

个	忟	悔	連	失
Gaiq	dwnx	goij	leh	sied
kaːi⁵	tɯn⁴	k'oːi³	le⁶	siːt⁸
些个	这	我	则	损失

那边我虽有所失，

吉　忕　悔　連　礼

Giz　dwnx　goij　leh　ndaej

ki² tuun⁴ k'oːi³ le⁶ dai³

处　这　我　则　得

这边我却有收获。

第七篇　话说人生

扫码听音频

第一节　十月怀胎育子女

注文

歐亞照乜妹　叠坚唯地狼
給唯瓯打憂　唯潭隆叫献
馬民的流騎　地民的流唯
州民的流營　个牧悔連失
吉牧悔連礼　但否急婚初
悔打急婚初　但否古婚初
悔打古婚如　孃厚腫大一
築以澳樣意　築人禾樣奔

但　否　急　婚　初
Danh mbouh gaw hunh ndouj
ta:n⁶ bou⁶ kɯɯ¹ hun⁶ dou³
别人　不　提及　婚事　初
别人不提婚源事，

悔　打　急　婚　初
Goij deh gaw hunh ndouj
k'o:i³ te⁶ kɯɯ¹ hun⁶ dou³
我　将　提及　婚事　初始
我倒要说姻缘情。

但　否　古　婚　姻
Danh mbouh goq hunh yinh
ta:n⁶ bou⁶ ko⁵ hun⁶ jin⁶
别人　不　讲　婚　姻
别人不讲男女情，

悔　打　古　婚　姻
Goij deh goq hunh yinh
k'o:i³ te⁶ ko⁵ hun⁶ jin⁶
我　要　讲　婚　姻
我倒要讲生育经。

䐆　孕　䐈　大　一
Daij ndangz nduenz daih aet
ta:i³ da:ŋ² du:n² ta:i⁶ at⁷
怀　孕　月　第　一
初次怀孕头个月，

嶒　以　洩　樣　莫
Loengz nyih yad yiengh mok
loŋ² n̥i⁶ ja:t⁸ jy:ŋ⁶ mo:k⁷
下身　也　缭绕　样　雾
下身似有云雾绕，

嶒　以　岳　樣　济
Loengz nyih yaeg yiengh boen
loŋ² n̥i⁶ jak⁸ jy:ŋ⁶ p'on¹
下身　也　滴　样　雨
又像轻柔细雨滴。

①蕒林［bɔy² lom²］：一种野生植物，叶子有酸味，可促进消化。学名不详，壮语直译“风叶”。

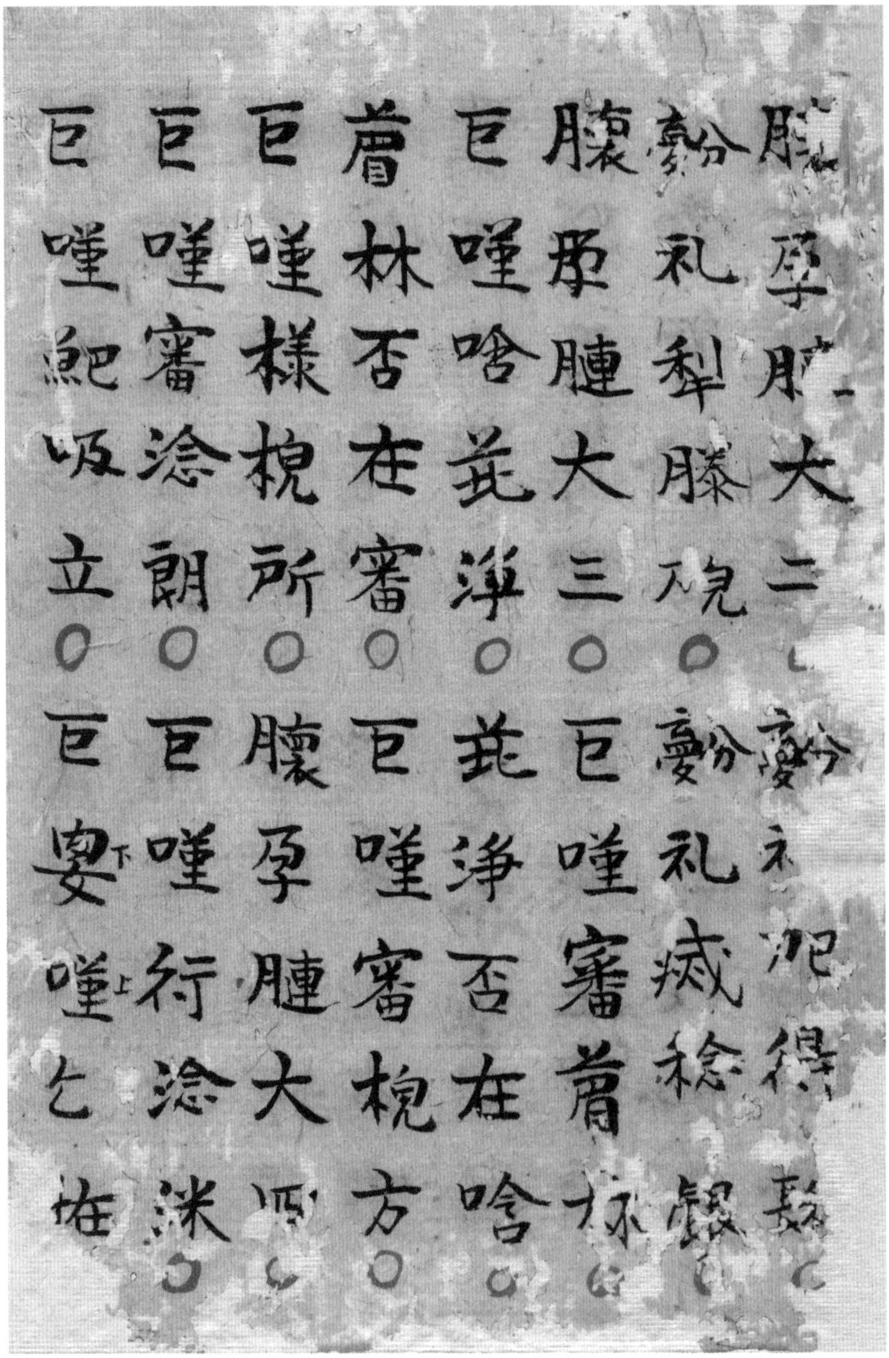

膥 孕 腺 大 二
Daij ndangz nduenz daih ngeih
taːi³ daːŋ² duːn² taːi⁶ ŋei⁶
怀 孕 月 第 二
怀孕到第二个月，

膥 孕 腺 大 三
Daij ndangz nduenz daih sam
taːi³ daːŋ² duːn² taːi⁶ saːm¹
怀 孕 月 第 三
怀孕到了三个月，

剱 礼 吧 得 剻
Baen ndaej byax dwk raeh
pʻan¹ dai³ pja⁴ tuk⁷ ɹai⁶
梦 得 刀 打 锋利
梦见得了把利刀，

巨 嗟 審 蒚 林①
Ngah gin soemj mbawz loemz
ŋa⁶ kin¹ som³ bɔɣ² lom²
爱 吃 酸 叶子 风
爱吃酸酸的风叶，

剱 礼 犁 滕 脘
Baen ndaej dae daengz mag
pʻan¹ dai³ tʻai¹ taŋ² maːk⁸
梦 得 犁 整 把
梦见得到整套犁，

巨 嗟 哈 苉 净
Ngah gin haemz byaek seuq
ŋa⁶ kin¹ ham² pʻjak⁷ seːu⁵
爱 吃 苦 菜 清淡
爱吃清淡的苦菜。

剱 礼 戚 稔 銀
Baen ndaej mid ndaemj ngaenz
pʻan¹ dai³ mit⁸ dam³ ŋan²
梦 得 匕首 柄 银
梦见银柄的短刀。

苉 净 否 在 啥
Byaek seuq mbouh caij haemz
pʻjak⁷ seːu⁵ bou⁶ tsaːi³ ham²
菜 清淡 不 再 苦
苦菜不再感觉苦，

① 立 [lip⁸]：指果实发育不全，不饱满，瘪的。比喻细小的。

賁　　林　　否　　在　　審
Mbawz　loemz　mbouh　caij　soemj
bɔy²　　lom²　　bou⁶　tsa:i³　som³
叶　　风　　不　　再　　酸
风叶不再觉得酸。

巨　　嗖　　審　　淰　　朗
Ngah　gin　soemj　naemx　rangz
ŋa⁶　　kin¹　som³　nam⁴　ɹa:ŋ²
爱　　吃　　酸　　水　　竹笋
爱吃泡笋的酸水，

巨　　嗖　　審　　桄　　方
Ngah　gin　soemj　mak　fiengz
ŋa⁶　　kin¹　som³　ma:k⁷　fy:ŋ²
爱　　吃　　酸　　果　　阳桃
嘴馋酸酸的阳桃，

巨　　嗖　　行　　淰　　洣
Ngah　gin　hangz　naemx　meiq
ŋa⁶　　kin¹　ha:ŋ²　nam⁴　mei⁵
爱　　吃　　煮　　水　　醋
爱吃酸醋做的菜。

巨　　嗖　　樣　　桄　　所
Ngah　gin　yiengh　mak　seq
ŋa⁶　　kin¹　jy:ŋ⁶　ma:k⁷　se⁵
爱　　吃　　样　　果　　杨梅
想吃酸果似杨梅。

巨　　嗖　　鮊　　吸　　立①
Ngah　gin　bya　gyaet　lib
ŋa⁶　　kin¹　pja¹　kjat⁷　lip⁸
爱　　吃　　鱼　　鳞　　瘪的
特别爱吃细鳞鱼，

滕　　孕　　腫　　大　　四
Daij　ndangz　nduenz　daih　seiq
ta:i³　da:ŋ²　du:n²　ta:i⁶　sei⁵
怀　　孕　　月　　第　　四
怀孕到了四个月，

巨　　嗖　　婑　　亡　　怵
Ngah　gin　nwx　haet　cai
ŋa⁶　　kin¹　ny⁴　hat⁷　tsa:i¹
爱　　吃　　肉　　做　　斋
爱吃做斋事的肉。

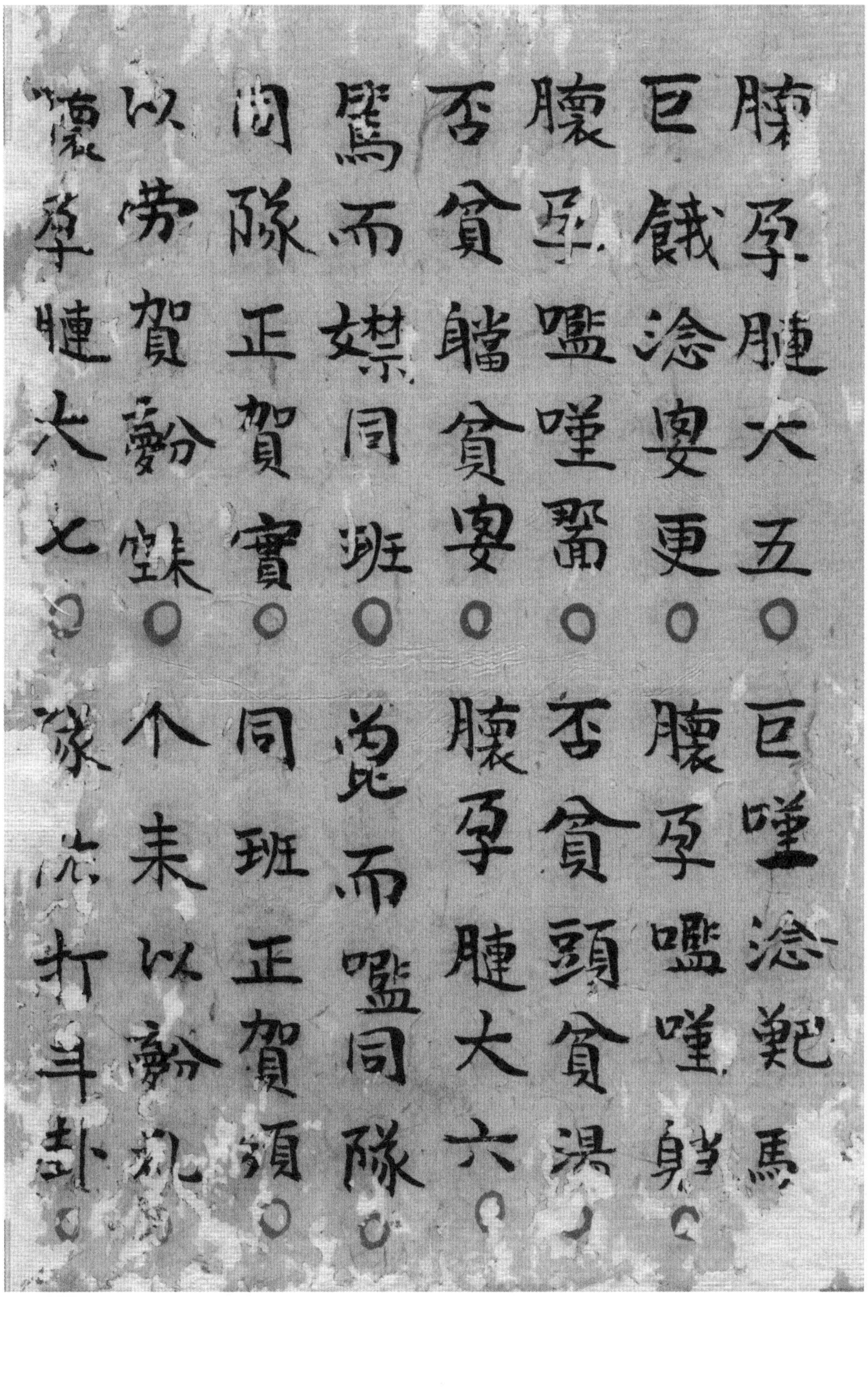

腍　孕　腪　大　五
Daij　ndangz　nduenz　daih　haj
ta:i³　da:ŋ²　du:n²　ta:i⁶　ha³
怀　孕　月　第　五
怀孕到了五个月，

巨　噇　淰　靶　馱
Ngah　gin　naemx　bya　dah
ŋa⁶　kin¹　nam⁴　pja¹　ta⁶
爱　吃　水　鱼　河
爱吃江河鱼的汤，

巨　餓　淰　偻　更
Ngah　yag　naemx　nwx　geng
ŋa⁶　ʔja:k⁸　nam⁴　ny⁴　ke:ŋ¹
馋　饿　水　肉　羹
最是爱吃鱼肉羹。

腍　孕　噬　噇　躺
Daij　ndangz　gyam　gin　ndangz
ta:i³　da:ŋ²　k'ja:m¹　kin¹　da:ŋ²
怀　孕　问　吃　身
怀孕吃啥能养身？

腍　孕　噬　噇　醤
Daij　ndangz　gyam　gin　naj
ta:i³　da:ŋ²　k'ja:m¹　kin¹　na³
怀　孕　问　吃　脸面
怀孕吃啥可养颜？

否　贫　頭　贫　湯
Mbouh　baenz　du　baenz　dang
bou⁶　pan²　t'u¹　pan²　t'a:ŋ¹
不　成　头　成　尾
胎儿还没长头尾，

否　贫　躺　贫　偻
Mbouh　baenz　ndangz　baenz　nwx
bou⁶　pan²　da:ŋ²　pan²　ny⁴
不　成　身　成　肉
不成躯体不长肉。

腍　孕　腪　大　六
Daij　ndangz　nduenz　daih　gyoek
ta:i³　da:ŋ²　du:n²　ta:i⁶　k'jok⁷
怀　孕　月　第　六
怀孕到了六个月，

篤　而　㼟　同　班
Doek rawz gyaemh doengz ban
tok^7　ɣcr^2　k'jam^6　toŋ^2　pa:n^2
落脚　哪　问　同　伴
到哪儿都问同伴，

以　劳　賀　劵　铢
Nyih lau yax baen ndaiz
ɲi^6　la:u^1　ja^4　p'an^1　da:i^2
只　怕　说　梦　空白
只怕梦醒一场空，

跑　而　嘅　同　隊
Bae rawz gyam doengz doih
pai^1　ɣcr^2　k'ja:m^1　toŋ^2　to:i^6
去　哪　问　同　队
到哪儿都问同伙。

个　末　以　劵　礼
Gah laiz nyih baen ndaej
ka^6　la:i^2　ɲi^6　p'an^1　dai^3
原来　来　也　梦　得
原来梦里确是真。

同　隊　正　賀　實
Doengz doih cingq yax saed
toŋ^2　to:i^6　tsiŋ^5　ja^4　sat^8
同　队　正经　讲　实话
同伙正经说实话，

膡　孕　腜　大　七
Daij ndangz nduenz daih caet
ta:i^3　da:ŋ^2　du:n^2　ta:i^6　tsat^7
怀　孕　月　第　七
怀孕到了七个月，

同　班　正　賀　須
Doengz ban cingq yax sawh
toŋ^2　pa:n^1　tsiŋ^5　ja^4　sɯ^6
同　伴　正经　说　老实
同伴才明白告知。

隊　陇　打　斗　卦
Doih lungz daq daeuj gvaq
to:i^6　luŋ^2　ta^5　tau^3　kva^5
们　伯父　外公　来　过
伯父外公来见过，

① 家 [k'ja⁶]：挂在灶台上方用以烘干谷穗等物的一种竹器，圆柱形，底部中间隆起，以增加受热面积使烘烤物受热均匀。

② 送魂 [soŋ⁵ k'van¹]：送魂。送魂活动的目的并非把魂送走，而是请法师把散魂收拢送回，即"招魂"。

隊	儂	那	斗	赧
Doih	nongx	nah	daeuj	daen
to:i⁶	no:ŋ⁴	na⁶	tau³	tʼan¹
们	弟妹	舅姨	来	见

弟妹舅姨也来见。

皂	麻	犳	犸	皮
Coux	maz	gaj	mou	beiz
tsou⁴	ma²	kʼa³	mou¹	pei²
就	来	杀	猪	肥

杀头肥猪来招待，

皂	麻	審	酒	老
Coux	maz	cimz	laeuj	geq
tsou⁴	ma²	tsim²	lau³	ke⁵
就	来	尝	酒	老

一同品尝老陈酒，

沈	酒	老	三	卑
Cimz	laeuj	geq	sam	bei
tsim²	lau³	ke⁵	sa:m¹	pei¹
尝	酒	老	三	年

品尝三年的陈酿。

犳	犸	皮	三	輪
Gaj	mou	beiz	sam	hob
kʼa³	mou¹	pei²	sa:m¹	ho:p⁸
杀	猪	肥	三	周岁

宰头三年大肥猪，

稻	糯	麻	悃	家①
Gaeuj	nu	maz	gwnj	gyah
kʼau³	nu¹	ma²	kʼɯn³	kʼja⁶
谷	糯	来	上	烘篮

快拿糯谷上烘篮，

稻	那	麻	悃	⼚
Gaeuj	naz	maz	gwnj	daem
kʼau³	na²	ma²	kʼɯn³	tam¹
谷	田	来	上	舂

烘干糯谷舂成米。

麻	送	魂②	滕	哱
Maz	soengq	gvaen	daeng	dawj
ma²	son⁵	kʼvan¹	tʼaŋ¹	tɔy³
来	送	魂	到	底楼

收拢魂灵送底楼，

① 天伤 [tʻeːn⁶ ɕaːŋ⁶]：壮族民间信仰里的煞星之一，当地人认为遇上此星不吉利。
② 羊刃 [jaːŋ² jin⁴]：壮族民间信仰里的煞星之一，当地人认为遇上此星不吉利。

麻	許	云	滕	楗
Maz	hawj	vwnh	daeng	ruenz
ma²	hɔy³	vuun⁶	tʻaŋ¹	ɹuːn²
来	给	鸿运	到	家

请把鸿运送到家。

鸭	麻	紏	天	傷①
Baet	maz	gaj	denh	cangh
pat⁷	ma²	kʻa³	tʻeːn⁶	ɕaːŋ⁶
鸭	来	杀	天	伤

宰鸭戒天伤之煞，

㺌	麻	紏	羊	刄②
Mou	maz	gaj	yangz	yinx
mou¹	ma²	kʻa³	jaːŋ²	jin⁴
猪	来	杀	羊	刃

杀猪戒羊刃之灾。

朦	孕	腺	大	八
Daij	ndangz	nduenz	daih	bet
taːi³	daŋ²	duːn²	taːi⁶	peːt⁷
怀	孕	月	第	八

怀孕到了八个月，

屋	亭	烈	㤗	残
Og	ndengj	nded	byai	canz
ʔoːk⁸	deːŋ³	deːt⁸	pjaːi¹	tsaːn²
出	晒	阳光	末端	晒台

到晒台沐浴阳光，

眰	扸	攔	懒	講
Daen	lug	lan	gyanx	gangj
tʻan¹	luk⁸	laːn¹	kjaːn⁴	kaːŋ³
见	儿	侄	懒	讲

见到小辈懒开腔。

亭	烈	以	否	黎
Ndengj	nded	nyih	mbouh	ndaez
deːŋ³	deːt⁸	ȵi⁶	bou⁶	dai²
沐	阳光	也	不	好

晒太阳也不见好，

亭	燹	以	否	净
Ndengj	faez	nyih	mbouh	cingh
deːŋ³	fai²	ȵi⁶	bou⁶	tsiŋ⁶
沐	火	也	不	清净

烤火取暖难清净。

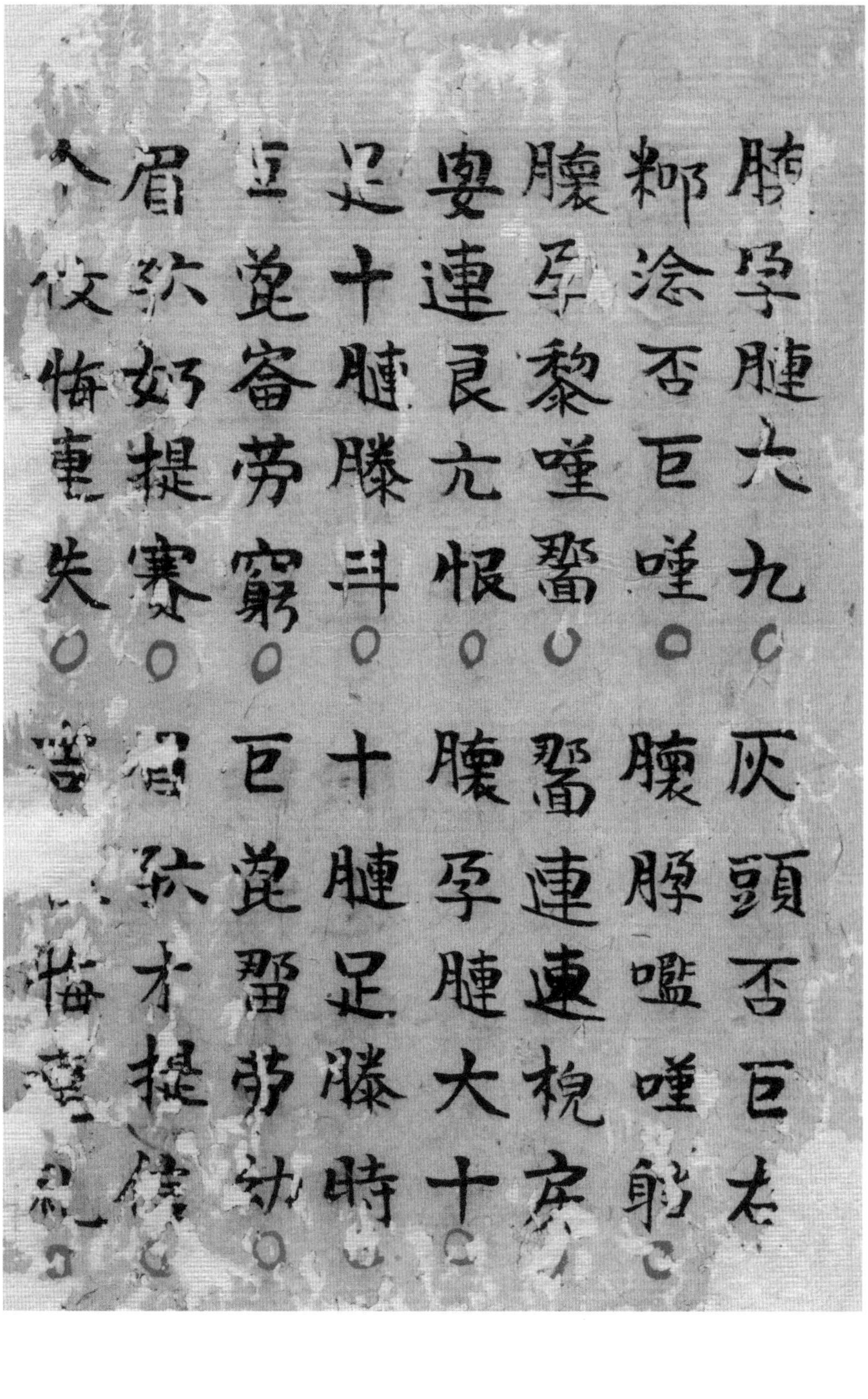

朕	孕	腜	大	九
Daij	ndangz	nduenz	daih	gaeuj
ta:i³	da:ŋ²	du:n²	ta:i⁶	kau³
怀	孕	月	第	九

怀孕到了九个月，

灰	頭	否	巨	右
Vei	du	mbouh	gyaih	yaeux
vei¹	tu¹	bou⁶	kja:i⁶	jau⁴
梳	头	不	愿	举

梳头都不愿抬手，

粝	淰	否	巨	嗤
Gaeuj	naemx	mbouh	gyaih	gin
kau³	nam⁴	bou⁶	kja:i⁶	kin¹
饭	水	不	愿	吃

端着茶饭不思食。

朕	脬	嗤	嗤	舀
Daek	ndangz	gyaemh	gin	ndangz
t'ak⁷	da:ŋ²	k'jam⁶	kin¹	da:ŋ²
怀	孕	问	吃	身

怀孕吃啥能养身？

朕	孕	黎	嗤	醫
Daij	ndangz	ndaez	gin	naj
ta:i³	da:ŋ²	dai²	kin¹	na³
怀	孕	好	吃	脸

怀孕吃啥可养颜？

醫	连	连（速）	梡	房
Naj	leh	suk	mak	fiengz
na³	le⁶	suk⁷	ma:k⁷	fy:ŋ²
脸	则	熟	果	阳桃

脸像熟透的阳桃，

娈	连	良	亢	恨
Nwx	leh	lieng	gwng	minj
ny⁴	le⁶	lɯ:ŋ¹	k'ɯŋ¹	min³
肉	则	黄	姜	黄

面无血色似姜黄。

朕	孕	腜	大	十
Daij	ndangz	nduenz	daih	sip
ta:i³	da:ŋ²	du:n²	ta:i⁶	sip⁷
怀	孕	月	第	十

怀孕到了十个月，

足 十 腍 滕 斗
Cuk sip nduenz daeng daeuj
tsuk⁷ sip⁷ duːn² tʻaŋ¹ tau³
足 十 月 到 来
怀胎十月时间到，

十 腍 足 滕 時
Sip nduenz cuk daeng seiz
sip⁷ duːn² tsuk⁷ tʻaŋ¹ sei²
十 月 足 到 时
十月怀胎到产期。

巨 跑 畲 劳 窮
Ngah bae raeh lau gungz
ŋa⁶ pai¹ ɹaɯ⁶ laːu¹ kuŋ²
想 去 畲地 怕 窘
想去地里怕不测，

巨 跑 䂮 劳 幼
Ngah bae naz lau nguh
ŋa⁶ pai¹ na² laːu¹ ŋu⁶
想 去 田 怕 误
想去田里怕误事。

眉 狇 奶 提 賽
Meiz lug nyingz daw sai
mei² luk⁸ ȵiŋ² tʻɯ¹ saːi¹
有 儿 女 拿 带子
生得女儿拿丝线，

眉 狇 才 提 信
Meiz lug caiz daw saenq
mei² luk⁸ tsaːi² tʻɯ¹ san⁵
有 儿 男 拿 书信
生得男儿读诗书。

个 忟 悔 連 失
Gaiq dwnx goij leh siet
kaːi⁵ tun⁴ kʻoːi³ le⁶ siːt⁷
些 这 我 则 损失
那边我虽有所失，

吉 忟 悔 連 礼
Giz dwnx goij leh ndaej
ki² tun⁴ kʻoːi³ le⁶ dai³
处 这 我 则 得
这边我却有收获。

第二节　说梦伴随度人生

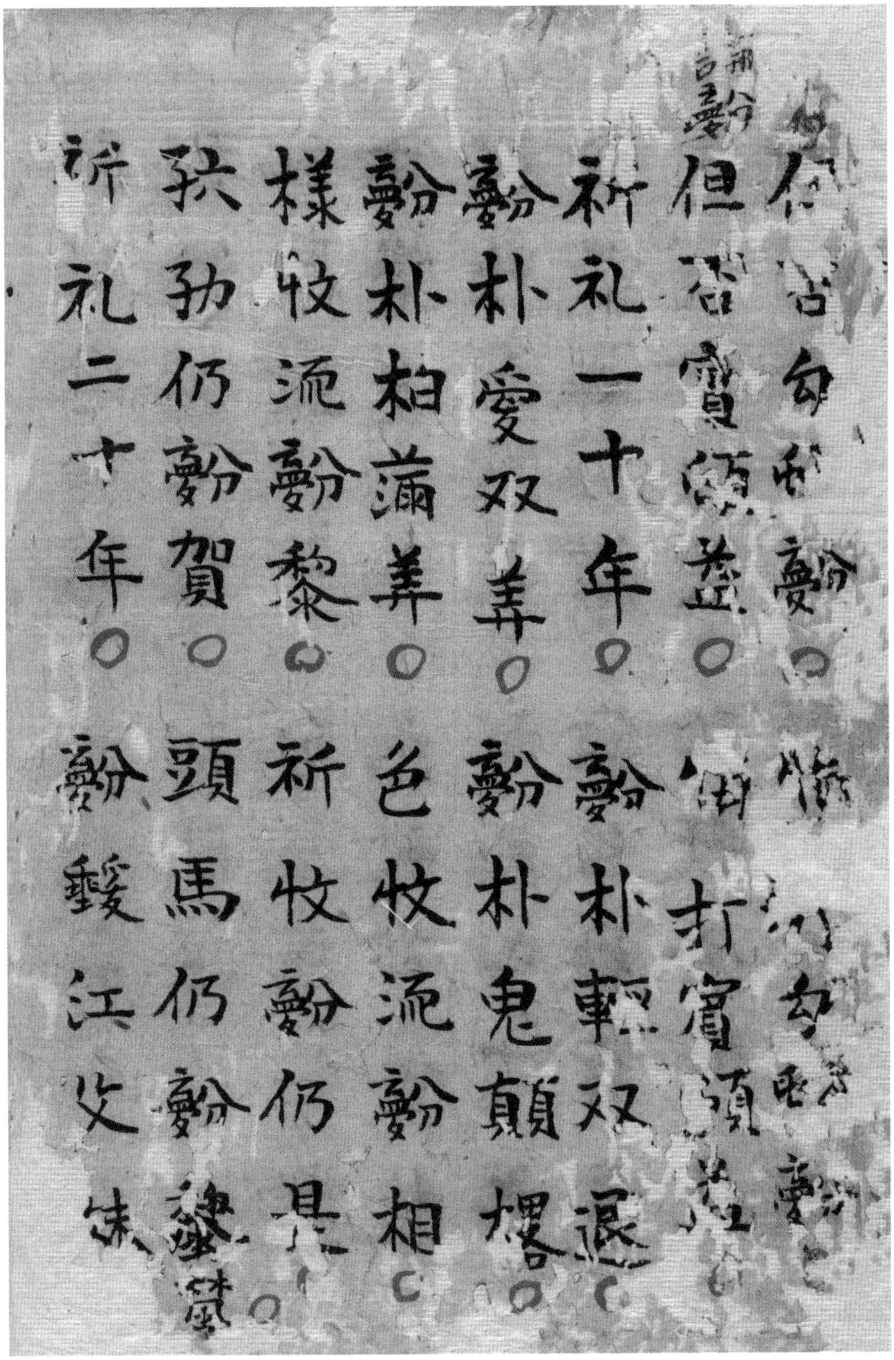

但　否　勾　頓　⿰⿱艹多分

Danh　mbouh　gouq　duen　baen

ta:n^{6}　bou^{6}　kou^{5}　tu:n^{1}　p‘an^{1}

别人　不　回忆　提及　梦

别人不谈梦寐事，

悔　打　勾　頓　⿰⿱艹多分

Goij　deh　gouq　duen　baen

k‘o:i^{3}　te^{6}　kou^{5}　tu:n^{1}　p‘an^{1}

我　将　回忆　提及　梦

我则要谈做梦时。

但　否　賔　頓　益

Dan　mbouh　baenq　duen　iq

ta:n^{6}　bou^{6}　pan^{5}　tu:n^{1}　i^{5}

别人　不　转悠　提及　小

别人不提幼时事，

悔　打　賔　頓　益

Goij　deh　baenq　duen　iq

k‘o:i^{3}　te^{6}　pan^{5}　tu:n^{1}　i^{5}

我　则　转回　提及　小

我要回忆幼年时。

祈　礼　一　十　年

Gyaenh　ndaej　aet　sip　bei

kjan^{6}　dai^{3}　at^{7}　sip^{7}　pei^{1}

阶段　得　一　十　岁

记得刚满十岁时，

⿰⿱艹多分　朴　輕　双　退

Baen　baek　ging　song　doij

p‘an^{1}　pak^{7}　k‘iŋ^{1}　so:ŋ^{1}　t‘o:i^{3}

梦　种　姜　两　行

梦见曾种两行姜，

⿰⿱艹多分　朴　愛　双　⿱丷弄

Baen　paek　oij　song　suen

p‘an^{1}　pak^{7}　ʔo:i^{3}　so:ŋ^{1}　su:n^{1}

梦　栽　蔗　两　园

梦见甘蔗栽两园，

⿰⿱艹多分　朴　鬼　顛　⿰木⿱罒各

Baen　baek　guij　din　lueg

p‘an^{1}　pak^{7}　ku:i^{3}　tin^{1}　lu:k^{8}

梦　种　蕉　脚　山谷

梦见山谷种芭蕉，

勠 朴 柏 蒲 养
Baen baek byaek dim suen
p'an¹ pak⁷ p'jak⁷ tim¹ suːn¹
梦 种 菜 满 园
梦见菜蔬栽满园。

抌 劲 仍 勠 贺
Lug eng nyaengz baen yax
luk⁸ ʔeːŋ¹ ȵaŋ² p'an¹ ja⁴
儿 婴 还 梦 说
婴儿做梦会梦呓，

色 忟 流 勠 相
Saek dwnx raeuz baen siengq
sak⁷ tɯn⁴ ɹau² p'an¹ syːŋ⁵
种 这 咱 梦 像 样
这梦我们梦得棒，

頭 馬 仍 勠 薍
Du maj nyaengz baen lumz
t'u¹ ma³ ȵaŋ² p'an¹ lum²
在 生长 还 梦 忘记
少年梦过梦就忘。

樣 忟 流 勠 黎
Yiengh dwnx raeuz baen ndaez
jyːŋ⁶ tɯn⁴ ɹau² p'an¹ dai²
样 这 咱 梦 好
这梦我们梦得好，

祈 礼 二 十 年
Gyaenh ndaej ngeih sip bei
kjan⁶ dai³ ŋei⁶ sip⁷ pei¹
阶段 得 二 十 岁
二十岁那个时候，

祈 忟 勠 仍 是
Gyaenh dwnx baen nyaengz cawh
kjan⁶ tɯn⁴ p'an¹ ȵaŋ² tsɯ⁶
段 这 梦 还 是
这是一段美美梦。

勠 覉 江 父 妹
Baen nonz gyang boh meh
p'an¹ noːn² kjaːŋ¹ po⁶ me⁶
梦 睡 中间 父 母
梦里还睡父母间，

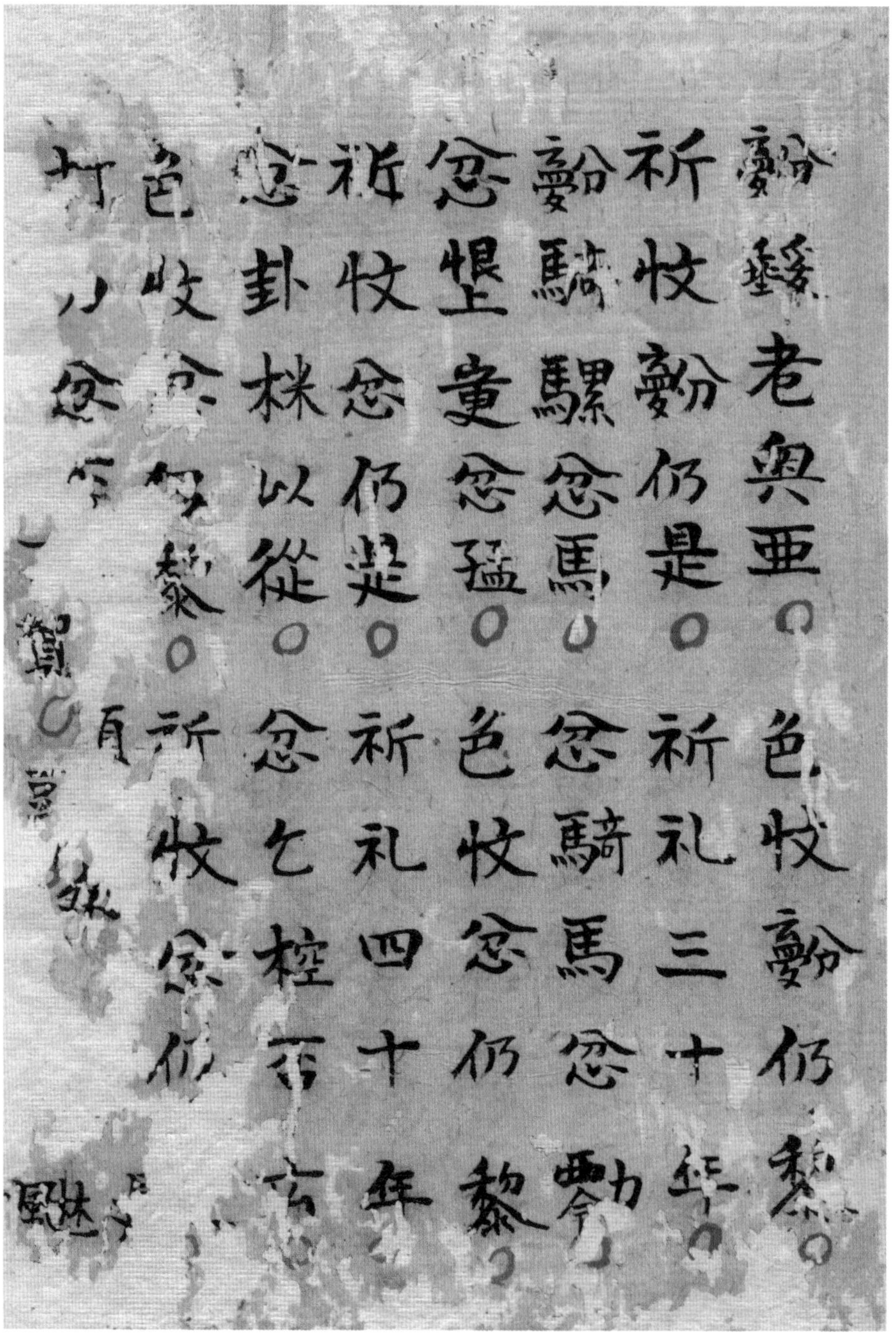

劦　輭　老　奥　亜
Baen nonz geh auh az
p'an¹ no:n² ke⁶ ʔa:u⁶ ʔa²
梦　睡　缝隙　叔　姑
躺在叔姑夹缝里。

劦　騎　騾　忿　馬
Baen gveih loz baen max
p'an¹ k'vei⁶ lo² p'an¹ ma⁴
梦　骑　骡　梦　马
梦见自己骑骡马。

色　忟　劦　仍　黎
Saek dwnx baen nyaengz ndaez
sak⁷ tɯn⁴ p'an¹ ȵaŋ² dai²
类　这　梦　还　好
这类梦还算美梦，

忿　騎　馬　忿　勠
Baen gveih max baen rengz
p'an¹ k'vei⁶ ma⁴ p'an¹ ɹeŋ²
梦　骑　马　梦　猛
梦见骑马很威风，

祈　忟　劦　仍　是
Gyaenh dwnx baen nyaengz cawh
kjan⁶ tɯn⁴ p'an¹ ȵaŋ² tsɯ⁶
阶段　这　梦　还　是
这段的梦还算好。

忿　悭　堇　忿　孟
Baen gwnj geng baen maengh
p'an¹ k'ɯn³ ke:ŋ¹ p'an¹ maŋ⁶
梦　上　岗　梦　猛
骑马过岗特威猛。

祈　礼　三　十　年
Gyaenh ndaej sam sip bei
kjan⁶ dai³ sa:m¹ sip⁷ pei¹
阶段　得　三　十　岁
活到三十岁年纪，

色　忟　忿　仍　黎
Saek dwnx baen nyaengz ndaez
sak⁷ tɯn⁴ p'an¹ ȵaŋ² dai²
类　这　梦　还　好
这类梦还算美梦，

祈	忟	忿	仍	是
Gyaenh	dwnx	baen	nyaengz	cawh
kjan^{6}	tɯn^{4}	p‘an^{1}	ȵaŋ^{2}	tsəɯ^{6}
阶段	这	梦	仍	是

这段的梦还算好。

祈	礼	四	十	年
Gyaenh	ndaej	seiq	sip	bei
kjan^{6}	dai^{3}	sei^{5}	sip^{7}	pei^{1}
阶段	得	四	十	年

活到四十岁年纪，

忿	卦	株	以	從
Baen	gvaq	maex	nyih	cungz
p‘an^{1}	kva^{5}	mai^{4}	ȵi^{6}	ɕuŋ^{2}
梦	过	树木	也	顺利

梦见爬树还顺利，

忿	乞	椌	否	広
Baen	haet	goeng	mbouh	mbwh
p‘an^{1}	hat^{7}	koŋ^{1}	bou^{6}	by^{6}
梦	做	事	不	闷

梦见做工不发闷。

色	忟	忿	仍	黎
Saek	dwnx	baen	nyaengz	ndaez
sak^{7}	tɯn^{4}	p‘an^{1}	ȵaŋ^{2}	dai^{2}
类	这	梦	还	好

这类梦还算美梦，

祈	忟	忿	仍	是
Gyaenh	dwnx	baen	nyaengz	cawh
kjan^{6}	tɯn^{4}	p‘an^{1}	ȵaŋ^{2}	tsəɯ^{6}
阶段	这	梦	还	对

这段的梦还是好。

打	力	忿	否	賀
Deh	engz	baen	mbouh	yax
te^{6}	ʔeːŋ^{2}	p‘an^{1}	bou^{6}	ja^{4}
个	婴儿	梦	不	说

小孩做梦不会说，

頭	馬	還	忿	⿵風林
Du	maj	nyaengz	baen	lumz
t‘u^{1}	ma^{3}	ȵaŋ^{2}	p‘an^{1}	lum^{2}
头	生长	还	梦	忘记

少年做梦还忘记。

念别孙的贞○　念宏丁妻卷○

祈礼七十年○　念高沼感伏○

日咸春操念○　蜀鸡样换转○

色牧念否黎○　祈牧念否住○

念物鱼藏县　念降卷陈若

祈牧念否是　祈礼六十年○　色牧

念○　州　色牧

祈　无　念　徐

① 楊州 [ja:ŋ² tsou¹]：扬州。在壮族民间信仰里，扬州是阴间的代名词。故梦见在扬州赶圩，意为不吉利。上句说梦见在新房子里举行祭礼，也意指不吉利。

祈　礼　五　十　年
Gyaenh ndaej haj sip bei
kjan⁶ dai³ ha³ sip⁷ pei¹
阶段　得　五　十　岁
活到五十岁年纪，

祈　忟　忩　否　是
Gyaenh dwnx baen mbouh cawh
kjan⁶ tun⁴ p'an¹ bou⁶ tsəu⁶
阶段　这　梦　不　对头
这段的梦不吉利。

忩　亡　庥　楝　糯
Baen haet veij ruenz mawq
p'an¹ hat⁷ vei³ ɹu:n² mɔɣ⁵
梦　做　祭祀　屋　新的
梦在新屋行祭礼，

祈　礼　六　十　年
Gyaenh ndaej gyoek sip bei
kjan⁶ dai³ k'jok⁷ sip⁷ pei¹
阶段　得　六　十　岁
活到六十岁年纪，

忩　屋　鸞　楊　州①
Baen og faeh yangz cou
p'an¹ ʔo:k⁸ fai⁶ ja:ŋ² tsou¹
梦　出　圩　扬　州
梦见到扬州赶圩。

忩　物　無　感　縣
Baen huj nauq gamj vienh
p'an¹ hu³ na:u⁵ k'a:m³ vi:n⁶
梦　事物　不　跨越　县
梦见事物不出县，

色　忟　忩　否　黎
Saek dwnx baen mbouh ndaez
sak⁷ tun⁴ p'an¹ bou⁶ dai²
类　这　梦　不　好
这种梦不是好梦，

忩　降　棬　隆　岩
Baen gyangh gienh loengz ngiemz
p'an¹ kja:ŋ⁶ ki:n⁶ lon² ŋy:m²
梦　饰品　落　下　岩洞
珍珠首饰落岩洞。

色	忟	忿	否	黎
Saek	dwnx	baen	mbouh	ndaez
sak⁷	tuun⁴	p'an¹	bou⁶	dai²
类	这	梦	不	好

这类梦寐很不好，

祈	忟	忿	否	住
Gyaenh	dwnx	baen	mbouh	cawh
kjan⁶	tuun⁴	p'an¹	bou⁶	tsɯɯ⁶
阶段	这	梦	不	对头

这梦不是好兆头。

曰	臧	春	操	忿
Vaenz	ngamq	cwnh	coux	baen
van²	ŋaːm⁵	tsɯn⁶	tsou⁴	p'an¹
日	刚	醒来	又	梦

午休刚醒又做梦，

罷	鶏	样	换	轉
Naj	gaeq	yiengh	vuenh	cienq
na³	kai⁵	jyːŋ⁶	vuːn⁶	tsiːn⁵
脸	鸡	一样	换	转

如鸡一般团团转。

祈	礼	七	十	年
Gyaenh	ndaej	caet	sip	bei
kjan⁶	dai³	ɕat⁷	sip⁷	pei¹
阶段	得	七	十	岁

活到七十岁年纪，

忿	高	沼	感	伏
Baen	gau	lwz	gamj	fag
p'an¹	kaːu¹	ly²	k'aːm³	faːk⁸
梦	划	船	跨过	对岸

梦见划船过对岸，

忿	别	抔	的	贞
Baen	byag	lug	deh	cing
p'an¹	pjaːk⁸	luk⁸	te⁶	ɕiŋ¹
梦	别	儿	姑娘	亲

梦见离子又别孙，

忿	広	丁	妾	呑
Baen	mwz	dingz	nw	fax
p'an¹	my²	tiŋ²	ny¹	fa⁴
梦	上去	顶	上方	天

梦见去到天顶上，

怂 岙 阤 妄 頭
Baen fax dug nw du
p'an¹ fa⁴ t'uk⁸ ny¹ t'u¹
梦 天 碰 上方 头
梦见天空碰到头，

祈 忟 怂 否 住
Gyaenh dwnx baen mbouh cawh
kjan⁶ tuun⁴ p'an¹ bou⁶ tsɯ⁶
阶段 这 梦 不 对头
这段的梦不祥瑞。

怂 亡 兽 媚 糩
Baen haet luz bawx mawq
p'an¹ hat⁷ lu² pɔy⁴ mɔy⁵
梦 做 妯娌 媳妇 新
梦见又做新媳妇，

否 郡 淰 得 落
Mbouh gyonj naemx dwk lag
bou⁶ k'joːn³ nam⁴ tuuk⁷ laːk⁸
不 聚集 水 灌 根
不得聚水浇根部，

怂 惑 冐 厷 仙
Baen daek mauh mwz sien
p'an¹ t'ak⁷ maːu⁶ my² siːn¹
梦 戴 帽 上 去 仙
梦见戴帽仙境游。

否 信 索 得 谷
Mbouh saenj sak dwk goek
bou⁶ san³ saːk⁷ tuuk⁷ kok⁷
不 及 时 施放 根部
不得及时施粪肥，

色 忟 怂 否 黎
Saek dwnx baen mbouh ndaez
sak⁷ tuun⁴ p'an¹ bou⁶ dai²
类 这 梦 不 好
这种梦不是好梦，

否 山 速 院 命
Mbouh camh cog vienh mingh
bou⁶ ça:m⁶ çoːk⁸ ʔviːn⁶ miŋ⁶
不 挣 扎 埋怨 命运
不拼求生而怨命。

① 巨 [kəu¹]：提及、谈到、过问。
② 目 [mok⁷]：腹。在当地人的认知中，认为喉和腹是情感表达和思维活动的中枢，与汉语的"心之官则思"不同。

谷	命	悔	连	毚
Goek	mingh	goij	leh	dai
kok^7	min^6	$k'o:i^3$	le^6	$t'a:i^1$
根	命	我	则	死

我已命定将挺腿，

怎	黎	否	贺	巨①
Nien	raeh	mbouh	yax	gaw
$ni:n^1$	$ɹai^6$	bou^6	ja^4	$kəu^1$
念	畲地	不	说	议

念地不得议农事，

悸	命	△	连	僻
Byai	mingh	△	leh	nyaix
$pja:i^1$	min^6	△	le^6	$ɲa:i^4$
梢	命	△	则	倾斜

△命已到风烛残年。

怎	畓	否	礼	里
Nien	naz	mbouh	ndaej	leix
$ni:n^1$	na^2	bou^6	dai^3	lei^4
念	水田	不	得	打理

思田不能去打理。

个	忟	悔	连	失
Gaiq	dwnx	goij	leh	siet
$ka:i^5$	tun^4	$k'o:i^3$	le^6	$si:t^7$
些	这	我	则	损失

那些我虽有所失，

目②	连	習	离	逻
Moek	leh	sih	leiz	lag
mok^7	le^6	si^6	lei^2	lak^8
腹	则	慢慢	落	寞

心绪慢慢变落寞，

吉	忟	悔	连	礼
Giz	dwnx	goij	leh	ndaej
ki^2	tun^4	$k'o:i^3$	le^6	dai^3
处	这	我	则	得

这些我却有所得。

目	趖	寺	离	懒
Moek	leh	cih	leiz	lanx
mok^7	le^6	tsi^6	lei^2	$la:n^4$
腹	则	渐	迷离	

思绪渐渐觉迷离。

第三节　青春年华谈婚嫁

① 偸［di³］：一种比箩筐小的圆口竹器。

② 恭［kjo:ŋ⁵］：古镇安一带特有的一种竹器。用青皮篾编制，方形，有盖子，有双耳，便于穿扁担。做工精细，坚固耐用，是走亲戚和做道场、做法事最常用的器具。

③ 廩淰［lam⁴ nam⁴］：原指其他的河流，此指其他族群。壮族一般依山傍水而居，往往一条溪流聚居一个族群、宗族，构成村落。因此，饮用不同的水流就代表不同的族群或宗族。

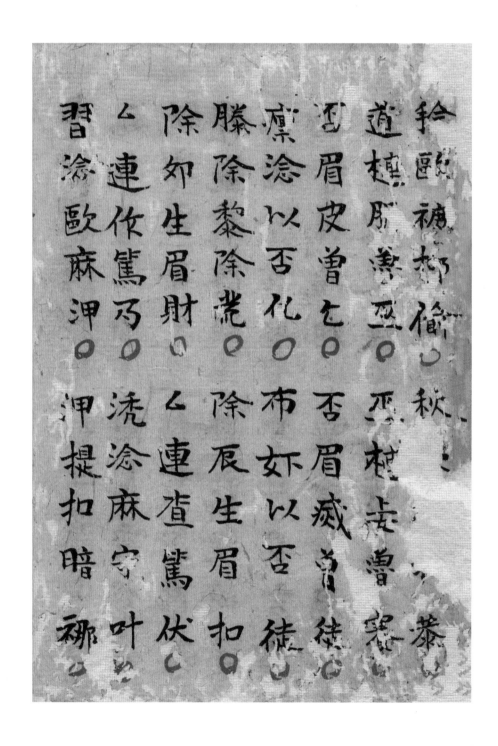

拎	歐	褙	挪	偷①
Gaem	aeuz	swj	gaeuj	ndij
kam¹	ʔau²	sy³	k'au³	di³
抓	要	衣	进	小竹箩

拿衣服装进竹箩，

秋	歐	袒	扣	恭②
Caeu	aeuz	swj	gaeuj	gyongq
ɕau¹	ʔau²	sy³	k'au³	kjoːŋ⁵
挪	要	衣	进	篾箱

拿衣服塞入篾箱。

道	楝	朋	兽	巫
Dauh	ruenz	baengh	roux	moed
taːu⁶	ɻuːn²	baŋ⁶	ɻou⁴	mot⁸
道公	屋	旁	会	巫

邻家道公也会巫，

巫	楝	妻	兽	赛
Moed	ruenz	nw	roux	saiq
mot⁸	ɻuːn²	ny¹	ɻou⁴	saːi⁵
巫师	家	上面	会	占卜

上屋巫师会占卜。

否	眉	皮	曾	亡
Mbouh	meiz	bei	saeng	haet
bou⁶	mei²	p'ei¹	saŋ¹	hat⁷
不	有	鬼	什么	做

无鬼还有谁作祟？

否	眉	戚	曾	徒
Mbouh	meiz	maed	saeng	doz
bou⁶	mei²	mat⁸	saŋ¹	to²
不	有	野鬼	什么	蛊惑

没妖还有谁施蛊？

廪	淰③	以	否	化
Laemx	naemx	nyih	mbouh	vaq
lam⁴	nam⁴	ɲi⁶	bou⁶	va⁵
另外	水	也	不	搞乱

他族不再来捣乱，

布	奸	以	否	徒
Baeuq	yah	nyih	mbouh	doz
pau⁵	ja⁶	ɲi⁶	bou⁶	to²
公	婆	也	不	蛊惑

公婆不再遭阴毒。

① 除茺［tsəu² vaŋ⁵］：指"旺时"。凡有大事要做，都要选择"除黎"（好时辰）"除茺"（旺时），图个吉利。

② 篤伏［tok⁷ fa:k⁸］：原义指落到竹编的地板上，此指出生。古时壮族居住干栏屋，人居层的"地板"通常用竹子编制而成，叫"伏［fa:k⁸］"。人们在这上面铺上席子或"幔［ma:n¹］"，这就是床了。因而"落到竹编的地板上"就成了"出生"的代名词。

③ 叶［bɔy²］：指柚子叶。人们认为柚子叶有爽身、祛风湿和驱邪的作用，常用来给婴幼儿洗身。遇上丧事也用柚子叶煮水洗手。

滕	除	黎	除	茺①
Daeng	cawz	ndaez	cawz	vaengq
t'aŋ¹	tsəu²	dai²	tsəu²	vaŋ⁵
到	时辰	好	时辰	吉

待到良辰吉日时，

除	辰	生	眉	扣
Cawz	caenz	seng	meiz	gaeuj
tsəu²	çan²	se:ŋ¹	mei²	k'au³
时	辰	生	有	粮

辰时出生有米粮，

除	夘	生	眉	财
Cawz	maeuj	seng	meiz	caiz
tsəu²	mau³	se:ŋ¹	mei²	tsa:i²
时	卯	生	有	财

卯时出生有财富。

△	连	查	篤	伏②
△	leh	cah	doek	fag
△	le⁶	ça⁶	tok⁷	fa:k⁸
△	则	哗啦	落	竹地板

△就呱呱坠地，

△	连	作	篤	乃
△	leh	cag	doek	dum
△	le⁶	ça:k⁸	tok⁷	tum¹
△	就	刷拉	落	土

△就顺利出生。

浼	淰	麻	守	叶③
Daeuj	naemx	maz	souq	mbawz
t'au³	nam⁴	ma²	sou⁵	bɔy²
暖	水	来	用	叶子

备洗身柚子叶水，

習	淰	歐	麻	泝
Ceh	naemx	aeuz	maz	ab
tse⁶	nam⁴	ʔau²	ma²	ʔa:p⁸
浸泡	水	拿	来	洗澡

柚子叶水来洗身。

泝	提	扣	暗	禰
Ab	daw	gaeuj	omj	ndaz
ʔa:p⁸	t'əu¹	k'au³	ʔo:m³	da²
洗	拿	进	襁褓	背带

洗好抱进襁褓里，

扣緇神褃斱○礼三昧實除○

礼三女正定○請匠秀恨也○

礼娑难莝黎○請匠鮑陕涂○

礼魮鮑陕浪○秌鷄嘬同畓○

郷酒譚枯覺○昌勿昌吉馬○

謹曾衿湯裙○謹曾衿湯裙○

謹昌嘼之妹○落嗒莫仁糇○

令攺目趐旺○曾産魔留俾○

① 謹嘗羚湯语：该句在原文中连续出现两处，其中一处为行文。

② 派［pʻaːi¹］：指拦河大坝，也指拦住小水沟流水的挡板。

扣	紬	神	褙	糣
Gaeuj	baj	goeb	omj	mawq
kʻau³	pʻa³	kop⁸	ʔoːm³	mɔy⁵
进	巾	夹层	襁褓	新

用新襁褓包起来。

礼	嫂	难	堎	黎
Ndaej	nwx	nanx	loengz	ndaez
dai³	ny⁴	naːn⁴	loŋ²	dai²
得	肉	野兽	下	阶梯

打得兽肉回到家。

礼	三	眛	實	除
Ndaej	sam	meih	saed	cawz
dai³	saːm¹	mei⁶	sat⁸	tsɯu²
得	三	凌晨	足	时辰

恰好对时三夜整，

請	匠	鮠	堎	淰
Cingj	cangh	bya	loengz	naemx
çiŋ³	tsaːŋ⁶	pja¹	loŋ²	nam⁴
请	匠	鱼	下	水

请渔夫下水打鱼，

礼	三	女	正	定
Ndaej	sam	naw	cingq	dingz
dai³	saːm¹	nɔy¹	tsiŋ⁵	tiŋ²
得	三	早	正	好

婴儿正好得三朝。

礼	鮠	鮠	堎	浪
Ndaej	bya	naez	loengz	langh
dai³	pja¹	nai²	loŋ²	laːŋ⁶
得	鱼	鲤	下	底楼

打得鲤鱼到楼下。

請	匠	秀	悭	岜
Cingj	cangh	daeuh	gwnj	bya
çiŋ³	tsaːŋ⁶	tʻau⁶	kʻɯn³	pʻja¹
请	匠	猎	上	山

请猎手上山狩猎，

尔	鷄	嗒	同	晶
Gaj	gaeq	lok	doengz	doq
kʻa³	kai⁵	loːk⁷	toŋ²	to⁵
杀	鸡	叫	伙	伴

杀鸡请亲朋好友，

粝	酒	譚	枯	覺
Gaeuj	laeuj	dam	go	gyog
k'au³	lau³	t'a:m¹	ko¹	kjo:k⁸
饭	酒	抬	家	族

设酒请本族外家。

昙	幼	昙	以	吉
Vaenz	youh	vaenz	nyih	geq
van²	ʔjou⁶	van²	ɲi⁶	ke⁵
日	住	日	渐	老

人生一天天变老，

吉	幼	昙	吉	馬
Gyaed	youh	vaenz	gyaed	maj
kjat⁸	ʔjou⁶	van²	kjat⁸	ma³
渐	在	日	渐	成长

孩儿一天天长大。

謹	曽	玲	湯	裙①
Gyaed	roux	gaem	dang	gvwnz
kjat⁸	ɹou⁴	kam¹	t'a:ŋ¹	kvən²
渐	懂	抓	尾	裙子

渐渐懂得抓裙摆，

謹	昙	喼	父	妹
Gyaed	vaenz	roux	boh	meh
kjat⁸	van²	ɹou⁴	po⁶	me⁶
渐	日	懂	父	母

日复一日识爹妈。

落	唠	莫	亡	猨
Roux	bug	moz	haet	vaiz
ɹou⁴	p'uk⁸	mo²	hat⁷	va:i²
会	牵	黄牛	当	水牛

会牵黄牛使水牛，

貪	派②	目	地	旺
Dam	bai	mboek	deih	vaengq
t'a:m¹	p'a:i¹	bok⁷	tei⁶	vaŋ⁵
抬	挡板	干涸	地方	空旷

挡板抬到空地耍。

曽	辛	魔	晋	脾
Roux	cung	moz	naz	baiz
ɹou⁴	tsuŋ¹	mo²	na²	pa:i²
懂得	牵	黄牛	田	斜坡

会牵黄牛过梯地，

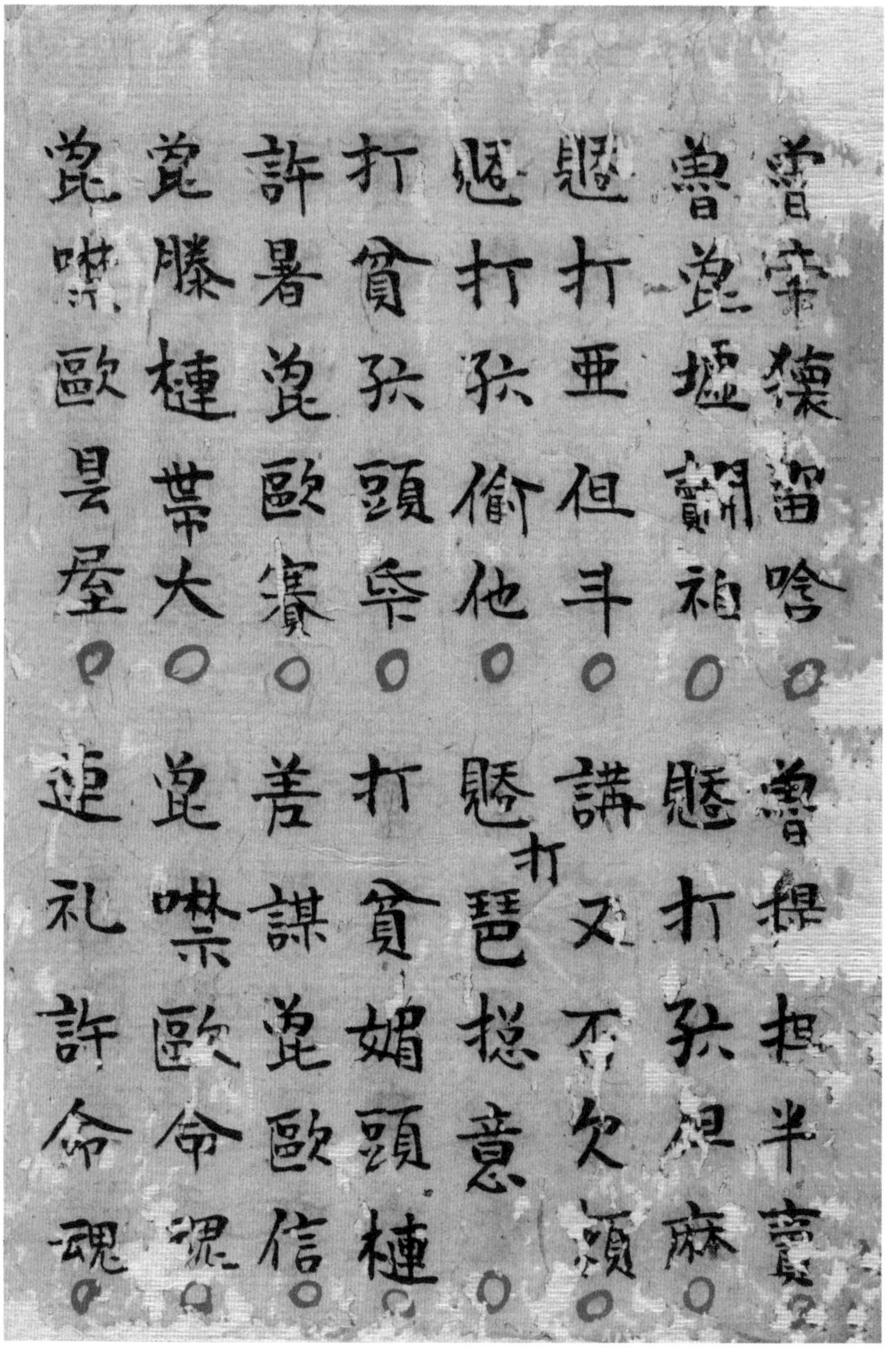

兽 牵 猿 蹓 啥
Roux cung vaiz naz ceh
ɹou⁴ tsuŋ¹ va:i² na² tse⁶
会 牵 水牛 田 浸水
会牵水牛下水田，

聑 打 亜 但 斗
Daen deh az danh daeuj
t'an¹ te⁶ ʔa² ta:n⁶ tau³
见 个 姑 别人 来
见到别人姑子来，

兽 提 担 半 賣
Roux daw dab buenq gai
ɹou⁴ t'əɯ¹ t'a:p⁸ pu:n⁵ k'a:i¹
会 挑 担 贩 卖
会挑货担做买卖，

講 又 否 欠 賴
Gangj youx mbouh gej raix
ka:ŋ³ jou⁴ bou⁶ k'e³ ɹa:i⁴
说话 又 不 凶 恶
说话语气很温柔。

兽 匘 墟 龖 袑
Roux bae haw gai swj
ɹou⁴ pai¹ həɯ¹ k'a:i¹ sy³
会 去 圩场 卖 衣
会卖衣服换铜钱。

聑 打 扰 偷 他
Daen deh lug dug da
t'an¹ te⁶ luk⁸ t'uk⁸ t'a¹
见 个 孩 中 眼
见那女孩很顺眼，

聑 打 扰 但 麻
Daen deh lug danh maz
t'an¹ te⁶ luk⁸ ta:n⁶ ma²
见 个 女儿 他人 来
看见人家女子到，

聑 打 琶 捴 意
Daen deh baz cungj eih
t'an¹ te⁶ pa² tsuŋ³ ʔei⁶
见 个 媳妇 中 意
看那姑娘很中意。

① 赛［saːi¹］：细绳索。"赛［saːi¹］"常与"信［sən³］"连用，泛指细小的绳索，引申为"信息、线索"。也常分开用在联句的上下句中，如此处。这儿指对方的个人信息——生辰八字。派媒婆去取八字，如对方同意，会郑重地用大红纸书写女子的姓名及生辰八字交给媒婆带回。

② 信［sən³］：同"赛"。

③ 命魂［miŋ⁶ kʻvan¹］：指生辰八字。

打	贫	犾	頭	乑
Deh	baenz	lug	du	dawj
te⁶	pan²	luk⁸	tʻu¹	toy³
将	成为	女儿	头	下方

姑娘将成邻家女，

打	贫	媚	頭	槤
Deh	baenz	bawx	du	ruenz
te⁶	pan²	pɔy⁴	tʻu¹	ɹuːn²
将	成为	媳妇	头	家

将成邻居的新媳。

許	暑	虺	歐	赛①
Hawj	cawj	bae	aeuz	sai
hɔy³	çɑu³	pai¹	ʔau²	saːi¹
给	使者	去	要	绳索

派人去取姻缘线，

差	謀	虺	歐	信②
Caiq	moiz	bae	aeu	swnj
çaːi⁵	moːi²	pai¹	au¹	sən³
派	媒婆	去	要	根（线）

派媒去要八字帖。

虺	滕	槤	带	大
Bae	daeng	ruenz	daiq	daq
pai¹	tʻaŋ¹	ɹuːn²	taːi⁵	ta⁵
去	到	家	外婆	外公

去到外公外婆家，

虺	嚫	歐	命	魂③
Bae	gyaemh	aeuz	mingh	gvaen
pai¹	kʻjam⁶	ʔau²	miŋ⁶	kʻvan¹
去	问	要	命	魂

去问要她的生辰。

虺	嚫	歐	昙	屋
Bae	gyaemh	aeuz	vaenz	og
pai¹	kʻjam⁶	ʔau¹	van²	ʔoːk⁸
去	问	要	日子	出

去问要出生月日，

连	礼	許	命	魂
Leh	ndaej	hawj	mingh	gvaen
le⁶	dai³	hɔy³	miŋ⁶	kʻvan¹
就	得	给	命	魂

问得姑娘的生辰。

連礼許景屋○　倨暑道麻揚

麻滕壚佛字○　麻滕地村香

麻滕逮父妹○　請父道民麻

賀布師民斗○　書六甲民麻

舊合昏民邾○　書他民以禿

狄命民以黎○　以丂公煞奴

以否平父妹○　父妹以卦黎

夫妻以卦度○　仪卬妹歐裵

① 地村香［tei^{6} ba:n^{3} hi:ŋ^{1}］：村子烧香的地方，一般是土地庙或村社庙。

連	礼	許	昙	屋
Leh	ndaej	hawj	vaenz	og
le^{6}	dai^{3}	hɔy^{3}	van^{2}	ʔo:k^{8}
就	得	给	日	生

问得姑娘的八字，

倨	暑	道	麻	捞
Goenz	cawj	dauq	maz	laeng
kon^{2}	ɕəɯ^{3}	ta:u^{5}	ma^{2}	laŋ^{1}
人	差使	回	来	后

差使随后返回村。

麻	滕	埬	佛	字
Maz	daeng	lungh	faed	ceij
ma^{2}	t‘aŋ^{1}	luŋ^{6}	fat^{8}	tsei^{3}
来	到	山㟖	佛	子

来到山㟖的佛寺，

麻	滕	地	村	香①
Maz	daeng	deih	mbanj	hieng
ma^{2}	t‘aŋ^{1}	tei^{6}	ba:n^{3}	hi:ŋ^{1}
来	到	地方	村子	香火

来到村边土地庙。

麻	滕	槤	父	妹
Maz	daeng	ruenz	boh	meh
ma^{2}	t‘aŋ^{1}	ɹu:n^{2}	po^{6}	me^{6}
来	到	家	父	母

来到自己父母家，

請	父	道	民	麻
Cingj	bouq	dauh	minz	maz
ɕiŋ^{3}	pou^{5}	ta:u^{6}	min^{2}	ma^{2}
请	公	道	他	来

请得道公他们来，

賀	布	師	民	斗
Yax	bouq	sae	minz	daeuj
ja^{4}	pou^{5}	sai^{1}	min^{2}	tau^{3}
吩咐	公	师	他	到来

吩咐师公他们到。

書	六	甲	民	麻
Saw	loeg	gyab	minz	maz
səɯ^{1}	lok^{8}	kja:p^{8}	min^{2}	ma^{2}
书	六	甲	他	来

拿来他们的庚辰，

書　合　昏　民　对
Saw　yab　vwnh　minz　doiq
səɯ¹　ja:p⁸　vuun⁶　min²　to:i⁵
书　合　婚　她　对照
拿出八字来对照。

書　他　民　以　秃
Saw　da　minz　nyih　dug
səɯ¹　t'a¹　min²　ȵi⁶　t'uk⁸
书　眼　她　也　合拍
姑娘八字也相合，

孖　命　民　以　黎
Loeg　mingh　minz　nyih　ndaez
lok⁸　miŋ⁶　min²　ȵi⁶　dai²
禄　命　她　也　好
姑娘命相也挺好。

以　否　煞　公　姑
Nyih　mbouh　sat　gungq　az
ȵi⁶　bou⁶　sa:t⁷　kuŋ⁵　ʔa²
也　不　克　公　姑
姑娘命不煞公婆，

以　否　乎　父　妹
Nyih　mbouh　gaz　boh　meh
ȵi⁶　bou⁶　ka²　po⁶　me⁶
也　不　忌克　父　母
也不与父母相扰。

父　妹　以　卦　黎
Boh　meh　nyih　gvaq　ndaez
po⁶　me⁶　ȵi⁶　kva⁵　dai²
父　母　也　过　好
父母都能过得好，

夫　妻　以　卦　度
Gvan　baz　nyih　gvaq　duh
kva:n¹　pa²　ȵi⁶　kva⁵　tu⁶
夫　妻　也　过　足(世)
夫妻也能共白头。

父　甲　妹　歐　意
Boh　gap　meh　aeuz　eih
po⁶　ka:p⁷　me⁶　ʔau²　ʔei⁶
父　跟　母　拿　主意
父母一起拿主意，

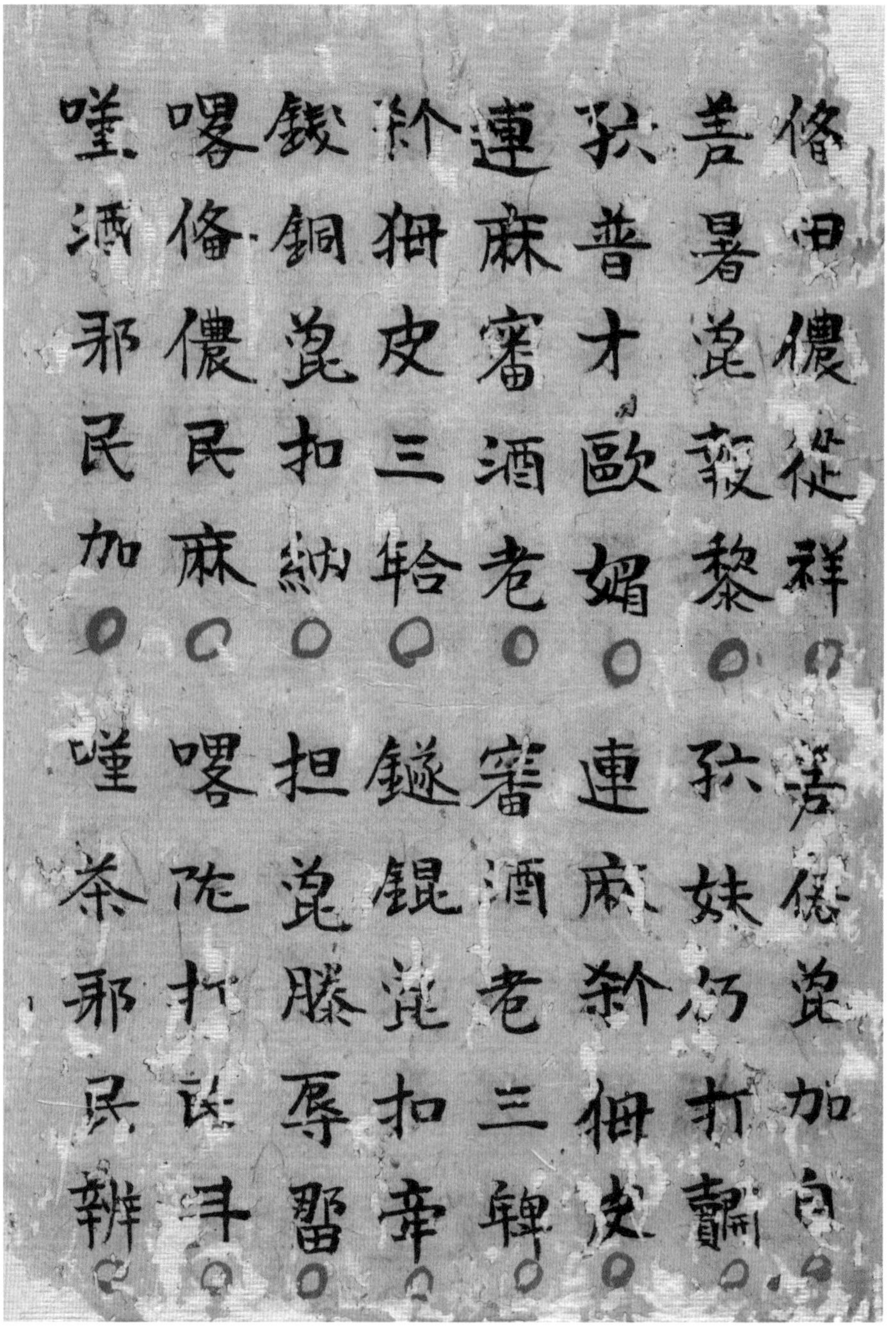

俖 甲 儂 従 祥

Beih gap nongx coengz ciengz

pei⁶ kaːp⁷ noːŋ⁴ tsoŋ² tsyːŋ²

兄姐 与 弟妹 商 量

兄弟姐妹同商议。

差 倌 匏 加 自

Caiq goenz bae gya swj

ça:i⁵ kon² pai¹ kʻja¹ sy³

派 人 去 找 衣物

派人去打点彩礼，

差 暑 匏 報 黎

Caiq cawj bae bauq ndaez

ça:i⁵ çəɯ³ pai¹ pa:u⁵ dai²

派 使者 去 报 好

派出使者去报喜。

孖 妹 仍 打 亸

Lug meh nyingz deh gai

luk⁸ me⁶ ȵiŋ² te⁶ kʻa:i¹

儿 母 女性 要 卖

女孩子将要出嫁，

孖 普 才 歐 媚

Lug bouj caiz aeuz miz

luk⁸ pʻou³ tsa:i² ʔau² mi²

儿 人 男 要 媳妇

男儿将娶媳成家。

連 麻 扑 姆 皮

Leh maz gaj mou beiz

le⁶ ma² kʻa³ mou¹ pei²

就 来 杀 猪 肥

于是宰了大肥猪，

連 麻 審 酒 老

Leh maz cimz laeuj geq

le⁶ ma² tsim² lau³ ke⁵

就 来 尝 酒 老

来品尝陈年琼浆，

審 酒 老 三 鞞

Cimz laeuj geq sam bei

tsim² lau³ ke⁵ sa:m¹ pei¹

尝 酒 老 三 年

品味三年的佳酿。

籿	狣	皮	三	輪
Gaj	mou	beiz	sam	hob
k'a³	mou¹	pei²	sa:m¹	ho:p⁸
杀	猪	肥	三	周岁

宰杀三年的肥猪，

鐩	錕	尐	扣	辛
Soij	goenh	bae	gaeuj	gen
so:i³	k'on⁶	pai¹	k'au³	k'e:n¹
坠	镯	去	进入	臂

金环玉镯给戴上。

錢	銅	尐	扣	納
Cenz	dongz	bae	gaeuj	nab
tse:n²	to:ŋ²	pai¹	k'au³	na:p⁸
钱	铜	去	入	贡

送去铜钱和聘礼，

担	尐	滕	辱	畓
Dab	bae	daeng	nog	naz
t'a:p⁸	pai¹	t'aŋ¹	no:k⁸	na²
挑	去	到	外	水田

挑到外面的田庄。

嗰	俗	儂	民	麻
Lok	beih	nongx	minz	maz
lo:k⁷	pei⁶	no:ŋ⁴	min²	ma²
请	兄姐	弟妹	她	来

请她的兄弟姐妹，

嗰	陈	打	民	斗
Lok	ndongz	daq	minz	daeuj
lo:k⁷	do:ŋ²	ta⁵	min²	tau³
请	亲家	外公	她	来到

还有外家和爹娘。

唯	酒	邦	民	加
Gin	laeuj	youz	minz	gya
kin¹	lau³	jou²	min²	k'ja¹
吃	酒	由	她	找

酒水由她自打理，

唯	茶	邦	民	辦
Gin	gyaz	youz	minz	banj
kin¹	kja²	jou²	min²	pa:n³
喝	茶	由	她	办理

由她置办糕点茶。

除黎立柒浪　　　　　除荒立堅糎
鷄覓个鷄踏　　　　　鷄覓个中祿
民皂品恨坴黎　　　　加煉齊恨削
嘆酒品斳加　　　　　嘆茶共斳鑑
輕燹以共白　　　　　輕烈以共殘
丹留以共而　　　　　覓壄以共和
許悔勾頓念　　　　　許悔个頓益
弱鐘你弱緣　　　　　孤潷界弱礼

① 鶏龀个鶏踏［kai⁵ pai¹ kʻa¹ kai¹ tʻa:p⁸］："鶏（鸡）"配"鶏（雄）"，同类不同种，比喻并非近亲婚配，是好姻缘。"踏［tʻa:p⁸］"挑，担子。两件才成担子，才能挑，比喻成双成对。
② 品惺黎［pin¹ kʻɯn³ dai²］：爬上楼梯。壮族的干栏屋是下层饲养禽畜，中层住人，头顶上是放置谷物的地方。故人们从外面回家、客人造访、亲戚来往，都要爬楼梯。
③ 品飲加［pin² kan¹ kja¹］：饮酒的礼节。喝酒时，在交杯换盏中给对方斟上等量的酒，以示平等尊重。
④ 白［pe:k⁸］：本义是方形器物的边框，此用边框代指火塘。古时干栏建筑没有专门的厨房，而在地面上架起三脚灶，四周用

除　黎　立　堎　浪
Cawz　ndaez　raeb　loengz　langh
tsɔu²　dai²　ɹap⁸　loŋ²　la:ŋ⁶
时辰　好　接　下　底楼
好时日迎到底楼，

除　荒　立　惺　樏
Cawz　vaengq　raeb　gwnj　ruenz
çɔu²　van⁵　ɹap⁸　kʻɯn³　ɹu:n²
时辰　吉　接　上　屋
吉时良辰接进家。

鶏　龀　个　鶏　踏①
Gaeq　bae　ga　gae　dab
kai⁵　pai¹　kʻa¹　kai¹　tʻa:p⁸
鸡　去　配　雄　担子
鸡与雄子配成担，

鶏　龀　个　甲　褋
Gaeq　bae　ga　gab　swj
kai⁵　pai¹　kʻa¹　ka:p⁸　sy³
鸡　去　配　合　衣物
鸡跟衣物作陪嫁。

民　皂　品　惺　黎②
Minz　coux　bin　gwnj　ndaez
min²　tsou⁴　pin¹　kʻɯn³　dai²
她　就　攀　上　楼梯
她就登梯到夫家，

加　煉　齐　惺　削
Gyaq　lienh　caez　gwnj　sak
kja⁵　li:n⁶　tsai²　kʻɯn³　sa:k⁷
嫁　奁　齐　摆上　清楚
嫁妆摆放齐刷刷。

唯　酒　品　飲　加③
Gin　laeuj　binz　gaen　gya
kin¹　lau³　pin²　kan¹　kja¹
喝　酒　平　均　添
斟酒交杯一样多，

唯　茶　共　飲　壁
Gin　gyaz　gyonj　gaen　naengh
kin¹　kja²　kʻjo:n³　kan¹　naŋ⁶
喝　茶　一起　平等　坐
平起平坐同饮茶。

木方或砖头围起来，不让草木灰四散。如在竹木地板上架灶，则在框内填充泥土以隔绝火与木质地板的接触。三脚灶可便于四周添柴，冷天人们就围着火塘取暖。

輕　爕　以　共　白④

Gieng　faez　nyih　gungh　beg

k'i:ŋ¹　fai²　ȵi⁶　kuŋ⁶　pe:k⁸

烤　　火　　也　　共　　火塘

共个火塘来取暖，

輕　烈　以　共　残

Gieng　nded　nyih　gungh　canz

k'i:ŋ¹　de:t⁸　ȵi⁶　kuŋ⁶　tsa:n²

烘　　阳光　　也　　共　　晒台

同个晒台沐阳光。

丹　罶　以　共　而

Dan　naz　nyih　gyonj　rawh

ta:n¹　na²　ȵi⁶　k'jo:n³　ɹʏ⁶

剪　　田　　也　　同　　田块

同一块田剪稻穗，

跑　墟　以　共　柙

Bae　haw　nyih　gyonj　gyab

pai¹　həɯ¹　ȵi⁶　k'jo:n³　k'ja:p⁸

去　　圩场　　也　　共　　竹筐

赶圩摆摊共竹筐。

第四节　风烛残年备棺椁

除黎立染浪　除荒立墾椿

鷄覺个鷄踏　鷄覺个中祿

民皂品墾黎　加煉齊墾削

唯酒品斮加　唯茶共斮鑃

輕燚以共白　輕烈以共殘

丹留以共而　覓壐以共柳

許悔勾頓念　許悔个頓益

殞鉾你弱鋈　弒禪界弱礼

許　　悔　　勾　　頓　　忿

Hawj　goij　gouq　duen　baen

hɔy³　k'o:i³　kou⁵　tu:n¹　p'an¹

让　　我　　回忆　提及　梦

让我回忆昔日梦，

許　　悔　　分　　頓　　益

Hawj　goij　baen　duen　iq

hɔy³　k'o:i³　p'an¹　tu:n¹　ʔi⁵

让　　我　　分别　述说　小

让我述梦年幼时。

弱　　銯　　你　　弱　　銇

Nyog　bei　ni　nyog　lai

ȵo:k⁸　pei¹　ni¹　ȵo:k⁸　la:i¹

虚弱　年　　那　虚弱　多

那年身体太虚弱，

弱　　銯　　界　弱　　礼

Nyog　bei　gyai　nyog　ndeij

ȵo:k⁸　pei¹　kja:i¹　ȵo:k⁸　dei³

虚弱　年　　前年　虚弱　也

前年开始身多疾。

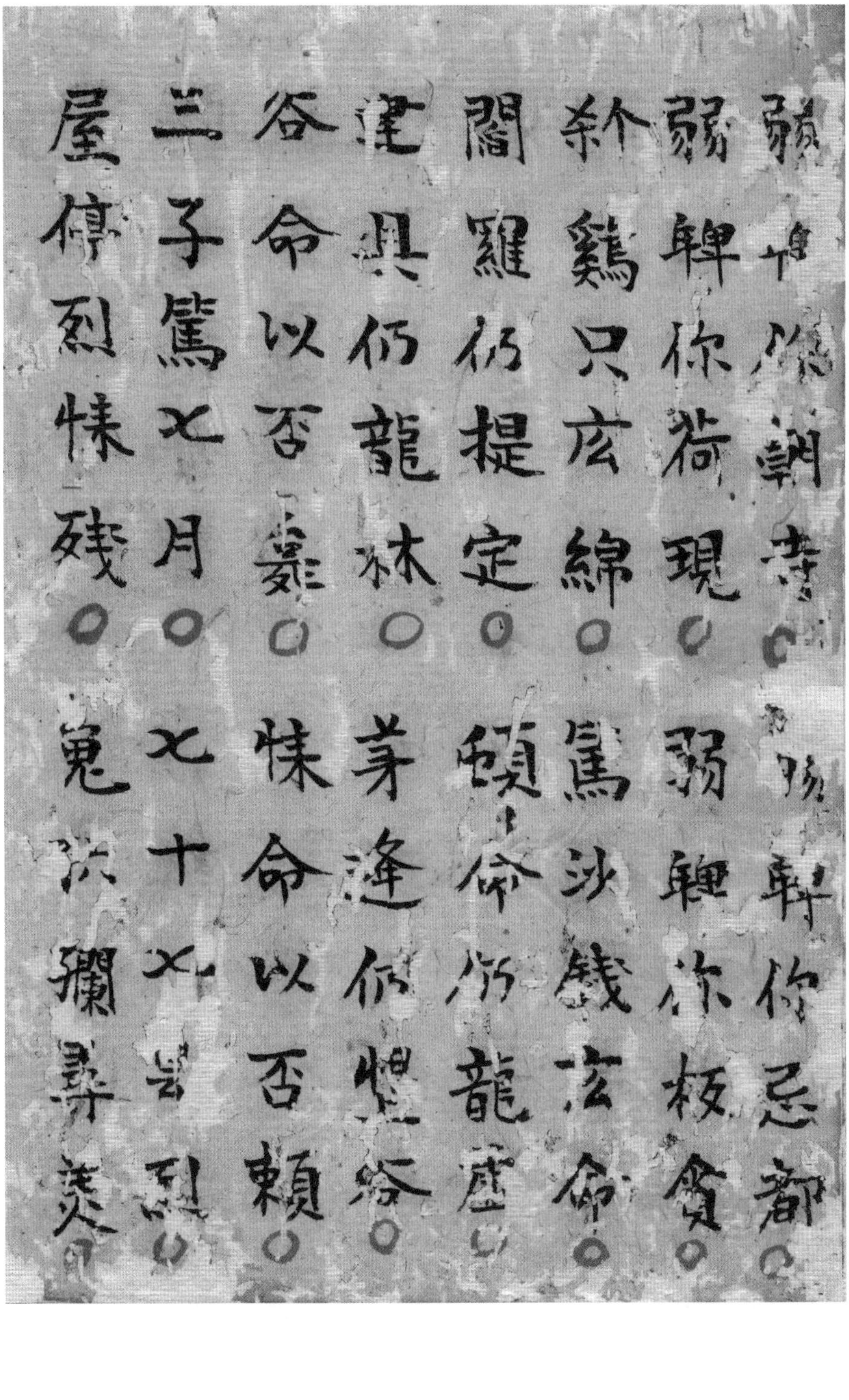

弱　輫　你　朝　寺

Nyog　bei　ni　ciuz　cwx

ȵoːk⁸　pei¹　ni¹　ɕiːu²　tsy⁴

虚弱　年　这　朝　神社

今年虚弱要祭社，

弱　輫　你　忌　都

Nyog　bei　ni　geih　du

ȵoːk⁸　pei¹　ni¹　kei⁶　tu¹

虚弱　年　这　禁忌　神灵

今年虚弱要犯忌。

弱　輫　你　荷　現

Nyog　bei　ni　yaz　henj

ȵoːk⁸　pei¹　ni¹　ja²　heːn³

虚弱　年　今　茅草　黄

今年虚弱茅草黄，

弱　輫　你　枋　貪

Nyog　bei　ni　benj　dam

ȵoːk⁸　pei¹　ni¹　peːn³　tʼaːm¹

虚弱　年　这　板　抬

今年虚弱备寿板。

紒　鷄　只　広　綿

Gaj　gaeq　du　mwz　mbenz

kʼa³　kai⁵　tu¹　my²　beːn²

杀　鸡　只　去　祭拜

奉上全鸡去祭拜，

篤　沙　錢　広　命

Doh　sa　cenz　mwz　mingh

tʼo⁶　sa¹　tseːn²　my²　miŋ⁶

卷　纸　钱　去　命

卷好纸钱赎命还。

闇　羅　仍　提　定

Yenz　loz　nyaengz　daw　dingh

jeːn²　lo²　ȵaŋ²　tʼɯ¹　tiŋ⁶

阎　罗　仍　拿　定

阎罗还掌控命运，

頓　命　仍　龍　虗

Donh　mingh　nyaengz　loengz　hwh

toːn⁶　miŋ⁶　ȵaŋ²　loŋ²　hy⁶

段　命　还　下　稀疏

生命节律还迟缓。

建 具 仍 龍 林

Ganj gwz nyaengz loengz laemh

ka:n³ ky² ȵaŋ² loŋ² lam⁶

茎 秆 仍 下 阴影

茎秆还能遮阴凉，

芽 逢 仍 悭 谷

Nyod mbungz nyaengz gwnj goek

ȵo:t⁸ buŋ² ȵaŋ² k'ɯn³ kok⁷

嫩芽 茂盛 还 生长 根部

根部嫩芽还生长。

谷 命 以 否 㐹

Goek mingh nyih mbouh dai

kok⁷ miŋ⁶ ȵi⁶ bou⁶ t'a:i¹

根 命 也 不 死

命根还没到死期，

悾 命 以 否 頼

Byai mingh nyih mbouh raix

pja:i¹ miŋ⁶ ȵi⁶ bou⁶ ɹa:i⁴

末梢 命 也 不 坏

生命末期未毁伤。

三 子 篤 七 月

Sam lug doek caet ngued

sa:m¹ luk⁸ tok⁷ ɕat⁷ ŋu:t⁸

三 儿 落难 七 月

仨子七月要落难，

七 十 七 昙 烈

Caet sip caet vaenz nded

ɕat⁷ sip⁷ ɕat⁷ van² de:t⁸

七 十 七 天 阳光

七十七天都晴朗。

屋 停 烈 悾 残

Og ndengj nded byai canz

ʔo:k⁸ de:ŋ³ de:t⁸ pja:i¹ tsa:n²

出 沐浴 阳光 尾 晒台

晒台上头沐光辉，

崴 狁 擱 尋 羡

Goi lug lan caemz meix

ko:i¹ luk⁸ la:n¹ tsam² mei⁴

看 儿 孙 玩耍 笑

笑看儿孙捉迷藏。

①狄力 [luk^8 $ʔeːŋ^2$]：小孩、孩子。

書　昏　奔　嘮　紮
Saw　hwnz　mbwnz　loengz　gaj
sɔɯ¹　hun²　bun²　loŋ²　k'a³
书　从　天　下　杀
天传文书要斩杀，

住　書　奁　嘮　得
Cawh　saw　fax　loengz　daek
tsɔɯ⁶　sɔɯ¹　fa⁴　loŋ²　tak⁷
字　书　天　下　断
天书下令要命亡。

嘮　督　憑　多　罶
Loengz　doek　baengh　doq　naj
loŋ²　tok⁷　paŋ⁶　to⁵　na³
下　落　方位　前　面
天书正落在眼前，

嘮　把　拷　任　岳
Loengz　bah　laeng　yaemh　yag
loŋ²　pa⁶　laŋ¹　jam⁶　ja:k⁸
下　方　后　飘　忽
飘忽落在身后方。

沭　羚　急　歐　麻
Raeuz　gaem　gyaep　aeuz　maz
ɹau²　kam¹　kjap⁷　ʔau²　ma²
我们　拿　捡　要　来
我们伸手捡回来，

包　沙　酉　个　孖
Mbenz　sa　yaeuj　gaiq　lug
be:n²　sa¹　ʔjau³　ka:i⁵　luk⁸
包　纸　哄　些　儿
纸包文书瞒儿郎。

隊　孖　否　咟　則
Doih　lug　mbouh　bak　caeg
to:i⁶　luk⁸　bou⁶　pa:k⁷　tsak⁸
们　儿　不　嘴　喷
孩子们不多开口，

孖　力①　否　咟　品
Lug　engz　mbouh　bak　byoenj
luk⁸　ʔe:ŋ²　bou⁶　pa:k⁷　pjon³
儿　小　不　嘴　翻
也不质疑问短长。

① 嘇得平昙赖，嘇虉頭昙同 [loŋ² tuuk⁷ p'aŋ¹ van² ɹaːi⁴, loŋ² vei¹ t'u¹ van² toŋ²]："得平"指捶打布料。蓝靛染布，要经过反复的浸染、晾晒、捶打，最后才成为闪亮的土布。捶打布料与下雨无关，但下雨是不便晾晒布料的。梳头才真正与下雨没关系。因此，这两句的"同"与"赖"疑传抄出错，应该对调才合理。即："嘇得平昙赖，嘇虉頭昙同。"译文："下雨锤布非适时，下雨梳头同往日。"

② 将军 [tsaːŋ⁶ kin⁶]：神名。

③ 保布 [paːu³ pu⁴]：神名。

三	子	叔	八	月
Sam	lug	doek	bet	ngued
saːm¹	luk⁸	tok⁷	peːt⁷	ŋuːt⁸
三	子	落难	八	月

仁孩八月会有难，

八	十	八	昙	济
Bet	sip	bet	vaenz	boen
peːt⁷	sip⁷	peːt⁷	van²	p'on¹
八	十	八	天	雨

八十八天雨淅沥。

嘇	得	平	昙	同（赖）
Loengz	dwk	baeng	vaenz	raix
loŋ²	tuuk⁷	p'aŋ¹	van²	ɹaːi⁴
下来	打	布	日	坏

下雨锤布非适时，

嘇	虉	頭	昙	赖（同）①
Loengz	vei	du	vaenz	doengz
loŋ²	vei¹	t'u¹	van²	toŋ²
下雨	梳	头	日	相同

下雨梳头同往日。

将	軍②	嘇	擁	栁
Cangh	ginh	loengz	nyungh	laeux
tsaːŋ⁶	kin⁶	loŋ²	ȵuŋ⁶	lau⁴
将	军	下	甭	哄弄

将军下来甭胡弄，

保	布③	嘇	擁	天
Bauj	bux	loengz	nyungh	dien
paːu³	pu⁴	loŋ²	ȵuŋ⁶	t'iːn¹
保	布	下来	甭	听见

保布下来别听取，

仙	妛	嘇	擁	卷
Sau	sien	loengz	nyungh	gven
saːu¹	siːn¹	loŋ²	ȵuŋ⁶	k'veːn¹
仙	女	下来	甭	挂（心）

仙女下来莫挂记。

四	五	普	抆	揑
Seiq	haj	bouj	dox	neb
sei⁵	ha³	p'ou³	to⁴	neːp⁸
四	五	人	相	追赶

四五个人相追逐，

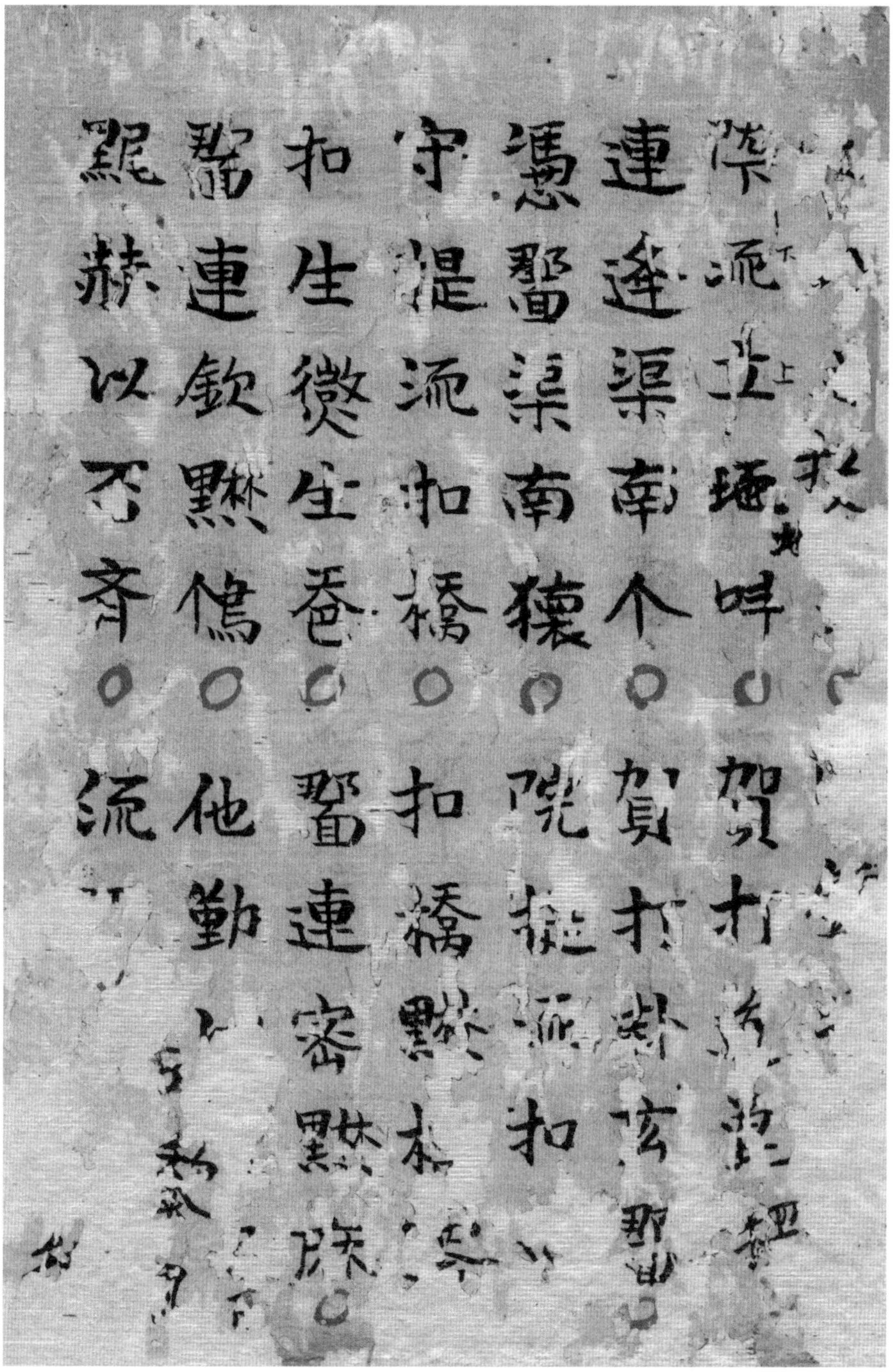

① 南猿［na:m¹ va:i²］：一种刺儿很粗的藤本植物。镇安土语中常用［va:i²］（水牛）比喻"大"，如［k'ja:p⁸ va:i²］（大筐）、［ku:i³ va:i²］（大芭蕉、牛蕉），［tsa:u⁵ va:i²］（大锅头），［t'u:i³ va:i²］（大海碗）等。

七	八	普	拔	耒
Caet	bet	bouj	dox	laeh
tsat⁷	pe:t⁷	p'ou³	to⁴	lai⁶
七	八	人	相	追逐

七八个人相追赶。

哞	鐘	流	地	乓
Loengz	cung	raeuz	deih	dawj
loŋ²	tsuŋ¹	ɹau²	tei⁶	tɔy³
下来	牵	我们	地	下面

拉着我们到底下，

哞	立	流	地	叫
Loengz	raeb	raeuz	deih	geuq
loŋ²	ɹap⁸	ɹau²	tei⁶	ke:u⁵
下来	接	我们	地	山坳

来把我们接下山。

賀	打	道	跑	拐
Yax	deh	dauq	bae	laeng
ja⁴	te⁶	ta:u⁵	pai¹	laŋ¹
说	要	返回	去	后背

正要转身回头走，

連	逢	渠	南	个
Leh	bungz	gwz	nam	gaz
le⁶	puŋ²	ky²	na:m¹	ka²
又	碰	丛	荆棘	阻挡

又遇荆丛把路拦。

賀	打	卦	広	嚣
Yax	deh	gvaq	mwz	naj
ja⁴	te⁶	kva⁵	my²	na³
说	将	过	去	前面

想要继续往前走，

憑	嚣	渠	南	猿①
Baengh	naj	gwz	nam	vaiz
paŋ⁶	na³	gy²	nam¹	va:i²
方	前	丛	刺	水牛

满眼荆棘行更难。

院	提	流	扣	斗
Vaenx	daw	raeuz	gaeuj	daeu
van⁴	t'ɔu¹	ɹau²	k'au³	tau¹
诱逼	拿	我们	进	轿子

诱逼我们上轿子，

守 提 流 扣 橋
Saeux daw raeuz gaeuj giuh
sau⁴ t'ɯ¹ ɹuaɹ² k'au³ ki:u⁶
压迫 拿 我们 进 轿
强拉我们进花轿。

扣 橋 黙 橋 零
Gaeuj giuh ndaemz giuh ndengz
k'au³ ki:u⁶ dam² ki:u⁶ de:ŋ²
进 轿 黑 轿 红
塞进黑轿和红轿，

扣 生 燰 生 呑
Gaeuj seng faez seng fax
k'au³ se:ŋ¹ fai² se:ŋ¹ fa⁴
进入 生 火 生 天空
火焚天荒遭虐杀。

罾 連 密 黙 麻
Naj leh maed ndaemz ngaz
na³ le⁶ mat⁸ dam² ŋa²
脸 则 粒 黑 芝麻
满脸黑斑似芝麻，

罾 連 欽 黙 鴰
Naj leh gyaemj ndaemz ga
na³ le⁶ k'jam³ dam² ka¹
脸 则 紫 黑 鸦
脸色发紫像乌鸦。

他 勤 以 否 佩
Da gaen nyih mbouh boih
t'a¹ k'an¹ ȵi⁶ bou⁶ p'o:i⁶
眼 凸 也 不 匹配
两眼凸出不对称，

羈 赫 以 否 齐
Mbengh nyungj nyih mbouh caez
be:ŋ⁶ ȵuŋ³ ȵi⁶ bou⁶ tsai²
辫子 乱蓬蓬 而 不 齐
辫子蓬松乱如麻，

流 否 黎 佩 旧
Raeuz mbouh ndaez beij gaeuq
ɹuaɹ² bou⁶ dai² pei³ kau⁵
我们 不 好 如 旧
不再如初美如花。

但 兕 峝 礼 魲
Danh bae doengh ndaej bya
taːn⁶ pai¹ toŋ⁶ dai³ pja¹
别人 去 田野 得 鱼
人家下田打得鱼，

流 兕 畲 礼 痲
Raeuz bae naz ndaej gyit
ɹau² pai¹ na² dai³ k'jit⁷
我们 去 田 得 癞子
我去种田长癞子。

礼 痲 得 谷 索
Ndaej gyit dwk gongj sok
dai³ k'jit⁷ tuk⁷ koːŋ³ soːk⁷
得 癞子 在 肱 肘
癞子长满了肘部，

礼 痲 扣 逐 他
Ndaej gyit gaeuj cog da
dai³ k'jit⁷ k'au³ tsoːk⁸ t'a¹
得 癞子 进 角 眼睛
癞子长到了眼角。

痲 頭 腜 昙 頼
Gyit du nduenz vaenz raix
k'jit⁷ t'u¹ duːn² van² ɹaːi⁴
癞子 头 月 日 凶恶
月初得癞是凶日，

痲 顚 在 妹 琶
Gyit din saix meh baz
k'jit⁷ tin¹ saːi⁴ me⁶ pa²
癞子 脚 左 母 妻
妻子左脚生黄癣，

痲 顚 左（右）妹 斗
Gyit din sa meh ndouj
k'jit⁷ tin¹ sa¹ me⁶ dou³
癞子 脚 右 母 初
前妻右脚长癞子。

麻 喠 淰 双 昨
Maz gin naemx song cok
ma² kin¹ nam⁴ soːŋ¹ tsoːk⁷
来 喝 水 两 杯
她们来喝两杯水，

连	起	尜	扣	毫
Leh	gwnj	mbad	gaeuj	haeuj
le[6]	k'ɯn[3]	ba:t[8]	k'au[3]	hau[3]
就	生	疮	属于	麻风

就生疮疥属麻风。

麻	喠	淰	双	包
Maz	gin	naemx	song	beuz
ma[2]	kin[1]	nam[4]	so:ŋ[1]	pe:u[2]
来	喝	水	两	瓢

又来喝了两瓢水，

连	起	尜	扣	痕
Leh	gwnj	mbad	gaeuj	gyit
le[6]	k'ɯn[3]	ba:t[8]	k'au[3]	k'jit[7]
就	生	疮	属	癞子

再生疮疥是癞子。

△	连	痕	鼄	娜
△	leh	gyit	naek	na
△	le[6]	k'jit[7]	nak[7]	na[1]
△	就	癞	重	厚

△生得癞子更严重，

△	连	痕	羅	地
△	leh	gyit	rax	deih
△	le[6]	k'jit[7]	ɹa[4]	tei[6]
△	就	癞子	寻	地

△生得癞子要入土。

巫	扣	畧	巫	屋
Moed	gaeuj	lok	moed	og
mot[8]	k'au[3]	lo:k[7]	mot[8]	ʔo:k[8]
巫	进	请	巫	出

请来巫师进又出，

卜	悭	羅	卜	陞
Bok	gwnj	leh	bok	loengz
po:k[7]	k'ɯn[3]	le[6]	po:k[7]	loŋ[2]
批	上	又	批	下

轮番上下一批批。

咟	都	貧	蹃	馬
Bak	dou	baenz	roiz	max
pa:k[7]	tou[1]	pan[2]	ɹo:i[2]	ma[4]
口	门	成	足迹	马

门口满是马蹄印，

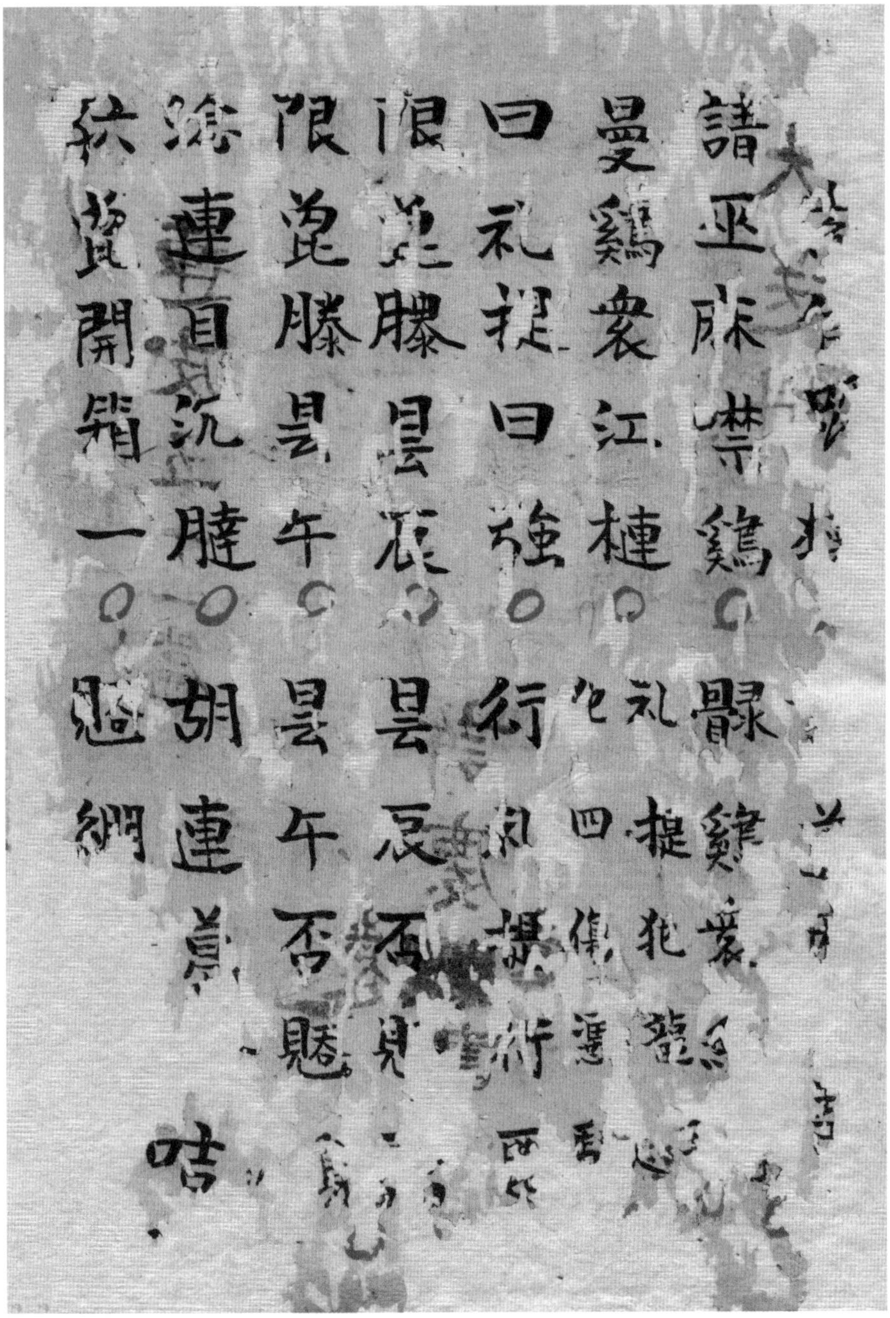

① 行[haːŋ⁶]：圩场。本地区一般三天一圩。此指时间单位，即一个圩的周期。

咟	索	貧	躃	猨
Bak	sok	baenz	roiz	vaiz
paːk⁷	soːk⁷	pan²	ɹoːi²	vaːi²
口	路	成	足迹	水牛

路口尽是牛印迹。

請	道	麻	噤	鵏
Cingj	dauh	maz	gyaemh	baet
ɕiŋ³	taːu⁶	ma²	kʼjam⁶	pat⁷
请	道公	来	问	鸭子

道公拿鸭来占卜，

請	巫	麻	噤	鶏
Cingj	moed	maz	gyaemh	gaeq
ɕiŋ³	mot⁸	ma²	kʼjam⁶	kai⁵
请	巫师	来	问	鸡

巫师问卦用公鸡。

髹	鶏	裳	無	萬
Ndug	gaeq	cungq	hu	mbanj
duk⁸	kai⁵	tsuŋ⁵	huə¹	baːn³
骨头	鸡	投放	头	村子

鸡骨丢弃在村头，

曼	鶏	裳	江	棟
Maenz	gaeq	cungq	gyang	ruenz
man²	kai⁵	tsuŋ⁵	kjaːŋ¹	ɹuːn²
板油	鸡	放	中	家

鸡板油放在家里。

礼	提	犯	龍	王
Ndaej	daw	famh	lungz	vuengz
dai³	tʼəu¹	faːm⁶	luŋ²	vuːŋ²
得	冒	犯	龙	王

因而冒犯了龙王，

犯	四	傷	憑	馱
Famh	seiq	sieng	baengz	dah
faːm⁶	sei⁵	syːŋ¹	paŋ²	ta⁶
犯	四	伤	岸	河

在河边犯了四伤。

曰	礼	提	曰	強
Vied	ndaej	daw	vied	gyangx
viːt⁸	dai³	tʼəu¹	viːt⁸	kjaːŋ⁴
越	得	冒犯	越	顽疾

犯神日渐成痼疾，

行①	礼	提	行	匿
Hangh	ndaej	daw	hangh	naek
haːŋ⁶	dai³	t'ɯ¹	haːŋ⁶	nak⁷
圩	得	冒犯	圩	重

逐日加重病恹恹。

限	邑	滕	昙	辰
Yanh	bae	daeng	vaenz	cwnz
jaːn⁶	pai¹	t'aŋ¹	van²	ɕun²
限	去	到	日	辰

说是限定到辰日，

昙	辰	否	賍	醫
Vaenz	cwnz	mbouh	daen	naj
van²	ɕun²	bou⁶	t'an¹	na³
日	辰	不	见	脸

但到辰日不见面。

限	邑	滕	昙	午
Yanh	bae	daeng	vaenz	ngox
jaːn⁶	pai¹	t'aŋ¹	van²	ŋo⁴
限	去	到	日	午

又说限定到午日，

昙	午	否	賍	蟷
Vaenz	ngox	mbouh	daen	ndangz
van²	ŋo⁴	bou⁶	t'an¹	daːŋ²
日	午	不	见	身子

到了午日不现身。

淰	連	目	沉	膡
Naemx	leh	mboek	caemj	dat
nam⁴	le⁶	bok⁷	tsam³	taːt⁷
水	则	干涸	到	涯岸

水已干涸到涯根，

胡	連	葛	伶	極
Huz	leh	gad	ndengj	gik
hu²	le⁶	k'aːt⁸	deːŋ³	kik⁷
湖	则	断流	晒	砖

湖底龟裂像晒砖。

抙	邑	開	箱	一
Lug	bae	gae	sieng	aet
luk⁸	pai¹	k'ai¹	syːŋ¹	ʔat⁷
儿	去	开	箱	一

儿子打开第一箱，

賺	繃	律	繃	葛
Daen	bwng	lid	bwng	gad
t'an[1]	p'ɯŋ[1]	lit[8]	p'ɯŋ[1]	k'aːt[8]
见	布	碎	布	断

见到破布和碎布。

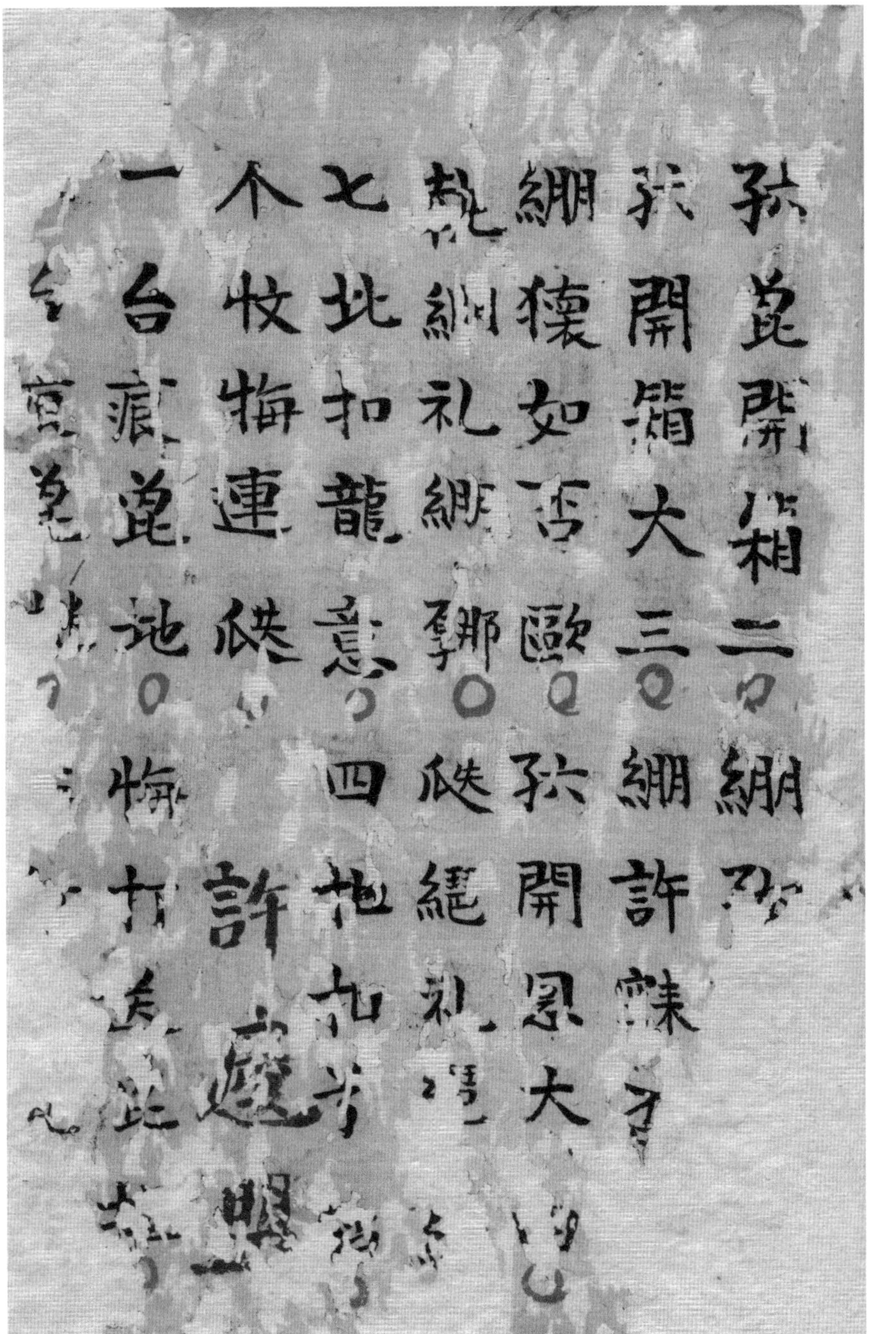

① 牒［tap⁸］：折叠。此处指把布折叠起来收下。折叠布的做法通常是用一块几寸宽的板子，夹上布头，把板子翻滚过去，使整匹布都绕在板上。

② 痕毙地［hum² pai¹ tei⁶］：就送到坟地。

③ 二台痕毙槑［ŋei⁶ t'a:i¹ hum² pai¹ mai⁴］：此句跟上句是同义异说，并非"死两次"。"二［ŋei⁶］"只是满足押"地［tei⁶］"韵的需要。"槑［mai⁴］"是个多义词，可指木头，也指树，此指"山林"。

牫	毙	開	箱	二
Lug	bae	gae	sieng	ngeih
luk⁸	pai¹	k'ai¹	sy:ŋ¹	ŋei⁶
儿	去	开	箱	二

儿子打开第二箱，

繃	猿	如	否	歐
Bwng	vaiz	ib	mbouh	aeuz
p'ɯŋ¹	va:i²	ip⁸	bou⁶	ʔau²
布	水牛	踩	不	要

不要牛踩过的布。

繃	孜	咭	否	歐
Bwng	nou	gaet	mbouh	aeuz
p'ɯŋ¹	nou¹	kat⁷	bou⁶	ʔau²
布	鼠	咬	不	要

布被鼠啮不能要。

牫	開	恩	大	四
Lug	gae	aen	daih	seiq
luk⁸	k'ai¹	an¹	ta:i⁶	sei⁵
儿	开	个	第	四

儿子打开第四箱，

牫	開	箱	大	三
Lug	gae	sieng	daih	sam
luk⁸	k'ai¹	sy:ŋ¹	ta:i⁶	sa:m¹
儿	开	箱	第	三

儿子打开第三箱，

執	繃	礼	繃	郍
Caeb	bwng	ndaej	bwng	na
tsap⁸	p'ɯŋ¹	dai³	p'ɯŋ¹	na¹
收拾	布	得	布	厚

得到厚实的布料，

繃	許	銖	否	歐
Bwng	hawj	ndaiz	mbouh	aeuz
p'ɯŋ¹	hɔy³	da:i²	bou⁶	ʔau²
布	给	白给	不	要

白给的布不能要，

牒	繾	礼	繾	细
Daeb	baj	ndaej	baj	deih
tap⁸	p'a³	dai³	p'a³	t'ei⁶
折叠	巾	得	巾	致密

得到致密的毛巾。

七 比 扣 龍 意

Caet baet gaeuj loengq eiq

çat⁷ p'at⁷ k'au³ loŋ⁵ ʔei⁵

七 匹 放进 箱 小

七匹装进小笼箱，

四 比 扣 亇 躺

Seiq baet gaeuj ndeuz ndangz

sei⁵ p'at⁷ k'au³ de:u² da:ŋ²

四 匹 进 一 身

四匹自己背身上，

个 忟 悔 連 㡀①

Gaq dwnx goij leh daeb

ka⁵ tun⁴ k'o:i³ le⁶ tap⁸

些 这 我 则 折叠

这些我折好收下。

一 台 痕 㞭 地②

Aet dai humz bae deih

at⁷ t'a:i¹ hum² pai¹ tei⁶

一 死 就 去 地

一死要送到坟地，

悔 打 送 㞭 地

Goij deh soengq bae deih

k'o:i³ te⁶ soŋ⁵ pai¹ tei⁶

我 就 送 去 地

我就送其到坟地。

二 台 痕 㞭 樅③

Ngeih dai humz bae maex

ŋei⁶ t'a:i¹ hum² pai¹ mai⁴

二 死 就 去 木

其二死了去山林，

悔 打 送 㞭 樅

Goij deh soengq bae maex

k'o:i³ te⁶ soŋ⁵ pai¹ mai⁴

我 要 送 去 树

我就送其入山林。

① 株任［mai⁴ jam²］：一种阔叶乔木，学名不详，故音译为"任树""任木"。

佛　頭　邑　晚　伏
Faed　du　bae　mbanj　fag
fat⁸　t'u¹　pai¹　ba:n³　fa:k⁸
甩　头　去　村　对面
甩头就去对面村，

得　救　邑　輪　忙
Ndaej　gyaeu　bae　lwnz　miengz
dai³　kjau¹　pai¹　luun²　my:ŋ²
得　寿　去　游　天下
长寿就去游天下。

邑　嗉　枺　大　一
Bae　gyaemj　maex　daih　aet
pai¹　kjam³　mai⁴　ta:i⁶　at⁷
去　砍　树　第　一
去砍倒第一棵树，

枺　任①　迷　否　歐
Maex　yaemz　maez　mbouh　aeuz
mai⁴　jam²　mai²　bou⁶　ʔau²
树　任　朽　不　要
任木腐朽不能要，

枺　任　靠　否　歐
Maex　yaemz　gauj　mbouh　aeuz
mai⁴　jam²　k'a:u³　bou⁶　ʔau²
木　任　翘　不　要
任木翘棱不能买，

枺　庭　蕾　否　歐
Maex　dingz　loiz　mbouh　aeuz
mai⁴　tiŋ²　lo:i²　bou⁶　ʔau²
木　一半　乌亮　不　要
半硬半朽也不好。

憑　早　覼　枺　任
Baengh　dawj　gai　maex　yaemz
paŋ⁶　tɔy³　k'a:i¹　mai⁴　jam²
方位　下　卖　木　任
下村有任木出售，

憑　妾　賣　枺　示
Baengh　nw　gai　maex　seih
paŋ⁶　ny¹　k'a:i¹　mai⁴　sei⁶
方　上方　卖　木　椿
上屯有椿木出卖。

① 孏 [laːn¹]：本义是侄、孙，常用作"我"的谦称。过去镇安一带壮族，无论职位多高，面对长辈或众人讲话都要用谦称"悔 [kʻoːi³]""孏 [laːn¹]"。但现该词已鲜有使用。

② 罪 [tsoːi⁶]：本义是修理。此指用心里安慰的方式来修复心里的创伤。

覼	高	利	否	歐
Gai	gau	leih	mbouh	aeuz
kʻaːi¹	kaːu¹	lei⁶	bou⁶	ʔau²
卖	高	利	不	要

高价的料咱不买，

皂	麻	請	滕	孏①
Coux	maz	cingj	daeng	lan
tsou⁴	ma²	çiŋ³	tʻaŋ¹	laːn¹
就	来	请	到	侄儿

就来邀请到晚辈，

覼	靠	斜	否	歐
Gai	gauj	daeux	mbouh	aeuz
kʻaːi¹	kʻaːu³	tau⁴	bou⁶	ʔau²
卖	翘棱	变形	不	要

翘棱扭曲也不要。

皂	麻	請	晚	寺
Coux	maz	cingj	mbanj	ceh
tsou⁴	ma²	çiŋ³	baːn³	tse⁶
就	来	请	村	寨

请来村寨众父老。

孖	皂	道	麻	拐
Lug	coux	dauh	maz	laeng
luk⁸	tsou⁴	taːu⁶	ma²	laŋ¹
儿	就	回	来	后背

儿子转身往回走，

父	棟	罜	麻	喜
Boh	ruenz	dawj	maz	heih
po⁶	ɹuːn²	tɔy³	ma²	hei⁶
父	家	下面	来	犯愁

左邻阿伯来谋划，

孖	皂	灯	麻	冇
Lug	coux	daengj	maz	byaeuq
luk⁸	tsou⁴	taŋ³	ma²	pjau⁵
儿	就	愣着	回来	空手

儿子愣是空手回。

父	棟	妻	麻	罪②
Boh	ruenz	nw	maz	coih
po⁶	ɹuːn²	ny¹	ma²	tsoːi⁶
父	家	上面	来	修理

右舍阿叔来慰劳。

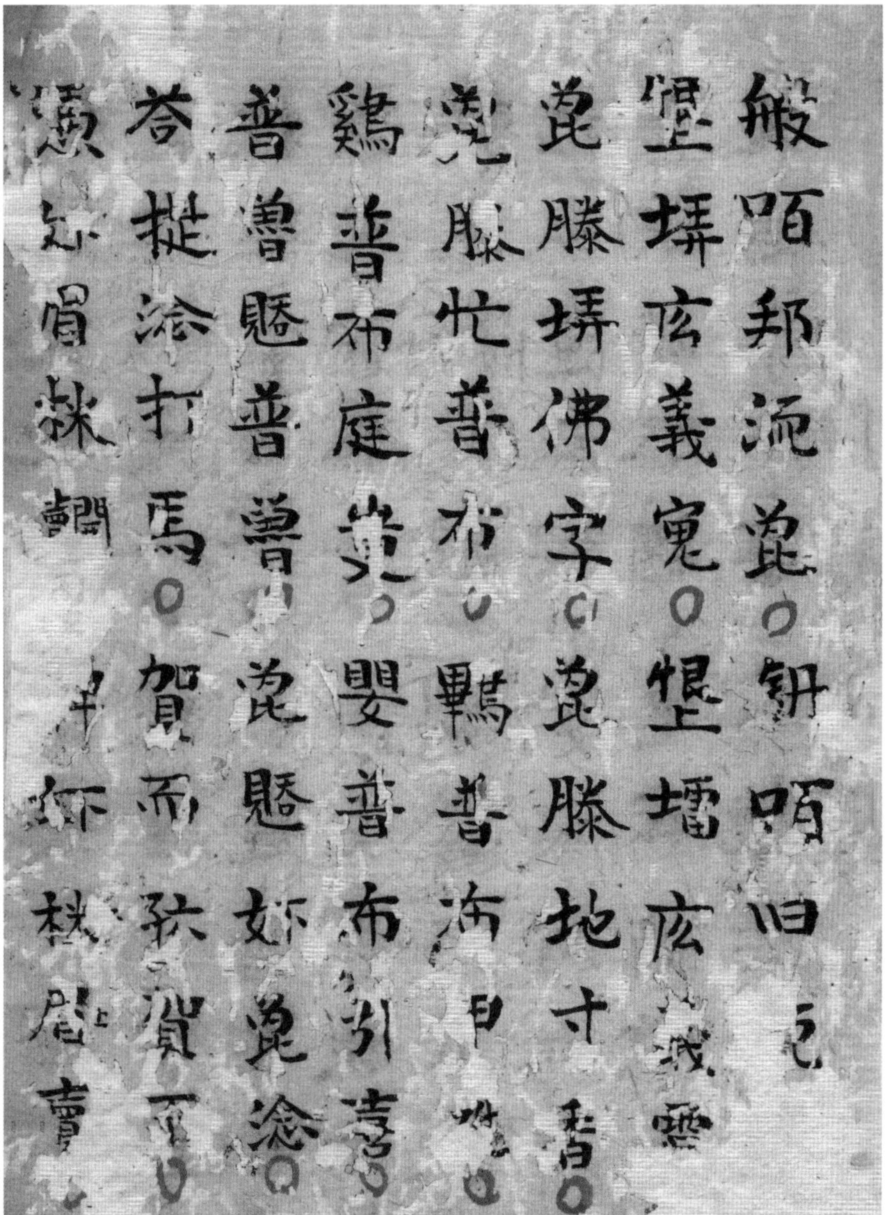

① 普布［p‘ou^{3} bo^{6}］：地名。因居住在泉水边而得名。

② 犭六［luk^{8}］：孩儿、儿子。在古镇安府辖区，长辈总喜欢称呼跟自己的孩子年纪相仿的人为“孩儿、儿子”，表示亲切。晚辈也直接用相应的辈分称谓回敬。这是民族礼仪习俗，并非指血缘关系。

般　咟　邦　流　𨙻
Buen bak bamj raeuz bae
pu:n^{1} pa:k^{7} pa:m^{3} ɹau^{2} pai^{1}
锛子　口　扁　我们　去
我们拿起宽口锛，

鈃　咟　旧　流　𨙻
Gvan bak gaeuq raeuz bae
kva:n^{1} pa:k^{7} kau^{5} ɹau^{2} pai^{1}
斧　口　旧　我们　去
我们带上旧斧凿。

悭　埬　庅　義　寛
Gwnj lungh mwz nyih gvae
k‘ɯn^{3} luŋ^{6} my^{2} ɲih kvai^{1}
上　弄　去　也　远
要去山弄又觉远，

悭　墥　庅　義　霦
Gwnj ndoiz mwz nyih nguh
k‘ɯn^{3} do:i^{2} my^{2} ɲi^{6} ŋu^{6}
上　土坡　去　也　耽误
要上坡顶怕误时。

𨙻　滕　埬　佛　字
Bae daeng lungh baed ceij
pai^{1} t‘aŋ^{1} luŋ^{6} pat^{8} tsei^{3}
去　到　山弄　佛　寺
行进去到佛寺弄，

𨙻　滕　地　寸（村）　香
Bae daeng deih mbanj hieng
pai^{1} t‘aŋ^{1} tei^{6} ba:n^{3} hi:ŋ^{1}
去　到　地　村　香火
去到寨中土地庙，

𨙻　滕　忙　普　布①
Bae daeng miengz bouj mboh
pai^{1} t‘aŋ^{1} my:ŋ^{2} p‘ou^{3} bo^{6}
去　到　疆域　普　布
去到普布的地界。

鵯　普　布　甲　难
Baet bouj mboh ab danj
pat^{7} p‘ou^{3} bo^{6} a:p^{8} t‘a:n^{3}
鸭　普　布　游　滩
普布鸭子游河滩，

鶏　普　布　庭　崖
Gaeq　bouj　mboh　dingz　geng
kai⁵　p'ou³　bo⁶　tiŋ²　keːŋ¹
鸡　普　布　顶　岗
普布鸡仔在觅食。

嬰　普　布　引　喜
Engz　bouj　mboh　yaenj　heih
ʔeːŋ²　p'ou³　bo⁶　ʔjan³　hei⁶
小孩　普　布　忍　气
普布小孩忍住气,

普　曾　賟　普　曾
Bouj　roux　daen　bouj　roux
p'ou³　ɣou⁴　t'an¹　p'ou³　ɣou⁴
人　知　见　人　知
聪明人遇聪明人。

乩　賟　奵　乩　淰
Bae　daen　yah　bae　naemx
pai¹　t'an¹　ja⁶　pai¹　nam⁴
去　见　老妇　去　水
见到挑水的老妇,

呇　提　淰　打　馬
Dap　daw　naemx　dih　mbah
taːp⁷　t'əɯ¹　nam⁴　ti⁶　ba⁶
接　拿　水　地　肩膀
接过水桶肩上挑。

賀　而　孨②　賀　而
Yax　rawz　lug　yax　rawz
ja⁴　ɣɯ²　luk⁸　ja⁴　ɣɯ²
说　什么　儿　说　什么
孩儿呀你说些啥?

憑　奵　眉　樒　鬚
Baengh　yah　meiz　maex　gai
paŋ⁶　ja⁶　mei²　mai⁴　k'aːi¹
那边　老妇　有　木　卖
老妇那边有木卖,

牌　奵　眉　樒　賣(買)
Baih　yah　meiz　maex　sawx
paːi⁶　ja⁶　mei²　mai⁴　səɯ⁴
那儿　老妇　有　木　买
老妇那儿有木买。

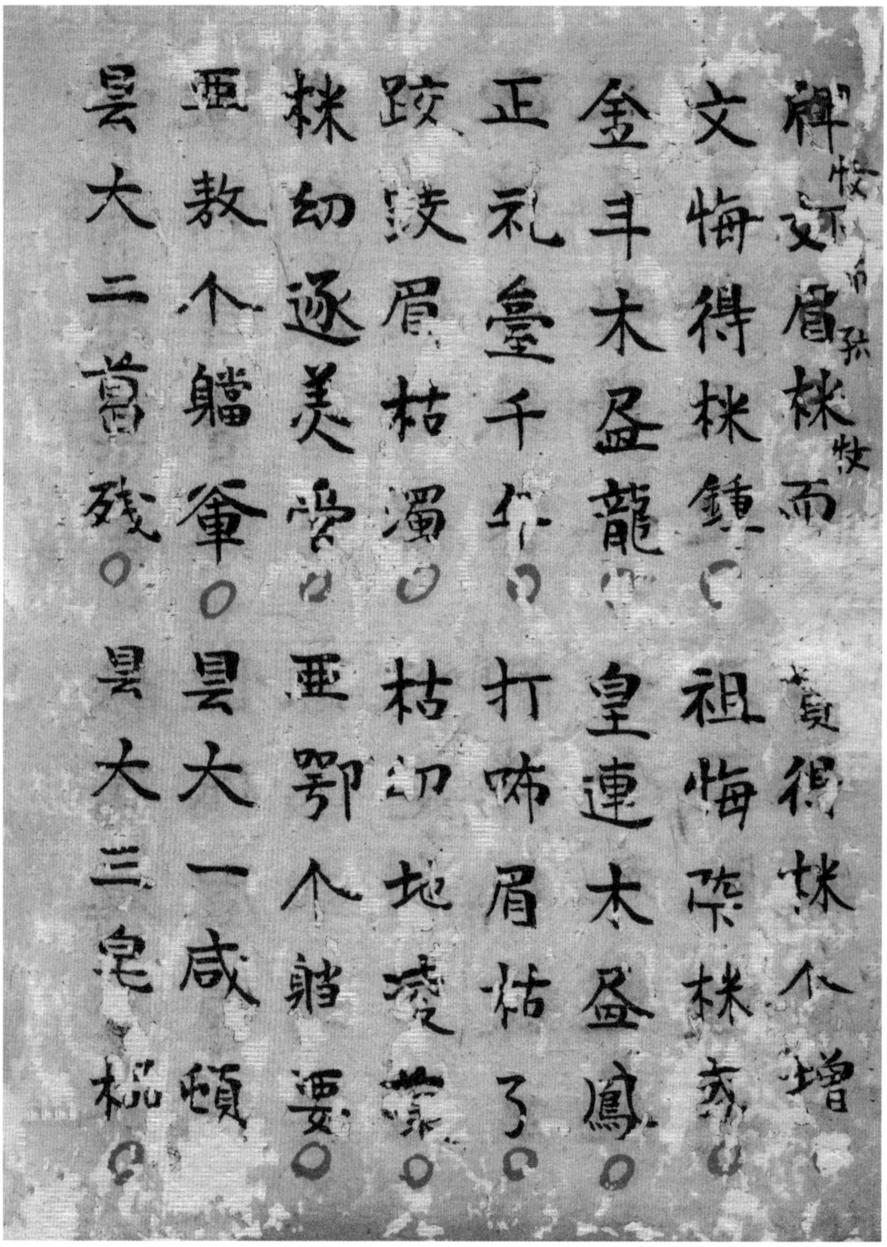
禅文眉栐而　得姝个增〇
文悔得栐錘〇　祖悔㗊栐亥〇
金斗木蓋龍〇　皇連木蓋鳳〇
正礼壘千作〇　打㫰眉枯了〇
跤跤眉枯濁〇　枯叨地漤㯋〇
栐纫逐美㬝〇　亜郢个躺要〇
亜教个䲭夆〇　昙大一咸頓〇
昙大二茵残〇　昙大三皂梳〇

俾　奸　眉　㭒　而
Baih　yah　meiz　maex　rawz
pa:i⁶　ja⁶　mei²　mai⁴　ɹɔɣ²
那儿　老妇　有　木　什么
老妇那儿有啥木？

貫　得　㭒　个　增
Gonq　dwk　maex　gah　saeng
ko:n⁵　tuk⁷　mai⁴　ka⁶　saŋ¹
从前　种　树　些　什么
从前栽些什么树？

文　悔　得　㭒　鍾
Faenz　goij　dwk　maex　cueng
fan²　k'o:i³　tuk⁷　mai⁴　tsu:ŋ¹
种子　我　栽　树　松柏
我栽的是柏树种，

祖　悔　崣　㭒　或
Coj　goij　loengz　maex　vag
tso³　k'o:i³　loŋ²　mai⁴　va:k⁸
祖　我　下　树　杉
祖辈种的是杉木。

金　斗　木　屖　龍
Ginh　douq　muz　veh　luengz
kin⁶　tou⁵　mu²　ve⁶　lu:ŋ²
金　斗　木　画　龙
金斗木上可雕龙，

皇　連　木　屖　鳳
Vangz　lenz　muz　veh　fungh
va:ŋ²　le:n²　mu²　ve⁶　fuŋ⁶
黄　连　木　画　凤
黄连木上可画凤。

正　礼　皐　千　年
Cingq　ndaej　daiz　cien　bei
tsiŋ⁵　dai³　ta:i²　çi:n¹　pei¹
真正　得　扶持　千　年
正是传承上千年，

打　咘　眉　枯　了
Deih　mboh　meiz　go　ndeuz
tei⁶　bo⁶　mei²　ko¹　de:u²
地　普布　有　棵　一
普布此地仅一棵，

跤	跂	眉	枯	濁
Geu	ciq	meiz	go	dog
ke:u¹	tsi⁵	mei²	ko¹	to:k⁸
交	趾	有	棵	独

交趾也仅独一株。

枯	幼	地	凌	蕂
Goek	youh	deih	raengz	roeg
kok⁷	ʔjou⁶	tei⁶	ɹaŋ²	ɹok⁸
树兜	在	地	渊	草丛

树在临渊绿野中，

楸	幼	逐	美	晋
Maex	youh	cog	mui	guenj
mai⁴	ʔjou⁶	tso:k⁸	mu:i¹	ku:n³
树	在	角落	熊	管

树在熊管角落里。

亚	鄂	个	躺	要
Ngaq	ngog	gah	ndangz	yauj
ŋa⁵	ŋo:k⁸	ka⁶	da:ŋ²	ʔja:u³
巍	然	像	身	谷仓

树有谷仓一般高，

亚	敖	个	躺	雀
Ngaq	ngauz	gah	ndangz	caengx
ŋa⁵	ŋa:u²	ka⁶	da:ŋ²	tsaŋ⁴
庞	然	像	身	粮囤

树有粮囤那么粗。

昙	大	一	咸	顿
Vaenz	daih	aet	ngamq	duen
van²	ta:i⁶	at⁷	ŋa:m⁵	tu:n¹
日	第	一	才	说到

头一天刚刚提议，

昙	大	二	葛	残
Vaenz	daih	ngeih	god	canz
van²	ta:i⁶	ŋei⁶	k'o:t⁸	tsa:n²
日	第	二	扎	架子

第二天搭棚驻扎，

昙	大	三	皂	椙
Vaenz	daih	sam	coux	byaemj
van²	ta:i⁶	sa:m¹	tsou⁴	pjam³
日	第	三	就	砍

第三天动手砍伐。

株皂魅禁吉。株否得禁忌
晚促眉曾隆忙你眉曾样
忌猴黜湯忌馬白湯安
株皂倒以恶株皂得己渾
尽了督丹个丹个礼堂地
砍株乞鯠密切株乞鯀尽
冬了督天至天至礼噗忧
尽了督付皇礼晋國

枞　皁①　否　巍　禁　吉

Maex　mbouh　loemx　gyaemh　gywd

mei^4　bou^6　lom^4　$kjam^6$　$kjut^8$

树　不　倒　嘎　吱

树没有嘎吱倒下，

忌　猕　黙　湯　厄

Geih　ma　ndaemz　dangj　eg

kei^6　ma^1　dam^2　$t'a:ŋ^3$　$ʔe:k^8$

忌讳　狗　黑　套装　轭

忌讳黑狗套牛轭，

枞　否　得　禁　忌

Maex　mbouh　daek　gyaemh　gyag

mai^4　bou^6　tak^7　$kjam^6$　$kja:k^8$

树　不　断　嘎　巴

树没有嘎巴断折。

忌　馬　白　湯　安

Geih　max　beg　dangj　anz

kei^6　ma^4　$pe:k^8$　$t'a:ŋ^3$　$ʔa:n^2$

忌讳　马　白　装配　鞍

忌讳白马配鞍鞴。

晄　伲　眉　曾　隆

Mbanj　ni　meiz　saeng　lueng

$ba:n^3$　ni^1　mei^2　$saŋ^1$　$lu:ŋ^1$

村子　这　有　什么　大

这村有何大神灵？

枞　皁　倒　以　恶

Maex　coux　danz　it　at

mei^4　$tsou^4$　$ta:n^2$　$ʔit^7$　$ʔa:t^7$

树　就　倒　咿　呀

树就咿呀呀倒下，

忙　你　眉　曾　様

Miengz　ni　meiz　saeng　yiengh

$my:ŋ^2$　ni^1　mei^2　$saŋ^1$　$jy:ŋ^6$

地方　这　有　什么　样

此地有何不一般？

枞　皁　得　己（巴）　渾

Maex　coux　daek　bah　humz

mei^4　$tsou^4$　tak^7　pa^6　hum^2

树　就　断　轰　隆

轰隆一声树身断。

砍 株 仜 铢 宻
Daemj maex haet lai maed
$t'am^3$ mai^4 hat^7 $la:i^1$ mat^8
砍 树 做 多 段
把树锯成好多截，

切 株 仜 铢 尽
Daet maex haet lai gyaenh
tat^7 mai^4 hat^7 $la:i^1$ $kjan^6$
割 木 做 多 截
把木锯成好几段。

尽 了 督 丹 个
Gyaenh ndeuz doek gvan ga
$kjan^6$ $de:u^2$ tok^7 $kva:n^1$ ka^1
截 一 落 官 家
有一截落到官家，

丹 个 礼 嗤 地
Gvan ga ndaej gin deih
$kva:n^1$ ka^1 dai^3 kin^1 tei^6
官 家 得 吃 地
官家就享有土地。

尽 了 督 天 至
Gyaenh ndeuz doek dien cix
$kjan^6$ $de:u^2$ tok^7 $t'i:n^1$ tsi^4
截 一 落 天 至
有一截落到天至，

天 至 礼 嗤 忙
Dien cix ndaej gin miengz
$t'i:n^1$ tsi^4 dai^3 kin^1 $my:ŋ^2$
天 至 得 吃 疆域
天至就占有地盘。

尽 了 督 付 皇
Gyaenh ndeuz doek boh vuengz
$kjan^6$ $de:u^2$ tok^7 po^6 $vu:ŋ^2$
截 一 落 父 皇
有一截父皇得到，

父 皇 礼 晋 國
Boh vuengz ndaej guenj guek
po^6 $vu:ŋ^2$ dai^3 $ku:n^3$ $ku:k^7$
父 皇 得 管 国
父皇得管理国家。

彷个尽定汇　普曾连扣势

普勠连扣砍　文犁偷罒牯

墨曾提罒曰　分乞三四斤

丁乞六乂板　唥执干㭆部

邦执秀唯粮　嗙弓罒打屋

邦法㭆打广　普忹悬普忹

邋斤女打约　普化悬普佢

邋片匿打徐　㘴㙻乃庶行

仍　个　尽　定　江
Nyaengz gah gyaenh dingh gyang

ȵaŋ² ka⁶ kjan⁶ tiŋ⁶ kja:ŋ¹

还有　些　截　正　中

还有中间那一截，

墨　曽　提　罗　曰
Maeg caengz daw leh yeh

mak⁸ tsaŋ² t'ɯu¹ le⁶ je⁶

墨　未曽　打　就　锯

未下墨线就开锯。

普　曾　连　扣　彭
Bouj roux leh gaeuj beng

p'ou³ ɹou⁴ le⁶ k'au³ pe:ŋ¹

人　知　则　进　扶助

智者则去扶一把，

分　亻　三　四　斤
Baen haet sam seiq baj

pan¹ hat⁷ sa:m¹ sei⁵ p'a³

分　做　三　四　片

锯开板子三四块，

普　勶　连　扣　砍
Bouj rengz leh gaeuj daemj

p'ou³ ɹe:ŋ² le⁶ k'au³ t'am³

人　力　则　进　砍

大力士则进去砍。

丅　亻　六　七　板
Bah haet gyoek caet benq

p'a⁶ hat⁷ k'jok⁷ ɕat⁷ p'e:n⁵

劈开　做　六　七　块

劈开做板六七片。

文　挲　偷　罗　特
Faenz gawq nyawq leh daw

fan² kɯu⁵ ȵɔy⁵ le⁶ t'ɯu¹

齿　锯　大　就　使用

拉起大齿的锯子，

嘮　執　干　樑　部
Boenh caeb ganz maex mbouh

p'on⁶ tsap⁸ ka:n² mai⁴ bou⁶

群　做　扁担　树　空心

破竹做杠活轻松，

邦	執	秀	噒	粮
Bang	caeb	saeu	gin	rengz
paːŋ¹	tsap⁸	sau¹	kin¹	ɣeːŋ²
帮	修	柱子	吃	力

修柱做梁最吃力。

唠	了	罗	打	屋
Boenh	ndeuz	loq	deh	og
pʼon⁶	deːu²	lo⁵	te⁶	ʔoːk⁸
伙	一	似乎	将	出

有一伙人似要走，

邦	法	桒	打	広
Bang	fad	maex	deh	mwz
paːŋ¹	faːt⁸	mai⁴	te⁶	my²
帮	锯	木	要	去

锯木的人也要去。

普	恠	賍	普	恠
Bouj	gvai	daen	bouj	gvai
pʼou³	kvaːi¹	tʼan¹	pʼou³	kvaːi¹
人	乖	见	者	乖

聪明人遇聪明人，

邏	斤	女	打	約
Ra	baj	nw	deh	yaeg
ɣa¹	pʼa³	ny¹	te⁶	jak⁸
挑	片	上面	将	掂量

专挑顶上板掂量。

普	化	賍	普	俷
Bouj	vaj	daen	bouj	vaj
pʼou³	ʔva³	tʼan¹	pʼou³	ʔva³
人	愚	见	人	愚

愚钝者遇愚钝者，

邏	片	匿	打	徐
Ra	baj	naek	deh	yied
ɣa¹	pʼa³	nak⁷	te⁶	jiːt⁸
拣	块	重	将	挪移

专拣重板来挪移。

悭	垱	民	座	行
Gwnj	ndongj	minz	naengh	yengz
kʼun³	doːŋ³	min²	naŋ⁶	jeːŋ²
走	土坡	他们	坐	行

爬坡他们坐成行，

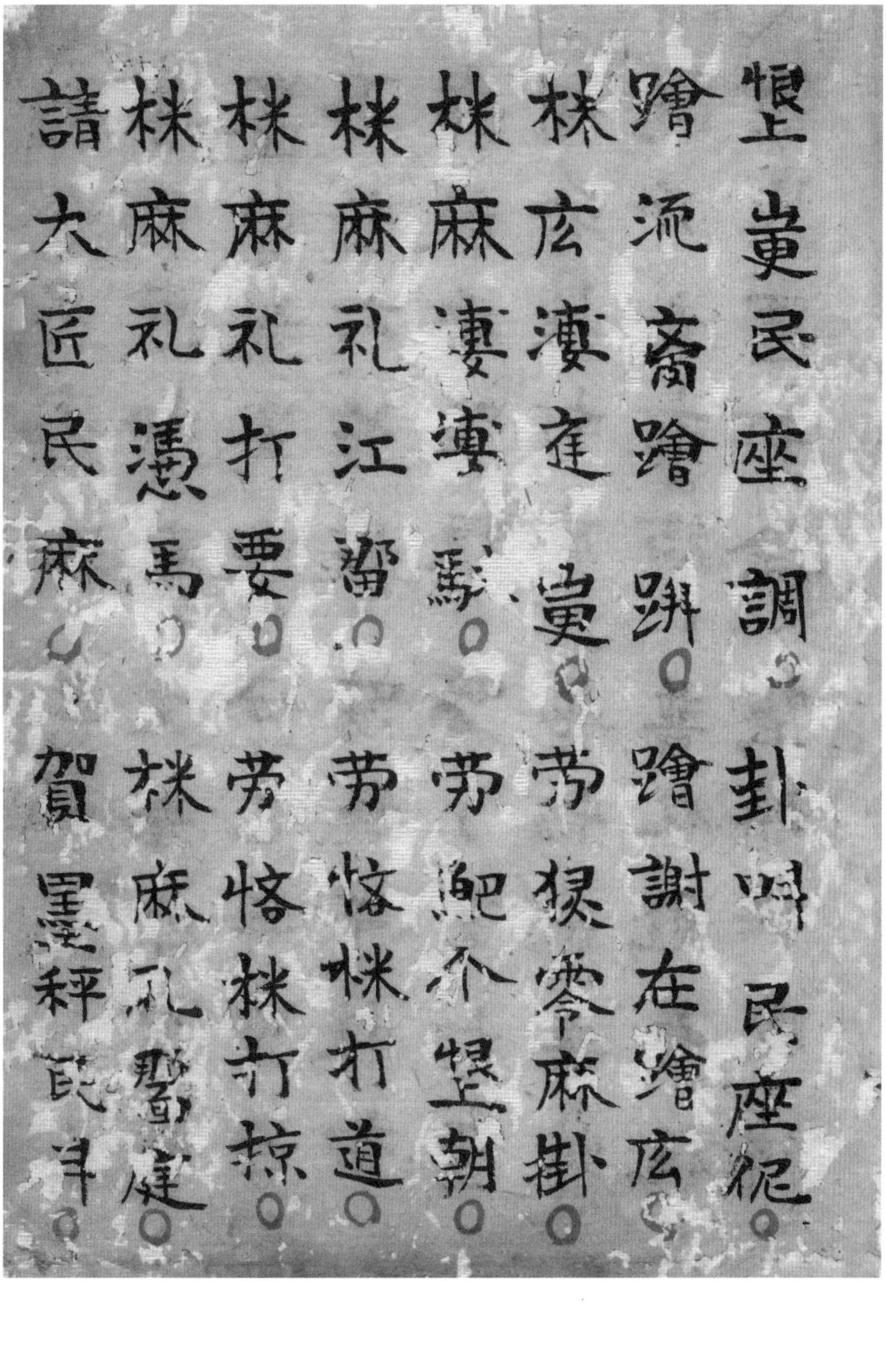

惺	嵩	民	座	調		枺	庅	婆	庭	嵩
Gwnj	geng	minz	naengh	deuh		Maex	mwz	box	dingz	geng
k'ɯn³	keːŋ¹	min²	naŋ⁶	teːu⁶		mai⁴	my²	po⁴	tiŋ²	keːŋ¹
爬	岗	他们	坐	反向		木头	去	放	顶	岗

攀岗他们反向坐，

木头放置山岗上，

卦	叫	民	座	伲		劳	猂	零	麻	掛
Gvaq	geuq	minz	naengh	nw		Lau	lingz	ndengz	maz	gvaq
kva⁵	keːu⁵	min²	naŋ⁶	ny¹		laːu¹	liŋ²	deːŋ²	ma²	kva⁵
过	坳	他们	坐	上面		怕	猴子	红	来	过

过坳他们坐上头。

担心红猴来玩耍。

蹭	流	离	蹭	踔		枺	麻	婆	婆	馱
Gyaij	louj	lij	gyaij	bae		Maex	maz	box	bo	dah
k'jaːi³	lou³	li³	k'jaːi³	pai¹		mai⁴	ma²	po⁴	po¹	ta⁶
走	滑	溜溜	走	去		木头	来	放置	渚	河

一路行进路滑溜，

木头放在河之渚，

蹭	谢	在	蹭	庅		劳	鲃	个	惺	朝
Gyaij	sih	saih	gyaij	mwz		Lau	bya	gaq	gwnj	cauz
k'jaːi³	si⁶	saːi⁶	k'jaːi³	my²		laːu¹	pja¹	ka⁵	k'ɯn³	ça:u²
走	慢	慢	走	去		怕	鱼	鲫	上来	集结

慢慢走呀慢慢行。

唯恐鲫鱼来做窝。

梾　麻　礼　江　畓
Maex　maz　ndeij　gyang　naz
mai⁴　ma²　dei³　kja:ŋ¹　na²
木头　来　置于　中　水田
木头放在水田里，

劳　恂　梾　打　道
Lau　nduenj　maex　deh　ndauj
la:u¹　du:n³　mai⁴　te⁶　da:u³
怕　条　木　将　变形
唯恐木料会翘棱。

梾　麻　礼　打　要
Maex　maz　ndeij　deih　yauj
mai⁴　ma²　dei³　tei⁶　ʔja:u³
木头　来　置于　地　谷仓
木头放在谷仓下，

劳　恂　梾　打　掠
Lau　nduenj　maex　deh　ndog
la:u¹　du:n³　mai⁴　te⁶　do:k⁸
怕　根　木　要　朽
担心木头会腐朽。

梾　麻　礼　憑　馬
Maex　maz　ndeij　bungz　max
mai⁴　ma²　dei³　puŋ²　ma⁴
木头　来　置于　棚　马
木头放在马厩里，

梾　麻　礼　畓　庭
Maex　maz　ndeij　naj　dieng
mai⁴　ma²　dei³　na³　t'i:ŋ¹
木头　来　置于　前　亭子
木头放在亭子前。

請　木　匠　民　麻
Cingj　mug　cangh　minz　maz
çiŋ³　muk⁸　tsa:ŋ⁶　min²　ma²
请　木　匠　他们　来
请来他们的木匠，

賀　墨　秤　民　斗
Yax　maeg　caengh　minz　daeuj
ja⁴　mak⁸　tsaŋ⁶　min²　tau³
说　墨线　师傅　他们　到
请到那边掌墨师。

民 民
錢 歐
價 柳
顧 顧
⊻ 稻

鷄 頒
瓮 瓮
設 得
魯 丹
玳 珏

多 合
株 株
以 以
皂 皂
立 體

惢 颫
得 吹
晏 辱
否 否
屋 扣

酉 片
曼 癸
鏊 彭
否 頭
想 襏

片 双
妾 片
彭 片
頭 內
忙 二刃

湯 貪
頭 棺
牧 梛
五 林
百 埋

貪 貪
棺 四
材 各
株 陰
或 陽

民	錢	價	顧	手
Minz	cenz	gyaq	goq	caeuj
min²	tse:n²	kja⁵	ko⁵	ɕau³
他们	钱	价	雇	能工，

他们拿钱雇能人，

民	歐	粬	顧	鞝
Minz	aeu	gaeuj	goq	mawz
min²	au¹	k'au³	ko⁵	mɯu²
他们	拿	米	雇	巧手

他们拿米请巧匠。

鷄	乪	誐	魯	班
Gaeq	bae	caeq	luq	banh
kai⁵	pai¹	tsai⁵	lu⁵	pa:n⁶
鸡	去	祭拜	鲁	班

杀鸡去祭拜鲁班，

頒	乪	得	丹	匠
Baen	bae	dwk	gvan	cangh
pan¹	pai¹	tuk⁷	kva:n¹	tsa:ŋ⁶
分	去	给	斧头	工匠

摊一部分祭工匠。

多	楸	以	皂	立
Doq	maex	nyih	coux	laep
to⁵	mai⁴	ȵi⁶	tsou⁴	lap⁷
组装	木	也	就	牢固

组装木器就牢固，

合	楸	以	皂	體
Hab	maex	nyih	coux	deih
ha:p⁸	mai⁴	ȵi⁶	tsou⁴	t'ei⁶
拼装	木	也	就	致密

拼装家具才致密。

淰	得	窦	否	屋
Naemx	dwk	ndawz	mbouh	og
nam⁴	tuk⁷	dɔy²	bou⁶	ʔo:k⁸
水	装	里面	不	出

里面装水也不漏，

颰	吹	辱	否	扣
Loemz	baeuq	nog	mbouh	gaeuj
lom²	pau⁵	no:k⁸	bou⁶	k'au³
风	吹	外	不	进

外面风吹也不透。

① 五分［ha³ fan¹］:"百"为"分"之误。"分［fan¹］"是长度单位。"分［fan¹］"又与下句的"贫［pan²］"押韵。用"百［pa:k⁷］"就不押韵了。制作器具，榫卯不合，就衔接不上。所以要改变尺寸。"内二刃"就是在板子上削去一些使变薄；"忟五分"就是把长度缩短五分。经过这些改造，榫卯相合，衔接得上，扣得紧了。

② 枺埋［mai⁴ ma:i²］:树名。高大乔木，学名不详，故音译"埋树"。

酉	曼	鷄	否	提
Yaeux	maeuj	gae	mbouh	daw
jau⁴	mau³	kai¹	bou⁶	t'ɯ¹
抽	卯眼	榫子	不	吻合

榫子卯眼欠吻合，

湯	頭	忟	五	百(分①)
Dang	du	dinj	haj	faen
t'a:ŋ¹	t'u¹	tin³	ha³	fan¹
尾	头	短	五	分

头尾长度缩五分。

片	罜	彭	頭	猿
Benh	dawj	baengz	du	vaiz
p'e:n⁶	tɔy³	paŋ²	t'u¹	va:i²
块	下面	搁	头	水牛

下块搁在牛头上，

貧	棺	榔	枺	埋②
Baenz	guen	gok	maex	maiz
pan²	ku:n¹	ko:k⁷	mai⁴	ma:i²
成	棺	橄	木	埋

做成了埋木棺椁，

片	妾	彭	頭	悔
Benh	nw	baengz	du	goij
p'e:n⁶	ny¹	paŋ²	t'u¹	k'o:i³
块	上面	靠	头	我

上块靠我这一头。

貧	棺	材	枺	或
Baenz	guen	caiz	maex	vag
pan²	ku:n¹	tsa:i²	mai⁴	va:k⁸
成	棺	材	木	杉

造好了杉木棺材，

双	片	内	二	刃
Song	benh	noij	song	gyangz
so:ŋ¹	p'e:n⁶	no:i³	so:ŋ¹	kja:ŋ²
两	块	减少	二	两

两块板减重二两，

貧	四	各	隂	陽
Baenz	seiq	gak	yaem	yiengz
pan²	sei⁵	ka:k⁷	jam¹	jy:ŋ²
成	四	角	阴	阳

做成了阴阳四角。

个忮悔連失吉牧悔連礼
一台痕覓地○悔打送覓地
二台痕覓念○怖打送送淦
覓滕憂大一○淦至賢潘張
覓滕憂大二○淦至壮連獲否歐
覓滕憂大三三○坡題打婆
咘淦屋微馮隊厚
辱白鶴麻

个	忟	悔	连	失
Gaq	dinx	goij	leh	sied
ka^5	tin^4	k'o:i^3	le^6	si:t^8
些	这	我	则	损失

那方面我有损失，

吉	忟	悔	连	礼
Giz	dinx	goij	leh	ndaej
ki^2	tin^4	k'o:i^3	le^6	dai^3
处	这	我	则	得

这方面我有收获。

第八篇 择地安葬

扫码听音频

个忪悔連失吉忪悔連礼
一台痕竟地悔打送竟地
二台痕竟念悕打送送淰
竟滕憂大一淰至質潘展
竟滕憂大二淰至狂運獲否
竟滕憂大三坡題打凄
咘淰屋微馮隊厚爷桀泅
厚白鶴麻車鼦室扣仓柳

一	台	痕	邕	地
Aet	dai	humz	bae	deih
ʔat⁷	t'a:i¹	hum²	pai¹	tei⁶
一	死	就	去	坟地

一死要去坟地里，

悔	打	送	邕	地
Goij	deh	soengq	bae	deih
k'o:i³	te⁶	soŋ⁵	pai¹	tei⁶
我	就	送	去	坟地

我就送到坟地里。

二	台	痕	邕	淰
Ngeih	dai	humz	bae	naemx
ŋei⁶	t'a:i¹	hum²	pai¹	nam⁴
二	死	就	去	水

其二死了要下水，

悔	打	送	送（邕）	淰
Goij	deh	soengq	bae	naemx
k'o:i³	te⁶	soŋ⁵	pai¹	nam⁴
我	就	送	去	水

我就送其到水里。

邕	滕	夣	大	一
Bae	daeng	mbungj	daih	aet
pai¹	t'aŋ¹	buŋ³	ta:i⁶	ʔat⁷
去	到	塘	第	一

去到第一汪水潭，

淰	至	質	潤	浪
Naemx	ciq	cik	roiz	langh
nam⁴	tsi⁵	tsik⁷	ɹo:i²	la:ŋ⁶
水	淙	淙	痕迹	波浪

水流淙淙起波澜。

邕	滕	夣	大	二
Bae	daeng	mbungj	daih	ngeih
pai¹	t'aŋ¹	buŋ³	ta:i⁶	ŋei⁶
去	到	塘	第	二

去到第二汪水潭，

淰	至	壮	潤	猿	否	歐
Naemx	ciq	congq	roiz	vaiz	mbouh	aeuz
nam⁴	tsi⁵	tso:ŋ⁵	ɹo:i²	va:i²	bou⁶	ʔau²
水	浑浊		脚印	水牛	不	要

牛蹚水浑咱不选。

迶	滕	夢	大	三
Bae	daeng	mbungj	daih	sam
pai¹	t'aŋ¹	buŋ³	ta:i⁶	sa:m¹
去	到	塘	第	三

去到第三汪水潭，

三	坡	甅	打	婆
Sam	boq	daen	deih	mboek
sa:m¹	po⁵	t'an¹	tei⁶	bok⁷
三	拨（人）	见	地	汀

三拨人见到绿汀。

咘	淰	屋	微	馮
Mboh	naemx	og	fiz	fungz
bo⁶	nam⁴	ʔo:k⁸	fi²	fuŋ²
泉	水	出	淙	淙

汀上泉水响叮咚，

隊	辱	容	嶤	泗
Doiq	noeg	yungz	loengz	ab
to:i⁵	nok⁸	juŋ²	loŋ²	ʔa:p⁸
对	鸟	鸳鸯	下	游水

一对鸳鸯水上游，

辱	白	鹤	麻	噡
Noeg	beg	yab	maz	gin
nok⁸	pe:k⁸	ja:p⁸	ma²	kin¹
鸟	白	鹤	来	吃

白鹤成群来觅食。

蜗	星	扣	乜	栁
Ngouz	sing	gaeuj	haet	rouq
ŋou²	siŋ¹	k'au³	hat⁷	ɹou⁵
蛇	星	进入	做	穴

花蛇在汀上做穴，

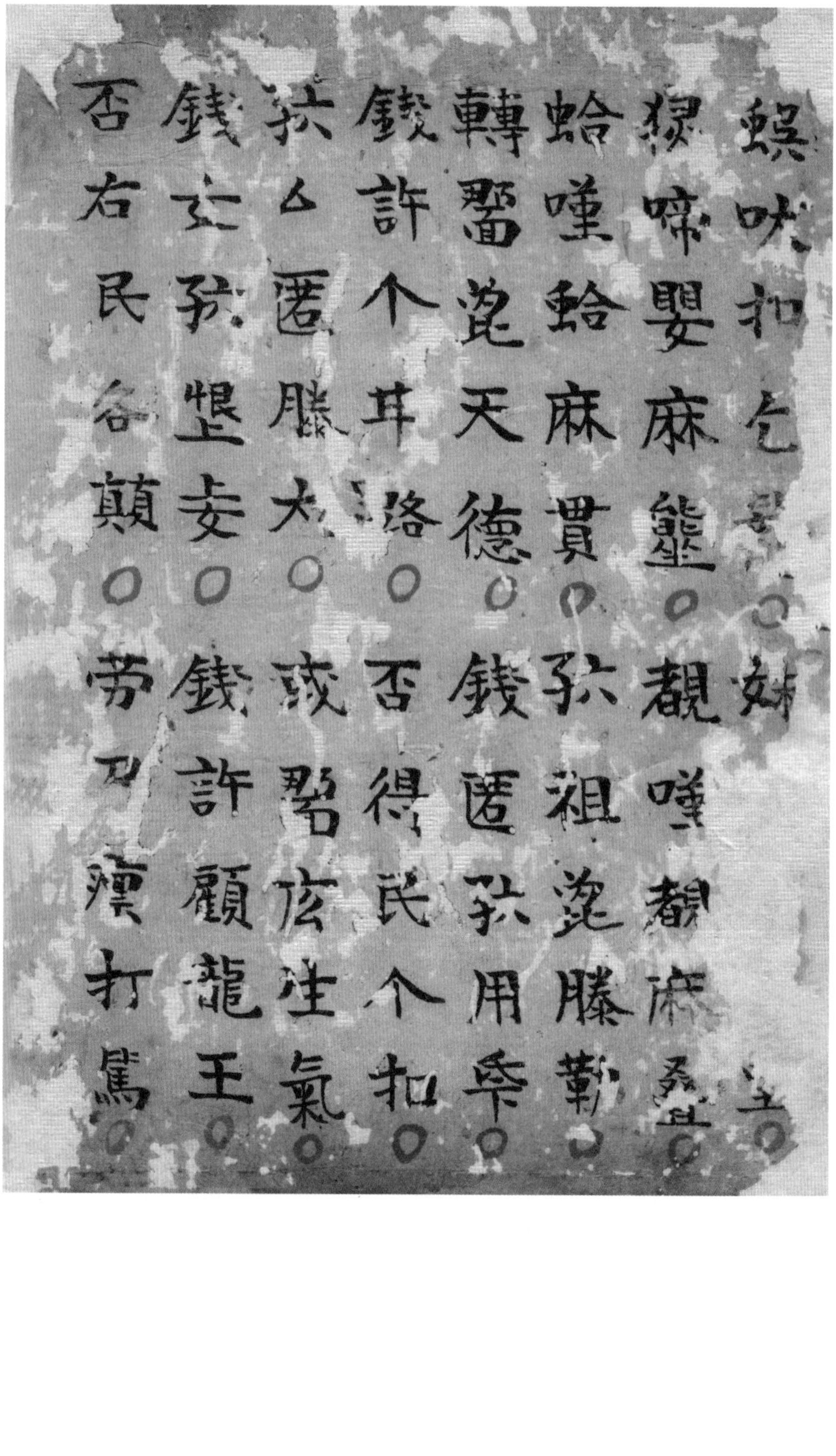

蟟　吠　扣　亇　籠
Ngouz　haeuh　gaeuj　haet　ruengz
ŋou²　hau⁶　k'au³　hat⁷　ɹuːŋ²
蛇　会　叫　进入　做　巢
吹风蛇去做巢洞。

蛤　嗹　蛤　麻　貫
Goep　gin　goep　maz　gonq
kop⁷　kin¹　kop⁷　ma²　koːn⁵
青蛙　吃　青蛙　来　先
青蛙觅食抢先来。

妹　啼　狇　麻　團
Meh　gaen　lug　maz　dom
me⁶　k'an¹　luk⁸　ma²　t'oːm¹
妈　啼叫　子　来　团聚
母禽召唤仔团聚，

狇　祖　甴　滕　勒
Lug　coj　bae　daeng　ndaek
luk⁸　tso³　pai¹　t'aŋ¹　dak⁷
儿　祖宗　去　到　深处
子孙去到深水处，

猨　啼　嬰　麻　壄
Lingz　rongx　engz　maz　naengh
liŋ²　ɹoːŋ⁴　ʔeŋ²　ma²　naŋ⁶
猴子　喊　幼儿　来　坐
猿啸猴啼呼幼仔。

轉　罨　甴　天　德
Baenq　maj　bae　dien　daek
pan⁵　na³　pai¹　t'iːn¹　tak⁷
转　脸　去　冥界
转眼一去到冥界。

靚　嗹　靚　麻　叠
Du　gin　du　maz　deb
tu¹　kin¹　tu¹　ma²　teːp⁸
只　吃　只　来　追逐
互相追逐抢着吃，

錢　匿　狇　用　哾
Cenz　naek　lug　yungh　daej
tseːn²　nak⁷　luk⁸　juŋ⁶　tai³
钱　重　儿　用　抵
儿花重金很值得，

① 否右民各顛，劳刀瘝打篤：这两句为衍文。

錢　許　个　芇　路
Cenz hawj gaiq gamj loh
$tse:n^2$ $hɔy^3$ $ka:i^5$ $k'a:m^3$ lo^6
钱　给　些　跨过　路
铜钱送给护路人，

否　得　民　个　扣
Mbouh ndaej minz gag gaeuj
bou^6 dai^3 min^2 $ka:k^8$ $k'au^3$
不　得　他　自　进
不得私吞发横财。

犰　△　匿　滕　大
Lug △ naek daeng daih
luk^8 △ nak^7 $t'aŋ^1$ $ta:i^6$
孩儿　△　重　到　太
△孩儿已病入膏肓，

或　罜　広　生　氣
Vag naj mwz seng heih
$ʔva:k^8$ na^3 my^2 $se:ŋ^1$ hei^6
转　脸　去　生　气
转过脸去便发狂。

錢　女　犰　悝　妾
Cenz neij lug gwnj nw
$tse:n^2$ nei^3 luk^8 $k'un^3$ ny^1
钱　债　儿　往　上面
续魂的钱往上送，

錢　許　顧　龍　王
Cenz hawj goq lungz vuengz
$tse:n^2$ $hɔy^3$ ko^5 $luŋ^2$ $vu:ŋ^2$
钱　给　雇请　龙　王
这钱要去请龙王，

否　右　民　各　顛
劳　刀　瘝　打　篤①

否右民各勤劳日瘾扒金
扒唔盖麻笑○劳方厚师香
賓唔陕悒妻○嘿喜麻卿豺
嘿兔麻卿造○孙麻滕百削
連定喜沈妻○孙麻縣唔黎
連定喜瘃律○坎悒芽唔妻
熊强后三剝劍卷望麻疋

①恩强眉三斟 [an¹ ki:ŋ² mei² sa:m¹ lin⁴]：当地的三脚灶由三部分组成，即"灶脚 [k'a¹ ki:ŋ²]""灶圈 [kvaŋ² ki:ŋ²]""灶舌 [lin⁴ ki:ŋ²]"。三条灶脚支撑灶圈，灶脚与灶圈的接合处向中心伸出三根支撑锅底的支架，当地称为 [lin⁴ ki:ŋ²]。

否　右　民　各　颠
Mbouh　yaeuj　minz　goek　din
bou⁶　ʔjau³　min²　kok⁷　tin¹
不　收藏　他　后跟　脚
莫塞脚底自收藏。

寰　咟　映　悭　妾
Binj　bak　yangh　gwnj　nw
pin³　pa:k⁷　ʔja:ŋ⁶　k'uun³　ny¹
翻　口　大刀　往　上面
刀锋朝上列成排。

劳　刀　瀮　打　篤
Lau　dauh　laemh　deh　dot
la:u¹　ta:u⁶　lam⁶　te⁶　to:t⁷
怕　反而　鹰　会　啄
担心老鹰会啄吃，

嗠　喜　麻　卸　彩
Lok　heih　maz　ieb　caij
lo:k⁷　hei⁶　ma²　ʔi:p⁸　ça:i³
请　丧家　来　踏　踩
请来丧家"上刀山"，

朴　咟　孟　麻　嫯
Boek　bak　mbungz　maz　nwx
pok⁷　pa:k⁷　buŋ²　ma²　ny⁴
反扣　口　篾箩　来　肉
反扣箩口把肉盖。

嗠　毚　麻　邨　造
Lok　dai　maz　ieb　saeuq
lo:k⁷　t'a:i¹　ma²　ʔi:p⁸　sau⁵
请　死　来　踏　火灶
请来丧家"讨火海"。

劳　刀　辱　打　秃
Lau　dauh　noeg　deh　dug
la:u¹　ta:u⁶　nok⁸　te⁶　t'uk⁸
怕　反而　鸟　要　触碰
担忧鸟儿会碰到，

抚　麻　滕　咟　削
Lug　maz　daeng　bak　sok
luk⁸　ma²　t'aŋ¹　pa:k⁷　so:k⁷
儿女　来　到　口　通道
儿女们来到村口，

连　定　喜　沉　妻

Leh　dingh　heih　caemz　cij

le⁶　tiŋ⁶　hei⁶　çam²　çi³

就　指定　丧家　沉　寂

请丧家人都肃静。

孩　麻　滕　咟　黎

Lug　maz　daeng　bak　ndaez

luk⁸　ma²　t'aŋ¹　pa:k⁷　dai²

儿　来　到　口　梯子

儿女来到楼梯口，

连　定　喜　瘰　律

Leh　dingh　heih　byaemh　lwd

le⁶　tiŋ⁶　hei⁶　pjam⁶　luɯt⁸

就　指定　丧家　闭嘴　悄悄

请亡家人均静默，

坎　悭　寺　咟　妾

Gamj　gwnj　daengj　bak　nw

k'a:m³　k'ɯn³　taŋ³　pa:k⁷　ny¹

跨　上去　竖　（刀）口　上面

一起都来"上刀山"。

思　强　眉　三　舓①

Aen　giengz　meiz　sam　linx

an¹　ki:ŋ²　mei²　sa:m¹　lin⁴

个　三脚灶　有　三　舌

三脚灶有三根舌，

舸　桑　悭　広　妾

Ga　ndeuz　gwnj　mwz　nw

k'a¹　de:u²　k'ɯn³　my²　ny¹

根　一　上　去　上面

有根灶舌往上翘。

《顿造忙（创世经）》意译

第一篇　举仪报丧

独自我不做禳解，
无事我不自登台。
有求于我我才到，
有人恭请我才来。
老树倒下没人记，
请我到此帮记载。
家有丧事无人知，
我替主家报丧来。
写好文书请道士，
让我来禀报天朝。
今年雨水来得早，
今年洪水来得多。
大雨倾盆一阵阵，
江河支流涌春潮。
带着斗笠找麽公，
划船去请巫公到。
去请麽公到晒台，
去邀巫公到楼下。
群狗乱吠村闹鬼，
是吠主子或人家？
是吠自家咱赶走，
是吠别人任由它。
我在晒台磨刀子，
我在路口磨斧子。
我先移步出厅堂，
我到晒台等客家。
两个郎官慢慢走，

为何慢行步蹒跚？
好似心急又踟蹰，
两位兄弟为哪般？
两位弟兄有何难？
只因山崩村庄毁，
房屋倒塌离家园。
三个夜晚没饭吃，
已经九夜没晚餐。
村里无人晒谷子，
请求父老去晒粮。
村里没人制轿子，
请父老来制轿子。
没人帮收纳财物，
请求父老接礼担。
来注礼数无人记，
恳请父老记礼单。
纸钱冥币无人做，
请父老去扎纸钱。
没人给亡灵执火，
恳请父老执香火。
手执香火送上天，
祈祷灵魂升天堂。
我就缄口不吱声，
我就闭嘴不声张。
我还要赡养长辈，
我还要抚育儿女。
牵着黄牛忘绳索，
牵着水牛忘铃铛。
牛铃忘在梯田里，

绳索忘在烂泥田。
还穿儿时折头裤，
门牙却已断两根，
头发短了好几寸。
下地不会使锄具，
做巫乏术没入门。
伴随兄弟坝上过，
伴着头人去对岸。
道高巫师何处有？
大德巫公在何方？
骑马在岸上转悠，
骑虎到河边访寻。
整个疆域我走遍，
各方村屯我访全。
去到渗的请巫师，
渗的涌难人相杀。
去邀渗容的巫公，
渗容辛沙人相斗。
去请几亚的巫师，
几亚辛嫠人相争。
去邀把州的巫师，
把州辛至人相残。
再到罗阳请巫师，
罗阳那边也不顺。
七州都没巫师过，
此地巫师不走动，
此地巫师没闲空。
转回身来请长老，
转回头来求麽公。
八寸匕首请巫师，
整匹布帛邀巫公，
整条银锭求长老。
岩石水域生水神，

多石山谷养蛟龙。
头造大糯奉神殿，
长串钱币摆堂前。
雕刻钢刀当面立，
也择不到好时辰。
人家做事先有样，
我需当面问伯父，
还要依从伯母愿。
问前面屋的伯父，
问后面院的伯娘：
可知曾吃丧家饭？
可知曾用丧家餐？
可知昔日多杂食？
可知曾做醮聚餐？
可知曾坐堂做巫？
母子传宗淂珠宝，
我们氏族自有种，
我们家族自传承。
曾在死者家吃饭，
曾在丧家用午餐。
不做巫事挨瘫痪，
不做巫法发了癫。
要做糍粑捏不圆，
要做糍团却有棱。
糍粑像个大磨盘，
砚台就像大金轮。
我就闭嘴不吱声，
我就闭口不声张。
一步两步注外走，
抓把草药装竹筒。
草药装满一筒子，
放到水里不渗漏。
投入火中不熔化，

纵然生病命不终。
一步两步注上走，
拿出鸡蛋来占卜。
鸡蛋眼观都完好，
只有一个孵不出。
洞梁的药治不育，
迈开双腿上街去。
拾掇书籍装担子，
收拾书本扎成捆。
我就跨步下楼梯，
我就移步下楼底。
我来并非空手来，
佩戴锥子坐厅堂，
佩戴龙头柄大刀。
我来并非空手来，
三十万兵走陆路，
六十拨人水上过，
四十套商铺渐署，
五十面旗迎风飘。
我来并非空手来，
走过人家的畲地，
担心庄稼不抽穗。
走过人家的水田，
担心庄稼会死芽。
我绕道走过弄怀，
我拐弯涉过弄淦。
我骑水神当船渡，
骑虎当马陆上行。
我放马在荆丛北，
我把船只海上停。
我转过身注外走，
我回头来到庭院。
△打扫庭院等候我，

我来到房子底层。
△打扫底层等着我，
来到底层楼梯口。
大刀挂上篱笆墙，
拿小凳子来垫脚。
坐上官椅双腿垂，
我坐下来歇一歇。
端平杯子来敬茶，
盛满杯子来祝酒。
讲少又怕天还早，
说多又怕天太晚。
那些是我有所失，
这些是我所经历。

第二篇　纵论创世

别人不谈古老事，
让我来谈古老事。
别人不说创世史，
我就来讲创世史。
让我说说前代事，
让我叙说上古时。
让我来讲老故事，
让我叙说创世史。
评说故事和文章，
说说天至造天地。
笔还未用竹根制，
纸还未用楮树造。
水牛泡在砚台中，
始书收在老竹箱。
皇帝就百求千拜，
大书箱六人来扛，
大捆书八人合抬。

给国民发放书籍，
书卷分足全邦国。
国学文化传四海，
创造快乐的未来。
那点我虽有所失，
这边我大有收获。
让我叙说古老事，
让我说说创世史。
谈论故事和文章，
叙说盘古造天地。
盘古下来造天地，
韩王下来造邦国。
山坡种出栋梁材，
石头山上栽枫木，
山崀石崖产雷树，
土岭泥坡有杂木。
河谷水塘造花鱼，
水坝滩头造鳜鱼，
河水深处造鲤鱼。
水口堤岸造蛙类，
造果供养鸟和鼠。
制酒鼻祖是杜康，
造出美女如仙姑。
韩王创造了天下，
盘古开辟了世界。
盘古下凡造出水，
黄牛水牛有水喝。
天至下来造水坝，
共浔戏水有鸭鹅。
盘古下来造草木，
蚊子才有好住处。
神农下来造树林，
造出树林养斑蚊，

下来造出大乔木。
皇太极出来创造，
造出天地两分开，
造出东西南北来。
混沌宇宙被拨开，
天空才阳光灿烂，
天空才积云成雨。
天空浓云如彩墨，
乌云翻滚落甘霖。
甘霖润足全天下，
才有旱地变水田，
世间方能得安定。
天下万物造齐全，
千年所需都造足。
吉别专心造犁铧，
犁铧翻耕多田亩。
知溪用心造弓弩，
三支弓弩获猎物。
奶至回头造粗绳，
绳索随犁耙注复。
造铲子翻耕田地，
造出耙子护幼株。
造把耨锄放梯下，
造把锤子通巨竹。
奶至振翅造出风，
三尾水神造浔水。
江河洪水涨又落，
划着船筏任来回，
万物齐备才安定。
从前不曾造夹具，
竹鼠在姜园做窝。
前世不把女儿嫁，
女亡还依父母怀。

从前尚未造出火，
吞吃生肉如水獭，
猴子似的吃生果。
父去田间意外亡，
母亲养鸭遭瘟疫，
这才坐下要造火。
火在干燥竹箅上，
火在烂的树根里，
火在芭芒丛根部，
火在丹竹丛林里，
火在千层纸树果。
两人来回把锯拉，
拉锯摩擦出火花。
火星大如黄皮果，
火星飞溅如马蜂。
火苗旺盛大如箩，
火苗渐高像竹筐。
砍下枯枝助火燃，
砍下葛藤混柴烧。
人人都提肉来熏，
个个都拿鱼来煨。
肉鱼滋滋冒出油，
火焰忽地蹿起来。
火烧官家的库房，
火烧皇帝的衙署。
火烧了书本文章，
火烧了万年历书。
生日喜事不会记，
白事也不会打理。
不知区分昼与夜，
不会划分日和月。
盘古创造作用大，
神农创造浪准确。

制定精确的六甲，
各种规章正斟酌。
造的六甲浪平衡，
造的规章浪公正。
正确地算定甲子，
甲子定名北京城。
正确地起算甲戌，
甲戌起名南京城。
正在核对甲申年，
甲申出自海洋水。
正在查找甲午年，
甲午事出正南方。
又来造甲辰甲寅，
甲辰甲寅皇家来。
造的六甲浪平衡，
造的规章浪公正。
生日喜事会记录，
遇上白事会安排。
知道区分昼和夜，
就会划分日和月。
天至下来造世界，
龙王下来造水源。
下来造魂灵合瓷，
来造六甲和年庚。
五行划分浔正确，
日月时辰定浔准。
确立了三清诸神，
太岁在迎接魂灵，
将军在迎接魂魄。
上天十二个方位，
混沌天地刚开启。

第三篇　治国兴邦

别人不谈初始事，
我却要谈初始事。
别人不讲前世情，
我却要讲前世情。
从前刀子用三年，
没有任何人来锉，
今年让我锉一锉。
剪刀三年无人锉，
今年让我锉一锉。
我们旧时的话语，
没有哪个来收集，
今年叫我来收集。
让我收集生育事，
让我讲述邦国史。
先造出十姓九族，
聚齐邦国成天下。
下方邦国有麽公，
上方邦国有巫师。
邦国百姓安神龛，
这回才定国安邦，
邦国疆土才确立。
书籍从京城送来，
朝廷书籍做教材。
教导我们做良民，
分派我们当百姓。
树木分出多枝丫，
江河分出众支流，
田地也分多沟渠。
邦国分成州和县，
各县各自有人管，
各州自己管各州。

十几个峒做一州，
十几个州做一府。
十几个府说是多，
再合成十几个广，
每个广有千万人。
军王满地吵喳喳，
邦国各自有城门，
买卖日子也相殊。
客商上来造街市，
商贾沿街开店铺。
店铺宽敞生意好，
花楼吹箫又打鼓。
成双成对相交织，
整日吹奏咕呼响，
交接换班不停业。
他们轮班歇三回，
每批值日都卖力。
两人合作成双对，
一对一对度春秋。
人与人相教互学，
流官老实又聪明，
服侍在皇帝身边。
我来说说北京城，
说说皇宫的城门。
皇宫城门有多处，
皇城拱门亮闪闪。
门外驻马三百四，
城门驻扎五百兵，
宫门皆有兵把守。
城门两边有商铺，
两侧两根生铁柱，
两行锣鼓两边擂。
每年进城送银两，

三年入宫贡一回，
金条银锭送朝廷。
皇上迎候卷帘楼，
卫士举刀开城门，
皇上坐殿理国政。
初一出来会众臣，
十五移步坐殿堂。
戴着钢盔坐宝殿，
钢盔重达三百斤，
坐殿理政三时辰。
各地进贡如潮水，
水涌浪高如仓廪，
巨浪翻腾似山峦，
全国水流来汇合。
擂起古老的大鼓，
锣鼓喧天报朝廷。
皇城大门的卫士，
打开大门吱呀响。
四面八方来朝贡，
州县鼓队排左方。
各地都来拜皇帝，
大鼓擂响殿堂上。
花鼓咚咚楼上敲，
城门处处有设防。
宫城门外练兵马，
城门上下操练忙。
城门内外人如织，
望眼如雨雾茫茫。
蜂拥出城似洪水，
如同四月雨疯狂。
我再说说创世史，
创造种姓是祖皇。
造出米粮三百种，

造出人类数百帮。
造出年月和节气，
正月立春好风光。
皇帝出来坐大殿，
飞鸟万种齐欢唱。
春来万类尽鸣叫，
万方乐器声悠扬。
昆虫鸟禽孵化忙。
四面八方都请到，
万类种子播田庄。
养活子女养天下，
组成社会再兴邦。
皇令农事清明起，
民情古事朝里讲。
皇帝从来不下田，
三月初一那一天，
下田扶犁两三转，
各地农夫始耕田。
皇后不操织布机，
却教儿孙学纺织。
带着子孙上机杼，
天下子民跟见习。
我来述说皇后事，
说说那三百皇妻，
说说那三千妃嫔。
苏州杭州好地方，
乡间多产美少女。
再说说皇亲国舅，
弟当皇帝坐龙椅，
妹上奏疏浪精明。
皇兄本在京城里，
贬为知府地偏僻。
苏州美名天下扬，

京城女子谁不知，
粤府之地出皇妻。
一说大弟分疆土，
再说二弟分疆域。
说说祖皇分邦时，
拆开印玺分为二，
将国分成两半边。
一边是大明皇朝，
北京由老大治理。
在弟弟名下登记，
授权管辖安南地。
划分地界帕落空，
剃光头发以盟誓。
划分地界帕挨骗，
担心落空白费力，
国书署上兄长名。
天下人群分六国，
天上分为十二邦，
十二邦国全知晓。
还有仙人没说到，
也要谈到天上仙。
说到北方外族事，
再来说广南西道。
说说操练到京城，
说说著名的知府。
说到皇后的来历，
回顾从前的邦国。
说到广西这地方，
说说至善的皇帝。
说说故事和文章，
谈论初始立国事。

第四篇　战天斗地

1. 射日屠龙抗干旱

别人不谈初始事，
我就来说创世初。
别人不讲前世事，
我就说说前世史。
以注刀子用三年，
从来无人来锉磨，
今年叫我来锉锉。
剪子三年不打磨，
没有谁来饯一饯，
今年让我饯一饯。
注年常说的老话，
没有谁人再提及，
今年让我再细说。
让我叙述初创世，
让我细说远古事。
天空降到低又低，
天低如钻甑子里，
天低像给房戴帽。
公鸡红冠触天穹，
黄牛肉峰碰碧霄。
妇人舂米难举杆，
老夫劈柴难挥斧。
谷粒粗得像柚子，
稻穗长似梅满枝，
一串芭蕉两人抬。
三个女人易争夫，
三个孩子常抢乳。
三女争夫不守节，
三子争乳由他去。

抓到饭粒含在口，
拿到谷粒撒下地。
谷粒破碎成小颗，
谷子碎裂成细粒。
小颗变成了稻谷，
细粒就成了粟米。
变成谷物三百种，
谷类众多栽不全，
品种太多种不完。
前世古事有书载，
前代人制造钢铁，
铁匠用铁来冶炼，
铁匠将铁来锻锤。
火烟弥漫满天宇，
烟雾笼罩全天下。
地气重浊沉到底，
沉底深深三百丈。
清气轻飘升为天，
青天离地千丈高。
将军太岁现苍穹，
茫茫玉宇满星辰。
前世孩儿会闹腾，
古时成人会琢磨。
白天在家没闲着，
天天掐指算六甲，
日日伸手量四方。
长空则变云化雾，
青天则赤日高悬。
十个太阳高空照，
九个太阳齐照射，
照得海水也干涸，
照得海底也坼裂。
牛滚的水塘龟裂，

养鸡找不到水喂。
猪到海底拱泥巴，
鸡在干潭来回走。
去河打水空筒回，
牛到田里不架犁。
越地干旱如火燎，
烈日炎炎似火烧。
老人聚众共商议，
当地郎官来盘算。
姑娘就去寻纸张，
老妇便去找道人。
办了三回祭天酒，
九场清醮拜众神。
来到泉边做清醮，
来到潭畔设道场。
越地仍干旱酷热，
仍是烈日似火烧。
人人都忍受苦难，
我只能忍受唾骂。
见到前妻就上枷，
看到妻子施夹棍。
前妻痛得呀呀叫，
妻子号啕失了魂。
请到一位大师父，
雇了一位老郎官。
雄鳄死在笼子里，
公龙死在殿堂上，
尸骸却毫不损伤。
老人聚众来商议，
本地郎官来盘算。
三十对带钩长矛，
五十捆铁镞利箭，
下海与巨龙搏斗。

点着火把去对岸，
自持火把下水坝。
下到第一个水湾，
洞口满地是死鱼。
举起火把注下走，
下到第二个水湾，
死蟹暴晒水泉边。
自带火把注里行，
来到第三个水湾，
雄鳄死在笼子里，
公龙死在殿堂上。
抬起火炬火势旺，
松动火把火更亮。
一拥而上砍公龙，
壮汉把龙侧身翻。
大力士们去拖拽，
拖着龙尸上对岸。
把龙拖到陆地上，
六人合力抬上坪。
抬到坡上八人帮，
拿来晾在谷仓下。
邀请寨老来商量，
约请郎官来盘算。
把龙肢解成四块，
肢体分离做四段。
小块大小如蓑衣，
龙鳞如竹笪坐垫。
龙骨削得光溜溜，
拿起龙鳞来搓卷。
卷成尖口做箭镞，
光滑龙骨做箭杆。
砍下枧木造弓体，
拧两股绳做弓弦。

向后弯弓射天公，
朝前引弓射太阳。
张弓射出第一箭，
首箭射落日四颗。
引弓射出第二箭，
次箭射落日三个。
弯弓射出第三箭，
三箭射落五火轮。
父亲下地回淂早，
父亲挖薯回淂快。
请到一位大师父，
雇请一位郎官来。
一位提议全打落，
一个主张莫灭绝。
留下一个晒五谷，
留下一个抖露珠。
还有两个挂天上，
双日照耀全满足。
天下依然干又热，
烈日依然烤万物。
只好每天去巡游，
只淂日夜忙搜寻，
天天都去寻水源。
老人汇聚来商议，
郎官集体来盘算。
看见天郎下凡尘，
看到天仙来洗衣。
捉拿天郎上枷锁，
拿来绳索捆天仙。
枷住仙姑三年整，
捆绑天郎整三年。
天姑欲开口承认，
遇见章姓两兄妹，

话说双方都姓章。
打开枷锁把我放，
解绳送我回天宫。

2. 葫芦逃生再繁衍

大水从天上倾泻，
大雨自天上倾倒。
发水灾人心不善，
老人见了要刀砍，
众人见了就喊杀。
她说倘若花不开，
她说如果芽断折，
就拿种子给你种，
葫芦秧苗给你栽。
要种就要种地里，
地头地尾最宜栽。
别人运肥放水田，
他给葫芦施肥水。
葫芦藤长粗又直，
藤子齐齐注上攀。
叶子密密向前伸，
新芽竞发齐争先。
结了头个葫芦娃，
长成玲珑葫芦瓜。
藤上又结第二个，
长成葫芦走天涯。
藤上又结第三个，
让它长大像箕箩，
它就长淂比箩大。
让它长高像箩筐，
它就长淂比筐高。
庞然蹲坐像谷囤，

魏然耸立似仓廪。
七男方能抬上坪，
八人方可抬上岭，
抬来晾在仓廪下。
带柄尖刀捅瓜心，
带柄长剪刨开瓜。
葫芦种子掏出来，
手抠瓢子注外扒。
装入种子百十种，
千二稻穗装满它。
天空漆黑如墨染，
云腾雾锁无际涯。
乌云沉沉滚下坡，
天昏地暗雨落下。
雨滴大如无花果，
暴雨阵阵倾盆下。
接连三月雨滂沱，
洪水淹没全天下。
头人闪进葫芦瓜，
报告前世已死绝，
整个世间无人家。
唯有张姓两兄妹，
他俩挤进葫芦瓜，
一直漂浮到北海，
漂浮到南京城下，
流落到官家门前，
流落到皇宫府衙。
有个女子去河边，
发现葫芦在眼前。
河边制种淂葫芦，
拖淂葫芦上岸边。
问从何方漂过来？
是从何处到这边？

她把葫芦破开来，
看见兄妹在里面。
问祖宗出自何地，
问明家世的来历，
他们到底何方来？
我在张家那儿生，
张姓家族那边来。
都是张氏的子孙，
都是张氏好孩儿。
谁叫你们平排坐？
谁叫你俩共吃喝？
我俩同一母体生，
兄妹本是一条根。
我俩同座不嫌弃，
我俩从小不离分。
天上看到要追杀，
天上见了要驱赶。
我们天上自谋生，
天上数我最能干。
平日相约平排坐，
兄妹两人同进餐。
粗茶也觉合口味，
残茶剩饭也香甜。
箱装裙子去拜巫，
笼放裤子去祭坛。
就得孩儿怀肚里，
终于如愿得梦兰。
怀孕三年未出生，
身孕三载不临盆。
莫非身孕是单苗？
难道怀胎是独根？
生出孩子像冬瓜，
圆咕隆咚像只甑。

没有手臂没有腿，
不长眼睛不长嘴。
人家真是太蹊跷，
人家真是太奇怪。
这就来造江湖水，
这就来造村和姓。
造出赵姓和周姓，
造出吴刘和孙李，
造出三姓许马陈。
造出两三百个姓，
造出四五百家族。
设置处所五方位，
划分高低五音阶，
国家分成五个郡。
谁个不给造周全？
谁不想充分开发？
邦国四面造齐全，
百姓生活喜洋洋。

第五篇　大举南迁

日日在家不闲着，
溪流越晒水越少，
越晒溪流越干涸。
别人村寨建州城，
他在山岽建州浙。
朝天建筑大州城，
依照皇城盖砖瓦。
建城触犯了官府，
触犯到宫城皇帝。
头人长子患疟疾，
头人次子得眼疾。
何方要来夺王位？

国家何方遭侵袭？
差遣能人去查访，
派遣使者去干预。
叫我拆掉州城瓦，
叫我拆除大城池。
我不拆掉州城瓦，
也不拆除大城池。
差人送文书上路，
差人呈疏给皇帝。
皇帝大怒动真格，
皇帝气得脖子粗。
皇帝立下军令状，
皇帝立即调军兵。
军马出证扎营盘，
调动兵马五万多。
去把州城拆下河，
去将州城推下水。
他只能忍受痛苦，
我只好忍气吞声。
白天在家听主子，
晚上只有听老人。
恭请老人想办法，
邀请郎官来盘算。
什么地方有船卖，
什么地方可买船？
一艘花银三百两，
大船一艘三百贯。
划着船儿靠码头，
拖着船儿到江岸。
这地方咱不想住，
此方并非咱想管。
调转蓬船划过来，
新船逆水划不停。

三万兵马走陆路，
六万乘船水上行。
调转马头咱飞奔，
咱划新船再出征。
我们行进到北京，
都城北京浪发达。
北京地势平展展，
北京都城好宏大。
北京城区浪宽广，
鱼骨满路显繁华。
划着花船过大海，
调转蓬船走不停，
划着新船再航行。
三万兵马走陆路，
六万乘船水上行，
船儿划到南京城。
南京地宽平展展，
府城南京规模大，
南京地宽市繁华。
此地适宜客籍住，
此田适宜客家耕。
不是咱理想住地，
不宜在此建国家。
调转蓬船又行进，
咱坐花船奋力划。
来到苏州和杭州，
苏州富饶又繁华。
苏杭平原宽又平，
苏州府城浪宏伟，
苏州范围浪广大。
此地适合客籍住，
这田适合客人耕。
不是咱理想住地，

不宜建邦来管辖。
连续三天狗不吠，
连续三夜鸡不啼。
调转新船继续走，
咱撑船筏再前进。
我们乘船到江西，
江西田野宽无际。
江西是个大地方，
地域宽广不宜居。
划着篷船再前进，
撑着新船上征程。
三万兵马走陆路，
六万乘船水上行。
上到南容新地方，
南容田垌浪整齐。
府城南容地也大，
地域辽阔人也稀。
不是咱理想住地，
不宜建邦来治理。
我们划着篷船去，
划着新船不停息。
三万军马陆路走，
六万坐船划水急。
马不停蹄到南安，
南安田野平展展。
手举火把过南安，
身佩钢刀过海滩。
这儿适合客籍住，
此田适宜客人耕。
不是理想居住地，
不宜建邦治江山。
划着篷船注前行，
划着新船朝前开。

三万兵马走陆路，
六万乘船水上来。
来到坡脚山水地，
坡脚田垌平展展。
这地适合客籍住，
这田适合客籍耕。
此地非理想住地，
此地非立国之域。
连续三天狗不吠，
连续三夜鸡不鸣。
划着篷船我们走，
划着新船上征程。
三千兵马走陆路，
六千乘船水上行。
来到韶州这地方，
韶州田肥地也平。
韶州府城也宏大，
韶州地广浪出名。
此地我们不想住，
不宜在此理国政。
划着篷船再行进，
划着新船再开航。
去到阳州这块地，
阳州原野浪空旷。
此地适宜客籍住，
这田适合客人耕。
划着篷船向前进，
划着新船紧紧跟。
连续三天狗不吠，
雄鸡三夜不司晨。
我们赶路到广东，
广东田野莽森森。
广东地域大无边，

地宽水阔雾沉沉，
鱼骨满路人纷纷。
划着花船过海去，
划着蓬船水上行，
撑着新船再西证。
船儿来到肇庆府，
肇庆田垌宽又平。
肇庆府城地广大，
肇庆地域也宽广。
此地非理想住地，
管辖此域难安宁。
蓬船继续朝前开，
撑着新船再出发。
三千兵马陆路走，
六千乘船水上划。
人马来到德庆府，
德庆田地密麻麻。
德庆府城范围宽，
府城德庆地广大。
这儿适合客籍住，
这田适合客人家。
不是咱理想住地，
我们不想去管辖。
连续三天狗不吠，
连续三夜鸡不啼。
划着蓬船注上走，
撑着新船水上移。
三千兵马陆上走，
六千乘船划水急。
人马西行到织罡，
织罡田园浪平齐。
织罡地域浪广大，
织罡田野无边际。

连续三天狗不吠，
连续三早鸡不鸣。
我们上行到凤江，
凤江原野平又平。
凤江府城浪宏伟，
凤江良田千万顷。
此地适宜客籍住，
田地适宜客人耕。
不是咱理想住地，
不宜在此建都城。
划着蓬船再前进，
撑着新船再出证。
来到白马这地方，
白马田垌宽又平。
白马是个大地方，
白马良田千万顷。
白马适合客籍住，
田地适合客人耕。
不是理想的住地，
不宜在此建都城。
边举火把边走路，
且等船队且前行。
队伍到了梧州城，
梧州田野浪平整。
府城梧州街市大，
梧州田地宽又平。
几条大江来汇合，
两旁铁柱直排排。
上到大堂来聚会，
四面八方来朝敬。
白日敲鼓吹笛箫，
日夜响起丝竹声。
队伍行进到长州，

长州田野平展展。
长州适合客籍住，
田地适合客耕翻。
不是咱理想住地，
不宜立国定江山。
撑着蓬船注上划，
撑着新船逆水汀。
三千兵马陆路走，
六千乘船水上汀。
队伍浩荡到容州，
容州田野宽又平。
此地适宜客籍住，
田地适合客人耕。
不是咱理想住地，
不宜建邦立都城。
边举火把边汀进，
且划蓬船且上汀。
队伍来到广南地，
广南田野宽又平。
此地适宜客籍住，
田地适合客人耕。
连续三天狗不吠，
雄鸡三夜不司晨。
不是咱理想住地，
不宜在此扎下根。
上汀到达浔州城，
浔州田地宽又平。
此地适宜客籍住，
田地适合客人耕。
不是咱理想住地，
不宜在此建都城。
队伍上来到贵县，
贵县原野宽又平。

此地适宜客籍住，
田地适合客人耕。
不是咱理想住地，
不宜在此建都城。
划蓬船逆流而上，
撑新船逆水上汀。
队伍上汀到永巡，
永巡田地宽又平。
此地适宜客籍住，
田地适宜客人耕。
连续三天狗不吠，
连续三早鸡不鸣。
划着蓬船逆流上，
撑着新船逆水汀。
乘船西汀到南宁，
南宁地势浪平坦。
南宁府城真宏大，
南宁地域也宽广。
不是咱理想住地，
不宜在此管江山。
这个地方宜养鸭，
但养家鹅却浪难。
这个地方人家好，
但要久居不利咱。
继续上汀到驮卢，
驮卢临江地平坡。
此地适宜客籍住，
田野适合客耕作。
不是咱理想住地，
不宜建城管邦国。
沿江而上到驮柏，
驮柏土地也平汀。
此地适宜客籍住，

客籍宜种这些田。
不是咱理想住地，
咱不想管这一边。
到达繁华龙州地，
龙州原野浪坦荡。
不是咱理想住地，
不是咱管辖地方。
队伍来到太平府，
太平原野平展展。
此地我们不想住，
咱不宜管这地方。

第六篇　建新家园

1. 落脚安平建州城

我们骑着马上路，
我们撑船要上行。
乘船骑马到安平，
安平田地宽又平。
来到这儿慢歇息，
驻扎此地暂休整。
住在安平还嫌闷，
安平四处草木深。
山上满是黄心木，
锯木做臼也做盆。
葛藤卡淂水牛死，
泥泞湿透八回身，
日遭万次雨水淋。
立起木料相交错，
砌墙立柱建村寨，
建造州城琉璃顶，
青砖黄瓦盖亭台。

筑起州城与天齐，
黄瓦楼台平天盖，
建造大铺客商来。
连续三天狗不叫，
连续三朝鸡不啼。
这地方不好养鸭，
养鹅倒是浪便利。
此地不利于他人，
对于我们是大吉。
每天在家不闲着，
天天筑城造街里。
每天开拓造县城，
县城风光更旖旎，
街道变得更靓丽。
我再来打点土地，
荒地变成了良田，
这正是我的本意。

2. 造出水车灌农田

山坡顶上有大树，
山高林密出梁柱。
树梢卡在峰顶上，
树根深扎石山土。
拿着刀子要伐木，
抡起斧头要砍树。
爬上树干搭台架，
抡起斧子劈原木。
要装三根扁辐条，
要做三根大轮轴。
咱来号墨做辐条，
咱来画图做轮轴。
三十回墨不接缝，

三百次墨不吻合。
书函去请巫师到，
纸帖去请道公来。
木架等我们来做，
先把茅草扎成排。
制作钓竿也要到，
邀请老人也都来。
邀请老人来商议，
当地郎官来出谋。
先下墨线做辐条，
再画墨线造轮轴。
画线挥斧去树皮，
相邀抬木过田畴。
众人抬木过水坝，
板子拦水引入田，
围做坝基断水流。
水车屹然不转动，
水车时而转得慢，
水车猛然反向转，
水车倏然又回旋。
河边码头宰肥猪，
水坝上杀黑面郎。
塞下破絮堵住水，
再压白土在上方。
水位抬升平坝首，
潺潺流水过坝上。
上游鱼儿跳得猛，
坝底鱼儿全死光。
坝首水车才转动，
田垌水车才正常。
就去垒土做田埂，
田地划成丘成行，
水才入田来保墒。

耙掉杂草当肥料，
耕牛下田拉犁耙，
姑娘下田去插秧。
拿着稻秧抛田里，
去把秧苗匀摆放。
稻秧摆好在田里，
田垌秧苗已足量。
村前水田栽大糯，
梯田坡地种杂粮。
野鹿践踏林边地，
野猪吃尽坡边粟。
野狸成群闹山村，
家猪拱吃村头薯。

3. 驱赶鸟兽保作物

古时孩儿会做事，
前人做事浪专注。
做好笼子等它钻，
绳索设套等它入。
笼子装在山坳口，
狗驱野兽出山谷。
桃榔洼里得野猪，
椿树坳中得野鹿。
野肉分做许多束，
分给六七十个主。
整只的肉也不多，
杀牛吃也不饱腹。
狗还扒旧的足迹，
狗还在对天狂吠，
还在树下寻猎物。
或许鸟儿会出来，
可是不见鸟飞出。

或许马鹿会出逃，
蹲守半天不见鹿。
跟着人家去追踪，
人掏兽窝我跟从。
亚朗一带打野猪，
亚瑶地带猎狗熊。
打野猪时时都好，
猎熊却须择时间。
人家拿着火铳来，
单支火铳也拿来，
也有火铳扎成捆。
家族人拿起棍棒，
家族人汇合成群。
蜂拥着拿起武器，
不管搅棒弯与直。

4. 划疆分封纳贡赋

他们嘴里含着蛋，
见蛋含在他人嘴。
四方都来探究竟，
四面都来求证实。
许家说亲眼所见，
岑姓得蛋乃事实。
叫儿子拿去煨熟，
大仔也不肯煨食。
再拿去给二儿子，
次子也不肯尝试。
拿到铁锅上煎炒，
拿到生铁锅里炖。
添水三回滚又干，
添柴六次也烧完。
煮得越久它越红，

越是扇风火越慢。
把它拿到马路口，
缰绳将它死里缠，
马儿路过不敢看。
拿去水牛的过道，
牛绳紧紧把它拴，
水牛看见也绕弯。
把它放到河水边，
让水冲击使破裂。
任水冲刷也不裂，
丝毫不损也不残。
虎水进入鳄鱼体，
男子跟着奵知到，
此时奵卒恰回返。
射进奵知的小肚，
他与奵卒也交欢。
怀孕三年不出生，
不育三年不生产。
担心只有一个仔，
却传生了十二男。
十二个龙的儿郎，
十二个道家儿男。
七个吃本家田地，
五个吃外家田产。
他们有嘴只管吃，
健全成长也不难。
白日在家没闲着，
切削苦竹当毛笔，
割来牛角做砚台。
天天围着书桌转，
学文识字记得牢。
客籍学子学得快，
这些人都是龙仔，

应该分吃十二疆。
十二个道家儿郎，
应该分吃十二邦。
划分疆土要协议，
分封邦国要商量。
一郎吃用在孟邦，
他管街市吃米粮，
蒸煮烹炸任他享。
流官注上送名帖，
送上印鉴到北京。
流官上来送奏章，
赋税全邦统一证，
赋税收支任一郎。
二郎坐镇安平府，
名气都比别人大。
珠宝铃铛装满屋，
双球毡鞍配宝马。
更有龙头七个爪，
同堂共坐与官家。
流官给送上名号，
送上印鉴到北京。
他的水田是大田，
他的疆域任纵横。
流官给送上奏折，
没税全邦统一证，
赋税支配二郎定。
三郎坐镇洞善县，
做了知县官儿大，
他的水田是大田，
管的圩场宽又广。
粮饷薪水很充裕，
铜钱银币堆满箱。
浮桥铺到大门前，
客人闲游街道上。
流官给送上奏折，
没税由国民担当。
四郎坐龙英养利，
管辖领地很宽广。
拥有居民三万户，
他的田地千万垧，
他的辖区宽又广。
俸禄粮饷够丰足，
铜钱无数手宽裕。
流官给送上名号，
送上印鉴到京城。
流官给送上奏折，
没税由邦国担当，
税赋支配任四郎。
五郎坐镇在万承，
万承有万户人家。
头目坐定是做官，
流官也有小财发。
广西民生得安定，
粮饷薪水也充足，
铜钱无数任他花。
流官给送上奏折，
没税由国民缴纳，
辖区税赋五郎抓。
六郎坐镇吉庆府，
讲经传教贩油纸，
跨界贩马做生意。
去贩水牛来没使，
进得衙署当官吏。
流官给送上名号，
印鉴送到北京去，
请示造印起州邑。

流官给送上奏折，
邦国子民担赋役，
役规税法六郎制。
七郎落脚在向武，
此地也无须眼馋。
那儿水田宽又大，
管辖地域也浪宽。
浮桥铺到家门口，
街上客籍挺悠闲。
流官给送上奏折，
役税国民担在肩，
七郎管物又管钱。
八郎稳坐都康镇，
做个官家好儿郎，
做个好臣吃皇粮。
独在一方做知州，
连续三年送皇粮，
寻得宝马贡天皇。
流官给送上奏折，
役税全邦共承担，
赋税收支任八郎。
九郎田州吃粮饷，
此地多有流浪狗，
此地产毡货外流。
道公师傅门路广，
广东船只来巡游。
管辖十二个州邑，
掌管十八个县份，
淂在田州府做官。
流官给呈送名号，
送上印鉴到北京。
流官给呈送奏折，
役税全邦共担承，

辖区赋税九郎证。
十郎管理社神山，
管到上甲和下甲，
管到沼泽与潭渊。
辖区有高山峻岭，
飞瀑清溪来汇流。
沿着大路到镇安，
稳稳坐镇废冻州。
浮桥铺到家门口，
客籍在街巷巡游。
流官给送上奏折，
役税国民共承担，
税款支配由十郎。
十一郎坐镇下雷，
下雷有五道隘口。
隘上卖奴成圩场，
隘上卖绫罗丝绸，
笔墨纸张样样有。
十匹马税额一匹，
十担盐纳税一担，
十斤苎麻税一斤，
十两银子税一两。
下雷此地山隘多，
水车灌溉好水田。
浮桥铺到家门口，
街上游客好悠闲。
流官给送上奏折，
劳役赋税全民担，
纳税全交十一郎。
还有那个十二郎，
分淂马匹不能骑。
分到田地不够吃，
地盘旷荡顾不及。

分地只给山坡地，
水田常遭水漫溢。
他只能强忍苦楚，
他仍然挨骂忍气。
杀牛取皮做弓弦，
砍下栎木做箭杆。
做成弓箭相杀戮，
造出弓弩来相残。
举着火把到黑邦，
火炬插上该邦国。
分享南诏的土地，
娶了南诏女为妻，
讨了南诏女做妾，
追到南诏争吃用。
生活在富庶之乡，
享有肥沃的田地。
他们的马我们骑，
他们的地我们种，
咱接管州府城池。
那边我呙有所失，
这边我却有收获。

第七篇　话说人生

1.十月怀胎育子女

别人不提婚源事，
我倒要说姻缘情。
别人不讲男女情，
我倒要讲生育经。
初次怀孕头个月，
下身似有云雾绕，
又像轻柔细雨滴。

怀孕到第二个月，
梦见淂了把利刀，
梦见淂到整套犁，
梦见银柄的短刀。
怀孕到了三个月，
爱吃酸酸的风叶，
爱吃清淡的苦菜。
苦菜不再感觉苦，
风叶不再觉淂酸。
嘴馋酸酸的阳桃，
想吃酸果似杨梅。
怀孕到了四个月，
爱吃泡笋的酸水，
爱吃酸醋做的菜。
特别爱吃细鳞鱼，
爱吃做斋事的肉。
怀孕到了五个月，
爱吃江河鱼的汤，
最是爱吃鱼肉羹。
怀孕吃啥能养身？
怀孕吃啥可养颜？
胎儿还没长头尾，
不成躯体不长肉。
怀孕到了六个月，
到哪儿都问同伴，
到哪儿都问同伙。
同伙正经说实话，
同伴才明白告知。
只怕梦醒一场空，
原来梦里确是真。
怀孕到了七个月，
伯父外公来见过，
弟妹舅姨也来见。

杀头肥猪来招诗，
一同品尝老陈酒，
品尝三年的陈酿。
宰头三年大肥猪，
快拿糯谷上烘篮，
烘干糯谷舂成米。
收拢魂灵送底楼，
请把鸿运送到家。
宰鸭戒天伤之煞，
杀猪戒羊刀之灾。
怀孕到了八个月，
到晒台沐浴阳光，
见到小辈懒开腔。
晒太阳也不见好，
烤火取暖难清净。
怀孕到了九个月，
梳头都不愿抬手，
端着茶饭不思食。
怀孕吃啥能养身？
怀孕吃啥可养颜？
脸像熟透的阳桃，
面无血色似姜黄。
怀孕到了十个月，
怀胎十月时间到，
十月怀胎到产期。
想去地里怕不测，
想去田里怕误事。
生得女儿拿丝线，
生得男儿读诗书。
那边我虽有所失，
这边我却有收获。

2. 说梦伴随度人生

别人不谈梦寐事，
我则要谈做梦时。
别人不提幼时事，
我要回忆幼年时。
记得刚满十岁时，
梦见曾种两行姜，
梦见甘蔗栽两园，
梦见山谷种芭蕉，
梦见菜蔬栽满园。
这梦我们梦得棒，
这梦我们梦得好，
这是一段美美梦。
婴儿做梦会梦吃，
少年梦过梦就忘。
二十岁那个时候，
梦里还睡父母间，
躺在叔姑夹缝里。
这类梦还算美梦，
这段的梦还算好。
活到三十岁年纪，
梦见自己骑骡马。
梦见骑马浪威风，
骑马过岗特威猛。
这类梦还算美梦，
这段的梦还算好。
活到四十岁年纪，
梦见爬树还顺利，
梦见做工不发闷。
这类梦还算美梦，
这段的梦还是好。
小孩做梦不会说，

少年做梦还忘记。
活到五十岁年纪，
梦在新屋行祭礼，
梦见到扬州赶圩。
这种梦不是好梦，
这段的梦不吉利。
活到六十岁年纪，
梦见事物不出县，
珍珠首饰落岩洞。
这类梦寐浪不好，
这梦不是好兆头。
午休刚醒又做梦，
如鸡一般团团转。
活到七十岁年纪，
梦见划船过对岸，
梦见离子又别孙，
梦见去到天顶上，
梦见天空碰到头，
梦见又做新媳妇，
梦见戴帽仙境游。
这种梦不是好梦，
这段的梦不祥瑞。
不淂聚水浇根部，
不淂及时施粪肥，
不拼求生而怨命。
我已命定将挺腿，
△命已到风烛残年。
那些我虽有所失，
这些我却有所淂。
念地不淂议农事，
思田不能去打理。
心绪慢慢变落寞，
思绪渐渐觉迷离。

3. 青春年华谈婚嫁

拿衣服装进竹箩，
拿衣服塞入箧箱。
邻家道公也会巫，
上屋巫师会占卜。
无鬼还有谁作祟？
没妖还有谁施蛊？
他族不再来捣乱，
公婆不再遭阴毒。
涛到良辰吉日时，
辰时出生有米粮，
卯时出生有财富。
△就呱呱坠地，
△就顺利出生。
备洗身柚子叶水，
柚子叶水来洗身。
洗好抱进褴褛里，
用新褴褛包起来。
恰好对时三夜整，
婴儿正好淂三朝。
请猎手上山狩猎，
打淂兽肉回到家。
请渔夫下水打鱼，
打淂鲤鱼到楼下。
杀鸡请亲朋好友，
设酒请本族外家。
人生一天天变老，
孩儿一天天长大。
渐渐懂淂抓裙摆，
日复一日识爹妈。
会牵黄牛使水牛，
挡板抬到空地耍。

会牵黄牛过梯地，
会牵水牛下水田，
会挑货担做买卖，
会卖衣服换铜钱。
看见人家女子到，
见到别人姑子来，
说话语气浪温柔。
见那女孩浪顺眼，
看那姑娘浪中意。
姑娘将成邻家女，
将成邻居的新媳。
派人去取姻缘线，
派媒去要八字帖。
去到外公外婆家，
去问要她的生辰。
去问要出生月日，
问淂姑娘的生辰。
问淂姑娘的八字，
差使随后返回村。
来到山峛的佛寺，
来到村边土地庙。
来到自己父母家，
请淂道公他们来，
吩咐师公他们到。
拿来他们的庚辰，
拿出八字来对照。
姑娘八字也相合，
姑娘命相也挺好。
姑娘命不煞公婆，
也不与父母相扰。
父母都能过淂好，
夫妻也能共白头。
父母一起拿主意，

兄弟姐妹同商议。
派人去打点彩礼，
派出使者去报喜。
女孩子将要出嫁，
男儿将娶媳成家。
于是宰了大肥猪，
来品尝陈年琼浆，
品味三年的佳酿。
宰杀三年的肥猪，
金环玉镯给戴上。
送去铜钱和聘礼，
挑到外面的田庄。
请她的兄弟姐妹，
还有外家和爹娘。
酒水由她自打理，
由她置办糕点茶。
好时日迎到底楼，
吉时良辰接进家。
鸡与雉子配成担，
鸡跟衣物作陪嫁。
她就登梯到夫家，
嫁妆摆放齐刷刷。
斟酒交杯一样多，
平起平坐同饮茶。
共个火塘来取暖，
同个晒台沐阳光。
同一块田剪稻穗，
赶圩摆摊共竹筐。

4. 风烛残年备棺椁

让我回忆昔日梦，
让我述梦年幼时。

那年身体太虚弱，
前年开始身多疾。
今年虚弱要祭社，
今年虚弱要犯忌。
今年虚弱茅草黄，
今年虚弱备寿板。
奉上全鸡去祭拜，
卷好纸钱赎命还。
阎罗还掌控命运，
生命节津还迟缓。
茎秆还能遮阴凉，
根部嫩芽还生长。
命根还没到死期，
生命末期未毁伤。
仨子七月要落难，
七十七天都晴朗。
晒台上头沐光辉，
笑看儿孙捉迷藏。
天传文书要斩杀，
天书下令要命亡。
天书正落在眼前，
飘忽落在身后方。
我们伸手捡回来，
纸包文书瞒儿郎。
孩子们不多开口，
也不质疑问短长。
仨孩八月会有难，
八十八天雨淅沥。
下雨锤布非适时，
下雨梳头同注日。
将军下来甭胡弄，
保布下来别听取，
仙女下来莫挂记。

四五个人相追逐，
七八个人相追赶。
拉着我们到底下，
来把我们接下山。
正要转身回头走，
又遇荆丛把路拦。
想要继续往前走，
满眼荆棘行更难。
诱逼我们上轿子，
强拉我们进花轿。
塞进黑轿和红轿，
火焚天荒遭虐杀。
满脸黑斑似芝麻，
脸色发紫像乌鸦。
两眼凸出不对称，
辫子蓬松乱如麻，
不再如初美如花。
人家下田打得鱼，
我去种田长癞子。
癞子长满了肘部，
癞子长到了眼角。
月初得癞是凶日，
妻子左脚生黄癣，
前妻右脚长癞子。
她们来喝两杯水，
就生疮疥属麻风。
又来喝了两瓢水，
再生疮疥是癞子。
△生得癞子更严重，
△生得癞子要入土。
请来巫师进又出，
轮番上下一批批。
门口满是马蹄印，

路口尽是牛印迹。
道公拿鸭来占卜，
巫师问卦用公鸡。
鸡骨丢弃在村头，
鸡板油放在家里。
因而冒犯了龙王，
在河边犯了四伤。
犯神日渐成痼疾，
逐日加重病恹恹。
说是限定到辰日，
但到辰日不见面。
又说限定到午日，
到了午日不现身。
水已干涸到涯根，
湖底龟裂像晒砖。
儿子打开第一箱，
见到破布和碎布。
儿子打开第二箱，
布被鼠啮不能要。
儿子打开第三箱，
白给的布不能要，
不要牛踩过的布。
儿子打开第四箱，
淂到厚实的布料，
淂到致密的毛巾。
七匹装进小笼箱，
四匹自己背身上，
这些我折好收下。
一死要送到坟地，
我就送其到坟地。
其二死了去山林，
我就送其入山林。
甩头就去对面村，

长寿就去游天下。
去砍倒第一棵树，
任木腐朽不能要，
任木翘棱不能买，
半硬半朽也不好。
下村有任木出售，
上屯有椿木出卖。
高价的料咱不买，
翘棱扭曲也不要。
儿子转身注回走，
儿子愣是空手回。
就来邀请到晚辈，
请来村寨众父老。
左邻阿伯来谋划，
右舍阿叔来慰劳。
我们拿起宽口锛，
我们带上旧斧凿。
要去山崇又觉远，
要上坡顶怕误时。
行进去到佛寺崇，
去到寨中土地庙，
去到普布的地界。
普布鸭子游河滩，
普布鸡仔在觅食。
普布小孩忍住气，
聪明人遇聪明人。
见到挑水的老妇，
接过水桶肩上挑。
孩儿呀你说些啥？
老妇那边有木卖，
老妇那儿有木买。
老妇那儿有啥木？
从前栽些什么树？

我栽的是柏树种，
祖辈种的是杉木。
金斗木上可雕龙，
黄连木上可画凤。
正是传承上千年，
普布此地仅一棵，
交趾也仅独一株。
树在临渊绿野中，
树在熊管角落里。
树有谷仓一般高，
树有粮囤那么粗。
头一天刚刚提议，
第二天搭棚驻扎，
第三天动手砍伐。
树没有嘎吱倒下，
树没有嘎巴断折。
这村有何大神灵？
此地有何不一般？
忌讳黑狗套牛轭，
忌讳白马配鞍鞯。
树就咿呀呀倒下，
轰隆一声树身断。
把树锯成好多截，
把木锯成好几段。
有一截落到官家，
官家就享有土地。
有一截落到天至，
天至就占有地盘。
有一截父皇得到，
父皇得管理国家。
还有中间那一截，
智者则去扶一把，
大力士则进去砍。

拉起大齿的锯子，
未下墨线就开锯。
锯开板子三四块，
劈开做板六七片。
破竹做杠活轻松，
修柱做梁最吃力。
有一伙人似要走，
锯木的人也要去。
聪明人遇聪明人，
专挑顶上板掂量。
愚钝者遇愚钝者，
专拣重板来挪移。
爬坡他们坐成行，
攀岗他们反向坐，
过坳他们坐上头。
一路行进路滑溜，
慢慢走呀慢慢行。
木头放置山岗上，
担心红猴来玩耍。
木头放在河之渚，
唯恐鲫鱼来做窝。
木头放在水田里，
唯恐木料会翘棱。
木头放在谷仓下，
担心木头会腐朽。
木头放在马厩里，
木头放在亭子前。
请来他们的木匠，
请到那边掌墨师。
他们拿钱雇能人，
他们拿米请巧匠。
杀鸡去祭拜鲁班，
摊一部分祭工匠。

组装木器就牢固，
拼装家具才致密。
里面装水也不漏，
外面风吹也不透。
榫子卯眼欠吻合，
下块搁在牛头上，
上块靠我这一头。
两块板减重二两，
头尾长度缩五分。
做成了埋木棺椁，
造好了杉木棺材，
做成了阴阳四角。
那方面我有损失，
这方面我有收获。

第八篇　择地安葬

一死要去坟地里，
我就送到坟地里。
其二死了要下水，
我就送其到水里。
去到第一汪水潭，
水流淙淙起波澜。
去到第二汪水潭，
牛蹚水浑咱不选。
去到第三汪水潭，
三拨人见到绿汀。
汀上泉水响叮咚，
一对鸳鸯水上游，
白鹤成群来觅食。

花蛇在汀上做穴，
吹风蛇去做巢洞。
母禽召唤仔团聚，
猿啸猴啼呼幼仔。
互相追逐抢着吃，
青蛙觅食抢先来。
子孙去到深水处，
转眼一去到冥界。
儿花重金浪值淂，
铜钱送给护路人，
不淂私吞发横财。
△孩儿已病入膏肓，
转过脸去便发狂。
续魂的钱注上送，
这钱要去请龙王，
莫塞脚底自收藏。
担心老鹰会啄吃，
反扣箩口把肉盖。
担忧鸟儿会碰到，
刀锋朝上列成排。
请来丧家"上刀山"，
请来丧家"过火海"。
儿女们来到村口，
请丧家人都肃静。
儿女来到楼梯口，
请亡家人均静默，
一起都来"上刀山"。
三脚灶有三根舌，
有根灶舌注上翘。

后 记

　　壮族民间巫祝文化经籍的搜集整理，始于20世纪70年代末广西壮族自治区民间文艺家协会对巫经《招谷魂》《招牛魂》两个唱本的搜集。1986年，在广西壮族自治区少数民族古籍整理出版规划领导小组办公室（广西壮族自治区少数民族古籍保护研究中心的前身）的领导下，正式有组织有计划地对流传于壮族各地的《麽经布洛陀》手抄本进行抢救性搜集和整理。在此基础上，1991年出版了《布洛陀经诗译注》。2004年，潘其旭研究员参与主持整理的《壮族麽经布洛陀影印译注》（8卷）出版，将这一工作推向新的阶段。该书以"四对照"（古壮字原文、拼音壮文、国际音标、汉文直译）体例排版，收入经籍来自广西百色市右江区、田阳区、田东县，河池市巴马瑶族自治县、东兰县、大化瑶族自治县，以及云南省文山壮族苗族自治州西畴县等地的麽经抄本共29本，南部方言区的广西百色市那坡县《正一亡事巫书》也列入其中。然而，较之于壮语北部方言区，对壮语南部方言区麽经经典的搜集整理明显不足。

　　早在1987年，大新县下雷中学退休教师侬兵在接待区内外研究者的过程中，受他们的影响，开始关注下雷壮族民间信仰文化。1997年退休后，侬兵开始在当地采访壮族巫公、麽公、道公等，采录有关资料。2006年12月，侬兵将搜集到的108本道经、8本巫经、12本佚经、7本择日通书一并复印给广西壮族自治区少数民族古籍保护研究中心。其中就有道光年间抄本《顿造忙（创世经）》，抄录者为许庆盟。《顿造忙（创世经）》原书为下雷中学教师许荣强所藏。2016 年，许荣强退休后将包括《顿造忙（创世经）》在内的 6 本经书原件交给侬兵，由侬兵交给广西壮族自治区少数民族古籍保护研究中心保管。广西壮族自治区少数民族古籍保护研究中心鉴于壮语南部方言经典稀缺，正式将《顿造忙（创世经）》纳入重点整理出版计划。

从 2006 年至 2016 年十年间，侬兵对巫经《顿造忙（创世经）》做了初步的解读试译，为后来进行全面翻译整理研究奠定了良好的基础。自 2017 年 2 月开始，在广西壮族自治区少数民族古籍保护研究中心的支持下，由潘其旭、张增业、侬兵、许晓明组成项目组，开始对巫经《顿造忙（创世经）》原抄本做翻译整理工作，并搜集相关资料，拟定整理研究方案，明确分工任务，有序开展各项工作。2017 年 10 月，项目组成员到大新县下雷镇、硕龙镇和靖西市湖润镇等地考察，拜访了宁治宝、玉永安、苏生通等麽公，和他们一起看经文，听他们诵读经书。2019 年 1 月，由广西教育出版社申报的《顿造忙（创世经）影印译注》被国家出版基金规划管理办公室列入 2019 年度国家出版基金资助项目。2019 年清明节，广西壮族自治区少数民族古籍保护研究中心和广西教育出版社组成的摄制组到大新县下雷镇开展巫祝文化相关仪式和土司文化遗迹的拍摄，请麽公农继田在下雷土司庙内举行仪式，诵读《顿造忙（创世经）》全文。2019 年 11 月，《顿造忙（创世经）影印译注》在各方的努力下得以顺利完成。

为顺利完成《顿造忙（创世经）》的科学整理研究，项目组采取了如下方法和步骤：

一、深入田野考察，采访《顿造忙（创世经）》的收藏者和当地巫经文化传承人，了解仪式传承情况，解决疑难问题。

二、项目组成员通过反复通读抄本原文，做到逐字逐句读通读懂，破译其中的疑难古语，力求对字句意义理解达成共识。

三、项目组成员的整理研究分工各有侧重：侬兵和张增业负责直译；潘其旭负责意译并撰写前言（后来意译工作主要由张增业完成）；张增业、侬兵、许晓明负责注释；许晓明负责撰写后记；张增业还负责全部拼音壮文转写、国际音标记音、撰写凡例、古壮字造字及全稿录入、分篇设章，最后编排合成。

四、在整理方法上，项目组采用影印加译注的方法。影印严格保持抄本原貌，译注则采取古壮字原行、拼音壮文、国际音标、汉直译、汉意译"五对照"的整理方法。

五、对原文字句的汉文直译以力求准确、能表达原义为原则。汉文意译为七言体，力求信达，并保持一定的韵律形式，以体现原经诗意境，增强可读性。

六、注释部分则根据文献考证和田野采访，尽可能确切简明。

多年来，广西壮族自治区少数民族古籍保护研究中心致力于壮族文字经典的翻译整理工作，但囿于壮语、古壮字翻译人才的断层，尤其是壮语南部方言人才极度缺乏，壮族文字经典的翻译整理项目常陷入困境。

本项目主持人潘其旭及其他成员张增业、侬兵、许晓明均是土生土长的壮语南部方言壮族专家，精通壮语和古壮字，熟悉巫经流传地下雷一带的历史和文化。

潘其旭、张增业二人为较早从事壮族古籍翻译整理研究的学者，早在 1995 年，他们就向"壮学丛书"编委会提出壮族麽经翻译整理方案，将经过翻译整理的那坡县《正一亡事巫书》抄本作为《壮族麽经布洛陀影印译注》（8 卷）的范本，潘其旭任第一副主编主持《壮族麽经布洛陀影印译注》项目的具体实施。2008 年至 2012 年，潘其旭、张增业、许晓明 3 人参与了国家社科基金西部项目"壮族典籍英译研究——以布洛陀史诗为例"，2012 年出版了《布洛陀史诗》（壮汉英对照）一书，为翻译整理《顿造忙（创世经）》积累了一定的经验。

张增业从事壮语文教学研究 30 多年，是国内为数不多的壮语南部方言专家，在译注中破解了大量古语土话难题，为项目的顺利推进做出了较大贡献。

多年来侬兵深入大新、德保、靖西各壮族村寨，遍访当地民间艺人，广泛搜集壮族巫经抄本，并潜心研究，逐字逐行进行解读试译，取得了阶段性成果，为项目的立项和顺利实施打下了坚实的基础。

许晓明为《民族艺术》主编，凭着多年来对壮族巫、麽、道等民间信仰的研究和丰富的田野积累，为本项目的翻译和注释工作提升了学术含量。

广西壮族自治区少数民族古籍保护研究中心主任韦如柱负责协调统筹及最后书稿统纂工作，中心全体人员为项目开展提供了周到和细致的服务，保证项目组能顺利完成任务。

需要指出的是，镇安土语是潘其旭、张增业、侬兵和许晓明四个人的母语，这是精准翻译《顿造忙（创世经）》的最佳组合及优势所在。

广西教育出版社高度重视民族文化选题，近年来于少数民族经典文献领域深耕细作，为该类选题实施的持续性和成果的系列化做了长远的规划，激发了少数民族古籍工作者的信心和决心。可以预见，未来少数民族经典文献将陆续有精品成果面世，便于读者更全面了解壮族优秀传统文化。

由于壮语南部方言典籍翻译工作尚处于起步阶段，无论是古壮字解读还是注音释义都异常艰难，加上编者水平有限，成书仓促，书中难免有讹误和不足之处，敬请方家不吝赐教。

侬　兵　许晓明

2019 年 10 月 8 日